夜之訪問者

鮎川哲也

王倩、陳曉琴、鄭天恩／譯

新雨出版社

閱讀鮎川哲也

本格推理小說的守護神——鮎川哲也

林斯諺

堅持是不是一種美德？似乎要看狀況，時機不對的堅持反而會變成愚蠢，不過很多時候我們都會欣賞那些能堅持原則的人，因爲在環境及時勢所逼之下，人們通常都會被迫放棄曾經銘刻於心的堅持，而那些硬著頭皮也要爲理想拚命到底的人，誠可謂有超人的意志力，以及羅曼蒂克的必死決心。在推理小說的世界中，鮎川哲也就是這麼一位謹守原則的人物，而他所堅持的，是本格推理小說的創作。

「本格」這個詞在台灣的推理圈子愈來愈普遍，連一些不讀推理小說的讀者們也都漸漸耳聞本格推理這個名詞，到底什麼是本格呢？其實簡單講，本格這兩個字是日文的漢字，只是中文把它借過來用了，意思是「正統」，而本格推理指的就是正統推理小說，也就是創作形式符合推理小說黃金時期（golden age，主要是在兩次世界大戰之間）的推理作品。這個時期的作品特點是重心皆擺在推理解謎的元素，以鬥智爲訴求，強調謎團的複雜、推理的嚴謹、詭計的巧妙、兇手的意外。關於故事性、角色刻畫、心理描寫、社會批判等要素普遍較不注重，也因此，隨著時代推進，本格推理這種遊戲及幻想性比較濃厚的創作潮流逐漸消退，被寫實主義的作品所取代，因而成為小眾文學。許多作家為了因應市場，改變書寫方向，而有些作家仍堅持非本格不寫，寧死不屈，鮎川哲也正是維護本格派推理的代表人物。

鮎川哲也（一九一九——二〇〇二）本名中川透，生於日本東京，因為父親工作地點的關係，小學三年級就遷移到中國的大連定居，直到大學時期才回國。從小就喜歡閱讀推理小說，埋下了日後創作推理小說的種子。鮎川哲也用過許多筆名發表推理作品，他首先是在一九四八年用那珂川透、薔薇小路棘麿等名義發表了兩部短篇，接著於一九五〇年以長篇處女作〈佩特羅夫事件〉（ペトロフ事件）入選《寶石》雜誌推理小說徵文長篇部門，故事以大連為背景，展開滿州鐵路的時刻表推理，在這本作品中登場的鬼貫警部成為日後他最重要的系列偵探。一九五六年的《黑色皮箱》（黒いトランク，新雨出版）是里程碑的作品，這部小說入選講談社的長篇推理徵文，第一次以鮎川哲也的筆名發表，是一部同樣專注於時刻表犯罪詭計的傑作，常常被拿來跟英國的不在場證明推理大師克勞夫茲（Freeman Wills Crofts）的經典傑作《桶子》（The Cask）相提並論，是許多推理迷眼中的聖典。一九六〇年他以《憎惡的化石》（憎悪の化石，新雨出版）以及《黑天鵝》（黒い白鳥，新雨出版）贏得第十三屆日本偵探作家俱樂部獎（後改為日本推理作家協會獎）。一九八八年又與東京創元社合作企劃「鮎川哲也與十三之謎」系列叢書，陸續推出知名作家與新人作家的作品。一九九〇年，「鮎川哲也賞」設立，東京創元社為主其事者，以栽培新人為目的，鮎川哲也本人也擔任了好幾屆的評審，從這個獎栽培了不少日本推理文壇的新星。二〇〇一年，鮎川哲也逝世前一年，獲頒本格推理小說大賞特別獎，成爲名符其實的大師。其作品計有長篇二十二冊，以及數不清的短篇，長篇系列中的固定偵探主要有專破不在場證明的鬼貫警部（佔了十七冊）以及業餘偵探星影龍三（佔了三冊）。至於短篇小說裡面最有名的系列偵探角色是三番館的酒保偵探。其中一些作品在相當程度上影響及啓發了後來日本的新本格作品。

鮎川文學的特色是小說的結構十分紮實，環環相扣，推理性十足，是可以讓本格推理迷「放心」閱讀的貨真價實的推理小說。本格推理基本上是比較硬的小說，因爲它的本質可以說是一道數學謎題，而數學謎題是相當講求嚴謹及邏輯性的，並不是天馬行空地編織奇幻故事，更何況還要把謎題包裝成小說，這總和的要求對設計謎題的人來說，是一道很高的門檻。因此創作本格推理小說的勞心程度，不言而喻。我首次接觸鮎川哲也的作品是閱讀他的酒保偵探短篇探案，那時便震懾於作者在短篇推理中展現的推理密度之高，讓人欽佩。後來讀了他的長篇《黑桃A的血咒》（りら荘事件），更是拜服不已。這本長篇小說被稱爲是本格推理小說的完美作品，設計之精密，層層疊疊，邏輯儼然，抽絲剝繭、恍然大悟之快感讓人充分體會到推理小說的「推理」之趣。推理小說的原初形式與訴求便是以解謎鬥智爲重的本格推理，複雜難解的詭異謎題、千奇百怪的犯罪形式、高明巧妙的邏輯推演、拍案叫絕的意外真相，以及超人偵探與天才兇手的華麗對決，這些令人神往的元素正是本格推理小說的迷人之最，而這總總，在鮎川哲也的小說中無一不缺，絕對能讓那些喜歡解謎鬥智的讀者大呼過癮、感動涕零。而這位大師雖然鍾情於本格推理，卻不只是死板地遵照模式撰寫故事，而是在本格推理的框架之內，積極地做各種創作技巧的新嘗試。例如長篇《鞭打死者》

（死者を笞打て）是後設小說（metafiction）的前衛作品，短篇〈達也在偷笑〉（達也が嗤う）也被認爲是新本格派的啓蒙作品。鮎川哲也這種於本格派之內的積極開拓實驗精神，猶如美國推理大師艾勒里・昆恩一般，都是在最嚴格的推理小說框架內求新求變，令人敬佩；而其提攜後進、精編選集的心思又與昆恩如出一轍，說他爲本格推理鞠躬盡瘁、死而後已，恐怕也只是錦上添花的形容罷了。

在《推理》雜誌二二〇期曾刊了一篇追悼鮎川哲也逝世的文章，作者爲日本現今活躍的本格派作家有栖川有栖，文中對鮎川哲也於本格推理創作的貢獻給予極高推崇，提到了推理界流傳「打開推理小說就會見到鮎川哲也」的說法，並對其逝世表達了無限的遺憾。的確，對於本格推理迷而言，一位專情於本格推理創作的作家猶如稀世珍寶，而他的離去更昭示了我們不能再讀到更多「真正的」推理小說，而我更在意的是，這派推理作家在創作背後那股不屈不撓的堅持，讓他的作品更增添了一股守護理想的真誠感。

鎮守本格推理小說的最後一道城池，鮎川哲也不只創作出了富含解謎之趣、邏輯之美以及鬥智快感的高水準推理作品，他也身體力行地告訴了我們：只要堅持到底，本格推理小說是永遠不滅的！

（本文作者為台灣推理作家協會徵文獎首獎得主）

目次

夜之
訪問者

戴著金幣項鍊的女人

1

當田之中經過伊勢丹百貨商店前的轉角處時，一名從剛剛就一直看著展示櫥窗的中年男子忽然抬起頭，不經意地朝著他的方向望了過來。就在那一瞬間，男子和田之中的嘴裡幾乎同時發出了驚訝的叫聲：

「啊！」

「原來你在東京？」田之中問道。

「嗯。」

男子的神色冷淡，看那模樣，好像正在想著要如何趕快脫身；不過，田之中似乎完全沒有察覺到對方的神色。像是要擋住對方的去路似地，他一邊不停擺弄著手中的扇子，一邊帶著滿臉懷舊的神情，喋喋不休地說起了話。

就在兩人沒完沒了地聊著的時候，感到有些無聊的真由美走到了櫥窗玻璃前，開始觀賞起裡面陳列的商品。櫥窗的背景上畫著蔚藍色的天空，一隻白色的海鷗正在其間展翅飛翔；同樣湛藍的海面上，則是描繪著年輕人們正在追波逐浪的身影。櫥窗內的地面上鋪滿了厚厚的白沙，上面擺放著一艘摩托快艇；身著當下最流行泳裝的塑膠模特兒，則是擺出了大膽的姿勢，一動不動地站立在快艇旁邊。

不過，對於在大塚某家小餐廳裡擔任女侍的真由美來說，不管是泳裝還是快艇，全都不是她所關心的東西。真由美因爲在大腿上有一塊很大的燙傷疤痕，所以在與人相處的時候，經常會帶有一份自卑感；正因如此，所以她雖然還很年輕，但對於在他人面前袒露肌膚這樣的事情，總是感到極端的嫌惡。

男人們的聊天已經超過了五分鐘；一直眺望著櫥窗的真由美也覺得有些膩了，於是走到了人行道的一端，無聊地望著高樓上的霓虹燈。就在這時，田之中從後面拍了拍她的肩膀。

「已經聊完了嗎？」

真由美問道。

「嗯。跟妳說，我今天可是遇到了一個相當難得一見的人喔！」

「那是誰呢？」

田之中正要開口回答，不過像是突然想起了什麼似地，又把話給吞了回去；接著，他改變了話題，對真由美說：

「怎麼樣？我們今天雖然是說好出來買戒指，不過，妳不想要個更大的東西嗎？」

「更大的？」

真由美一時之間無法理解田之中話裡的含義。眼前這個在某政府機關裡擔任下級職員的男人，在進出商店的時候一向表現得相當吝嗇；今天雖然是因爲他說要給自己買戒指，所以真由美才會跟著出來的，不過，她並沒有把他的話當真——事實上，她只是抱持著壞心眼，想看看這個吝嗇鬼究竟會給自己買個什麼樣的寒酸東西，好做爲跟其他女侍間閒暇時的談笑之資罷了。

「對啊，看看那艘電動遊艇，如何？」

一瞬間，真由美像是墜入雲霧之中，完全不知該如何回答。或許是看見了她這副大感困惑的模樣，田之中停下腳步，身子向後仰，放聲大笑了起來。這個男人過去上大學時，曾經在啦啦隊裏敲過太鼓；對此他相當引以爲傲，每次只要喝上一點酒，就會拿出當年的習慣，邊說話邊仰起身子大笑。每次聽到他的笑聲，真由美總會皺起眉頭，厭惡地想：多麼粗俗的客人啊！

想當然耳，現在真由美的眉頭也皺在了一起。不過，對於她臉上的表情，田之中不僅沒有在意，還自以爲是地做出了解讀：

「哈哈哈，沒什麼好大驚小怪的啦！我只是因爲好運當頭，所以想把這種運勢也分一點給妳罷了，可不要跟我客氣哦！」

奇怪，這真的是從真由美所認識的那個男人口中說出的話嗎？他出入在真由美工作的小店裡已一年半了，可卻連一次小費都沒有給過啊！真由美驚訝地張大了嘴，目不轉睛地盯視著田之中的臉猛瞧。

從前曾經有過這樣一句川柳（譯註：日本俳句的一種，源自人名「柄井川柳」，屬江戶庶民文藝，其內容多半取材自世間百態，以洞察人世微妙為特徵，多詼諧和諷刺之語。）：「垂釣池塘邊，閑等魚上鉤。文王來巡兮，笑問有魚否？」這段話跟武原幸吉現在的狀況，可以說有著異曲同工的相似之處。

在位於葛飾區的小合溜（譯註：江戶幕府為了灌溉之用，在東京引利根川水開闢的一座人工水池。）當中，可以釣到各式各樣的魚；從本地的鯽魚、鯉魚、鰻魚，到外來種的雷魚、草魚，可說應有盡有。當然，這裡並非坐下來就可以隨意垂釣，而是得要繳納一些費用才行；不過，如果瞄準收費員離開之後的空檔再來的話，那就可以免費享受到半天的垂釣樂趣了。這裏地方寬敞、魚種繁多，半天時間足可以輕鬆釣到一公斤左右的魚。

自從失業以來，武原幸吉幾乎每天都會在這裡擺開一張三腳椅垂釣。釣上來的魚除了端上自家的飯桌外，還可以賣給附近的魚店。這對僅僅靠失業保險金維持生計的武原幸吉而言，可說是一筆不小的額外收入。

「呵，這條鯉魚好大呀！我出個五百圓買下牠，你看怎樣？」

幸吉的頭上忽然傳來了一個聲音；那是個語氣豁達、聽起來相當洪亮的聲音。

「這是不賣的唷！我打算釣完魚之後，就把牠帶回家放在池子裏養著。我呀，可是很喜歡在池子裏養魚的呢！」

雖然幸吉的個子相當瘦小，臉上又總是一副無精打采的樣子，不過他對於面子的重視，倒是一點都不輸給其他人。

「那，七百圓，怎樣？」

雖然遭到了幸吉的拒絕，不過男子還是十分執著地望著桶裡的魚。

「若是七百圓的話，倒也不是不能賣，不過……」

幸吉掩藏起自己的情緒，裝出一副不情願的樣子嘟囔著說道。

「那好，我買下了！我這就付錢。只是，因爲我今天沒帶容器來，所以能請你在自己的池子裡，幫我照顧牠一段時間嗎？」

男子掏出皮夾，點清七張一百圓的紙幣後，將它們一把塞進了幸吉的衣服口袋裡。他的舉止顯得相當親暱，渾然不像是剛剛才搭上話的陌生人。

在幸吉身邊坐下後，男子叼起煙斗，點燃了裡面的煙草；從他的齒縫間，不時飄散出一絲絲帶著甜味的煙霧。

「其實，我正在找一個能夠踏踏實實爲我工作的人，不知你的意下如何？如果你有這個意願的話，我可以雇用你。」

看樣子，男子似乎察覺到了幸吉現在正處在失業狀態之中。儘管在旁人眼中，幸吉似乎顯得相當優游自在，不過事實上，幸吉卻早就厭倦了這種無所事事、每天閒逛的生活。雖說他早就已經習慣了鄰居的冷嘲熱諷，以及老婆看待自己的輕蔑目光，不過每次遇到這樣的情況，還是會讓他感到十分不快。

「我從上上週開始，每逢周日就會來這兒，物色我中意的人選；從人品相貌來看，像你這樣的人，對這份工作來說是再適合不過了！」

「那是怎樣的工作呢？」

幸吉基於好奇心，問了這樣一句；不過，男子並沒有回答他的問題，而是繼續說道：

「只是，我必須要事先強調的是，我們不需要害羞的人。遇到一點小事就害臊得滿臉通紅，這樣的人對我們一點用都沒有。」

「那，到底是什麼工作呢？」

幸吉稍稍加重語氣，重複了一遍剛剛的提問。

「我是搞心理學的，需要一個實驗助手，一周來一天就可以了。」

「你的意思是……？」

「在更進一步詳談之前，首先我想知道，你是否願意幫我這個忙。至於報酬——或者說是回報——的部分，只要你每來一次，我就給你五千圓；除此之外，關於實驗所必須的一切費用都由我來承擔。哦，對了，我忘了說，你的交通費還有午餐費，也都由我這邊負擔。」

「聽起來是份不錯的工作呢……」

幸吉雖然開始心動了，不過他還是告訴男子說：

「只是，我還不能馬上做決定。像這種事情，我得回家跟老婆商量商量才行。」

「這是當然的。不過，我什麼時候能得到答覆呢？」

「明天，還是在這裡見面，行嗎？」

「嗯，那就明天黃昏在這裡見吧！中午太熱，受不了。」

男子說完這句話後，又拍拍幸吉的肩，補上了一句：「過幾天，我可是會來你那裡取魚的哦！」，然後便轉身離開了。幸吉帶著有些畏怯的眼神，目送著男子壯實的背影漸漸遠去。

那天晚上，回到位於堀切家裡的幸吉，一邊爲自己斟起了晚飯的酒，一邊對妻子講起了自己找到工作的事情。妻子阿勝手拿筷子，熟練地掰開用醬油和糖煮熟的鰹魚；幸吉原本覺得，妻子似乎根本沒把自己的話給聽進去，不過就在阿勝將一塊魚塞進自己嘴裡之後，她忽然抬起眼看著丈夫，問了一句：

「一星期只去一天就可以了是嗎？」

「嗯。論起悠閒程度的話，我想世上大概找不到比這個更悠閒的工作了吧！」

「工作一天就能夠賺到五千圓，這種事情未免也太好康了吧？」

「所以，我就說這是個很好賺錢的工作嘛！」

「可是，這條件似乎有點太過優渥了。」

「聽妳這樣一說，倒也沒錯……」

幸吉放下手中的酒杯，開始側著頭沉思了起來。

「你可要好好地想清楚喔！能夠賺到錢當然是件不錯的事，不過，我不知爲什麼，總覺得有些莫名的擔心。那傢伙說什麼自己是學者之類的事，也許全都是假話，是爲了騙你上當才這樣說的。他該不會是想讓你去幫他運毒品吧？說不定，他還會要你去幫忙偷竊呢！」

「嗯……」

「如果只是偷竊的話，那還算好的……」

妻子說話的聲音越來越輕，最後用幾乎細不可聞的聲音，喃喃自語地說著：

「……搞不好，他會要你去殺人也說不定呢。」

「妳說什麼？」

「沒什麼。只是，我還是覺得不可以輕信對方就是了。」

「妳未免也想太多了吧！人家跟咱們這種人可是完全無法相比的；他穿的是上好的衣料，抽的也是上好的外國煙，不管怎麼看，都不像是那種販毒頭子的模樣。」

「俗話不是說了嗎，猴子穿起西裝，看起來也有三分人樣；就算是販毒頭子，只要穿上一套頂級的西裝，看起來還不是一副紳士樣？」

說完這句話後，妻子一邊用筷尖剔著牙，一邊露出了若有所思的神色；過了好一陣子之後，她用一副無法釋懷的表情望著丈夫，對他叮嚀著說：

「等明天你見到他的時候，可千萬不要客氣，一定要問清楚，他到底是要你做什麼樣的工作！還有，別忘了問對方的姓名哦！雖然說，對方要是居心不良的話，應該會裝做若無其事地報上一個假名給你，不過我想除此之外，大概也沒有別的辦法可用了。」

「妳說的這些，我都明白啦！」

幸吉一邊窺探著酒瓶裡所剩無幾的殘酒，一邊漫不經心地應答著。

「喂，我說你啊！不把這些事情好好問清楚，那可是不行的哦！」

「囉嗦死了！」

幸吉用粗暴的聲音對老婆說著；失業半年之後，此刻，他似乎終於找回了點做丈夫的尊嚴。

3

今晚約會的場所，是在淡路町內沿著路面電車道往裡走不遠處的一座兒童公園裡。

出了茶水車站後，藤本美紗一路小跑著，穿過了從駿河台通往淡路町的下坡道。一走出電車道，前方就是樹木繁茂的兒童公園。由於這一帶沒有什麼可遊玩的地方，所以白天的時候，公園裡到處可見孩童們歡笑嬉戲的身影；不過等到日暮時分、孩童們陸續回家之後，入夜的公園裡，就只剩下小小的路燈，孤單映照著空蕩蕩的秋千和溜滑梯。美紗的男朋友權藤和夫曾經說過，坐在這裡的長凳上，回想起幼稚園的那段淘氣歲月，總會讓他不自覺地感到心情愉悅；因此，他經常會邀美紗來這裡約會，每當美紗遲到時，他就會帶著不耐煩的神情，坐在秋千上一個人晃來晃去。美紗之所以在約會時經常遲到，與其說是因為沒有時間觀念所致，倒不如說，她認為女人在約會時就是應該遲到的——女性週刊上的戀愛專欄都是這麼說的，而美紗對此也深信不疑。只是，這樣的想法，卻讓她的戀情在今晚走向了破滅之路……

每個月的最後一天，美紗都會因為公司進行決算而無法準時下班；今晚，雖然她離開公司的時間，比起平常算是早了一點，不過當她趕到公園時，還是比起約好的時間晚了三十分鐘。對於這點，就連深信「遲到是美德」的美紗，都感到有些過意不去。

當好不容易跑到公園的入口處時，美紗已經是滿頭大汗了。她一邊擔心著自己臉上的化妝是否會糊掉，一邊稍稍停下腳步，調整了一下自己的呼吸；接著，她又拿出一條手帕，擦了擦臉上的汗。「吱嘎、吱嘎」，從叢生的草木另一頭，傳來秋千晃盪的聲音；原本供兒童嬉戲之用的秋千，被七十公斤的權藤和夫坐在上面，像是不堪重負似地，不停地發出金屬摩擦的哀號聲。聽到秋千聲，美紗不禁再次加快了自己的步伐。

就在美紗剛剛通過飲水台的轉角時，她忽然聽見了某種讓人難以置信的聲響；在秋千那一頭，先是傳來一陣雜亂的腳步聲，緊接著，伴隨一聲像是某種東西遭到毆擊的悶響，似乎有什麼人倒了下來。美紗被這突如其來的變故驚得目瞪口呆，整個人愣在原地，動彈不得。

「說什麼**表兄弟**，到頭來還不是跟外人一樣！」

這時，從秋千那邊，一個男人的聲音傳了過來；美紗的雙腿不停地顫抖著，整個人幾乎快要癱軟下去。後來，警官曾經詢問過美紗，她所聽到的聲音有些什麼特徵；然而，當時完全籠罩在恐怖之中的美紗，根本記不得那個聲音究竟是什麼樣子。她唯一勉勉強強能夠斷定的，就只有那絕非女人的聲音，如此而已。

當美紗回過神來的時候，感覺起來已經是兩、三分鐘之後的事了。她拚命撐持著彷彿隨時都會倒下的身體，繞過了樹叢；在昏暗的燈光映照中，一個倒在秋千底下的物體映入了她的眼簾。

那是權藤和夫；他橫躺在地上，雙手以奇妙的姿態彎曲著。儘管美紗用激動而慌亂的聲音不斷呼喊著他，但他卻沒有任何的反應。美紗從喉間發出尖銳的聲音，開始高聲呼救了起來。

公園的上方有間六層樓高的醫院；聽見尖叫聲，那裡的值班醫生與警衛，急急忙忙地奔了過來。身著白大褂的年輕醫生用熟練的動作，觀察一下躺在地上的人，然後回頭望了警衛一眼，輕輕地搖搖頭。敏銳地察覺出醫生神色中所隱含的意義，美紗一瞬間失去了所有力氣，整個人癱坐在公園的草地上。

之後不久，住在公園附近的居民也陸陸續續趕到了現場；他們站在遠遠的地方看著屍體，像是十分恐懼似地彼此竊竊私語著。不一會兒，巡邏車響亮的警笛聲，也由遠而近地傳了過來。

「說什麼**表兄弟**，到頭來還不是跟外人一樣……」「說什麼**表兄弟**，到頭來還不是跟外人一樣……」這句話在美紗的腦海中，彷彿無意識般地不停低聲迴繞著；而從這句話裡，美紗對於犯人究竟是誰，大致上已經心裡有數了。

4

兩位來訪者拿出刑警證，在男人的面前晃了一眼後，便將它放回了衣袋裡。宇部的身上穿著睡衣；當兩位刑警上門打擾時，他正一邊喝著加冰塊的威士忌，一邊在聽ＦＭ廣播。

「你叫做宇部三郎，」一名刑警開口訊問道，

「是權藤和夫的**表哥**沒錯吧？」

「是的。」

「你們兩人共同經營一家公司對吧？」

「是的。」

「聽說，你在公司的經營策略方面，跟權藤社長有意見上的衝突是嗎？」

面對如此單刀直入的質問，宇部不禁感到一頭霧水，心情也漸漸變得不悅了起來：

「說什麼『衝突』，刑警先生，您的用語也未免太誇大了吧！那只不過是在每家公司裡面都可以看到，稀鬆平常的意見分歧而已吧！」

「不過，爲了『稀鬆平常的意見分歧』而殺害對方，這樣的事情可就不多見了哦！」

「殺人？那可不是什麼溫和的處理方式哪！」

「是啊。**你不知道權藤社長被人殺了嗎？**」

「被人殺了？你是說，權藤被人殺了？在什麼地方……？」

刑警哼了一聲，因爲日曬而顯得黝黑的臉上，浮起了一個冷冷的笑容；那笑容看起來，就像是在對宇部說：「你明明就知道，別裝傻了！」一樣。

「那是今天晚上七點剛過不久，在神田淡路町的一個兒童公園裡所發生的事情；當時他正坐在

公園的秋千上，結果突然就遭到了襲擊。」刑警對宇部這樣說道。

「真是難以置信……」聽了刑警的話，宇部不禁喃喃地唸著。

「難以置信？」

「那是當然的！」

宇部豎起了他那濃密的眉毛，大聲地回應著；看樣子，他是被刑警那無禮的問話態度給徹底激怒了。

「這樣說來，事情就顯得有點奇怪了呢！根據現場的情況，權藤先生當時正坐在秋千上，嘴裡叼著香煙；在此同時，兇手則是向他遞出打火機，假裝成要替他點煙的樣子。就在權藤先生把頭靠過去，準備點燃香煙的那一瞬間，兇手突然拿出藏在身上的棍棒，狠狠地敲向了權藤先生的腦袋。接著，在準備逃跑之前，那名犯人還撂下了一句話說：『說什麼表兄弟，到頭來還不是跟外人一樣！』某位晚來一步的女性，親眼目睹了這一切事情的發生。」

「你的意思是說，那名殺人兇手就是我？」

「沒錯。」

「你胡扯！」

「死到臨頭了還不承認哪……」

另外一名刑警咂著嘴說道；他是個理著短短的和尚頭、在鬢角處有一塊微禿的高大男子。

「你可別說，你對這東西完全沒有印象喔！」

說完，他從衣袋裏掏出一條手帕，將它在自己的手掌上攤開來，擺到了宇部面前。出現在手帕當中的是一個金色的打火機，在它的右下角，刻著兩個縮寫字母「S・U」。毫無疑問地，這是宇部自己的東西。

「這是你相當引以爲傲的東西，我們應該沒說錯吧？」

第一位刑警對宇部這樣說著。警方竟然已經調查到了這種程度，這讓宇部不禁爲之瞠目結舌。

「請你跟我們到局裡走一趟吧！」

「等等！等等！殺害權藤和夫的不是我！」

「那，你說犯人究竟是誰呢？」

「你問我，我問誰啊！我只能說，犯人絕對不是我就對了！」

宇部感到心頭一陣無名火起，忍不住大聲吼了回去。看見他的反應，兩位刑警彼此對望了一眼，臉上露出嘲諷的微笑。

「這樣的話，那我問你，七點左右的時候，你在什麼地方？」

「七點左右……？那時候，我正在從公司回到這間公寓的路上。」

「你是什麼時候離開公司的？回到這裡又是什麼時候？」

「我是在接近六點的時候離開公司的，當我回到家裡時，已經超過八點了。」

「你的公司是在上野對吧？從上野到中野竟然需要花上兩個多小時，你不覺得未免太長了一些嗎？」

「我是孤家寡人一個，就算早點回家也沒什麼事情可做；所以，通常下班之後，我都會先到新宿蹓躂蹓躂才回去。」

「我看今天，你是到淡路町去『蹓躂』了吧？」

「什麼？」

「夠了，有什麼話到警署再說吧！先把衣服換了！」

看樣子，刑警似乎鐵了心，認定宇部就是兇手。（就算再怎樣徒勞地抗議，大概也只是白費工夫吧！畢竟，對方可不是那種會老老實實地，對自己所說的話照單全收的人……）宇部一邊在心裡這樣想著，一邊開始脫下睡衣。

「喂！我還不是犯人，請不要隨便替我戴上手銬！要是被鄰居看見了，我還有臉做人嗎？」

看見刑警拿出手銬，宇部不禁咬牙切齒地說著。

他慢吞吞地穿上衣服、套上襪子，然後戴上了一副黑色的太陽眼鏡。這時，他像是忽然想到什麼似地，回過頭對兩名刑警說：

「我想喝杯咖啡……」

「少磨磨蹭蹭的！」

「何必那麼著急呢！就像我剛剛說的一樣，我還不是犯人，而你們也不是在執行逮捕令；我是出於好意，才答應前去接受訊問的，所以，你們也稍微將就我一下，可以嗎？如果你們害怕我爲了自殺，而在咖啡壺裡面摻進氰化物什麼之類的話，那你們來幫我煮也無所謂；咖啡和咖啡壺，都放在流理台上面的架子上。」

宇部擺出了一副寸步不讓的樣子說著。身材高大的刑警咂了咂嘴，不情不願地從架子上取下電咖啡壺，扳開水龍頭，在裡面裝滿了水。不過，事實上，這個咖啡壺早在半個月前就故障了；宇部雖然老是想要拿去修理，但卻因故一直拖延了下來。像這樣的咖啡壺，要拿來燒開水根本是不可能的事情——當然，刑警是不可能知道這些事的……

當刑警將插頭插入插座的那一瞬間，果真出現了宇部所期盼的結果：電線發生了短路現象，在刑警驚愕的呼聲之中，保險絲整個燒掉了！屋子裡的電燈，「啪」地一下子完全熄滅了；兩名刑警一邊倉皇失措地大聲喊叫著，一邊試圖將宇部壓倒在地上，但在伸手不見五指的黑暗中，其中一人的脛骨撞上了椅子，發出一聲慘叫聲，另一人則是被桌子絆了一跤，整個跌倒在地上。在這一片混亂當中，早就預先戴好太陽眼鏡的宇部，勉勉強強還能看清周圍的情況，再加上這裡原本就是他自己的家，因此他對室內的各個角落也是瞭若指掌。這時，只見他一把抓起鞋子，動作敏捷地往窗外跳了出去；顧不得穿上鞋子，宇部就這樣赤著腳，一路狂奔到了公寓後面的街道上，攔下了一輛計程車。

「去東京火車站！我要搭『光』號新幹線，請快點！」

他喘著大氣，飛快地向司機發號施令。

宇部在東京火車站下了計程車之後，並沒有如他對司機所說的前往新幹線月台，而是立刻搭上地下鐵，往代代木方向直奔而去。在代代木某棟公寓的六樓裡，住著一名叫做谷川美代子的女性。

她以前的名字叫做宇部美代子，是宇部的前妻；不過，兩人因爲性格不合，經常彼此互相傷害，所以在兩年前就已經離婚了。在那之後，他們兩人都沒有再婚的打算，就這樣一直過著獨身生活到了今天。（任誰都不會想到，我竟然會躲在離婚的妻子那裡吧！）宇部看準的就是這一點。不過，比起這個理由，他之所以來投靠美代子，更重要的原因是，他已經沒有其他地方可去了。當他在公寓前面跟一名刑警擦肩而過時，他差點以爲一切都完了，不過，對方似乎並沒有對他產生多餘的懷疑。

宇部躡手躡腳走上樓梯，來到一扇掛著「谷川」名牌的門前，輕輕地敲起了門。

5

時間已經過了凌晨兩點。在對著前妻滔滔不絕地傾訴一番之後，此刻的宇部，看起來一副筋疲力盡的模樣；剛進門時那種因爲尷尬而顯得僵硬的神態，也隨著這段幾近忘我的傾吐，而漸漸消失殆盡了。

「……事情就是這樣，我該說的都說完了；至於要讓我留下，還是打一一〇報警，就全都任憑妳處置了。沒想到躲躲藏藏地四處逃竄，竟是件如此折磨人的事情；現在，一切對我來說都已經無所謂了，妳要怎麼做就隨妳高興吧！」

「別說這種蠢話了！你覺得，我是那種會出賣自己前夫的女人嗎？事實上，你不也是因爲認定我不會出賣你，所以才跑到我這裡來的嗎？」

美代子穿著寬大的薄棉上衣，臉上雖然未施脂粉，不過在宇部看起來，現在的她，不管是在語言或是在動作上，都比兩人身為夫妻的時候多了一分生機。或許，對她來說，跟自己的婚姻生活真的是個很大的負擔吧！

「我再怎麼說也是跟你一起生活了五年，你是不是那種會殺人的人，我可是再清楚不過了！要不這樣……，爲了證明自己的清白，你到搜查總部那裡，自己把話跟警方說個清楚，怎樣？」

「少開玩笑了！論起犯案的動機，我可是什麼都不缺，唯一缺的，就是不在場證明；不論橫看豎看，我都是一副兇手的樣子，更別說現場還有目擊者了。在這種情況下，妳要我出面說明，那不明擺著是自投羅網嗎？」

洗完澡後，宇部換上了美代子的浴衣；從浴衣窄短的下襬底下，可以窺見他那兩條毛茸茸的小腿。鬍鬚濃密、輪廓深邃的他穿著女人的浴衣，流露出一種倒錯的異常魅力。美代子一邊用側眼望著他，一邊按下打火機，點燃了香煙。突然，她像是想起了什麼似地開口問道：

「那打火機確定是你的東西沒錯嗎？」

「嗯，的確是我的。今天下午，我在公司附近的咖啡館裡跟權藤談事情，不過當我們講到一半的時候，剛好有客人來訪，所以我就先離開了。我大概就是在那個時候，把打火機忘在了咖啡館裡面的。我想，權藤應該是注意到了這件事，打算之後再找機會還給我，所以就先把它收進了口袋裡面吧！」

「這倒是經常發生的事情呢。」

「當權藤在公園裡面等女朋友的時候，忽然想要抽口煙，於是，他將手伸進口袋裡面，將我的打火機給拿了出來——當時，對他來說，不管是誰的打火機都沒關係，只要能點煙就好；而就在他正要點煙時，突然遭到了兇手的襲擊。這樣的話，對於我的打火機爲什麼會掉落在案發現場，也就能夠簡單地加以解釋了；然而，問題在於，我並不認爲警方會相信我所說的這些話。」

「說得也對，警方那邊是根本沒辦法指望的。」

美代子把煙頭扔進玻璃煙灰缸裡，小心翼翼地捻熄了上面的餘火。打從宇部開始跟她交往以來，美代子就一直是個對火災抱持著某種神經質恐懼的女人。

「可是，兇手說的那句『說什麼**表兄弟**，到頭來還不是跟外人一樣！』，又是什麼意思呢？」

美代子若有所思地說著。

「問題就出在這裡。在前來這邊的途中，我一直絞盡腦汁在想著這個問題；據我看來，情況不外乎兩種可能性：第一種可能性就是，這一切全都是那名所謂的『目擊者』編造出來的，也就是說，這是那女人刻意陷我於罪的陰謀。」

「這樣做也未免太卑鄙了吧！」

聽了宇部的話，美代子不禁皺起了纖細的眉毛。宇部一邊仔細地凝望著她那膚色白皙、下顎尖細的臉龐，一邊在心底暗暗想著：「比起過去跟我在一起的時候，她現在出落得愈發美麗了啊……」

「可是，那女人就算誣陷我，也得不到什麼好處；所以，我想還是揚棄掉這樣的觀點比較好。」

「那麼，第二種可能性又是什麼呢？」

「第二種可能性就是，她所聽到的那番話，的確就是真正的事實。」

「那也就是說，犯人真的就是權藤的**表兄**囉？」

「那怎麼可能；權藤不就只有我一個**表兄**而已嗎？」

「你到底在說什麼，我完全聽不懂了哪！」

美代子一邊說著，一邊不滿地噘起了嘴。當她還是宇部妻子的時候，每當鬧彆扭時，總是會在宇部面前擺出這樣的表情。看見她的這個動作，宇部知道，原本糾結在她心裡的芥蒂已經化解了。

「我的意思是說，犯人把權藤當成了自己的**表弟**。也就是說，犯人在誤認的情況下，將權藤當成自己的**表弟**加以殺害了。」

「嗯，這樣解釋就說得通了！」

「我們這樣分析好了，假設犯人是X，他要殺的那個**表弟**是Y，X和Y跟權藤一樣，約好了在那個兒童公園裡見面。至於X之所以會約Y到這麼一個僻靜的公園見面，應該是他一開始就懷有殺機，打算要幹掉對方的緣故吧！然而，十分偶然地是，權藤跟他的女友也把約會地點定在了同一個地方。當等得相當無聊時，權藤忍不住想要吸口煙，於是就拿出打火機點上了火；也就在這微弱的光線照映下，X把權藤誤看成了Y。」宇部用不知不覺變得亢奮的語氣說著。

「拜託你講話稍微小聲一點，要是被隔壁鄰居聽見，那可就糟糕了！還有，這麼晚了還點著燈，會引起別人懷疑的，所以，我還是先關燈好了。」

美代子用突然察覺到什麼似的語氣，壓低了聲音說著，然後伸出手將電燈給關掉。在一片黑暗之中，宇部繼續著他的推理；他感覺到，這樣的黑暗，讓他的思路變得更加清晰而具有條理。

「美代子，聽說人在無路可退，需要拚命的時候，腦袋裡面的智慧就會源源不絕地湧現出來；我現在確實有這樣的感覺呢！從犯人在行兇之後所撂下的這句『說什麼**表兄弟**，到頭來還不是跟外人一樣！』來加以推測，我們可以發現，犯人X在殺了人之後，依然沒有察覺到自己殺錯了人。這樣說來，犯人原本打算殺害的那個Y，其體形應該與權藤十分相似，而那個地方的燈光實在太昏暗了，看不清相貌或年齡，所以……」

「原來是這樣啊！」

「接著，那個叫做Y的男子前來赴約了；恐怕他做夢都想不到，自己的**表哥**X竟然會想要殺害自己吧！不過，當他發現公園裡躺著一具屍體時，想必一定大驚失色；說不定，他也察覺到了那名被殺的男子和自己很相像。不只如此，他搞不好連藤本美紗接受刑警訊問時，說出的那句『說什麼**表兄弟**，到頭來還不是跟外人一樣！』也聽到了。這樣一來，Y肯定意識到了自己差點遭到殺害的事實，於是便驚愕地逃走了……」

「你不覺得，你的推理有點太過一廂情願了嗎？」

「的確，我自己也有這樣的感覺。」

宇部老老實實地承認道。

「現在還有一件我們無從得知的事，那就是Y究竟是如期去了那公園呢，還是他早就察覺到X對自己抱持的殺意，所以事先做出了迴避，結果使得對方撲了個空呢？姑且假設他去了公園，那麼他有可能是搭乘地鐵到茶水站，從那裡走到公園，也有可能是坐上通往淡路町的路面電車前往那裡的；當然，我們也不能排除他是搭計程車前去赴約的可能性。如果他真的是搭計程車過去的話，那麼，只要能夠找到當時的計程車司機，或許就能對於Y這號人物稍微增添一些了解。從這裡再繼續挖掘下去的話，X的真實身分應該也很快就會暴露出來吧！畢竟，要找出Y的**表兄**，應該不是什麼艱難的任務才對！」

講到這裡，宇部的眼中不禁放出了光芒。美代子看著他的臉，過去的種種驀然湧上心頭：這男人從以前開始就喜歡空想，只要他一沉浸在自己的空想當中，就會露出像現在這樣的表情。她用彷彿看顧著孩子般的眼神，凝望著這個曾是自己丈夫的男人；（和那時候相比，他一點都沒有改變……），美代子在心底這樣想著。那個叫做Y的人物搭乘計程車的可能性，就算用百分比來算，恐怕也是極微渺小的吧！如果這世上的一切，都像宇部想的那樣順理成章在運作的話，就不會有那麼多艱辛與困苦了。

「所以，妳能否幫我跑一趟私家偵探那裡，拜託他幫忙找找看那位計程車司機呢？錢我之後會付給妳的，目前就拜託妳先幫我墊一下了。」

「好，我會去拜託看看的。」

美代子不想讓宇部失望，於是當下便一口答應了他的請求。

「對了，還有一件事……雖然不用我提醒妳也知道，不過妳在拜託偵探的時候，可千萬要記得裝出一副跟這次的案件完全無關的樣子喔！好比說，妳可以告訴對方，因爲妳丈夫把銀行裡的存款提領一空以後逃跑了，所以想拜託他們幫忙找找看丈夫的下落之類的。」

「我知道啦！像這種事情，你就安心交給我處理吧！明天早上，我幫你做一頓你已經好久沒吃的培根煎蛋；你先好好地吃上一頓，然後在結論出來之前，安心地大睡一覺怎樣？不過，雖然我收留了你，但你可別動什麼奇怪的念頭喔！」

6

昴宿徵信社報告　HO字第三一七〇號

關於此次委託之調查報告，其結果如左方所示。由於調查對象往返皆是搭乘計程車，因此調查的成果可說十分顯著。首先，根據隸屬於東京計程車暨出租車公會底下的「曙光交通」駕駛員——今井精藏先生所提供的證詞，六月三十日下午七時左右，曾經有一名體型微胖的中年男子，在新宿車站前搭乘他的車，前往神田淡路町。另一方面，根據東京汽車協議會所屬「八幡計程車」的駕駛員大岡常一先生指稱，同一天下午七點剛過，他曾經搭載著一名相貌體態與上述人物相似的人，回到了對方的家門口。

以下是為了保證結果的正確性，由錄音帶所收錄的談話聲音加以整理而成的文字內容。

「曙光交通」今井駕駛員的證詞——

（前略）當我開到二幸旅館前面的時候，那位客人舉起了手。一上車，那位客人立刻對我說：「到神田淡路町。那邊應該有個兒童公園吧？」當我回答說：「是的，有這樣一個公園」之後，他便馬上應著我的話說道：「那就在那邊的入口處停下好了。我可是要趕去幽會的喔，哇哈哈哈！」說完之後，他發出了一陣相當豪爽的笑聲。（中略）照著他的要求，我在公園的入口處將他放下了車，那個時候的時間，是六月三十日的下午七點五分左右。關於這點，不只在駕駛日誌上有著明確的記載，我自己也記得相當清楚。為什麼我會記得很清楚呢？原因是，那位客人真的就像是去幽會一樣，一路上滔滔不絕，興奮地說個沒完；同時，他在講話的過程中，還會不時地捧著肚子，發出「哈哈哈」的大笑聲。雖然我並沒有把他說的「去幽會」當真，不過說實話，我倒還真想看看，究竟是什麼樣的女人，會對這種男人傾心。

「八幡計程車」大岡駕駛員的證詞——

（前略）那是六月三十日下午七點半左右的事情。當我在神田的一家小吃店裡吃過晚飯，然後開車路經淡路町時，那位客人攔下了我的車；具體的位置，大概是在路面電車站的旁邊。那位客人年紀大約是在三十五歲左右，看起來有點福態。

不，他並沒有發出任何笑聲；彷彿是在沉思著什麼事情似地，那位客人就像水裡面的魚一樣，緊抿著嘴沉默不語。因為這樣，所以當時我還想他是不是去借錢，結果碰了個釘子。哦，不，不，沒有什麼別的理由讓我這樣想，只是因為他就像這樣把手抱在胸前，一言不發，所以我才會忍不住這麼想的。那位客人是在世田谷的松原町，一條小巷子的入口處下車的；在那條巷子的轉角處有一家豆腐店和一家泡菜店，相當好找，您可以去看看。

於是，我試著走訪了大岡駕駛員告訴我的那個地方。當走進小巷之後，馬上可以看見一棟兩層樓的舊公寓，您所要找的人就住在公寓一樓的八號房裡，名字叫做田之中仙五郎。正如大岡駕駛員的描述，此人年約三十多歲，身材略胖；從這點我可以判斷出，您委託我們尋找的對象，應該就是這位田之中先生。如果您想更詳細地了解這位先生的情況，請來電話，我們將繼續進行更深入的調查。

宇部將這份用打字機打在格子紙上的報告，仔仔細細地從頭到尾看了兩遍；他感到興奮不已，握著報告的手不禁微微顫抖了起來。

「怎樣，我說得沒錯吧！」他對美代子說著。

「的確，這是很不錯的線索呢！」

美代子放下手中的工作，用認真的表情看著宇部說道。她的工作是將剪下的賽璐璐重疊起來，創作出具有皮影戲風格的繪畫。因爲她的創作風格十分具有童趣，所以來自兒童文學領域的訂單相當地多，而她的收入也因此相當豐厚。

「田之中仙五郎是嗎……從來沒聽說過的名字呢。」

宇部壓低了嗓音，像是喃喃自語似地說著。

其實，房間的牆壁很厚，根本不用擔心聲音傳到鄰居的耳朵裡，不過，小心謹慎一點，總是不會錯的。

「沒聽過也是理所當然的嘛……我想，我還是盡快找個時間，過去他那邊一趟好了。」

「妳是想要他直接告訴妳，他那位**表哥**的名字嗎？」

「沒錯，我正是想當面詢問他一下；這樣最直截了當了。」

「是嗎……耽誤妳的工作，真是不好意思。我以前怎麼就沒有看出，妳是如此關心丈夫的女人呢？」

「我說啊，你可不要想歪了！如果你認爲我爲你做的這一切是出於愛情的話，那我可是會覺得很困擾的！我只是想讓你早點離開我這裡罷了，這樣的話，我也落得輕鬆愉快。」

美代子用毫不留情的語氣劈頭說著。

在那之後又過了四天。在這段期間中，美代子每天都會把市面上所有的報紙給買回來；每當她一進家門，心急如焚的宇部三郎便會像在搶奪似地，將她手上的報紙一把接過來，在桌子上攤開。

然而，案件卻似乎仍然沒有什麼新的進展。因爲警方一心認定犯人就是逃逸無蹤的宇部三郎，所以他們把全部的偵辦力量都投注在追查宇部的行蹤上；這樣一來，案件沒有任何進展，也是理所當然了。一開始時，搜捕宇部的通緝令就已經頒發到了關西一帶，不過並沒有任何效果，所以現在，整個搜捕範圍已經擴大到了九州地區。

那一天是星期一；美代子估算了一下，現在應該差不多是田之中仙五郎從公司回家的時候了，於是便走出公寓，準備前去跟他見面。

離開前，她溫柔地向宇部叮囑道：

「好好待在家裡，不要隨便把頭探出窗邊喔！」

「我知道了。」

「因爲我外出不在，所以家裡不能點燈。你要忍耐一下喔！」

「好的。」

「還有，不能看電視喔！要聽收音機的話，就戴上耳機聽吧！」

「知道了，知道了。辛苦妳了，拜託妳快點去吧！要是知道了田之中仙五郎那位表哥的名字，就打電話告訴我吧？我連一刻都等不及，想聽見妳帶來的好消息了！」

宇部順從地回答著。大概是因爲先前才剛剛被美代子責罵過的緣故，此刻的宇部，看起來顯得相當無精打采。美代子看在眼裡，一股莫名的憐憫不禁油然而生，說話的語氣也不由得溫柔了起來。

美代子來到了那間陳舊而寒酸的公寓當中，在田之中仙五郎的房間前，胡亂地扔著一雙男孩子穿的小長靴，看樣子，他應該是有孩子的人才對。不過，從他在計程車上，對司機開了那個「去幽會」的拙劣玩笑這點看來，他搞不好是個鰥夫也說不定。

當美代子敲了敲門之後，從門裡面探出一張未施脂粉的中年婦女臉孔。對方用險惡的目光，不停盯視著美代子；看樣子，她似乎是把容貌豔麗的美代子誤認成某家酒吧的女招待了。

「我想見見您丈夫，我是……」

「他不在！」

當婦人正準備狠狠地將門關上時，從屋子裡面傳出一個沙啞的聲音：

「有客人來了是嗎？是誰？到底是誰呀？」

「我叫谷川美代子，請把這個給您丈夫……」

美代子拿出自己的名片，強硬地將它塞進了女人的手中。知道來了個女客人，田之中仙五郎按捺不住，很快地在門口露出臉來；不過，當他發覺門口站著的是個他從沒見過的女人時，還是不免愣了一下。一會兒之後，仙五郎稍微回過神來，目光在妻子遞過來的名片與美代子的臉上來回不停地游移著，色迷迷地眼睛，幾乎快要瞇成了一條細縫，跟身旁妻子帶刺的目光形成了強烈的對比。

「您找我有什麼事嗎？」

「其實，我是有點事情想找您**表哥**，可是我不知道他的姓名與地址，所以……」

聽到這句話，仙五郎的臉色頓時變了：

「我什麼都不知道。我根本沒有什麼表哥表弟的，既然沒有，那要我如何回答您呢？」

好強的美代子當然不肯這樣輕易認輸；她的臉上露出了從容不迫的微笑，繼續向仙五郎追問道：

「我所問的，是那位您原本打算在淡路町公園裡會見的先生唷！」

「我說不知道就是不知道！什麼淡路町，我連聽都沒聽過！」

「喲，是真的嗎？」

美代子像在嘲諷似地反問著。她已經忘了自己來這裡的目的，是要問出那位表哥的名字；現在的她唯一想的，就只有如何拆穿眼前這個佯裝不知情的男人的假面具而已。

「當然是真的啦！」

「這樣的話，那我問你，你在二幸旅館前面搭上計程車之後去了哪裡？那時候，你不是叫計程車司機載你去淡路町的兒童公園，還說自己是去那裡『幽會』嗎？當時，聽說你的興致還滿高昂的嘛？」

聽到這裡，田之中夫人那原本一直盯視著美代子的險惡目光，忽然朝著自己的丈夫轉了過來。仙五郎像是虛張聲勢似地，反過來瞪著自己的老婆說：

「喂，妳不會那麼蠢，竟然相信這女人說的話吧？」

「呵，你的意思是說，我剛剛所講的，全都是胡說八道是嗎？你說我在撒謊，這還真是讓我感到相當意外呢！話說回來，你的幽會好像失敗了是吧？聽說你在回程的車上，一副失魂落魄的樣子。那兩個計程車司機，我可都認識唷！」

「老公！」

站在一旁的夫人顯然忍不住了，尖聲高叫起來：

「都這把年紀了，你還在跟誰幽會啊？喂，你說呀！」

「笨……笨蛋！我根本沒有跟什麼女人幽會啊！」

「你到現在還說這種話，是想要唬弄我嗎？」

「不是的！不是這樣的！」

和魁梧的身軀十分不相稱地，仙五郎似乎是個怕老婆的人。

「那，你到底是跟誰見面啊！」

「……是我**表弟**啦。雖然之前我從沒跟妳提過，不過我的確有一個**表弟**；我那天就是和那傢伙約好了見面。」

「不過，你並沒有見到你那位**表弟**的身影，相反地，倒是見到一個體態與你極爲相似的男子被殺死在公園裡。你在現場看見了那副景象，嚇了一跳，於是便失魂落魄地逃了回來對吧？」美代子毫不放鬆地說著。

「老公，這可是真的？」

田之中夫人聽了美代子的話之後，似乎也意識到她不是信口開河，於是轉過頭，向丈夫這樣問著。

「是真的，夫人！」

美代子見機不可失，立刻將攻略的目標轉向了田之中夫人身上。

當明白自己的丈夫差一點點就落入死亡陷阱之中後，田之中夫人的眼神整個變了；彷彿忘了美代子就在身邊似地，她一個勁兒地追問著仙五郎，問他這到底是怎麼一回事。

不過，仙五郎自始至終，卻只是不停地搖著頭。這時，他的回答已經變成了支離破碎的斷句，在他口中不斷重覆說著的，只是自己沒有去過公園，也沒有**表弟**。

「回去吧！我沒有什麼可回答妳的！快點滾回去！再磨磨蹭蹭賴著不走的話，我可要撒鹽趕人囉！」

「老公！」

爲了勸阻激動過度的丈夫，田之中夫人用高亢的音調大聲喊叫著。這時候，附近的鄰居聽見吵架聲，紛紛打開門，朝著屋外偷偷窺探著；察覺到他們的動靜，美代子心想，萬一要是誰去報警的話，那就麻煩了，於是便挑了個適當的時機，結束了這次的拜訪。

她招了部計程車，就像出門前的宇部一樣沒精打采地，朝東京站的方向駛去。那個微胖的中年男子爲什麼會中途忽然變了臉色，極力否認自己有一個**表弟**呢？這個疑問始終縈繞在美代子的腦海裡，揮之不去。

當美代子回到家裡的時候，宇部正在準備她喜歡的杜松子酒。

「因爲妳沒有打電話回來，所以我就猜想，情況一定不是那麼順利；」

聽了美代子的報告，宇部用勉強裝出的明朗聲音說著，

「不過，這當中肯定有什麼隱情在。」

「沒錯，這是毋庸置疑的。話說回來，像我們這種業餘人士，果然還是抵不上真正的偵探；我看，還是請那些正牌偵探再出馬一次吧！」

丟下這句話後，美代子連碰都沒碰一下裝有杜松子酒的玻璃杯，便轉身走進了浴室。

7

在等待昴宿徵信社再次傳來消息的這段期間，不管是宇部或是美代子，都漸漸變得焦燥不安了起來。在同一個屋簷下生活將近一個星期之後，隨著存在於彼此間的那種拘謹逐漸褪去，兩人不禁產生了一種錯覺，覺得現在的生活就是過去那種夫妻生活的延續；結果，原本性格就水火不容的兩人，只要遇上些許不順心的事情，就會像火藥一樣隨時爆發衝突。每當遇到這種情況，原本暴跳如雷、大吼大叫的宇部，總會在意識到自己所處的立場後，像個洩氣的汽球般癟了下來，低聲下氣地向美代子道歉。

「好了、好了啦；你會神經緊繃，也是情有可原的。剛才並沒有什麼誰對誰錯，只是我們抽錯了彼此的牌而已嘛！現在看來，當初我早點察覺到彼此的個性問題提出分手，似乎是個滿明智的決定哪……總之，只要再等個兩三天，你就可以堂堂正正地從這棟公寓的大門裡走出去了；在這之

前，就請你稍微再忍耐一下吧！如果你做不到這點的話，那我也會相當難受的。」

「我知道了啦。其實我現在根本沒有資格要任性，只是有時候，還是會控制不住自己的感情就是了。我所擔心的並不只是自己，公司那邊的事情，也讓我十分憂心呢！」

兩個人就這樣調整好自己的心情，互相勉勵了一番；然而，到了第二天，他們卻又會忍不住激怒對方，彼此爭執不休。就在這個關頭上，徵信社的報告到了。

田之中仙五郎出生在新潟縣蒲原郡C村的一戶農家；從當地的縣立D高中畢業後，他考進了東京的E大學，並順利完成學業。田之中仙五郎有位叔父，這位叔父有個比仙五郎年紀小一歲的兒子——也就是仙五郎的堂弟（譯註：日語的「表弟」和「堂弟」音義相通。），名叫田之中格之進。我認為，您所要尋找的人就是這位田之中格之進。

田之中仙五郎從初中開始，個性就相當的粗暴，是整個村子裡面的麻煩人物。至於他的堂弟田之中格之進，則是出生在隔壁村一個從事味噌釀造業的家庭當中，不過在大型釀造業的壓迫之下，他們家的事業逐漸走向式微，現在已經完全歇業了。另外，大約在十年前，該村曾經發生過一件事，這件事很有可能就是引發兩人糾紛的導火線。以下是我針對該事件所進行的記述。

昭和三十一年（西元一九五四年）七月三十日，時值發薪日的前夜，有一名竊賊在潛入F町農會的辦公室，殘殺了抵抗的值班人員，並盜走保險櫃裡的五百萬圓之後，逃逸無蹤。後來，警方根據現場的種種情況，判定犯人就是田之中格之進。不過，格之進卻宣稱事件當晚，自己正在距離五十公里遠的市區某間酒吧裡喝酒，還和某個女人在便宜旅館裡共度了一晚。他的不在場證明獲得了證實，因此警方迫不得已，只好將他無罪開釋。後來，村子裡一直有傳言說，那天在酒吧喝酒、和女人開房間的，其實是應該在東京就讀大學的仙五郎；是他扮演格之進的替身，做出了這樣的不在場證明。不過，因為沒辦法找到明確的證據證實這個流言，所以這個案子直到今天，仍然一直未能偵破。

大概是因為討厭面對村人懷疑的目光之故，從那以後，田之中仙五郎就再也沒有回過老家，而是留在東京結婚、就業。另一方面，田之中格之進則因為腦袋聰明，考進了大阪的一所大學；畢業之後，他進入了位在該市東區的西口貿易商社任職。

補充記述：田之中格之進在春季的人事異動中調職到了東京，現在正在神田須田町的分公司當中工作。根據我的調查，他的住址是松戶市G町十三番地。

看完了這份報告，兩人面面相覷，陷入了短暫的沉默當中。不論是誰，都不想因爲自己不恰當的言語，打壞了這份好消息帶來的難得氣氛。

「……原來叫田之中格之進啊！如果仙五郎只有一個**堂弟**的話，那就肯定是他沒錯了！」

「終於揪出他的真面目了！」

「農會案件的犯人，肯定就是他們兩個。不過，在犯下命案之後，兩人只要一見到彼此的臉，就會忍不住回想起當時的情境；這對他們而言，可說是揮之不去的夢魘。於是，他們決定分道揚鏢，在東京和大阪，過著彼此互不相干的生活。田之中仙五郎庸庸碌碌、發展平平，但田之中格之進卻因為頭腦聰明又認真上進，所以在一家正正經經的大公司裡面掙得了一席之地。接著，格之進升職來到了東京……」

「然後，他們可能在什麼地方偶然遇上了。看到堂弟飛黃騰達的仙五郎，肯定會以之前的案件為藉口，想辦法從格之進身上搞一點錢吧？這可是常見的劇本唷！」

「大概是這樣沒錯吧。面對仙五郎的糾纏，格之進感到相當驚恐；一旦仙五郎向警方密告的話，協助偽造不在場證明的他縱然有罪，但直接下手的自己罪責卻更重。因此，為了不讓事情演變成那樣，唯一的辦法，就是將仙五郎從這個世上給抹殺掉。」

不等宇部的推理結束，美代子便十分辛辣地接下去說道：

「於是，格之進為了把仙五郎誘出來，便和他約好在淡路町的公園見面，謊稱要在那裡交錢給他。話說回來，從仙五郎不只沒有質問格之進為什麼不跟他約在咖啡館之類的地方見面，還毫不懷疑地前往對方所指定的公園這點看來，他的腦筋實在不怎麼靈光。」

「沒錯，那傢伙不管怎麼看，都是一副腦袋遲鈍的樣子。總而言之，當他看見權藤的屍體之後，便大吃一驚地逃了回去；不過，以他那種遲鈍的腦筋，或許直到那個時候，他都沒有意識到自己剛剛差點被殺害吧！徵信社的報告說，仙五郎在回家的計程車上，一直都是一副魂不守舍的樣子，我想，那可是因為目睹殺人現場，受到震撼所引起的副作用吧！」

「是嗎？對於這點，我不贊成你的看法。十年前，他可是殺人事件的共犯喔！既然如此，他應該不是那種看到殺人現場就會震撼到說不出話的嫩咖吧！」

兩人的意見雖然又產生了對立，不過並沒有爆發像昨天那種吵到面紅耳赤的激烈爭執。

美代子看了看鐘；如果現在出發的話，應該剛好能趕上中午公司休息的時間。

「算了，我看妳還是別去了吧！格之進可不是仙五郎；他是個兩度殺人的兇手，要是把他逼急了，會做出什麼樣的事情來，誰也不知道。」

「別擔心啦；我會把他約到咖啡館來談話的！」

「不管怎樣，可別做出什麼無謂的冒險舉動哪！如果妳爲了救我而出了什麼事的話，那可怎麼得了？到時候，我大概就只好剃頭出家做和尚了吧！」

宇部雖然用開玩笑似的語氣說著，但眼裡卻看不見一絲笑容。

爲了讓宇部安心，美代子當著他的面，撥通西口貿易公司的電話，向格之進表達了希望和他在公司附近的咖啡館見面的意願。

「關於發生在淡路町的那個案子，我有些話想跟您談談。」

聽了這話，格之進在電話那頭倒抽了口冷氣，過了好一陣子才回答說：「我知道了」。美代子爲宇部準備好充作午餐的麵包、沙拉和雞蛋後，便離開了公寓。儘管如此，但她自己卻完全提不起任何食欲。

美代子招了輛計程車，朝著須田町的某家咖啡館奔馳而去。由於那家咖啡館同時還兼賣水果，所以與其說是咖啡館，倒不如說更像家冰果店。

田之中格之進穿著一件白色麻紗織成的衣服，在衣服的底下，可以看得出宛若足球員般的健壯體魄。大概是因爲要保持和女性見面應有的禮儀之故，他在白色上衣的外面又多套了一件外套。雖然是出身在同一個地方的**堂兄弟**，不過跟粗野的仙五郎相比，格之進的儀容遠遠要來得優雅而洗練許多。

「您有什麼話要說呢？我時間不多，能否請您快點告訴我呢……？」

格之進一邊勸美代子吃點香瓜，一邊用與健壯體格極不相稱的沉穩語氣說著。（在這種情況下，他應該不會突然動手把我勒死吧？）美代子在心裡暗暗想著。更進一步說，現在正是午餐時間，幾乎每張桌子上都坐滿了人，放眼望去，到處都是成群結隊的年輕上班族；格之進就算真想動手，也不太可能會選在這種場所。

「我在淡路町的公園裡，看見您殺害了那個叫權藤的人。」

美代子壓低聲音說道：

「我自己經營著一家公司，不過最近因爲虧損的關係，讓我感到相當苦惱。因此，如果您能不吝伸出援手的話，我會十分感激的……」

因爲不能讓格之進知道自己是宇部的前妻，所以美代子裝出一副敲詐勒索的模樣，靜觀對方的反應。

「您是在什麼地方看到這件事的？」

「透過醫院的窗戶望見的。

那天，我正好去那裡探視一位長期療養的朋友。那位朋友因爲長期住院感到無聊，於是便買了副雙筒望遠鏡天天看著外面。當時，我跟他借了那副望遠鏡，隨意地往外眺望，沒想到就看見了你的舉動。」

「您怎麼知道那是我？」

「因爲我在這附近，曾經遇到過你兩三次。」

「您說的話還真是奇怪呢……我這輩子真不曉得是怎麼搞的，怎麼好像總擺脫不了被人誤認爲壞人的命運呢？」

他的聲音依然沉靜而安穩，表情也顯得相當從容，

「如果您懷疑我的話，可以將這件事情告訴警方，我完全不會介意的。」

格之進用淡淡的口吻說著，感覺起來完全不像是在虛張聲勢；與之相反的，美代子則是開始變得不安了起來。

「您可不要覺得後悔哦！」

「根本沒什麼後悔不後悔的；畢竟，我可是有不在場證明的呢！」

「是嗎？那是怎樣的不在場證明呢？」

「這種事情，我想沒有必要說給您聽才對。我的意思是說，如果您報了警的話，我自然會對刑警說個明白；如果您還打算繼續這樣糾纏下去的話，那我就要反過來告您恐嚇了。」

格之進用低沉而充滿威脅性的語氣，對美代子說了這樣一句話。就在這一瞬間，美代子原本喪

失殆盡的自信心，又迅速地回到了她的胸臆之間。（沒錯！眼前這個男人，的確是個遇到事情不擇手段的惡棍！）她在心裡這樣想著。

對格之進撂下一句「我會去報警的！」之後，美代子便離開了咖啡館。不過，就這樣直接去報警，對美代子來說也還是有所顧慮，因此，她想了一想之後，決定還是先回去跟宇部商量一下對策再說。爲了防止格之進的跟蹤，她在路上連換了三輛計程車，最後才回到公寓。

當美代子一邁出公寓的電梯門，馬上就被等在那裡的七八名男子給團團圍了起來。那一瞬間，好幾台相機的鏡頭對準了她，按下快門的聲音此起彼落地響個不停；沐浴在眩目的閃光之中，美代子幾乎快要睜不開眼，整個人就像是凍結了一般，不知所措地佇立在原地。

這時，一個身材魁梧的中年男子分開人牆，擠了進來；他拿出刑警證遞到美代子眼前，對她說：「以包庇宇部的罪嫌，我要逮捕妳。」聽到這句話，美代子的眼前刹時變得一片漆黑。

當美代子在刑警陪同下來到公寓的大門口時，她看見在眼前背光的方向處，站著一名女子。那是她印象中曾經見過的藤本美紗。

「我想那傢伙一定躲在這裡，所以就打了個電話過來；不出我所料，接電話的果然就是那傢伙。」

美紗輕蔑地哼了一聲，對美代子冷笑著說道。美代子沒有回應，蒼白的嘴唇不停地顫抖、抽搐著。

對於谷川美代子的陳述，主任警部鬼貫表現出了相當大的興趣。從她兩度拜託「昴宿」徵信社進行調查的舉動就可以判斷出，她的證詞絕對不是爲了脫罪而任意信口開河。爲了慎重起見，鬼貫他們透過警察廳詢問了新潟縣警總部，得知在十年前，在當地農會確實有發生過這樣一起值班人員被殺、五百萬圓被盜走的案件；同時，他們也得知警方當時因爲嫌犯田之中格之進的不在場證明成立，只好在不得已的情況下釋放了他，而在此之後，這件案子就陷入了迷霧之中。大約在案件發生半年之後，當地的搜查本部才意識到其中的機關所在；但是對於格之進利用**堂弟**擔任替身一事，始終找不到明確的證據，因此也只是一種推測而已。

鬼貫心想，如果能夠弄清楚這次權藤被害的案件是不是格之進所爲，那麼格之進在十年前的農會案件中是否扮演主犯的角色，這個謎題也自然就能夠水落石出了。想到這裡，他開始對田之中格之進向美代子透露的所謂「不在場證明」，產生了強烈的關注之心。於是，他決定試著對有關這兩名堂兄弟的種種事情，展開一次正式的調查。

一名刑警到了仙五郎常去的一家小料理店進行調查，結果從一位在那裡擔任女侍、名叫南原真由美的女性口中，成功取得了相當有價值的情報。根據真由美的證詞，仙五郎曾經在新宿的街頭，和一名很有可能是格之進的男子偶然邂逅；當時，格之進明顯地露出了相當困擾的表情，而當兩人分手之後，仙五郎講話的態度，忽然間變得慷慨大方了起來。由此看來，仙五郎打算勒索自己的**堂**

弟，這點可以說是毋庸置疑的；而谷川美代子的主張，也就是田之中格之進爲了保護自己，決定下手殺害仙五郎，於是邀請堂兄到兒童公園見面，沒想到卻誤殺了身材、樣貌相似的權藤，這種想法應該也具有相當程度的真實性。

就在宇部和美代子被逮捕正好過了一星期的時候，鬼貫和田之中格之進見面了。兩人走進了須田町交叉路口附近的一家咖啡館裡，隔著一張小桌子對坐了下來。那裡距淡路町的案發現場不足一公里。

「我在報上看到了谷川美代子被逮捕的消息。說起來，因爲這事和我並不算是完全無關，所以我對它也很感興趣呢！」

格之進雖然叫了杯咖啡，但卻似乎完全沒有喝的興致，只是一昧地抽著煙，嘴巴連碰都不碰杯子一下。

「您說的『不算是完全無關』，指的意思是……？」

「我指的是，我被那女人誣指爲殺人兇手這件事情。之前不久，那個叫做谷川美代子的女人氣勢洶洶地來到我面前，指著我的鼻子，用極端無禮的態度對我說：『你就是兇手！』聽了這話，我的內心自然是大爲光火；不過，轉念一想，我又覺得對一個年輕女人發怒，無論如何都不是大丈夫應有的作爲，所以我就按捺住脾氣，告訴她說：『如果妳真的這麼相信的話，那就去向刑警舉發啊！』還好我很幸運，有足夠的不在場證明，所以在面對這樣的指控時，才能夠平靜以對，而沒有當場發火。」

格之進沒等鬼貫詢問，就主動說出了自己擁有不在場證明這件事。鬼貫見機不可失，立刻追問道：

「您的不在現場證明是什麼？」

聽到這句話，格之進仰起了略顯吃驚的面容，用他那細細長長、看起來十分聰明的眼睛注視著鬼貫。從鬼貫的角度看過去，格之進除了有一雙漂亮的眼睛之外，他那勻稱而高挺的鼻樑，也顯得形貌相當端正；只是，那張因爲驚訝而張開的嘴，似乎合不太起來，這是唯一的缺點。

「您也很在意我的不在場證明嗎？」

當反問完這一句之後，不等鬼貫做出任何回應，格之進便像是恍然大悟似地，自顧自地點了點頭說道：

「我明白了；看樣子，您是把那個谷川美代子的話當真了呢！既然如此，那我就跟您談談我的不在場證明好了。不過，在此之前，我想再謹慎地確認一下：權藤被殺的時間，是上個月三十號的晚上吧？」

「是的，那是晚上七點剛過不久的事情。」

「那麼，我就開始陳述我的不在場證明了；不過我想，按照時間順序，我還是先從前一天，也就是六月二十九號那天，我去大阪總公司出差的事情說起，這樣您也比較能夠清楚瞭解。我們公司規定，各個分公司每個月都必須派人回總公司進行彙報……」

鬼貫在膝上攤開了筆記本，繃緊了左右突出的寬大下顎，聚精會神等待著格之進接下來要說的話。

「那天我坐上午的新幹線去了大阪，大概在傍晚時分辦完了公事。當然，我可以立刻搭夜車回家，不過因爲最近公司的業務稍微有點空檔，所以我就請了兩天假。接著，當晚我就和總公司的同事們好好喝了一攤，然後在大阪的旅館裡住了一宿。」

講到這兒，他重新點燃了一支hi-lite香煙，不過仍然沒有碰咖啡。

「第二天，也就是三十號，我決定走訪一下自己從很久以前就想看看的倉敷。之前我雖然一直住在關西，不過在工作之餘，總是會不知不覺就變得懶散起來，所以有好幾次，都錯過了前往那裡參觀的機會。就觀光景點來說，那是個相當狹小的城鎮，除了美術館和民俗館之外，就沒什麼值得看的了。而且，那些在照片上相當有名的白牆倉庫、街道兩旁的柳樹，以及運河等風景，也都集中在小小一町的區域當中，走馬看花逛逛的話，花不了多少時間。」

「原來如此。」

「當結束了參觀之後，我來到車站，一邊看著牆上的地圖，一邊想接下來該到哪裡去才好；就在這時，我突然想到了一個學生時代認識的好友。他家就位在離倉敷不遠的兵庫縣境內，在火車站的正對面開了一間釀酒廠；在我印象中，他常會邀請我去他家住個幾天，順便品嘗看看他家釀造的金黃色好酒。既然如此，那我何不到他家裡去走走呢？當下我便產生了這樣的想法。」

說到這裡，格之進舉起手，叫來了服務生；他請服務生拿來列車時刻表，在桌上攤開了印有中國地方（譯註：中國地方，指本州島西部的山陽道與山陰道地區。）地圖的那一頁。

「從地圖上看，他家就在從姬路搭乘支線列車，稍微過去一點的地方。如果從倉敷搭上各站停車的慢車的話，大概只要晃上兩個小時半就可以抵達姬路；接著在姬路換乘通往新見的姬新線，再坐兩站就可以到達目的地了。因此，就時間上而言，可說是綽綽有餘。」

鬼貫看了看格之進用湯匙前端指著的地點；那是一個叫做「餘部」的城鎮。

「然而，當我到達目的地，下到了月台的時候，卻一下子傻了眼。月台上的車站標音，寫的是平假名的『Yobe』；雖然『Yobe』寫成漢字也是『餘部』，但我朋友住的『餘部』，讀音應該是『Amarube』才對啊！我只好出了剪票口，然後仔細研究起貼在牆上的鐵路圖；到最後，我終於明白了自己到底錯在哪裡。原來，雖然漢字同樣寫做『餘部』，不過讀做『Amarube』的『餘部站』是位在山陰線上；換句話說，我本來要去的是『Amarube』，結果卻陰錯陽差地，跑到這個位置截然不同的『Yobe』來了。」

「當您在倉敷站買票時，沒有發現自己弄錯了嗎？」

「說起來，也是我自己太過疏忽大意了。我在買票的時候，的確是跟站務員說自己要去『Amarube』，而對方也確實給了我一張去『Amarube』的車票。不過那時候，我記得售票員問了一句話；他問我是要搭伯備線過去呢，還是搭津山線？結果，我回答他：『就從姬路轉車過去吧！』等到我在『Yobe』下了車，重新看著地圖之後，我才發現站務員的意思應該是指經過津山、鳥取，再搭乘山陰線到達目的地，結果我卻誤解了他的意思，以爲是要在新見或是津山換乘姬新線到『餘部（Yobe）』去。我想那時候，他一定覺得這世上竟然有這樣的傻瓜，明明是要到山陰線，卻要搭山陽線去繞上一大圈。」

鬼貫看著攤開的鐵道圖，想要試著釐清對方話中的意思。那一帶的鐵路支線繁多、錯綜複雜，如果不是當地人的話，是很難弄清楚的。

「話說回來，要去『Amarube』的話，也可以先從姬路坐車到和田山，在那裏換乘山陰線。姬路站所賣給我的，正是經由這條播但線前往山陰的票。當然，那時我並不知道什麼姬路線、播但線的，這些地方鐵路的名字，我都是後來才知道的；畢竟，我本來就是個對地理沒什麼興趣的人嘛！」

格之進的這一段前言頗爲冗長，講了半天仍然遲遲沒有進入正題。不過，鬼貫對旅行的興趣超乎常人，所以，他並沒有顯露出不耐煩的神色，而是帶著興味盎然的表情，聆聽著格之進的話語。同時，他也是到這時候才第一次知道，在同一個縣裡面，竟然會並存著兩個寫法相同但讀音截然不同的車站。

「……就這樣，我在餘部（Yobe）站補足了票款後，走出了車站。當然，車站前是絕不會有什麼釀酒廠的。那時候我肚子也餓了，一想起自己的愚蠢，就忍不住感到有些惱怒，於是不由得心想，『乾脆就這樣直接回東京算了！』」

「原來如此。」

「可是，等到我去車站一看，天啊，那條見鬼的姬新線一小時開不到一班車，實在是有夠不方便的！於是我便放棄了火車，改搭上了回姬路的公車，沒想到在搭車的過程中，又正好遇到一件事……」

透過格之進聲調的變化，鬼貫清楚地感覺到，這個故事終於要接近核心了。

「在車裡，我看見一個女人拿出了片平板巧克力；當她正準備將巧克力放進嘴裡時，忽然間，巧克力『啪』地一聲斷裂開來，掉在了地板上。她並沒有把那塊髒掉的巧克力撿起來吃掉，而是拿出一片新的來，將包裝的銀紙撕開，準備繼續享用。就在這時，一個坐在離她不遠處的位子上、形容猥瑣的男子不知道在想什麼，突然大步走了過來，撿起落在地板上的巧克力，一邊像在嘲諷似地連聲說著『好吃！好吃！』，一邊將它大口大口地往嘴裡塞。」

「……」

「『現在的女人都不懂得愛惜東西！妳知道製造一個巧克力需要多少人手、需要多少時間嗎……？』吃完之後，他站在女人面前，開始滔滔不絕地說教了起來。不過，那女人也不是輕易認輸的個性，只見她霍地從座位上站了起來，開始對男子反駁著說：『現在的工廠都是自動化的，哪裡需要什麼人工？這巧克力是我花錢買的，我愛怎麼做就怎麼做，你管得著嗎……？』」

說到這裡，格之進不禁苦笑了一下。受到格之進的故事所影響，鬼貫的嘴唇不自覺地扭曲了起來；對格之進的感歎，他也有同感，的確，現在強悍的女人要比以前多得多了……

「開始時我想，要是演變成暴力事件的話，那我只好挺身而出，去保護那女人了。不要看我這樣，我對自己的臂力還算是滿有自信的。」

聽到這句話，鬼貫不住重新打量起了格之進的身材：他穿著一件漿燙得十分筆挺的短袖襯衫，從襯衫袖子下露出的，是一雙汗毛叢生的手臂；那雙手臂的筋肉隆起，看起來十分強勁有力。跟格之進繫在頸間的細領帶，以及洗練的穿著打扮相比，這雙粗壯的手臂顯得格外不搭調。

「不過，那個女人的氣燄遠比我想像的更盛，只不過短短的時間，她就把那個膽敢向她說教的男子給罵得灰頭土臉、落荒而逃了。而就在這時，我的眼睛偶然瞥見了那女人脖子上戴的首飾；剎時間，剛才的爭吵全從我的腦海裡拋到了九霄雲外去。」

鬼貫使了個眼色，示意他繼續說下去。格之進點上了第三根hi-lite；在他眼前的咖啡，老早就已經涼透了。

「我對收集古錢幣很有興趣，跟全國各地的友人也組成了一個同好團體。我們經常彼此交換情報，也會互相轉讓一些珍稀品；在這方面，我投注了相當多的熱情……好吧，讓我們回歸正題；當時，我注意到那名女子隨意掛在脖子上的鍊墜，竟然是一個明治初年發行的二十圓金幣。」

「那是很稀有的東西嗎？」

聽見鬼貫的詢問，格之進露出了一個「唉呀，你果然不懂」的表情，深深地嘆了口氣之後，對他說道：

「我想，那女人一定也知道那是極爲難得一見的貨幣，所以才會將它加工成墜飾戴在頸上的吧！不過，如果她明白那貨幣真正的價值究竟是怎樣的話，那她是絕對不可能像現在這樣，對它做出一些諸如打洞或是焊接之類的無聊事情的——按時價來看，那可是價值五十萬圓以上的東西哪！事實上，不僅僅局限於古老的金幣，在某些地方的倉庫裡可能沉睡著貴重的古銅錢或古文書，這樣的情況也是屢見不鮮。因此，從眼前這名女子的出現，我可以推斷出，在這條姬新線的沿線，發現這種寶庫的希望相當濃厚。對我們這些古錢幣收藏迷來說，這不啻是一個天大的好消息，而我也迫不及待地想要和同伴們分享自己的喜悅；因此，當我到了姬路之後，便利用等待上行列車到來的空檔，寫了明信片投遞給四位志同道合的朋友。

我想，那些明信片足以爲我的不在場，提供最有力的證明。」

「爲什麼？」

「在車上，我錯過了向那女人詢問姓名的機會；我原本想等快到姬路、準備下車的時候再問的，可是她在姬路的前兩站就下車了，結果沒能問成。於是，我在明信片上對朋友們說：『如果你們對我的報告感興趣，想要尋找那女人的真實身分的話，可以用在公車裡面跟人吵架這一點做爲線索，說不定能夠查出些什麼。』因此，只要您看了那明信片，就一定能夠清楚地瞭解到，當時我人千真萬確是在姬路那裡。」

就這樣，格之進滿懷自信地結束了他的證言。

鬼貫沒有馬上回答；他正在仔細思索，究竟該如何看待格之進所提出的不在場證明。如果他真的去了那個讀做「Amarube」的餘部鎮，和從事釀造業的友人見了面的話，那事情就簡單多了。然而，相對於這樣的直接證據，他剛剛所講的證詞，頂多只能算是間接的不在場證明；因此，對於其間的真僞曲直，目前還不能輕易地做出定論。

首先，必須要先調查明信片上是否真是田之中格之進的筆跡。再者，就算他真像自己所說的那樣，把公車上發生的一幕都寫進了明信片裡，但這件事是否真正發生過呢？關於這點，也還是必須找到當時的車掌以及乘客進行確認才行。另外，明信片上的郵戳是否真是姬路郵局的，還有發出時間是否真是在六月三十日的傍晚，這一系列的問題都必須要一一釐清；只要其中有一項不成立，那麼，格之進的不在場證明也就不能成立了。

「如果那些明信片全都被扔掉了的話，那我也束手無策了。不過我想，不太可能四個人全都將它扔掉了吧！」格之進這樣說著。

「嗯，像這樣的事情的確不太可能。不過，關鍵是案發時候的晚上七點鐘，您人在什麼地方？」

「我記得我在姬路火車站前下公車的時候，時間是差不多七點左右。當我寫好四封明信片，投到信箱裡時，七點半發車的『鷲羽8號』正好開始剪票，我就是搭乘這班普快列車回到大阪的。」

「那您在餘部（Yobe）乘上公車的時間，大概又是在什麼時候？」

「這個嘛，我想應該是六點半剛過不久吧！」

就時間上來說，格之進的證詞完全合情合理。接下來，只要判明他真的有搭上那輛汽車，那他殺害權藤的嫌疑就可以洗清了。更進一步說，只要他沒有殺害權藤，那麼警方到目前爲止，對於格之進被仙五郎恐嚇勒索一事所做出的判斷，也可以證明都是錯誤的。當這兩名**堂兄弟**在新宿相遇時，格之進露出的困擾表情，只不過是料理店女侍的誤解而已；而此後仙五郎忽然間說出慷慨的話，則可以看成他只是單純爲了討女人歡心，所以在那裡大吹法螺罷了。

「那麼，就請您告訴我您那四位朋友的地址與姓名吧。」

最後，鬼貫說了這樣一句話。

9

格之助的四張明信片，分別寄到了住在盛岡、奈良、東京、宮崎的四位古幣狂熱者手上；除了宮崎的那一張已經被扔掉了之外，其餘三張都完好無損。搜查本部以暫時借用的名目，請位在外縣市的那兩位收藏家將明信片寄回來；至於在東京的那一張，則是由警方直接派刑警去要了過來。

因爲這些明信片是格之進利用等車的時間寫成的，所以內容理所當然地並不算複雜；在小小的明信片上，格之進用龍飛鳳舞的字跡，寫了以下的內容：

剛才，我在沿姬新線行駛的公車中無意發現了一件實物，那是明治初年的二十圓金幣。老實說，當看到那東西時，我激動得簡直快要無法呼吸了。不過，遺憾的是，那金幣已經被加工成了墜飾，變成了某個女人掛在胸前的裝飾品。對方可真是個大外行啊，竟然看出這種會讓人感到懊惱不已的蠢事！當然，在不了解的情況下，會這樣做也是無可厚非，不過，一旦明白了那金幣真正的價值之後，我想那女人一定也會為之捶胸頓足吧！從這一點看來，在那一帶似乎還有其他隱藏的珍品等待發掘才對；如果你有進一步探求的意願的話，可以來這裡試著向公車的車掌與司機等詢問看看。只要你提起在六月三十號的下午六點半，從餘部（Yobe）發車到姬路的公車裡，為一片巧克力爭吵不休的悍婦的話，應該很快就能得到線索；畢竟，那是一班行駛在鄉間的公車，所以大部分的乘客應該都是熟面孔才對。以上事項向您緊急告知。於姬路火車站。

明信片上的收信地址寫的是東京都中野區打越町十二號，收件人的姓名爲石澤賢一。郵戳上打著「四一・六・三〇」，郵差收件的時間爲下午六時至九時，發信郵局爲姬路局。兩天後，剩下的兩張明信片也送到了。雖然在文字表達上多少有些差異與錯漏，不過整體來說，這三張明信片的內容基本上是大同小異的。因爲四張明信片是在同一時間投進同一郵箱的關係，所以，三張明信片上的郵戳也都是一致的。

在這種情況下，就像一般刑警會採取的行動那樣，鬼貫寫了封信給姬路的公車公司，向他們詢問在案發當天，是否真有發生過女人爲巧克力與人爭吵這樣的事情。他之所以沒有打電話，是爲了給對方慎重確認之後再回答的空間。另一方面，三封關鍵的明信片則是被送到了檢驗科，針對筆跡及郵戳的真僞進行鑑定；畢竟，僞造郵戳並不難，只要在松節油裡摻進煤灰，就可以達到跟油墨相近的效果。做完這一切之後，鬼貫便滿懷期待地，等待著結果的到來；有時他也會按捺不住焦慮之情，主動打電話去檢驗科詢問進度如何。

三天之後，各方的報告全都到齊了。

首先是汽車公司的答覆；他們表示，六月三十號的黃昏，在餘部（Yobe）到姬路間的公車上，的確發生過一起因巧克力而引發的爭吵。信上還補充說，當時有一位任職於姬路警署，名叫大泉的刑警也恰好在同一輛公車上，如果向那位刑警詢問的話，或許能夠對整件事情有更加清晰的了解也說不定。於是，鬼貫便撥了警方專線給姬路署，從那位大泉刑警口中慎重地聽取了他的說法，結果證明，田之中格之進自稱在車上所目擊到的爭吵，的確是事實無誤。

接下來是明信片上的筆跡；鑑定的結果也十分簡單明瞭，這些筆跡和格之進提供的樣本完全吻合。最後便只剩下郵戳墨水的問題了；在歷經顯微鏡及化學反應兩種方式的檢查之後，可以確定郵戳毫無疑問地也是真品。這樣一來，格之進的主張便一一獲得了有力的佐證；換句話說，警方已經確定，田之中格之進並非殺害權藤的兇手了。

「不知道是不是直覺作祟的緣故，在一般的情況下，只要不在場證明成立，那疑惑多半會一掃而空；可是這次，不知道爲什麼，即使有了這麼強力的佐證，我在心裡還是覺得，這件案子是由格之進所犯下的可能性依然很高……怎麼說呢，大概是一半一半吧！」

坐在搜查本部所在地——神田署二樓的一間辦公室裡，資深刑警丹那一邊吃著當做午餐的丼飯，一邊對鬼貫這樣說著。鬼貫打從以前開始，就一直相當信賴這位貌不驚人的刑警的直覺。

這時，丹那放下筷子問道：

「你知道在二課那邊，曾經發生過這樣一件案子嗎？」

不等鬼貫回答，他自顧自地講了起來：

「那是一起賄賂案，隨著案情的發展，調查目標逐漸指向某位國會議員；察覺到大事不妙，議員連忙慌慌張張地命令自己的秘書帶著錢前往四國，把所有的錢全數歸還給行賄的人。不過就在這時，發生了一件有意思的事：議員要那名行賄者把收據寫在明信片上，並且指定要他把收款日期寫成兩個月前；這樣一來，那筆賄款從外表看起來，就變成了單純的借貸關係。當然，不用說，明信片上寫的地址和收件人姓名，都是東京那位國會議員的，如果投遞的話，一定會直接回到議員的手中。」

「可是，如果只是在收據日期上動手腳的話，還不足以取信於人吧？」

「沒錯，所以接下來的部分才是真正的機關所在：那名議員叫秘書前往該鎮的郵局，請局長幫忙，在明信片上蓋上了兩個月前的郵戳。後來郵局局長供認說，那是在其他職員都下班回家後，他自己偷偷蓋上的。」

鬼貫之前從沒聽說過這樣的事情；丹那此刻的這番話，徹底引起了他的興趣。

「然後，那明信片並沒有投進郵箱，而是由秘書親自帶回東京了對吧？」鬼貫問道。

「是的。那議員被捕後，以該明信片爲證據，極力主張自己的清白。不過，因爲那明信片實在太乾淨了，所以反而引起了警方的懷疑；要是通過郵局遞送的話，應該會顯得更加髒污一點才對。於是，二課的近藤按照郵戳上所寫的地名，來到了四國那個小鎮的郵局；一看見他拿出那張明信片，局長的臉色當場就變了。就這樣，所有的把戲都暴露了。」

「因爲我們對於郵局的郵戳總是抱持著絕對的信任，所以在這方面根本不會產生任何的疑慮；

這個招數還真是有意思呢！」

「的確如此。那麼，這次的案件……」

說到這裡，丹那挺了挺他矮小的身軀，

「會不會也是使用了類似的手法？」

「哦？說說看你的推論吧！」

「格之進說案件發生時自己人在姬路，我看那根本就是謊話。犯案之後，他在某種機會下得知在公車上所發生的這件事情，於是便僞裝成自己親眼目睹的樣子寫下明信片，然後再請郵局的人幫他蓋上六月三十號的郵戳。那個時候，他肯定編出了什麼理由來欺騙郵局的局長或局員。」

「原來如此，有道理。可是，他又是如何得知發生在公車裡的那起小事件的呢？」

「我想，可能是在地方報紙的某個版面上，刊登了這樣一格新聞吧！」對格之進來說，不管在哪裡都好，只要能證明案件發生時，自己是位在遠離東京的地方就行了；因此，犯案之後，他便睜大了眼睛，拚命地閱讀全國的地方報紙，想試著從中找出一條發生在六月三十號晚上七點左右的事件。結果，他還真的找到了這樣一條偶然發生在姬路公車上的小事件，於是便宣稱自己去了一趟姬路。依我看，就算這件事情是發生在稚內的公車上，格之進也一定會毫不遲疑地，宣稱自己去了北海道一趟。」

彷彿完全沉浸在自己的推理之中一般，丹那一口氣不停地說著。

「的確，這也是一種必須愼重考慮的可能性……」

對丹那的推理表示了認可之意後，鬼貫開始提出自己的反論：

「你的想法很不錯。不過，我認爲在實際層面執行上，這樣的計畫可能會有相當程度的困難。比方說，格之進究竟找了什麼理由，來欺騙姬路郵局的人幫他蓋假郵戳呢？這本身就是一個大問題。再者，剛才你講的那個議員，人家有權有勢，可以向對方施加壓力，可格之進並沒有這樣的力量啊！還有，四國的這個案子是發生在一個小鎮上的小郵局裡，所以局長才可以隻手遮天；可是，姬路郵局卻不同，它不只規模較大，人手也相當的多。在這種情況下，想要偷偷摸摸做些什麼，基本上是不太可能的。」

「反過來想，正因爲是大郵局，死角多，所以更好避人耳目；這樣的可能性也不是沒有吧？」

今天的丹那與往常不同，顯得有些執拗。

「好吧。就算他解決了郵戳的問題，那麼，他又是怎麼把明信片送到那些人手中的呢？議員可以交由他的秘書帶回來，所以相對簡單，不過格之進卻辦不到這一點。如果他想要讓那些明信片迴避掉郵務系統的話，那他就非得特地跑到盛岡、奈良、宮崎這三個距離遙遠的地方，偷偷地把明信片投到信箱裡面才行。」

「未必要這樣做吧！他也可以把明信片裝到信封裡面再寄發啊！」

「這樣的話，收信人會發覺那張明信片是僞造的吧？」

「有可能，不過他們絕對想不到，自己竟然在殺人事件的不在場證明中，扮演了一個重要角色。再說，對那些古幣收集狂而言，如果以珍品做爲交換條件的話，他們腦袋裡第一個想到的，大概都只會覺得自己非常幸運；至於其他的事情，恐怕就不會那麼在意了。」

「是這樣子嗎？」

「在我認識的朋友當中，有一位人品高尙的政府官員，不過他同時也是個狂熱的集郵迷。他對郵票的痴迷，已經到了爲郵票使出一點詐欺手段也在所不惜的程度；事實上，只要一看到郵票，他的眼神就整個變了，就連原本高尙的人格，也瞬間變得卑劣了起來。關於這點，他本人其實也心知肚明；我想，像這類型的狂熱者，在心理上大概都是大同小異的吧！不過，話雖如此，我還是想親眼確認一下，自己的推理是否正確。既然現在一時之間沒辦法前往盛岡與奈良，那麼，我打算先去拜訪一下住在東京的石澤先生。」

鬼貫也不是不了解那些狂熱收藏者的心理，不過，比起這點，丹那的熱情更加讓他動容；因此，他還是允許了丹那前去向石澤賢一進行詢問。

下午三點剛過不久，丹那回來了。他那張原本就欠缺表情的蠟黃臉龐，此刻看來，更顯得比平常消沉了許多。看見他的表情，鬼貫就知道他一定踢到了鐵板。

「結果怎樣？」

「那傢伙實在太可惡了！」

丹那露出一副不願再提起的樣子說道：

「那個叫石澤的人，是一所高中的校長。當我拐彎抹角地試著向他詢問關於明信片的事時，他竟然擺出一副盛氣凌人的模樣質問我說：『你理解教育是怎樣一回事嗎？』他說，那張明信片毫無疑問是從姬路寄來的，寄到他家的時間大約是在七月一號或二號，總之就是在那個時間點左右。那校長還說，剛開始，他只是爲了當做學生的教材而收集古錢幣，但後來興趣越來越濃，於是就變成像現在這樣的熱情收藏者了。」

要說鬼貫打從一開始就對丹那的調查結果不抱任何期待，那是謊話。正因如此，當聽到丹那沮喪的報告時，鬼貫也不由得感到心中有著些許的挫敗滋味。

「辛苦你了！唉，不要一副那麼失望的樣子嘛！」

鬼貫一邊說著，一邊輕輕拍了一下丹那的手臂。這樣一來，格之進的不在場證明似乎愈發顯得堅不可破了。

10

就在這一天的黃昏時分，地方課的刑警將一位陌生的中年男子帶到了鬼貫面前。

「這位是姬路警署的刑警，他是爲了調查某宗縱火案件而前來此地的。他今晚就要搭火車回去了，不過在走之前，他似乎有些話想對您說……」

刑警說完之後，對身旁的男子打了個招呼，便逕自離開了。從姬路來的那名刑警名叫布施；經過簡短的自我介紹後，他馬上進入正題，對鬼貫說道：

「我是受同事大泉之託前來的；他要我前來東京的時候，務必跟您見上一面，他有些對您來說不知有沒有參考價值的話，想要轉達給您知道。」

大泉就是先前提過，在那輛從餘部到姬路的公車上，目睹了整個爭吵過程的那位刑警。鬼貫心想，布施刑警接下來所要講的話，肯定與那件爭吵有關，於是趕忙拉來椅子，讓布施坐下。

「我想您已經知道了在去姬路的公車上，一男一女發生爭吵的事……」

「嗯，這點我知道。」

「關於那名男子，後來發生了一件有點怪異的事情。」

（怪異的事？那是什麼呢？）鬼貫沒有問出口，只是聚精會神地聆聽著布施接下去要說的話。

「那名男子一直坐到位於終點的姬路站才下車；就在他準備掏錢付車資的時候，錢包中的錢撒了出來，在車子裡滾得滿地都是。在那當中除了十元硬幣外，也有些紙幣，好像還有好些百元硬幣，其中也有好幾個掉進了駕駛座的縫隙裡，一時之間急切取不出來。不巧的是，當時外面已經有乘客在排隊等候上車了，於是車掌便對男子說：『等今天營運結束，打掃車內衛生時，我們會替您將它們收集起來，請您今晚再過來取回。』不過男子卻回答說：『我等下馬上就搭火車回東京，今晚恐怕是沒辦法過來了。』於是，車掌只好向他要了地址姓名，答應他『之後會將這筆錢寄回去。』」

「也就是說，他不是當地人囉？」

「是的。接著，那天晚上，當公車結束營運開進車庫後，車掌和駕駛員便合力將錢幣給收集了起來；根據他們的計算，這筆金額大約有兩千圓上下。於是，他們便立刻用現金掛號方式，按照他寫的地址把錢寄過去了。」

說到這裡，布施刑警翻開筆記本，將它遞到鬼貫面前。在他攤開的那一頁上面寫著：東京都台東區下谷龍泉寺町之二，九〇二號，穎娃一臣（Ei Kazuomi）。

「穎娃、一臣……」鬼貫複誦了一遍筆記本上的名字。

「是唸做『Ei』嗎？還真是罕見的姓啊！」布施刑警這樣說著。

「以鹿兒島縣人來說，這算是個滿常見的姓。在枕崎線上，就有好幾處以『穎娃』為名的車站呢！」

鬼貫在無意間，又展現出了自己喜好旅行的那一面。

「那，您說的怪異之處又在哪裡呢？」接著，鬼貫又繼續問道。

「怪異的地方在於，寄出去的信很快就被退了回來。」

「也就是說，沒有叫做這個名字的人是嗎？」

「不，的確有穎娃一臣這個人，但他說不記得自己曾經掉過錢，所以不能收下它。公車公司對此也感到一頭霧水，於是再次去信詢問，最後終於弄清楚了，是那個男子擅自借用了穎娃先生的住址與姓名。」

（原來如此，這事果真透著蹊蹺……）鬼貫在心裡暗自想著。那男子既然留下了地址與姓名，那就表示他應該很希望能夠拿回那筆錢才對。雖然可以推斷得出，他是出於某種原因，所以才借用了朋友的姓名和地址，不過問題在於，他為什麼之後不去朋友那裡把錢拿回來呢？

「聽說，直到現在，他仍然沒有和穎娃家進行聯繫。」

「該不會還在旅行中吧？」

「應該不太可能；畢竟，他當時可是說『之後馬上就要乘車回東京』的。」

鬼貫帶著一副迷惑不解的神情，將穎娃家的地址與姓名抄在了自己的筆記本上。

「你們知道那男子的特徵嗎？」

「大泉說，因爲他當時站在離得比較遠的地方，所以沒能看清對方的模樣，不過還是可以勉強辨別得出，對方是個年約三十四、五歲，下顎線條尖銳的男子，整體相貌看起來，像是個精神頹喪的上班族。除此之外，如果還要舉出其他比較明顯的特徵，那就是他的雙眼之間隔得相當開。」

雖然是十分模糊的描述，不過這也是無法勉強的事情。

「不知道我轉述的這件事，對案情的偵辦是否有幫助？」

「嗯，很有幫助！」

「是嗎；我想大泉聽到了，一定也會很高興的。」

姬路署的布施刑警說完這句話後，看了看時間，便立刻起身告辭了。

布施刑警離開之後，獨自一人留在房間裡的鬼貫，開始試著將那名男子奇妙的作爲，從頭到尾重新思索一遍。除了不向朋友取回自己的錢這點讓人覺得很怪異之外，他之所以隱瞞自己的真實姓名，其中也一定有什麼不可告人的理由。

「如果把錢包裡的錢看做是差旅費的話，那麼男子之所以要隱藏本名的理由，也就能夠說得通了。看樣子，他大概是打算向老婆說錢掉了，然後偷偷把錢收入自己的私囊吧！這樣的心情，未婚者是無法理解的呢！」

之後，丹那對鬼貫這樣說著。

的確，鬼貫警部雖然已經邁入中年，但卻仍然一直保持著獨身的生活；不過，在他身邊的朋友當中，羨慕他這種生活方式的也大有人在。

「結了婚的人，成天想的都是怎樣從老婆手中偷偷攢下點私房錢，所以有時候，難免會下意識地想出一些歪主意。」

丹那瞇起了眼睛，笑笑地說著。（這個在局裡一向以愛老婆出名的男人，什麼時候也變成了這樣的丈夫……？）鬼貫不由得這樣想著。

「也就是說，我們可以認定，穎娃一臣是那名男子認識的熟人囉？」

「正是如此。不過，我看與其說是熟人，倒不如說是朋友；而且還不是泛泛之交，是交情相當好的密友。所以，我們如果向穎娃先生詢問的話，應該就能夠輕鬆找出男子的真實身分了吧！」

「事不宜遲，我馬上就過去試試看。」

鬼貫一邊說著，一邊從椅子上站起身來。

鬼貫說著，站了起來。關於這次的案件，警局裡大多數的人都傾向於認定宇部三郎是兇手；相對之下，始終認定田之中格之進有重大嫌疑的鬼貫，在搜查本部當中的處境則是日趨孤立。

穎娃一臣的家位在龍泉寺；從樋口一葉詩碑前的路口轉進去後，是一條雜亂而骯髒的小道，道路的盡頭便是穎娃家。當鬼貫前去拜訪時，穎娃一臣不巧正好外出了；他的父親穿著一條七分褲，腰上纏著腰帶，正在屋子裡看電視。老人的年紀大約七十來歲，看起來就是一副手藝人的模樣。

「如果是一臣的朋友，那我大多都認識，但我卻從沒聽說過，最近有哪個傢伙跑到了姬路去旅行。那是什麼時候的事啊？」

「上個月三十號。」

「那人長得什麼樣子？」

老人家雖然是鹿兒島出身，不過倒是說得一口流利的東京下町腔；向對方問過之後，鬼貫才知道，原來穎娃家從祖父那一輩開始，就已經移居到了東京。

「那是個年約三十四、五歲，下顎線條尖細，雙眼之間分得很開的男人。」

鬼貫將布施所說的男子相貌，大致向老人描述了一下。

「那不就是阿幸嗎，老公？」

當鬼貫說完之後，從屋子裡面忽然傳來老人妻子尖銳的聲音。

「笨蛋，妳給我閉上嘴，少說兩句行嗎！」

「我說錯了什麼嗎？說到尖下巴、兩眼分得很開，那講的不就是阿幸嗎？」

「怎麼可能是那傢伙嘛！」

「不是他的話，警察先生幹嘛跑到我們這裡來問話？」

「警察先生，您所說的，確定是六月最後一天的事情嗎？」

老人轉過頭看著鬼貫，用壓得低低的聲音說著。他那副鄭重其事，彷彿要再次確認的模樣，讓鬼貫不由得感到有點怪異。

「是的，是六月三十號的事沒錯；我所說的那個人，在那天傍晚把錢包給弄丟了。」

「這樣啊……果然是妳弄錯了，那絕對不是阿幸。」

他面對著鬼貫，向屋內的妻子這樣回答道。

「為什麼呢？」

「因為，阿幸那傢伙當時已經死了啊！」

老人說「已經死了」這句話時的微妙表情，引起了鬼貫的注意。

「我家那小子可是親自參加了他的葬禮呢！那個叫幸吉的傢伙，曾經和我家那小子在同一家玻璃廠裡工作過；他的手藝不錯，但不知道為什麼，跟社長之間就是合不來，後來遇到公司裁員，就被開除了。我家那小子跟他的交情特別好，經常一起去釣些像是香魚之類的魚回家。既然他已經死了，那又怎麼可能會出現在姬路那一帶呢？當然，如果這世上真有幽靈的話，那又另當別論了啦！」

這時，從隔壁的房間裡，傳來了老人妻子嘆息的聲音。

「他是病死的嗎？」鬼貫問道。

「不，是溺死的。」

「那是什麼時候發生的事？」

「三十號的傍晚時分。是在逗子、還是在葉山，我已經記不太清楚了，總之是在哪邊的海裡游泳時溺死的。」

「老公，他溺死的時間，不正是他在姬路現身的同一個時間嗎？這樣一想，就讓人覺得毛骨悚然呢！」

妻子似乎真的覺得那是幽靈作祟，用一派認真的語氣這樣說著；然而，對於像鬼貫這種不信鬼怪的人來說，這不過就是件難以理解的事情罷了。

「那的確是他本人的屍體嗎？我的意思是說，他的家屬有沒有可能認錯人？」

「他老婆說過，那的確是她丈夫沒錯；像這種事情，應該是不可能搞錯才對。」

有沒有可能搞錯，這點還必須跟幸吉的妻子見了面才知道；鬼貫在心裡這樣想著。

「啊，對了，我家那小子留下了些有關此事的新聞剪報；請您稍等一下，我馬上去拿來！」

說罷，老人便走進了隔壁房間，很快地拿出一本筆記本來。鬼貫翻開來一看，筆記本裡滿滿貼著的，都是從報紙上剪下來，有關於釣魚的報導；看樣子，穎娃一臣的確是個熱中於釣魚的人。在筆記本最後面將近半頁的地方，貼著好幾篇發生在茅之崎海岸的那起溺水死亡事件的報導。每一則報導的篇幅都相當小，頂多只有二十來行的程度而已。某晚報在七月一號的報導中記載著：三十號的傍晚，茅之崎海水浴場的管理員，在更衣室裡，發現了一套寄放在那裡、很明顯是屬於某位泳客的衣服；因爲那位泳客直到半夜還沒回來，所以他便向警方報了案。接到報案之後，警方便立刻前往海邊進行搜索，不過至今仍然未有任何線索，看來情況不容樂觀。據警方表示，留在更衣室裡的襯衫上縫有一塊姓名條，上面寫著「武原」兩字，另外還有五千圓的現金。

武原的屍體被海浪沖上岸，是五天之後的事情了；發現屍體的場所，是在茅之崎旁邊的辻堂海岸。他的妻子阿勝確認了遺體後，便將它領了回去。這些報導的內容都顯得太過簡略，對鬼貫提供不了太大的參考價值。

出了穎娃家後，鬼貫搭上了開往堀切的公車。鬼貫隱隱察覺得出，武原幸吉的死，只不過是整件事情當中的一個小環節；在他的背後，一定隱藏著某種讓人意想不到的重大秘密。每當鬼貫這樣想的時候，他就覺得連一刻都不能拖延；雖然現在的時間已經有點晚了，不過鬼貫急切的心情，卻讓他註定無法悠哉悠哉地，把事情留到明天再說。武原幸吉的家位在荒川對岸的濕地上；當鬼貫抵達時，那裡窗戶緊閉，悄無人聲。他一拉開玄關的格子門，一股濃烈的線香味立刻飄進了他的鼻腔之中。這時，幸吉肥胖的妻子走了過來；她一屁股坐在玄關的橫框上，將一把團扇遞給了鬼貫。

「沒什麼好懷疑的，我敢肯定，那絕對是我丈夫的屍體。」

她使勁地搖著頭，否定了鬼貫的質問。

「有什麼特徵可以證明這點嗎？」

「那可是我自己的丈夫，我是絕對不會認錯的。況且，他的背上還有燒過艾草留下的痕跡。」

據幸吉的妻子表示，當他的屍體被發現時，身上只穿著一條內褲；因爲他原本並沒有打算去海邊游泳，所以出門的時候也沒有帶泳褲。

「那天早上，我和我丈夫吵了幾句，然後他便繃著臉出門去了。爲了讓他消消氣，我特地做了他喜歡的柳川鍋（譯註：一種日本菜肴。將切開背去骨的泥鰍和削成薄片的牛蒡放入淺底鍋燉煮，然後加入雞蛋做成。），等著他回家，可是他卻一直不見蹤影。我心想他可能還在嘔氣，所以跑到某個朋友家裡借宿了，因此也沒有太在意，就自己上床睡覺了。然而，到了第二天晚上，我丈夫還是沒有回來，那時候我開始覺得有點擔心，於是便把這件事情告訴了某位熟識的刑警。結果，那位刑警告訴我說，在茅之崎海邊有人失蹤了，在他留在岸邊的襯衫上，寫著『武原』兩個字。我一聽當場就嚇到了，於是便急忙趕到那邊的警察局裡，看見了那件襯衫。沒有錯，那的確是我丈夫的東西。」

「屍體是在五天之後才被沖上海岸的，沒錯吧？」

「嗯，他們是跟我說，屍體是在這個月五號被發現的。」

「原來如此。」

對於幸吉的行動，鬼貫在心中總覺得有種難以斬斷的疑惑：既然他是傍晚時分去海邊的，那麼他白天在什麼地方，又做了些什麼呢？

「您丈夫是在茅之崎那一帶工作嗎？」

「他上班的地方不在那邊，不過我覺得，他應該是爲了工作才前往那裡的。雖然說是『工作』，不過其實也只是份臨時性的打工而已……」

「您方便告訴我，他的工作是什麼嗎？」

（既然聽說幸吉是個優秀的玻璃製作工，那麼他應該也是在類似的工廠裡上班才對吧！）鬼貫在心裡這樣臆測著。

「他是在一位學者那邊幫忙；當他接到這份工作的時候，因爲薪水很高，還高興了好一陣子呢！」

幸吉的妻子動了動鼻梢，用帶著幾分驕傲的語氣對鬼貫這樣說道。一個是正在失業的三十多歲男子，另一個則是學者，這樣的組合勾起了鬼貫極大的興趣。那麼，幸吉究竟是在幫什麼忙呢？

「那學者是個心理學家，雖然一週只需要上班一天，不過一天就有五千圓的酬金喔。開始時，我也覺得這當中一定有什麼問題……我猜想，那人會不會謊稱自己是心理學家，其實真正的目的是要欺騙我丈夫，讓他去幹一些不好的事情……」

「嗯？」

「不過，我後來弄明白了，那位先生是個真正的學者。據他表示，他是因爲想要知道世人在看見意想不到的東西時會有什麼反應，所以才要進行實驗。比如說，他會讓我丈夫躺在公園的椅子上裝死，或者穿上小丑的服裝，一邊吃著麵條一邊走在小路上……」

「那麼，又是誰在負責觀察、紀錄實驗的結果呢？」鬼貫問道。

「那是老師的助手在負責。他們兩人經常按照老師吩咐的方式，在外面一起到處晃蕩。據我丈夫說，他還曾經穿得像熊布偶那樣，在高崎的街上漫步呢！聽起來真是有趣極了！」

「您剛才提到的高崎，是群馬縣的那個高崎嗎？」

「是的，老師說隨著地方不同，人們的反應可能也會跟著不同，所以得經常到遠處進行實驗才行。」

「那也就是說，在您先生去世那天，他們可能是在茅之崎或平塚一帶做實驗囉？」

「嗯，或許就是這樣吧……可是，我丈夫死後，那位老師連一根香都沒有來上過。」

講到這裡，幸吉妻子的話裡突然充滿了怨恨的語氣。

「還真是個薄情的學者哪！」鬼貫感嘆道。

「不過，好歹也是給了我們這麼高的工資，我想還是得感謝一下對方才行呢……」

雖然幸吉的妻子從外表看起來好似十分堅強，不過在丈夫去世，留下自己孤零零一人的情況下，還是不免會流露出軟弱的一面。

「不過，就算工資給得再好，連根香都不來上，那又是另外一回事了。那個學者叫什麼名字？」

「這個我就不知道了。」

「那麼，他住在哪裡呢？」

幸吉妻子又用力地搖了搖頭，告訴鬼貫說：「關於這點，我也不知道。」

「那麼，他們之間又是怎麼聯繫的？」那名自稱學者的男子，忽然在鬼貫心裡蒙上了一層不透明的陰影。

「他總是在工作的前一天打來電話，第二天我丈夫便去約好的地方，由他助手開車來接。並在車上換服裝。工作結束後，回來的路上由那位助手付給工資。」

開始時，幸吉妻子對此事頗有疑心，曾讓幸吉去問問那學者的名字，但後來，看到對方給出如此高的工資，又開始感激起來，並想，弄不好的話，會惹對方不高興，於是也就沒有再提姓名的事了。其實，幸吉與那學者在第一次見面時就應該相互告知姓名的，而對方卻敷衍過去了。這樣，鬼貫更是覺得對方值得懷疑。

「他總是在工作的前一天打來電話，第二天我丈夫便前往他指定的地方，由他的助手開車來接送，並在車上換上流浪漢的服裝。至於工資，則都是由那位助手在回程的路上支付。」

剛開始時，幸吉的妻子因爲對此事頗有疑心，所以曾經吩咐幸吉設法問問看對方的名字，可是後來看到對方給的工資如此豐厚，又開始覺得應該感激這位老師才對。同時她也想，萬一一個弄不好，惹得對方不高興的話，那就糟糕了；所以，之後她也就沒有再提姓名這件事了。其實，幸吉與那學者在第一次見面時，原本就應該相互告知姓名的，可是對方卻曖昧地敷衍過去了；光這一點，就讓鬼貫覺得那名學者的行爲舉止更加可疑。

「那名學者的助手叫做什麼名字？」

「叫佐藤。」

「那個人不會跟妳丈夫一起下水游泳嗎？」

「那是個女子；她通常在把工資交給我丈夫之後，就自己一個人先回去了。」

原來，幸吉是跟一位女性共同搭檔啊！聽到這句話，發生在姫路公車上的那起小事件，不自覺地在鬼貫的腦海中浮現了出來。

「唉，昨晚一夜都沒睡好呢！明明我早就過了那種初出茅蘆的年紀，不管遇到什麼事情，應該都不會太過興奮才對，可是不知為什麼，我的心裡就是有洶湧澎湃的感覺，完全抑制不下來。」

聽鬼貫這麼一說，丹那不禁把臉湊上去一看；果然，鬼貫整個眼皮都是腫的。他和這位主任警部認識，也有相當長的一段時間了；之前，他從沒有看過鬼貫如此清楚地表露出自己的感情。

「昨天，一聽到幸吉老婆講的話，我就馬上想起了發生在姬路公車裡的那一幕。難道說，那整件事情只是武原幸吉與女助手合演的一齣戲嗎？為此，我一個晚上輾轉難眠，整個腦袋裡面裝的全都是這件事。」

「……」

「不過，奇怪的是，那名學者為什麼要隱瞞自己的姓名呢？不光是姓名，就連他究竟住在哪裡，也不願意讓人知道。他搞的那個實驗也沒有觸犯任何法律，根本沒有必要偷偷摸摸的啊！既然如此，那他為什麼不願意表明自己的姓名呢？」

「……」

「於是，我試著將田之中格之進代入那名學者的身分，結果，一切疑惑都迎刃而解了！格之進遭到自己的堂兄田之中仙五郎的恐嚇勒索；於是，為了保護自己，他便打算要殺掉仙五郎。然而，在那之前，他必須要準備好有力的不在場證明才行。經過一番思考之後，他決定使用那些明信片，來建構自己的不在場證明。」

「……」

「如果假定這一切都是格之進所為，那麼，事情的發展經過應該是這樣子的：首先，他決定在六月三十號傍晚實施殺人計畫，於是提前寫好了明信片；在明信片的內容中，他陳述了自己在公車上所目擊到的種種事情。他的目的是要將這些明信片寄往朋友家，好讓自己的不在場證明得以成立。然而，如果只是毫無理由地寫上發生在公車裡的吵架事件，再將它寄發出去的話，那一定會讓人覺得突兀，從而感覺出他是在為不在場證明做手腳。因此，他才會想要以古錢幣的事情做為引子；明信片的收信人全都是古錢收藏迷，以此為藉口，看起來就顯得十分順理成章了。」

「原來如此！」

「他讓女助手帶上這些明信片，與武原幸吉一起去了姬路。由於幸吉之前也曾經到外地做過『實驗』，因此對於這一次出差，他絲毫沒有任何懷疑。雖然這只是我的想像，不過我認為，他們應該是先去了倉敷，在那裡特地買了前往『餘部（Amarube）』的車票，結果卻在『餘部（Yobe）』下了車。我想，當時女助手肯定吩咐了幸吉去補票；這樣的話，一旦日後警方對格之進的證言產生了懷疑時，也能夠剛好絲絲合縫，而不至於產生任何奇怪之處。」

「這傢伙的用心還真是深哪！」

「當那個叫佐藤的女助手與幸吉乘上從餘部（Yobe）開往姬路的公車後，他們便按照格之進明信片上所寫的內容，開始演起了那一齣戲。恰好當時，姬路署的大泉刑警也同乘一輛車，這讓他們的演出更是完全達到了預期的效果。當然，毫無疑問地，格之進當時人在東京，他根本就沒有搭過那班車。」

「我懂了，原來是這樣子啊！」

「女助手與幸吉在餘部火車站同時搭上了那班公車，卻在不同的站牌下去，目的就是爲了不讓人懷疑這是一齣串通好的假戲。那個女助手在終點前兩站下了車；下車後，她將事先準備好的四張明信片投進了郵箱。可萬萬沒有想到的是，獨自一人搭車到姬路站的幸吉身上，卻發生了一件劇本中不曾寫到的事情……」

「你指的是錢包裡的錢掉出來的那件事嗎？」

「是的。那錢恐怕是格之進給他的差旅費，或是零用錢什麼之類的吧！畢竟，讓人家跑了那麼遠的一段路，意思意思地討好一下對方，也是必要的。不過幸吉呢，並不願意把這筆額外收入交到老婆手上，於是他便想了個歪點子，希望由朋友代替他收下這筆錢。本來，回到東京後，他應該儘快去穎娃一臣家，把事情說清楚的，不過，遺憾的是，他永遠也沒辦法做到這件事了。」

「我明白了。當幸吉回到東京後，格之進要他去彙報工作，或是說要慰勞慰勞他，總之找了個藉口，把他給約了出去。之後，格之進便把幸吉帶到湘南海濱，將他給溺死了；所以，幸吉根本沒有多餘的時間，能夠與朋友取得聯繫。」

「正是如此。格之進邀請幸吉下海與他一起游泳，當幸吉下到海裡之後，格之進便按住他的頭或者是用其他的什麼方法，將他給溺死了。接著，格之進自己游上岸，將幸吉的屍體留在海上。附帶一提，當他離開海濱的時候，當然也沒有忘了把幸吉的衣服給帶走；幸吉所穿的衣服，我想應該就是那件看起來像潦倒上班族，破舊襤褸的西裝吧！」

「是這樣的嗎……看來，我們還真是太過疏忽大意了呢！」

聽了鬼貫的推理，丹那不禁用手搔了搔自己的頭說著。

「讓我們再回到格之進的行動上；他在三十號的下午來到茅之崎海岸，僞裝成武原幸吉的模樣，來到更衣室換下襯衫與褲子寄存起來，這樣一來，就造成了武原幸吉是在六月三十號的黃昏，在茅之崎的海裡游泳時溺死的假象。我的這個推理是否正確，只要去他的公司問問就清楚了；那天，格之進應該會說自己有事要辦，然後想辦法提早離開公司才對。」

「我馬上就去調查！」

丹那幹勁十足地說道。

「事情大概就是這個樣子；格之進表面上人在姫路，因此他不可能在東京殺害仙五郎。不僅如此，就算有人對幸吉的死感到懷疑，也絕對不可能懷疑到『人在姫路的格之進』身上。這真可說是一石二鳥的不在場證明啊！」

聽了鬼貫的推理，丹那也深有同感地回應著：

「格之進的腦筋挺不錯的嘛；相較之下，他那位堂兄仙五郎可就遠遠不及了。」

「接著，從茅之崎海岸返回東京後，格之進便立刻趕到了與仙五郎約好見面的那座兒童公園。可是，在陰錯陽差的情況下，他卻把偶然坐在秋千上的權藤和夫誤認成仙五郎，並且殺害了對方。

當時，格之進並沒有意識到自己殺錯了人，因此才會在犯案之後，故作鎮靜地撂下那一句『說什麼堂（表）兄弟，到頭來還不是跟外人一樣……』。」

「嗯，我了解了。」

「現在，讓我們再回到案發之前的事情。三十號上午，女助手在出發前，有可能將幸吉帶到了格之進的家中；那是幸吉第一次前往那位所謂『心理學者』的家裡。

格之進應該是想，既然幸吉不可能活著回家了，那讓他知道所謂『學者』的真實身分就是田之中格之進，應該也沒什麼大礙才對。在那裡，他讓幸吉脫下自己的襯衫與長褲，轉而換上他事先準備好的襤褸衣物。當時，因爲過去每一次實驗前都要換服裝，所以幸吉絲毫沒有起任何疑心。格之進告訴他，這次他要扮演的是一個落魄潦倒的上班族，於是幸吉不疑有他，便爽快地將那套衣服給換上了。」

「原來如此。」

「格之進一定是穿上幸吉留下的那套衣褲去了茅之崎海岸，並在襯衫的口袋裡放進了一天的工資五千圓。這樣的話，就能夠讓幸吉看起來像是在神奈川縣參加實驗，領取了工資後，爲消暑去海邊游泳而淹死的樣子；格之進所想形成的，就是這樣的一種錯覺。」

「他的計畫還真是詳盡呢！」

「將幸吉的服裝留在更衣室裡之後，格之進穿著一條內褲，假裝成下海去游泳的樣子，然後在某個跟海水浴場有段距離的地方，換上自己事先藏在那裡的衣服，再回到東京。」

「看樣子，這傢伙在每一點上都考慮得絲毫不差呢！」

「問題在於那個女助手。她說自己叫做佐藤，這應該只是個信口胡謅出來的假名罷了。我想，她的真實身分恐怕是格之進的妻子吧！」

「我也是這麼想的。不過……」

丹那的話說到一半，忽然沉默了下來。這種時候對主任警部徹夜不眠想出來的推理迎頭澆上一盆冷水，不管怎麼說，他都會覺得很沮喪吧！

「丹那，你想說什麼？」

「這一切到目前爲止，都只是你的推理而已；換句話說，你並沒有直接而有力的證據，能夠支持自己的推論。」

「別那麼悲觀嘛！」

鬼貫露出了從容不迫的笑容，對丹那說道：

「如果你非得把『穎娃』這個姓的寫法告訴某人不可時，你會怎麼做呢？」

丹那伸出手指，在掌心間畫了畫；他發現，要是被人突然問起這兩個字的話，想用簡單的一兩句話就將它解釋清楚，的確相當困難。於是，他用帶點焦燥的語氣對鬼貫說：

「要是我的話，與其用嘴來說明，倒不如乾脆用筆寫出來給對方看看，搞不好還更快些。」

「對吧，不管是誰都會這樣做的！因此，當車掌拿出筆記本，詢問幸吉寄送金錢的地址時，他肯定就跟你想的一樣，會用筆把它寫下來。也就是說，如果車掌的筆記本上留有幸吉的筆跡的話，那就能夠證明，那名乘客的確是武原幸吉。這可是如山的鐵證喔！就在一小時前，我已經與姬路公車公司的營業課長取得聯繫，請他幫忙調查一下車掌的筆記本。對於這點，我可是抱持著相當程度的樂觀喔！你呢？你又是怎麼想的呢？」

夜之訪問者

1

在距離約定的下午一點一分不差的時候，谷口陽子抵達了徵信社。堀吩咐負責事務的女孩子，爲對方端上茶水；大約五分鐘過後，他走進了接待室。原本他可以不必如此裝模作樣的，不過，就算只是家小小的徵信社，擺出這種看似好像事務繁忙的架子，對他來說也還是必須的。

谷口陽子坐在窗邊，五官精緻的小臉像是要緊緊貼住玻璃窗似地，眺望著外面的景象。窗戶的下方是公車道，除了公車那灰色的車頂外，沒有什麼可看的。

當兩人在桌子前面對面坐定之後，堀開始簡單扼要地向陽子說明起「昴宿」徵信社的規定。其實，他之前已經將相關的書面資料郵寄到了對方那邊，所以，現在只是爲了謹慎起見，把重點再向對方提醒一遍而已。

「我知道了。」

谷口陽子用爽快的語氣回答道。她的嗓子有些高亢，但卻十分清亮、圓潤，相當動聽。

「那麼，您所要委託敝社的事項是什麼呢？」

「我要恢復丈夫的名譽。」

堀慢條斯理地從口袋裡拿出筆記本，放在膝蓋上攤開來。他從事該工作已經十五年，這樣的動作對他來說，幾乎已經到了駕輕就熟的地步。

「上個月一號晚上，在世田谷區太子堂公寓的七〇五號房裏，一個名叫丹麗子的夜總會女招待被人殺害了。」

堀默默地點了點頭；他記得，自己在報紙上曾經讀過這則新聞。

「案件是發生在十一點到十二點之間；由於有目擊者作證指出，我丈夫在那個時間走出了七〇五號房，另外，在房間裡也找到了一個犯人所遺落、疑似是我丈夫愛用的打火機，因此搜查本部便一口咬定，認爲我丈夫就是犯人。」

「我記得，您丈夫在那天深夜，就因爲遭遇交通事故而去世了，對吧？」

只見委託人緩緩點了點頭，化了淡妝的臉上忽然籠罩起一層陰影。

「他搭最後一班電車在平塚站下車後，沿國道步行回家，結果在途中被一輛汽車給撞上，當場便斷了氣。」

「真是太不幸了哪！」谷口陽子沒有理會堀的感歎，自顧自地繼續說了下去：

「對於搜查本部的結論，我完全無法接受。雖然死去的人無法開口，所以我丈夫也無法替自己做出任何辯解，但我堅決相信，他絕對是清白無辜的，真正的犯人另有其人！那目擊者看到的肯定不是我丈夫，而是另一個與我丈夫長得很像的人！」

說到這裡，陽子的情緒不覺激動了起來；掛在奶油色連身洋裝胸口的紫水晶墜飾，隨著胸口的顫動不停劇烈起伏著。像是要緩和對方情緒似地，堀請她喝了杯茶。那是在附近茶園買回來的狹山茶，喝過的人不論是誰，都對它的甘美贊不絕口。

「我想拜託您，幫我追出真正的犯人；只有這樣，才足以慰藉我丈夫的在天之靈。」

「撞到您丈夫的那輛車，是誰駕駛的？」

如果兇手真的另有其人的話，他很有可能會埋伏在谷口回家的路上將他殺害，然後再偽裝成一起單純的交通事故。

「是一個去箱根遊玩的女大學生駕駛的。」

「您丈夫在體型方面的特徵是怎樣的？」

「不胖不瘦，身高大約一百七十五公分左右。」

「他有沒有其他什麼比較明顯的身體特徵，比方說跛腳或是O型腿之類的？」

這個問題似乎強烈地傷害到了陽子的自尊心；一瞬間，她露出了憤怒的目光，狠狠地瞪著堀說道：

「我丈夫可是個美男子呢！」

堀那張滿面油光的黃色臉孔上，浮現了一個悄悄的苦笑。他年輕時候的身材倒也還說得過去，不過現在，他的身上、臉上到處都堆滿了贅肉，就算是在寒冬臘月裡，只要稍微動一下，也會馬上變得汗流浹背。

「您丈夫當時穿的是什麼樣的衣服？」

「黑色仿鹿皮大衣。」

「那位被害的女性跟您丈夫是什麼關係？」

「在我跟丈夫結婚之前，他們曾經短暫交往過一年左右的時間。聽我丈夫說，那個時候，因爲公司交際應酬的關係，他經常得去六本木的某家夜總會；在那裡，他認識了那個在夜總會裡面工作的女人，並且跟她逐漸產生了親密的關係。縱使到了現在，我跟丈夫都已經結婚了，那女人對我丈夫還是無法忘懷。她經常會把我丈夫叫到她那邊，對他吵吵嚷嚷地說些像是『你拋棄了我，我要在你面前死給你看』之類惹人厭惡的話。據說有一次，我丈夫只不過稍微表現出一點敷衍的神色，那女人就突然衝到陽台上去，抓住欄杆把身子懸掛在外面，擺出一副要跳樓的模樣。最近，她又改變了策略，死纏著我丈夫，要他出錢把過去寫給她的信買回去；她說，要是我丈夫不肯付錢的話，就要把它們交到公司高層的手上。」

「這根本就是赤裸裸的恐嚇勒索嘛！那，兩位付錢了嗎？」

「那女人獅子大開口，一要就是一百五十萬日圓，真是豈有此理！我丈夫堅持，不管怎樣，他頂多給到五十萬圓，再多就不行了。」

「您丈夫是否經常直到深夜才回家？」

「是的，他常常很晚才回來；每次我問他，他總說是自己跟同事去交際應酬了。」

「那麼，當晚他是跟誰在一起喝酒？」

「這我就完全不知道了。平常他回來之後，都會告訴我今天晚上是跟誰、又是在什麼地方喝酒，可是那天晚上，我還沒等到他開口，他就已經……」

要是和谷口庫之助一起喝酒的人願意站出來說明情況的話，那麼他在當晚的行動就能夠獲得釐清；在這種情況下，他的不在場證明也就能夠成立了。可是，距離案件發生已經快要一個月了，那個男人卻依然保持緘默，不願挺身而出。

「或許他有什麼難言之隱，所以無法出面也說不定；可是，難處歸難處，像現在這樣裝出一副沒事人的樣子躲起來，我覺得這也未免太過分了！我想拜託您，請您務必幫我把那個人給找出來！」

在說這話時，陽子的眼神彷彿像是變了個人似地閃動著光芒。

2

等谷口陽子離開後，堀吩咐事務員拿來報紙的合訂本，自己開始研究起這整件案情的內容。

一個月前的四月三號，丹麗子被人發現陳屍在公寓七樓自己的房間裡，發現者是新橋一家寵物店的店員。那天，他到麗子家送一隻她先前預訂的幼暹羅貓給她；當他來到門口時，聽見屋內有電視機的聲音，但卻一直沒有人來應門。他實在沒有辦法，於是打算將貓寄放到管理員那裡以後就離開；可不巧的是，那管理員生性向來討厭貓，所以任憑店員怎麼說，都不肯答應他的請求。到最後，店員只好跟管理員一起，再去試著敲敲看丹麗子家的門。當他們兩個到了大門前的時候，就像剛剛店員講的一樣，雖然房裡有電視機的聲音，不過麗子卻沒有任何回應。因爲感覺不太對勁，所以管理員拿來自己的備份鑰匙打開了門，結果發現了一副令人驚駭的景象：

丹麗子身著一條長襯裙，外面套著一件粉紅色的寬鬆睡衣，在她的後腦勺處，有一塊明顯的凹陷痕跡；看樣子，她似乎是坐在沙發上看電視時，突然從背後遭到了某人的毆擊。地板上滾落著一座青銅製的女子立像；如果握住它的基座再加以揮擊的話，就變成了再適當不過的兇器。事實上，警方在雕像的前端確實檢驗出了被害人的毛髮和血液，不過並沒有發現指紋；由此可以判斷出，犯人如果不是戴著手套行兇，就是在殺人後，小心翼翼地擦掉了上面的指紋。根據法醫推定，當被害者被發現的時候，大約已經死亡了兩天之久。

丹麗子出生在四國，今年二十四歲。她的身材頎長，膚色白皙，有一雙大眼睛，長相和某位最近大受歡迎的混血模特兒頗爲神似。事實上，她也的確曾經吹噓過自己是混血兒出身；不過，諷刺的是，透過案件的調查結果，證明了這一切全都是謊言，她的身體裡根本沒有任何一絲歐洲人的血液。當她的父母從四國到東京來處理後事時，兩人看起來就是一副鄉下農夫質樸的面容。

丹麗子雖然從家鄉來到東京已經四年了，不過說話時還是擺脫不了濃厚的家鄉口音。四國出身的客人聽到麗子的口音，總會覺得十分親切而趨之若鶩，不過相反地，一般的客人則是嫌她的講話太過土里土氣，並因此對她敬而遠之。正因爲這個理由，當她在俱樂部裡工作時，受歡迎的程度總是十分極端。另一方面，因爲工作需要的關係，她理所當然地很能喝酒；聽說她一次能夠喝下一升酒，完全不像是一般女人會有的酒量。比起調成粉紅色或藍色之類漂亮顏色的雞尾酒，她個人更喜歡金黃色的日本清酒。

當首先趕抵現場的刑警開始搜查時，他們發覺到現場除了電視開著之外，天花板的燈以及落地檯燈的開關也都打開著；由此可知，她是在晚上遇害的。透過更進一步的調查，警方推斷兇手犯案的時間是在兩天前的四月一號晚上十一點到十二點之間；他們之所以做出這樣的推斷，其實是有充分理由的。

首先，案發當晚十一點十分左右的時候，位在豪德寺車站前面，距離案發現場不過七百公尺遠的中華料理店「珍珍亭」，接到了一通叫外賣的電話；當他們一拿起電話，那位客人劈頭就說：「一碗什錦蕎麥麵；我很急，請快點送來！」店老闆還記得，客人所說的地址是「太子堂公寓，姓丹，仁丹的丹」，不過他已經記不得房門號碼了。話說回來，珍珍堂那天不巧適逢店休，所以老闆也沒有什麼必要把客人的詳細地址給抄下來；他向對方說了聲「今天休息」，拒絕了對方的要求之後，便準備掛上電話。不過，就在這時，他聽見話筒裡傳來對方說話的聲音：

「這下可糟糕了呢……煮速食麵可以嗎？」

根據老闆所提供的這個情報，可以斷定當時丹麗子家裡有客人，而且可以想像得出，這名客人跟麗子的關係必定相當親密。

除此之外的另一項根據，則是那台一直開著的電視；當警方發現時，它的頻道正設定在ＮＨＫ第一頻道上，而ＮＨＫ的收播時間是午夜十二點。將這件事與中華料理店老闆的證詞整合在一起，警方便得以推斷出，丹麗子遇害的時間是在當晚的十一點十分到十二點之間。而後，隨著調查的進一步發展，警方得到了一條更加明確的情報：有人目擊了兇手。

住在七一二號房的主婦對警方表示，當天晚上十一點二十分左右，她曾經看見一名男子從七〇五號房走出來。當時，她正替胃痛的丈夫出外買藥回來，結果在搭電梯上樓的時候，剛好跟犯人擦肩而過。

另一個目擊者則是東雲計程車公司的駕駛員；據他說，就在同一個時刻，他在那棟公寓前載上了一名疑似是谷口的男子，送他去了新宿車站。警方因此推測，谷口是在新宿喝了些酒，等心情平靜之後，才前往東京車站的。

堀仔細看完報告上的內容，將重點牢牢記在腦中，然後走出了事務所。在下樓梯的地方，他遇見了一位某貿易公司的女事務員；不過，對方卻只是冷冷地朝他瞥了一眼，然後就馬上別過頭去。在這座略顯髒亂的樓房裡，租用二樓辦公室的公司總共只有三家：一家瀕臨破產的貿易公司、「昴宿」徵信社，以及一家電話應召女郎公司。正因如此，所以堀被人當成是以敲詐勒索爲業的冒牌偵探，也是在所難免的事情。

他坐公車來到櫻田門，走進了附近的一家咖啡館，然後將一位專跑警視廳新聞的記者海老澤給找了過來。大學的時候，堀曾經爲還是高中生的海老澤當過家庭教師，教他英文、數學。當時那個因爲解不出畢氏定理而哭得唏哩嘩拉的少年，現在早就已經是三個孩子的父親了。不過，跑政府機關的新聞似乎也不輕鬆，每次兩人見面的時候，堀總會發現海老澤的兩鬢又新添了幾絲白髮。

「今天有什麼事嗎？」

啜飲了一口色淺味淡的咖啡之後，海老澤向堀這樣問道。店裡幾乎看不到客人的身影，老闆正坐在吧台的後面，悠閒地看著報紙。

「沒什麼大不了的事情；我只是想問一下，那件發生在太子堂公寓的女招待殺人案，後來有沒有什麼新的發展？」

「怎麼可能會有新發展呢！事情不是已經結案了嗎？就連搜查本部都解散了呢！」

「那也就是說，谷口庫之介就是殺人兇手了是嗎？」

「是啊。當知道他出交通事故死了的時候，刑警們全都感到遺憾得不得了呢！不過，你爲什麼會提到——」

「只是受人之託，稍微盡點工作上的本分而已。」

對於這點，堀並沒有再多說些什麼。接著，他又繼續向記者問道：

「除了谷口之外，就沒有別的嫌疑犯嗎？」

「除了他之外，就只有另一個人最可疑；被殺的丹麗子有個包養她的男人，那男人有個妻子，名叫岩間鈴。丹麗子原本預計在今年秋天，就要生下岩間的孩子；另一方面，聽說岩間鈴似乎不能生育，不管怎樣努力，始終沒辦法懷上自己的孩子。這樣一來，夫妻之間的關係會變成什麼樣子，完全可想而知。因此，不論是出於嫉妒，或是出於想要挽救夫妻間的危機，她都有充分的理由去殺害丹麗子。」

「那麼，警方爲什麼斷定她是清白無辜的呢？」

「據說是因爲她有明確的不在場證明。」

「嗯……」

堀在腦海裡，嘗試著將岩間鈴想成當天晚上丹家的那位客人。可是，她與麗子是仇敵關係，要說會出現那種叫蕎麥麵來款待對方的親密氛圍，那是根本不可能的事。

「不過，她既然主張自己擁有不在場證明，那她的不在場證明又是什麼？」

「這個嘛……警方既然都判明了谷口庫之介是兇手，那麼自然也就沒有更進一步追查她的必要了。因此，在這方面我也不是很了解呢！」

記者像是在替自己辯解似地說著。

「好吧，那我就直接去碰碰看好了！」

（這麼難喝的咖啡還要七十塊啊！）堀一邊這樣想著，一邊拿起收據，站了起來。

3

沒辦法生育子嗣的岩間鈴，想必是個得不到愛情滋潤，毫無器量可言的女人吧！在前往會面的過程中，堀在心裡自以爲是地如此描繪著對方的樣貌。不過，當岩間鈴真正出現在他面前時，他才意外地發現，對方竟然是個帶著銳利知性感的美人；不需用言語多加描述，光從外表就可以看出她的聰明伶俐。不過，這種知性美反過來說，就是一種冷冰冰的形象，這也是無法否認的事實。

當堀抵達時，岩間鈴正在銀座一家樂器的展示場裡彈奏電子琴。堀在那裡足足等了半個小時，直到岩間鈴彈奏的時間結束，輪到下一位彈奏者上場時，他才好不容易跟對方搭上了話。

他們一同來到了某間位於地下樓，擺滿觀葉植物的咖啡館裡；（這裡的咖啡也一樣不怎麼好喝……）堀在心裡暗自想著。的確，這家店的咖啡聞起來味道是很香，不過喝起來的口感卻完全不行。

「那案件不是已經結案了嗎？」

彷彿手上拿著的是某種不潔的事物似地，岩間鈴用塗滿指甲油的手指，輕輕拈起了堀遞過來的名片。

「沒錯，搜查本部已經解散了。」

「那麼，您爲什麼還要向我問起這件事呢？」

「因爲我接到情報說，被視爲兇手的谷口庫之介其實是清白的。如果他真是無辜的，那這整件事情就有重新調查的必要。我這麼說，並不代表我對您有任何的疑慮；這只是上司的命令罷了，就只是這樣而已。」

聽了這番話之後，岩間鈴的臉上並沒有露出任何不愉快的神色。

「調查我是毫無意義的；畢竟，我可是有不在場證明呢。」她淡淡地對堀說道。

「能告訴我您的不在場證明嗎？」

「因爲刑警之前就一直纏著我問了很多遍，所以那天晚上的事，我到現在還記得很清楚。那晚，當工作結束後，我和朋友一起去看了場電影，然後去了酒吧；事件發生的時候，我人正在酒吧裡。」

「那是位在哪裡的酒吧呢？」

「在二番館大廈的八樓，名字叫做『Pall Mall』。」

「您抵達酒吧的時間是幾點鐘？」

「這我哪裡會記得呢？不過啊，我跟朋友從電影院出來後，就直接走到了那家酒吧裡，一直到午夜十二點酒吧關門爲止，我們兩個都一直待在那裡喝酒。這樣還有什麼問題嗎？這可是連刑警都承認的喔！」

每當她提到「刑警」兩字時，就會像觸碰到什麼骯髒的事物般，不由自主地皺起眉頭。（這女人在背後提到我的時候，想必眉頭一定會皺得更緊吧……）看了對方的態度，堀不禁在心裡暗暗想著。

「那天和我一起去酒吧的朋友是我在藝術大學的同學，叫做石黑，現在在有樂町的一家報社裡工作。」

「我知道了，稍後我會去拜訪她的。對了，我想順便問問，您對遭到殺害的丹麗子小姐有什麼看法？」

「你還真是明知故問呢！」

岩間鈴嘲諷似地回答了這麼一句，然後拿出一根細長的香煙點上了火。（還真是個目光冷澈的女人啊！她丈夫之所以被別的女人迷住，恐怕也是因爲承受不了這種冷冽的緣故吧！）堀忍不住這樣想著。

出了咖啡館後，堀給那家報社的文化部打了個電話，接著便向有樂町走去。從銀座到那裡，只需要花上短短五分鐘不到的時間，距離相當近。

來到這裡，堀又走進了另一家咖啡館。這是一家以販賣茶聖不昧公（譯註：不昧公，日本江戶時代著名諸侯松平治鄉的別號；治鄉除了身為諸侯之外，同時也是著名的茶道宗師及和果子品嘗家。）喜歡的和果子而著名的和風咖啡館；堀在這裡並沒有點咖啡，而是改叫了抹茶。石黑繁用駕輕就熟的姿勢，端起茶杯送到了嘴邊。既然剛才岩間鈴說她們是同學，那麼兩人的年紀應該相仿才對；不過今天石黑繁穿了條長褲，整個人流露出一股男孩子般的風采，再加上那張尚未褪盡少女氣息的圓臉，因此在堀的眼中，她比岩間鈴看起來，至少年輕了五歲以上。

根據以往的經驗，面對這樣的女性，坦率以對所能收到的效果會比較好；做出這樣的判斷之後，堀便直率地向石黑繁陳述了自己對岩間鈴所抱持的懷疑。

「偵探先生您會這麼想，也不是沒有道理，可是阿鈴絕對不可能是兇手；畢竟，那天從黃昏開始，我們兩個就一直在一起，她根本沒有犯案的機會啊！」

「聽說兩位是在酒吧裡面對飲是嗎——」

「是的，我們是在『Pall Mall』喝酒。因爲是會員制的關係，那家酒吧的氣氛相當好；每當女招待一把酒送上來之後，就會馬上回到吧檯裡面，那種毫不散漫的態度，總讓我有種清爽的感覺。」

「您是會員嗎？」

「不是，不過阿鈴是會員。」

「兩位確實是一直待到酒吧關門才離開嗎？」

「是的，那家酒吧關門的時間是午夜十二點。接著，我們一起走到有樂町車站之後，才互道分手。她住在大森，我則是住在市谷。」

「妳確定，這些都是發生在四月一號晚上的事情沒錯嗎？」

「討厭啦，你在問些什麼呀！不管是我還是阿鈴，都還沒有老到那種連日子也記不清的程度吧！您要是覺得有問題的話，可以去『Pall Mall』看看；那裡是會員制，出入都要規規矩矩簽名的。您看到簽名的話，應該就能相信了吧？」

堀向石黑繁問了二番館大樓的所在地，將它抄在筆記上。事實上，他自己愛去的是那種更加庸俗鄙陋的酒吧；要真正品嘗出酒的美味，就是要握著女招待的手，一邊開著下流的玩笑一邊喝酒才行。哼，那種所謂「高雅」的酒吧，到底好在哪裡了……？

4

第二天早上，沉重的醉意讓堀感到頭痛欲裂。雖然他用了以酒解酒的方式，想要試著化解頭痛，不過直到中午，整個糟糕的情況仍然沒有好轉起來。昨晚他去拜訪了「Pall Mall」，結果證明了岩間鈴所說的都是事實，這讓他不禁感到一陣徹底的絕望。為了調解一下自己的心情，他跑到了新宿一家酒吧裡面去喝酒，不過那裡的酒在品質方面似乎不怎麼好，喝了以後就讓他一直頭痛到現在。

喝下一杯梅乾茶後，他給事務所打了通電話，然後走出了公寓。他要去的地方，是位於世田谷的太子堂公寓；他想去那裡，親耳聽聽那位自稱「目睹兇手身影」的主婦怎麼說。

從小田急線的豪德寺站往前走十來分鐘，就可以看見太子堂公寓彷彿像是君臨周圍的庶民宅邸般，聳立在整片住宅區的正中央。在佔地寬廣的公寓區域中，一號到三號館挾著中庭並排林立著；丹麗子的家，就位在一號館的七樓。

「最近這陣子，出租公寓或是集合住宅之類的玩意閒置的情況相當普遍，所以也沒有什麼膽大包天的傢伙，想要租那間鬧過人命的房子。唉，只有繼續等下去囉！」

坐在不斷上昇的電梯裡面，接過堀偷偷遞給他的煙錢，心情一下子變得很好的管理員，用一副事不關己不關心的悠然語氣，對堀這樣說著。聽了他的話之後，堀在心裡想著：既然好不容易到了這兒，那就順便去看看七〇五號房吧！於是，他便請求管理員，帶他到七〇五號房去一趟。

走廊上幾乎看不見任何人影，因為牆壁很厚的關係，從外面也聽不見屋子裡面的動靜。既然如此，那麼鄰居完全沒有注意到丹麗子的房間裡面連續響了兩天的電視聲，也在情理之中；堀不由得這樣想著。

「哪，您就自己進去隨意看看吧！裡面的布置跟當時完全一樣，沒有任何的改變。她住在四國的父母回去時，曾經拜託我幫忙將這些傢俱處理掉；我正在想，這陣子要請中古傢俱店的人過來一趟呢！」

堀本來就是個多少有點愛湊熱鬧的人，這時候，他用興味盎然的目光，仔細窺探著房間內部的景象。麗子死時坐著的沙發位在距離電視三公尺遠的窗邊，方向正對著電視機。

「打火機掉在什麼地方呢？」

管理員用骨節嶙峋而粗短的手指，指了指三面鏡的地方。

「就在那上面。你看看，那鏡子、那桌子、還有床，不管哪一樣，可都是花了大筆錢的好東西；可是，人死了，一切就都沒意義了哪！」

堀盯著那張豪華的雙人床看了一會兒，忽然覺得有些目眩起來，不由得默默地點了點頭。雖然只是平凡無奇的想法，不過管理員的感嘆，卻可說是對眼前的景象，最真切也最直接的註解。

自稱看見兇手的主婦，是住在斜對面的一位銀行員的妻子。堀和這名透過門縫窺探著他的主婦，站在門邊談起了話來；當她看了一眼堀遞過來的名片之後，臉上馬上露出了警戒的神色，堅決不肯讓堀進到房間裡面。不過，堀倒是對此不怎麼在意；畢竟，遭受這樣的待遇，對他來說，早已是司空見慣的事情了。

「那是發生在當晚十一點二十分左右的事情。當時我剛走出電梯，往家裡的方向走去，結果正好跟那個從丹小姐房裡走出來的男人擦肩而過。不知道是不是因為太過激動的關係，我看他的眼角吊得半天高，整張臉上充滿了憤怒的神色。」

如果是十一點二十分的話，那就是麗子叫蕎麥麵外送之後的十分鐘。

換句話說，這齣殺人大戲就是在這十分鐘之間拉開序幕，然後又迅速落幕的。整齣戲的情節大概是這樣子的：麗子和那位沒有吃到蕎麥麵的客人一同坐在沙發上，開始看起了電視。在看電視的過程中，男子一邊窺探著麗子的動靜，一邊不動聲色地悄悄站了起來，伸長手臂拿下了原本放在擺飾架上的青銅雕像。接著，他裝出一副若無其事的樣子，繞到了沙發後面；而這時，麗子正沉浸在電視的情節中，完全沒有察覺到危機正向自己逼近而來——不，或許她已經發覺了男人的動靜，但卻仍然對此毫不在意，整個人還是一副悠然自得的樣子。下一個瞬間，伴隨著呼嘯的風聲，青銅像被揮動了起來；當一陣令人不快的悶聲響起之後，女人的頭蓋骨被擊碎了。然而，就算到了最後的這一刻，麗子仍然不知道究竟發生了什麼事……

「……對了，警方說兇手是死於交通事故的谷口庫之介，關於這點，您看清楚了嗎？」

「我不是說了，他當時看起來很激動，眼角吊得半天高嗎？」

「不過夫人，您有沒有想過，您看見的那人也有可能不是谷口庫之介，而是其他男人呢？」

聽到這話，女人的臉上露出了明顯不悅的表情。她目不轉睛地，盯視著堀那張堆滿了肥肉的大臉；那視線就像是在品頭論足一般，在堀的小眼睛與大鼻子間不住地來回眺望著。

「我應該是不可能認錯才對；畢竟，那人可是個少見的美男子呢！」

女人微微顫動著鼻翼，用頗爲興奮的語氣對堀這樣說道。

走出公寓的時候，堀感覺到困擾自己許久的宿醉頭痛終於好了一些，同時也感覺到一股猛烈的空腹感忽然襲捲而來。（的確，從早上到現在，我幾乎什麼都還沒有吃呢！）堀在心裡這樣想著。就在他餓著肚子在大街上閒晃的時候，忽然間，一塊寫著「寶萊軒」的中華料理店招牌映入了他的眼中，於是他便急急忙忙地，踏進了那家店裡。他一向不喜歡太過油膩的食物，所以對於中華料理並不怎麼熟悉；當他拿起菜單來的時候，對於上面標示的料理究竟是怎樣的口味，他也完全一竅不通。最後，實在沒辦法，他只好草草點了份再普通不過的湯麵了事。

或許是因為午餐的時間已經過了的緣故，餐館裡沒有其他客人，就連電視也關上了。堀感到閒得發慌，於是拿出了煙就要抽起來；不過，就在這時，他的手忽然在半空中停了下來。他感覺到，自己心中彷彿有什麼東西，正在猛烈燃燒著。

「讓您久等了！」女服務生的聲音，將他的思緒喚回了現實之中。

「那個，我想請問一下，這家店每個月的休息日是哪一天呢？」

「十五號。」

「那麼，你們四月一號有營業嗎？」

「那當然啦，就說了每個月的休息日是十五號嘛！」

（還真是個盡問些奇怪問題的客人呢！）年輕的女服務生噘起了嘴唇，不以為然地回應著。

案件發生的那天晚上，麗子想為來客買一碗麵，於是打電話去了「珍珍亭」叫外賣，可不巧那天「珍珍亭」休息，所以遭到了拒絕。可是，她為什麼不打電話到這家「寶萊軒」來呢？這裏離她家更近呀！如果說，她一開始就打電話到「寶萊軒」，結果遇到這裡公休，因此在不得已的情況下，才打給更遠一些的「珍珍亭」，這倒可以理解；可是，眼前這位女孩卻說，他們四月一號的時候有營業。既然如此，那爲什麼麗子不是打到這裡來，而是選擇打電話給「珍珍亭」呢？像現在這種各個餐館都嫌人手不夠的時候，店家會拒絕爲距離較遠的地方提供外賣服務，這也是理所當然的事情，麗子不可能不知道這點的。

「珍珍亭」的老闆說，在電話掛斷前，偶然聽見電話那頭傳來對方說話的聲音；據警方判斷，那應該是麗子在問客人要不要煮速食麵。那麼，在問對方要不要速食麵之前，她爲什麼不給這家「寶萊軒」打電話呢？

堀越想越覺得事有蹊蹺。是不是這裡的飯菜太過難吃，或是不合她的口味呢？

想到這兒，堀立刻將嘴湊到碗邊，喝了口湯。或許只是因爲肚子餓的關係，他覺得這湯的味道相當不錯；不過，他敢保證，這至少絕對不是那種會讓麗子的味覺神經難以接受的料理。話又說回來，要吃麵的不是麗子，而是客人呀！就算自己多少覺得有點難吃，客人也不見得會跟她有一樣的想法吧！可是，儘管如此，麗子仍然沒有打電話給「寶萊軒」。這是爲什麼呢？

如果「寶萊軒」是家不送外賣的店，那事情又另當別論了；可是，自從堀在桌子前坐下到現在，他已經聽見有兩處地方叫了外賣，而且其中一處已經由戴著廚師帽的店員送去了。同時，在店裡的牆上，也貼有寫著「外賣迅速確實！」的標語。

「那個……」堀再次開口向女孩問道，

「雖然這樣問或許有點怪異，不過我還想再問一個問題：前一陣子被殺的那位丹小姐，曾經與貴店起過爭執嗎？」

「絕對沒有這種事情啦，這位客人！」

店老闆從廚房的窗口探出頭，對堀這樣回答道。他的頭上斜戴著一頂廚師帽，臉色紅潤，下巴上的鬍鬚刮得相當乾淨。

「她相當愛吃中華料理，是我們店裡的好主顧呢！」

「可是，既然如此，她在遇害當天晚上，爲什麼選擇打電話給『珍珍亭』叫外賣呢？這樣豈不是無視於貴店的存在了嗎？」

「就是呀！雖然對於已經過世的人，我們也不好說長道短的，不過在這件事情上面，她的確表現得很不夠意思，就連我自己也覺得很不高興哪！我們這裡的味道絕對不輸『珍珍亭』，在價格方面還可以打折，更重要的是，我們這兒可比『珍珍亭』乾淨得多了！不過，話說回來，就算是廚房裡有蟑螂爬來爬去，有些客人也還是不會在意的啦……」

提起丹麗子那晚的行動，老闆的不滿整個寫在了臉上。堀對此也深感疑惑，不過，他還是想不出有任何合理的解釋，能夠說明丹麗子當晚爲什麼要這樣做。

堀掏出手帕擦了擦嘴，將七枚十圓硬幣放在了桌子上。

堀將希望寄託在另一位目擊者，也就是計程車司機的身上。他先打電話去東雲計程車公司問了問；對方告訴他，寺田今天沒有輪班，現在應該在宿舍裡休息，於是堀便立刻在路邊招了輛計程車，直奔深川而去。

東雲計程車公司位在州崎的弁天町；那一帶直到前幾年赤線（譯註：赤線，畫分日本著名合法風化區「吉原」與外界區域間的分界線，一九五八年日本禁止公開賣淫，該線亦隨之廢止。）廢除爲止，都是屬於風化區的範圍。堀乘坐的計程車沿電車道行駛一段路之後右轉，來到了運河邊；在那裡，堀下了車，改用步行的方式過了橋。

過去風化區所留下來的建築物，現在幾乎都成了工人和店員的宿舍。或許是因爲考慮到會給住進這裡的青少年帶來不好的心理影響之故，過去漆滿了俗豔色彩的外牆，現在也都改頭換面，漆上了樸素的灰色或茶色。不過，這樣的改頭換面，對於建築物本身的結構顯然還是鞭長莫及；從入口處的門柱，或是門上鑲著的菱形玻璃之中，仍然可以依稀窺見此地以前的風貌。

和其他建築物相比，東雲計程車公司的宿舍雖然也不例外地，是由過去的妓女院所沿用而來，不過因爲這裡居住的都是成年人，所以原有的風貌幾乎完整不動地被保留了下來。要說有什麼變化，那就是屋子上多了一個招牌，上面寫著：「東雲計程車公司單身宿舍」，就只有這樣而已。

寺田是個肌肉發達，表情認真的年輕小伙子。當堀找到他的時候，他似乎剛洗完頭，在他的衣領上，還粘著一些白色爽身粉；當他說話時，不時會從身上飄出廉價香水的氣味。

「我記得，那位客人上車的時間大概是晚上的十一點半；後來警方讓我看過照片，的確就是那位客人沒錯。他是在新宿站東邊出口下車的。」
（這一切也未免太吻合了吧！）對於寺田的記憶，堀總覺得難以輕信。畢竟，他只不過是在車廂昏暗的燈光下瞥了對方一眼罷了，怎麼能那麼肯定的說出口？
對於堀的疑問，寺井是這樣回答的：
「這個嘛……因爲對方是個美男子啊！他的年紀大約三十一、二歲，梳著一個漂亮的西裝頭，皮膚很白。唉，該怎麼說呢？那種裝模作樣的人，我一看就覺得討厭，可是女孩子不知爲什麼，就是會覺得那樣很有魅力，我真是搞不懂呢！當時我就想，那位客人應該是經常出沒在酒吧之類地方的人吧！不過，有個非常奇怪的地方就是，他在車上幾乎什麼話都沒說，看起來好像在沉思默想些什麼似地。」
堀瞟了一眼寺田從報上剪下來的照片，然後又順手將它還了回去。
「對了，還有一件事……」
寺田似乎完全沒有察覺到對方失望的樣子，用充滿活力的聲音繼續說道：
「當那位客人下車之後，我發現他把一樣東西忘在了座位上，於是就把它交給公司保管了。當然，那東西究竟真是那位客人在無意間掉的，還是前面的客人忘了帶走的，關於這點，我並不是十分清楚。不過既然都已經過了一個月，還沒有人來認領，那麼我想，那東西應該就是那位死去客人的遺物才對。話說回來，如果那東西真是他忘在車上的，那不就證明了搭我車的人就是他沒錯嗎？」

「他忘了什麼東西？」

「一個鍍了鉻的盒子。小小的、形狀很扁平，大約是一隻手就能夠握得住的尺寸。」

堀向寺田問道：「能夠讓我看看實物嗎？」寺田二話不說，爽快地答應了。「請您在這裡稍等一會兒。」說完這句話後，他便一路小跑著離開了宿舍。公司就位在轉角的地方，至於那東西，則是放在事務所的保險櫃裡。

過了不到五分鐘，寺田回來了。

「就是這個。」

堀從寺田的手上接過東西，開始聚精會神地仔細觀看了起來。正如寺田所描述的，那是個小小的鍍鉻盒子，在盒面上雕刻著細細的蔓藤花紋。因爲這樣的盒子最近越來越常見，所以對於裡面裝的究竟是什麼東西，堀一時之間也無法猜測出來。

堀用左手拿起盒子，用右手輕輕打開了盒蓋。盒子裡面鋪著一塊紫色的天鵝絨，上面像是十分慎重其事似地，擺著一個無色透明的小小圓形物品。它的直徑大約五公釐左右，看起來像是塊鏡片。

「這是什麼？」

「聽同事們說，這叫做『隱形眼鏡』。」

堀也聽說過，最近有些近視的人會戴隱形眼鏡，不過他還是第一次看到實物；把這種東西嵌在眼睛上，不會痛嗎？

「聽說眼睛近視的人不帶眼鏡的話，簡直可以說什麼事都做不了。因此，一旦發現自己把隱形眼鏡忘在計程車上的話，我想他們應該都會馬上打電話到公司來才對。再說，只要是乘坐本公司計程車的客人，在付車資的時候，我們都會送他們一盒寫有公司名號的火柴，因此不太可能會有不知道公司名號的情形發生。從這一點來看的話，我想這東西一定就像我剛才講的那樣，是那個叫谷口的人所遺忘的。既然人已經過世了，那當然不再需要隱形眼鏡了，而他的妻子也不會知道，丈夫究竟將它掉在什麼地方。就算她知道他把它忘在車上好了，但是假牙或是隱形眼鏡之類的東西，對於本人之外可說毫無用處；因此，如果她來向公司索要的話，也只是徒增自己的麻煩而已吧！」

寺田的話聽起來相當有道理；堀也認爲他的解釋是正確的。

根據寺田的說法，堀開始想像起整件事情的經過：谷口上了計程車後，不知爲什麼感覺眼睛很疲勞，於是取下了隱形眼鏡。塑膠製成的隱形眼鏡不比玻璃鏡片，容易劃傷，因此取下之後，非得立刻放進鏡盒裡不可。可是當他下車時，卻將它放在椅子上忘了帶走……

不過，如果谷口眼睛有高度近視的話，那麼一下車，應該就會馬上察覺自己將鏡片忘在了車上，並且立刻出聲叫住司機，把它給拿回來才對。然而，他事實上並沒有這麼做；從這一點來考慮的話，谷口應該只是輕度的近視而已。

對堀來說，這時候首先要確認的只有一件事，那就是這件遺失物是否真是屬於谷口庫之介的物品。

6

第二天，堀在平塚的新宿拜會了谷口陽子。如果他所帶來的這個隱形眼鏡盒真是她丈夫的東西，那就說明當時乘車的人毫無疑問的就是庫之介；這樣一來，再繼續調查下去也沒有任何意義了。堀已經做好了心理準備，打算向對方提出中止合約的要求；此刻，他的懷裡就揣著一份用打字機打好了的合約中止申請書。

一見到陽子，他就把從東雲計程車公司借來的隱形眼鏡盒放到了她的面前。

「哎呀！」

一看見那盒子，陽子不由得小聲叫了起來，手也情不自禁地伸了過去；不過突然間，她停下了動作，用怪異的表情注視著堀問道：

「這是什麼？」

「這是您丈夫忘在計程車上的隱形眼鏡。」

「什麼？隱形眼鏡？您說什麼隱形眼鏡，這是怎麼一回事？」

陽子皺起了細眉，用帶著幾分鼻音的高亢語調反問道。看樣子，她似乎完全搞不懂堀在說些什麼。

「這不是您丈夫的嗎？」

「您是不是有什麼地方弄錯了？我丈夫根本用不到什麼隱形眼鏡啊！」

「可是我去問了眼科醫生，他說這副眼鏡的度數很深，如果不戴的話，連自己的手指尖都看不清楚呢！」

「不對，我丈夫的視力可是相當的好，而他對此也很引以爲傲呢！不過最近，因爲聽說視力好的人容易變成老花眼，所以他有時候也會嘆息著說，『萬一要是我戴上老花眼鏡的話，一定會變得老態龍鍾，走到哪裡都惹人嫌吧！』」

「您丈夫真的沒有任何近視嗎？」

面對這個關鍵問題，堀不由得再次向對方小心地確認道。

「是的。疲倦的時候，他的視力會降到一點○左右，不過如果身體狀況好的時候，通常可以達到一點五以上。」

「那，這副眼鏡該不會是太太您的吧？」

「怎麼可能呢？我的眼睛雖然沒有丈夫那麼好，但也沒有近視呀。」

陽子慢慢搖了搖小巧的臉蛋，明亮有神的黑色眼眸，一瞬間顯得生機勃勃；但隨即，她的聲音又變得低沉了起來：

「您現在知道了吧，這絕對不是我丈夫的東西；也就是說，那天晚上搭乘計程車的人並不是我丈夫。那人或許和我丈夫長得很像，但絕對不是我丈夫；谷口是絕對不可能殺人的！」

「是啊，就結果看來是這樣沒錯。」

像是被對方的氣勢所壓倒似地，堀有些不自覺地附和著對方的說法。

「就像前天我拜託您的那樣，我想請您繼續幫我找尋能證明我丈夫當時不在場的證人。既然我丈夫的清白已經是顯而易見的事情，那麼案件發生的當晚，我相信一定有人和他在一起。」

「請您放心。我一定會把那人找出來。」

彷彿是被陽子熱切的口吻所打動了一般，堀斬釘截鐵地這樣說著。

不過，他嘴裡雖然這麼說，但腦海中卻始終無法捨棄這樣一個念頭，那就是「當天乘車的人一定是谷口，而這東西也一定是他忘在車上的。」不，不僅僅是「無法捨棄」而已，這樣的念頭簡直就像如影隨形般，緊緊吸附在他的思路上，即使想剝離也剝離不了。

谷口庫之介爲什麼會隨身攜帶著他人的隱形眼鏡呢？雖然情況跟駕駛員寺田講的並不完全相同，不過，如果是某個人要他臨時保管一下的話，那麼在他一直沒將它物歸原主的情況下，那位當事人一定會感到相當不便，也一定會前來拜託谷口的妻子，要她將它還給自己才對。

「沒有，從來沒有人向我提過這件事……」

陽子搖著頭，滿臉充滿了疑惑的神色。

堀那張泛黃而浮腫的胖臉上露出了苦惱的表情，整張臉皺成了一團。這案件實在還有太多不可解的謎團了！丹麗子爲什麼要打電話給更遠處的餐館訂外賣？谷口庫之介爲什麼會拿著別人的隱形眼鏡？表面上都是些看似稀鬆平常、毫不起眼的事情，但要解釋清楚，卻又讓人一籌莫展。

「呃，那個……」

這時，陽子忽然用有些拘謹的語氣開口說道：

「看到這盒子，我忽然想起了一件事：我能否要回丈夫忘在案發現場的那個打火機呢？」

「什麼？」

堀一時之間滿頭霧水，弄不清陽子話中所要表達的意思。

「就是被當成谷口犯罪重要證據的那個打火機。那是結婚紀念日那天，我送給他的禮物。在此之前或許是個重要證據，不過現在既然證明了我丈夫的清白，那東西不也就沒有用了嗎？能否麻煩您替我將它要回來？」

「哦，是那個打火機呀！」

「以前刑警問我的時候，我一直告訴他們說，谷口以前去過好幾次七〇五號房，那一定是他當時不小心遺忘在那裡的。」

「的確如此。」

「如果不是這樣的話，那就一定是兇手想把罪栽贓到我丈夫身上，而將它刻意留在現場的。當時，刑警們雖然『嗯、嗯』地連番點著頭，看起來好像覺得十分有理，但到最後，他們還是沒有把我的話當成一回事看待。」

似乎是因爲感到事情正在朝有利方向發展的緣故，陽子的話也不知不覺地開始多了起來。

「夫人，您這樣說就不對了。警方也不是傻瓜，他們在案件曝光後，立刻就去您丈夫公司調查過了；結果，他們發現您丈夫一直到那天下班爲止，都還在使用那個打火機。」

「呃……」

「當時，有好幾個同事都親眼目睹了這件事。因此，有關於您的推斷，也就是那打火機是真正的兇手想嫁禍於他而故意留下的，或是您丈夫過去到七〇五號房時遺忘在那兒的，這兩種見解全都無法成立。」

「……」

聽了堀的話，陽子的肩一下子耷拉了下來。她那原本纖細的肩膀，此刻看起來更顯得無比羸弱。

像是要試著打破周圍凝滯的空氣似地，堀向她開口問道：

「我們換個話題吧。剛才您說看到這個隱形眼鏡盒時，就不禁聯想到了您丈夫的打火機？」

「是的。」

「那也就是說，它們的外觀看起來很相似是嗎？」

「是的。當我第一眼看到它的時候，還以爲您將打火機給拿回來了呢！」

這個盒子跟打火機竟然如此相似，足以讓陽子夫人產生誤認……堀的腦海中，一瞬間似乎閃過了什麼念頭；只見他一動也不動，宛若雕像一般地靜靜端坐著。

「……那個，打火機的事，能否拜託您想想辦法？」看見他這個樣子，陽子有些遲疑地開口問道。

「嗯？啊，可以的，可以的。我與調查丹麗子被害案件的主任警部見過兩三次面，關於這件事，我幫妳跟他說說看好了。不過，比起這個，還有另外一件事……」

說到這裡，堀嚥下一口口水，然後飛快地對陽子說道：

「對不起，借用一下電話。我有一件事想問問那位主任警部——關於丹麗子的驗屍報告，有一件我非得知道不可的事情……」

7

正如您所知道的，長時間佩戴隱形眼鏡，眼睛會產生輕微的疼痛和疲勞感。所以，一般在家裡有空檔的時候，佩戴隱形眼鏡的人都會將鏡片取下，好讓眼睛能夠得到休息。另一方面，因爲隱形眼鏡是由塑膠製成的，所以有著容易劃傷的缺點；對此，一般的保護方法是，取下鏡片後用清水洗淨，然後立即放入盒子裡。自然，丹麗子（除了眼科醫生與眼鏡店的人之外，沒有其他人知道她有配戴隱形眼鏡）在摘下鏡片之後所採取的保護方法，我想也不會有所例外。

那麼，當鏡片放進盒子後，她會把盒子放在自己家裡的什麼地方呢？

從常識角度來看，她一定會避開廚房、浴室之類潮溼的地方；但配戴眼鏡時又需要鏡子，從這點來加以考量的話，我認爲她最有可能放置那個盒子的地方，就是起居室的化妝臺，也就是那面三面鏡上。

接著，根據丹麗子的眼鏡盒與谷口介之庫的打火機極爲相似這一點，敝人做出了以下的推測：

案件發生的當天晚上，谷口拜訪了麗子家，去跟她談判關於信件的事情。其間，對方提出了相當過分的要求，結果情緒激動的谷口一怒之下，當場拂袖而去，離開了她的公寓。就在他準備離開的時候，因為心情太過激動的關係，原本想拿走自己的打火機，沒想到卻誤把麗子的眼鏡盒給揣進了衣袋。就這樣，那打火機偶然地被留在了三面鏡上，並且在現場檢驗的時候被警方給發現了。

在搭上計程車前往新宿的途中，為了平息自己的怒氣，谷口打算抽支煙；當他往口袋裡一掏的時候，才發現裡面裝著的不是自己的打火機，而是麗子的隱形眼鏡盒。至於眼鏡盒為什麼會留在計程車裡，這有兩種可能：其一是谷口在極端憤怒的狀態下，故意將它留在了車子上；其二則可能是，他在焦燥不安之餘，真的忘了將它從車上帶走。當然，這件事情其實無關緊要；敝人我主要想指出的，是有關於丹麗子的事情。

從隱形眼鏡一事可以判明，她是個高度近視的患者。那麼，在隱形眼鏡被谷口給拿走，沒有鏡片可戴的情況下，她又怎麼能夠看電視呢？我原本認為她可能另有一副備用的鏡片，可是，當我前幾天打電話去詢問驗屍官的時候，對方卻告訴我說，麗子屍體的眼睛裡並沒有戴著隱形眼鏡。敝人之前也去案發現場勘察過，在電視與沙發之間，足足有三公尺遠的距離，而麗子卻坐在沙發上看電視，您不覺得，這事透著蹊蹺嗎？畢竟，沒有隱形眼鏡的她，如果不貼在電視螢幕上面，就什麼也看不清了。關於這個矛盾，您認為應當如何解釋才好呢？

對此，敝人是這樣考慮的：兇手因為某種原因，必須要將麗子設計成是在看電視的時候被殺的模樣。之所以要這樣做有兩層目的，一層是積極的，另一層則是消極的。

首先談談消極的目的：兇手希望的是，透過營造出「麗子與犯人一起坐在沙發上看電視」的假象，讓人覺得兩人之間的關係必然十分親近；或者，兇手也有可能是想讓人感覺到，就算這位訪客在家裡，麗子也能毫不戒備地看電視。總而言之，兇手所希望表明的，就是兩人之間有著極爲親密的關係。除此之外，兇手還想表現出，自己跟麗子之間的關係，已經好到了就算是繞到背後，麗子也不會產生任何警戒之心的程度。犯人企圖將這種營造出來的假象灌輸給警方，這就是他的消極目的。根據這點，我可以推斷出，犯人絕對不是個跟麗子關係親密的人。

接下來，敝人想要分析一下兇手的積極目的：如果麗子在看電視時遭到殺害，那案發時間不用說，一定是在電視節目收播之前。當屍體被發現時，電視頻道是轉在ＮＨＫ上，而ＮＨＫ的收播時間是十二點；透過這點，兇手企圖在無形之中強調，麗子絕對不可能是在午夜十二點之後遭到殺害的，這就是他的積極目的。

那麼，強調這一點的話，對誰的立場最爲有利呢？毫無疑問地，就是直到關門爲止，都一直在「Pall Mall」喝酒的岩間鈴。

她在有樂町與友人分手後，便直接去了太子堂公寓，殺害了丹麗子。

然後，把屍體搬到沙發上擺成坐著的樣子，最後再把電視的頻道轉到ＮＨＫ上。只不過是下了這麼一點工夫，她的不在場證明就成立了。不過，岩間鈴認爲這樣還不夠充分；爲了讓自己的不在場證明更加牢固，她必須想辦法將案發時間局限在某個範圍內。也就是說，她打算設計出丹麗子是在四月一日晚上的幾點到幾點之間遇害的情境，而那段時間，她人恰好正在「Pall Mall」裡；如此一來，她的清白就完全毋庸置疑了。我認爲，她所期望的一定就是這個樣子。於是，她僞裝成要去洗手間的樣子，離開了座位；接著，她走到附近的電話旁，以丹麗子的名義打電話到豪德寺的「珍珍亭」，向他們叫了外賣。

敝人曾經前往「Pall Mall」勘察過，那裡的洗手間和電梯，同樣位在入口處不遠的地方，而利用電梯的話，只需三十秒就可以來到樓下。二番館大樓附近，到了晚上幾乎沒有任何行人，因此，使用電話時沒有必要久等，也不必擔心會被人看見。就這樣，她用那裡的公共電話叫完外賣後立即回到店內，任誰都會認爲她只是去了趟洗手間，補了補妝而已。

接下來，當叫外賣的要求被拒絕了之後，她之所以會說出「這下可糟糕了呢」這句話，毫無疑問地是想暗示我們，在自己身邊有一名被認定是兇手的客人存在。只是，恰好那時谷口人就在七〇五號房裡，這應該是個完全的偶然才對。

不過，那天「珍珍亭」正好休息，而岩間鈴應該毫無疑問地知道這一點——說得更明確一點，她正是刻意選擇了「珍珍亭」休息這天，來實施她的犯罪計畫。如果「珍珍亭」有營業，那麼她要的外賣就會被送到麗子的房間，而她所打的假電話也會因此而曝光。一旦「珍珍亭」的老闆日後把這件奇怪的事情告訴警方，那麼，警方根據打怪電話的是個女人這點來推測，很容易就會懷疑到岩間鈴的身上；到了那個時候，她所精心僞造的整個不在場證明，也會在刹那間土崩瓦解吧！

被岩間鈴這一連串的手段給騙得團團轉的敝人我，不久之前曾經爲了某個謎題而感到苦惱不已，那就是：麗子如果要叫外賣的話，爲什麼不打電話給距離更近的「寶萊軒」？

不過，現在回過頭來看，我想我能夠猜測得出岩間鈴之所以要避開「寶萊軒」的理由了。雖然她不知道丹麗子是否喜歡中華料理，不過假使麗子喜歡中華料理的話，那她肯定經常去那裡訂外賣；那就是說，「寶萊軒」的店員應該會記得麗子的聲音才對。如此一來，自己假冒丹麗子的時候，很有可能立刻被認出是另一個人，而僞造不在場證明的計畫也會因此而出現破綻。於是，爲了不讓事情變成這樣，岩間鈴決定選擇一家距離較遠、丹麗子似乎不太熟悉的餐館來執行計畫。

前面我曾講過，我認爲當天晚上谷口拜訪七〇五號房是個偶然，不過，事實上也有可能是犯人爲了栽贓給他，所以才假冒麗子將他叫過去的也說不定。但，不論事情真相如何，谷口把隱形眼鏡盒拿走，毫無疑問地是個偶發事件。一開始的時候，這件事情看似對犯人有利，而後卻急轉直下，成爲了將一切布局導向破滅的關鍵。

隨信附上丹麗子的隱形眼鏡；敝人在此懇切請求貴單位重新調查此一案件，並衷心期盼亡故的谷口先生能夠早日回復名譽。

謹此

五月X日

堀三郎

鬼貫先生收

追記：

敝人在此附帶地，誠摯懇請貴單位能夠將已經毫無用處的打火機，歸還到谷口遺孀的手上。另外，雖然數年前曾有幸得到過您的名片，但敝人卻忘記了尊名，故在信上只寫出貴姓，失禮之處還請見諒！

痛風

1

當鹽田守人正坐在員工食堂裡吃著午餐的定食時，忽然從同一張桌子的旁邊，傳來一聲放下托盤的匡啷巨響；他放下筷子，反射性地仰起臉來，細細的眼睛，彷彿在責怪對方的毫無教養似地，斜斜向上吊了起來。

由於守人對沒話找話的閒聊相當感冒，所以他很不喜歡和自己不熟悉的人同桌吃飯；也正因如此，每當吃飯時，他總會選擇最靠牆壁角落的桌子。

「看起來好像很好吃的樣子嘛！早知道的話，我也選定食就好了！」

說這話的是秘書課的宮嶋徹子；絲毫不將守人嫌惡的眼光放在心上，她朝著守人的托盤隨意瞟了一眼之後，用傲慢的語氣說著。大約一個月前開始，丸高貿易公司的員工食堂開始賣起了名爲「丸高定食」的特餐；在這套定食當中，除了有生魚片和味噌湯外，還有炸豬排、中華風味的肉丸子等，是一道東拼西湊、說不上是哪一國菜的料理，不過風味卻出乎意料地相當不錯。過去，守人對食堂的飯菜總是大爲輕蔑，但自從有了這道定食後，他的中餐便幾乎都在食堂裡解決了。

「不是才剛發了工資嗎？妳也可以自己點來嘗嘗呀！畢竟，不管怎麼說，妳看這分量真是有夠大的，對吧！」

守人臉色一轉，像是頗為高興似地，瞄準徹子肥胖的身材開起了玩笑。徹子是個體重接近八十公斤的豐腴女性；據說她還曾經在下午休息的時候，一口氣吃下了五個烤蕃薯。雖然營業部與秘書課再怎麼說都是截然不同的兩個部門，不過因為兩人的家住在同一個方向，所以早上上班的時候，在電車裡碰頭的機會相當多，講話的態度也因此總是顯得相當隨便。

「跟外國人結婚，吃飯應該是個大問題吧？譬如說，沒辦法隨意吃到味噌湯或是泡菜之類的？」

「的確也有這方面的困擾啦！不過，對我來說，能像現在這樣在午飯時間喝上一碗味噌湯，我已經沒有什麼好感到不滿的了。」

徹子點了點她那富富泰泰的臉龐，然後便埋頭吃起了自己眼前的蕎麥麵。

「聽說您夫人是俄羅斯人？」

沉默了好一會兒之後，她忽然放下手上的碗，向守人唐突地問了這麼一句。在她的嘴邊，還留著閃閃發亮的油光。

「是美國人，俄羅斯裔美國人。」

「白種人嗎？」

「是的。聽說她父親是烏克蘭一個大地主的兒子，不過因為遭到紅軍迫害，所以便逃到了美國。」

「您夫人叫什麼名字?」

聽到對方這個無禮的問題,守人的眉頭不禁皺了一下。守人原本就是個心高氣傲的男人;當他旅居美國時,曾經有一次被人誤認爲印地安人,直到今天,每當他想起這件事時,仍然會忍不住感到血氣沸騰不已。

「……奧爾嘉。」

「奧爾嘉夫人是嗎……很好聽的名字呢!」

她用跟自己個性完全不相稱的語氣這樣稱讚著。和守人相似,徹子也是個性情頗爲高傲的女人,因此要聽見她稱讚人,可說是相當不容易的一件事。

「事實上,有人對我說,他想跟著奧爾嘉夫人學俄語呢!他說,因爲自己兩年後要前往蘇聯旅行,所以希望能夠從現在開始就找到一位俄語老師,好好地學習一下那邊的語言。」

「別開玩笑了,俄語可是相當複雜的喔!就算是我自己,也只會一些『你好』,『再見』之類的簡單辭彙;我跟我老婆之間平常對話的時候,也都只使用日語或英語,不用其他語言的。別的不說,首先光是字母就大不相同,可以說是種很彆扭的語言哪!」

「我當然知道很難啊!」

徹子看來還是一副緊咬不放的執拗模樣。

「如果只是想學個半調子程度的話,那麼我想還是免了吧!據說蘇聯也有英語翻譯,依我看來,與其學俄語,倒還不如把英語學好比較合適些。」守人回應道。

「那人可不是去觀光，而是去採訪的哪！據他說，他可是要深入到當地的民眾之中，親自體驗對方生活的呢！」

「那人是誰呀？」

守人像是被徹子的話引起了興趣似地，不由得開口問道。

「我表弟。他可是個評論家唷！」

徹子像是有點得意似地，對守人講出了一個他聽都沒聽過的名字。根據徹子的說法，她這個表弟以前似乎是文藝雜誌的編輯，最近這一陣子則是從拿手的文藝評論，逐漸將事業領域發展到了社會評論方面。

「青地英夫是嗎……？我從沒聽過這個名字呢。」

「這是當然的啊，畢竟，他轉向社會評論界發展還不到一年嘛！不過，他很快就會變得有名起來的唷！很多人都說，他是眾多年輕評論家當中，最有發展潛力的一員呢！」

說到「最有發展潛力」幾個字時，徹子刻意加重了語氣。

「我父親雖然是個窮人，不過青地的父親卻是個資本家；在他還沒有完全獨立之前，光靠稿費根本沒辦法維持生活，不過他有父親關照，所以日子過得倒也悠閒自在。他還說，自己可以付很高的學費哦！」

「學費什麼的，倒是無所謂啦！」

守人當場這樣應道；他打從心底不願意自己被人看成是個為了報酬而執著的人。

「總之，我也不知道妻子最後會怎樣回答；一切事情都還是等我先回家，問過奧爾嘉的意思再說吧。」

「是嗎，那我就靜待佳音了喔！不過，無論如何，我還是希望你回報給我的會是個肯定的答案；青地也是這樣殷切地期待著呢！」

徹子比手畫腳，一口氣說完上面那一番話後，又繼續發出很大的聲音，喝起了她的麵湯來。

當天晚上守人回家之後，將這件事情告訴了妻子，而奧爾嘉一聽之後，便立刻二話不說地答應了。

「終於有說俄語的機會了，真讓人高興呢！」奧爾嘉點頭答應的理由相當單純，「每天都只能講日語、英語，有時還真會讓人喘不過氣來呢；所以，就算只是隻字片語也好，如果能有個人跟我用俄語聊聊，那該有多好啊！」講到這裡，奧爾嘉的眼睛似乎變得熠熠生輝了起來。

「在回話之前，我想還是有必要先調查一下那個叫青地的是何方神聖才是。畢竟，現在是個評論家多如牛毛的時代，這當中也著實有不少濫竽充數的冒牌貨呢！」

對他們夫妻而言，如果只是不痛不癢程度的對話，通常都能夠相當順利地溝通清楚；但是，只要對話內容稍微複雜一點，要讓對方理解，就變得不是那麼容易了。這樣久而久之下來，兩人也不免會覺得「算了，反正對方聽得懂聽不懂都無所謂」，從而使得原本的對話，變成了唱獨角戲的自說自話。剛才守人所說的那句話正是如此；不過，早已習慣於此的奧爾嘉，似乎也並沒有再繼續追問下去的打算……

守人想起來，自己的朋友有個弟弟，在青地擔任編輯的那家文學雜誌社裡工作；透過這位友人的弟弟，他對青地英夫這個人的情況大致上有了某種程度的瞭解。此人的父親是個久負盛名的民事律師，至今仍然十分活躍；至於他本人在大學時期，曾經和一位被視爲話劇界潛力新秀的女演員結婚，但後來因爲性格不合，所以在兩年前離婚了。在那之後，他就一直在目黑的自宅裡，過著無憂無慮的單身生活。他一星期只有一天，會前往神奈川縣的一所女子短期大學講授英國文學——當然，是以講師的身分前去授教。

「聽我弟弟說，青地的行事多少有點浮華不實的地方在；不過，再怎麼說，畢竟是有錢人家的子弟嘛，所以表現出一副揮金如土的樣子，也是在所難免的。如果真要說到他的缺點的話，那就是嗜酒；聽說他是那種越喝就會興致越高的人，不過，就算是喝到醉醺醺，他的酒品也還是保持得相當不錯。但是，他有個習慣，那就是只要一喝醉，就會把帶在身邊的東西主動送人；據說，因此而志願跟他續攤的人也大有人在呢！」

聽說對方是這樣一個人，守人總算放下了心。守人自己不喝酒，所以並沒有什麼在家裡請人喝酒的機會；不過，喝醉酒之後會開懷大笑這點對他而言，感覺倒還是相當不錯的。畢竟，再怎麼說，陰沉而內向的人，都跟他的個性完全合不來。

五天後，他向徹子表示說，妻子同意了。

「太好了！我表弟一定高興死了！」

肥胖的女子停下正在打字的手，旋即從口中發出了一陣誇張的大喊聲。

第二天晚上，青地英夫在徹子的帶領下，來到了守人家中。當青地說話的時候，他那白皙的臉龐總會不時染上一抹羞澀的紅暈，讓人不由得感到一股未經世事的純真氣息。雖然他今年已經三十三歲，只比守人小兩歲，不過大概因爲是在溫室裡被呵護長大的緣故，他看起來年紀似乎還沒超過三十歲，樣子也顯得有些輕浮而不太可靠。看著眼前的青地，守人忽然忍不住有股衝動，想要看看這個男人站在講台上面講課的時候，究竟會是什麼樣子。

不過，在接下來一個小時邊喝茶邊聊天的時間當中，青地逐漸褪去了剛開始的靦腆，變得饒舌了起來。「有這麼漂亮的老師教我，真是幸福啊！」他既像是恭維又像是開玩笑似地，對守人這樣貿貿然地說著。

從頭到尾，他談話的對象一直都是守人與徹子，對於奧爾嘉，則像是刻意迴避似地，只是偶爾偷偷地望上一眼。不過，當奧爾嘉主動跟他搭話的時候，他卻顯露出一副坐也坐不住、看起來相當興奮的樣子，並且小心翼翼地選擇著相當禮貌的詞彙，回答著她的問題。因爲他是大學的英國文學講師，所以在使用英語對話的時候顯得相當流利；不只如此，跟守人的一口美語截然不同，他講的還是相當純正的英式英語。

當兩位客人告辭之後，守人打開窗戶，讓房間裡瀰漫的菸味稍微透透氣。就在這時，一直坐在沙發上，帶著恍如夢幻般眼神的奧爾嘉，忽然像是歎息似地，輕輕說了一聲：「青地先生真像是歐洲某個小國的王子哪！」剛開始的時候，守人以為她指的是青地那漂亮的英語發音，於是也不假思索地跟著應和了一聲；不過，當守人想了一想之後，他赫然發覺到妻子指的並不是發音，而是青地的容貌舉止，這讓守人不由得感到心裡有點不舒服。的確，青地不僅皮膚白淨，還有著寬廣的額頭與端正的鼻樑，整張臉龐看起來顯得相當優雅；相形之下，有著會被誤認為印地安人的褐色皮膚，以及一雙斜向上吊細眼的守人，要跟他一較高下，就顯得很愚蠢了。

聰慧的奧爾嘉似乎立刻看出了丈夫之所以沉默不語的理由，於是，她用裸露的手腕環抱住丈夫的頸子，然後用英語對他說了聲：「不過，對我來說，您可是比他好上太多了呢！」她一邊這樣說著，一邊開始溫柔撫摸起守人剛硬的頭髮。守人像是一隻被輕輕愛撫著喉頸的貓咪般，覺得心情舒暢無比，先前的那種鬱悶，也瞬時消逝得無影無蹤了。

兩天後的星期四，俄語課正式開始了。授課的教室是守人家的客廳；青地在晚上七點的時候，分秒不差地按響了玄關的門鈴。大概是因為第一次為人上課的緣故，奧爾嘉一反常態地，顯得相當心神不寧；當聽見門鈴響起的時候，她像是嚇了一大跳似地，回過頭望著丈夫的臉。守人看著她，對她深深地點了點頭；彷彿被這個動作賦予了勇氣般，奧爾嘉站起了身子，走到玄關，將這位新收的學生給請了進來。過不了多久，客廳裡陸續傳來了兩種不同的聲音，一種是奧爾嘉高亢的說話聲，另一種則是青地那略帶鼻音的腔調。他們兩人的俄語會話課程，就這樣子開始了。

由於晚上七點正是晚飯過後還來不及收拾殘局的時間，因此守人不得已，只好走進廚房，挽起袖子，開始清洗起碗盤來。在守人洗完盤子，回到房間裡坐下休息的這段時間裡，兩人上課的聲音仍然不斷從客廳傳過來。到了九點時，客廳的俄語聲突然間戛然而止，接著，青地的腦袋從房門口探了出來；他對守人打了聲招呼之後，便逕自離開了。

因爲多少有點妻子被人奪走的感覺，所以守人的心裡並不是相當愉快；然而，他並沒有將這樣的情緒明顯地表露出來。他之所以如此，主要的原因之一，當然是奧爾嘉對於教學這件事充滿了熱情，至於另一方面，則是因爲授課日數並不多，一個星期頂多兩次罷了。

有一次守人半開玩笑地說：「我也來當學生，讓妳教教看怎樣？」結果此言一出，不只是奧爾嘉，就連青地都跟著積極附和；到最後，對於俄語並沒有多大熱情的守人下不了台，只好困窘不已地跟兩人一同坐進了客廳。然而，反覆唸著那些「早安」、「晚安」之類單調的問候語，以及背誦那些毫無趣味的紅蘿蔔、馬鈴薯等單字，很快就耗盡了他的耐心，於是他便再次退出客廳，回到了自己的房間裡。跟抱持著與蘇聯人接觸這種遠大志向的青地相較起來，欠缺目標的守人，無論如何都沒辦法追上他的腳步。

經過兩個月後，青地與奧爾嘉之間的對話似乎有了明顯的進步；聽著隔壁傳來的聲音，守人完全猜測不出他們兩人究竟在講什麼。（果然，有幹勁的話，就會熟能生巧啊！）抱持著這樣的感歎，他一屁股坐在椅子上，將電視機的頻道調到落語和相聲節目，然後邊看邊吃吃地笑了起來。往常和奧爾嘉在一起的時候，他很少有觀賞綜藝節目的機會，因爲，如果只有自己一個人吃吃笑著的話，那也未免顯得太過愚蠢了；另一方面，只有自己享受節目的樂趣，感覺起來對奧爾嘉似乎也有點過意不去，所以，平常的時候，他總是提不起勁，將電視節目調到這個頻道。

「借用了您夫人，真是不好意思呢！」

中元節時，捧著一套玻璃酒杯前來送禮的青地，用一板正經的語氣對守人這樣說著。

「老實說，剛開始的時候，我的確感到有些寂寞。不過啊，現在我可是反過來，變得相當期盼您前來上課的日子了呢！畢竟那一天，我可以看自己喜歡的電視節目嘛！」

守人笑著這樣回答。這不只是單純的外交辭令，而是他發自內心的肺腑之言。

3

當青地剛開始學習俄語的時候，守人心裡一直抱持著這樣的想法：有錢人家的孩子，興趣總是來得快、去得也快，所以應該堅持不了太久吧！不過，夏去秋來之後，守人也不得不說，他對青地的看法必須大大地改觀才行。按照這種情況下去的話，兩年之後，他的俄語一定會變得相當精熟，就算是前往蘇聯採訪，也必定能夠充分地應付自如。既然如此，守人對青地的看法，自然也變得不太一樣了；每次一見到青地的時候，守人總是會不斷鼓勵他，有時候也會親手下廚，做道羅宋湯當做宵夜慰勞他們一下。這道由奧爾嘉親自傳授的俄羅斯料理，在湯頭的調配上其實有許多奧妙之處，因此，經由守人親手做出來的版本，不只比起鎮上那些餐廳要遠遠來得美味，同時在熱量上也高了許多。青地總是會在守人家喝上一碗熱氣騰騰的羅宋湯，暖暖身體後，才搭著車穿過夜晚寒冷的道路回到家中。

時間很快來到了二月最初的授課日。這一天，不知爲什麼，一向以準時著稱的青地並沒有在七點整出現；甚至到了七點半，他還是不見蹤影。或許是因爲這樣的緣故，奧爾嘉漸漸變得心焦了起來，到最後，她乾脆將手上正在讀的報紙隨手一扔，開始在房間裡踱起步來。由於起居室並不算很寬敞，所以她在踱步時總是一再撞上椅子，有好幾次甚至差點要摔倒在地。

「肯定是路上塞車了；妳不用那麼擔心啦！」

守人這樣安慰著自己的妻子；然而，當時鐘的指針越過八點之後，他也忍不住開始露出了幾分疑惑的神情。對於一向恪守時間的青地來說，遲到可以說是極爲異常的事情；至於像他那樣規規矩矩的人會突然無故缺席，那就更讓人難以想像了。

在守人的心中，忽然湧現了一股不好的預感。

「總之，先打個電話問問吧！奧爾嘉，幫我把他的名片拿過來嗎？」

守人照著名片上用鉛字印成的一小行電話號碼，開始撥起了話機的轉盤；只聽電話鈴聲不停地響著，但卻一直沒有人前來接聽，這讓守人不禁愈發覺得奇怪了起來。就在他正想要放下話筒的時候，從電話那一頭，終於傳來了青地的聲音：

「我……我是青地……。本……本打算聯繫您的，可是……痛……痛啊……」

平日一向容貌端正的青地，用讓人難以想像的狂亂聲音，斷斷續續地說著。在他的聲音中充滿了痛苦，簡直就像使盡全身力氣擠出來的一樣。

「慢點說；你怎麼了？」

「痛……痛風。原本已經兩……兩年沒有發作了，不過現在又……」

「痛風？」

守人之前在某個地方，曾經聽說過這樣的病名。據說那是風溼病的一種，患者只要一遇上冷風，就會感到疼痛不已，不過守人聽到的時候，對此並沒有太過留意。

「真的有那麼痛嗎？」

「這……用言語實在是……很難形容……沒……沒有得過這種病的人，是……是不會瞭解的……」

青地用彷彿快要哭出來似的聲音，又斷斷續續地說著，

「我現在幾乎下不了床，所以今天想休息一天，就麻煩您代我向夫人轉達了！」說完之後，他便掛斷了電話。或許是心理作用的緣故，守人覺得青地似乎連掛上話筒的聲音，都顯得相當衰弱。

無視於一心想詢問電話內容的奧爾嘉，守人找出了日英詞典，開始翻找起有關「痛風」的英文翻譯，然後將剛才電話裡所聽到的狀況，用英語告訴了妻子。

彷彿打從心底爲青地的病情感到擔心似的，奧爾嘉那長長的睫毛低垂了下來，雙手緊緊抱住了自己豐滿的胸部。「美國人因爲喜歡吃肉，所以患這種病的人也很多；痛風發作的時候，可是相當痛苦的呢！」她對守人這樣說道。

「一般來說，痛風發作之後的一個星期左右，身體都會動彈不得；因此，我想還是得去探望他

一下才行吧……」一面對奧爾嘉如此不斷的央求，守人心想，不管怎樣，總之先去打聽青地家的住址再說；於是一到第二天中午，他便火速趕往了員工食堂。今天，他不是坐在平常那張位置不太方便的靠牆桌子，而是在入口旁邊的桌子前落坐，等待著徹子的到來。

等到守人快要吃完整份定食時，徹子才出現在他的面前。由於她是公司所有女社員當中首屈一指的胖子，所以不管有沒有特別去注意，她那龐大的身軀，都會很自然地映入眾人的眼中。

「喂！」

守人叫了她一聲，舉起手朝著自己身旁的空座位指了指。徹子微微點頭之後，便朝著取餐處走去；過不了多久，她端著一碗放在塑膠托盤上的鍋燒烏龍麵，走到了守人的桌子旁。當她一屁股坐下的時候，那碩大的胸部也跟著劇烈地晃動了一陣。單就胸部的豐滿程度來說，徹子跟奧爾嘉可以說是不相上下，不過論到緊緻的程度，她卻和奧爾嘉相差得甚遠。

「青地君的痛風發作了，妳有聽說嗎？」

「嗯，聽說了。原本想說已經好一段時間沒發作過了，沒想到竟會再次復發。那病就跟糖尿病一樣，是非得終生跟它纏鬥下去不可的哪！」

說罷，她熟練地用牙齒將免洗筷掰開，然後嘬起嘴，開始呼呼地吹起了眼前的烏龍麵。

「聽說會痛得很厲害是嗎？」

「關節會整個淤青浮腫起來，我想應該是很痛吧！我聽說，相撲選手因為成天吃什麼雞肉丸子鍋，所以罹患痛風的人也相當多；那些鈍感的大力士遇到這種情況，據說也是哭得一把鼻涕一把眼淚呢！」

「跟風溼不一樣嗎？」

「這樣說好了，所謂痛風的痛楚，就像是先用虎鉗夾住你患關節炎的手指，然後再狠狠一擰，就是那樣的痛法啦！」

「哎呀，這也未免太殘酷了吧！」

「話說回來，你也多注意點吧，搞不好，哪天你自己也會患上痛風喔！聽說這一陣子，三十多歲的患者是越來越多了。」

大概是因爲自己表弟深受這種病痛折磨的緣故，徹子對於痛風的知識似乎相當豐富。

「這樣一想，我才深切體會到生爲女人是多麼的幸福。畢竟，女性罹患痛風的比例幾乎是零呢！」

「是因爲雞肉丸子鍋的關係嗎？」

「才不是呢，是因爲女人比較不喜歡吃肉的緣故啦！話說回來，一旦罹患痛風的話，在飲食限制方面可以說是相當煩人的唷！既不能吃像果凍之類含有膠質的食物，也不能吃菠菜、高麗菜、蘆筍，當然肉類就更不在話下了。對了，除此之外，凡是有『子（ko）』字的東西，也全都在禁止之列。」

「那是指什麼？」

「比如說魚板（kamaboko）、鹹鮭魚子、鯖魚子、鱈魚子、筍子，所有一切諸如此類的食物；

不只如此，就連『女孩子』，也是碰不得的東西哦！因此，這種病說起來，還有讓人品行變得端正的副作用呢！青地之所以離婚，我想可能也是因爲痛風的緣故吧！」

說完之後，徹子盡可能地張開了她那張大嘴，將烏龍麵條用極其猛烈的態勢，唏哩呼嚕地吸進了嘴裡，然後對著守人笑嘻嘻地問道：

「不能跟女人在一起，聽起來是不是挺痛苦的啊？」

「的確是很痛苦沒錯；這樣的話，活著根本沒有任何價值了嘛！」

守人十分罕見地，開了一個以他來說有點低級的玩笑。痛風這毛病，說起來真是越聽越讓人覺得不愉快的病症。

「要是連續一週都沒辦法走動的話，鐵定會被公司給炒掉吧！」

「這就要看人而定了唷！如果是青地的話，搞不好一整個月都動不了；所以說，他並不適合那種朝九晚五的上班族工作，相反地，擔任大學講師，對他而言倒是得其所哉呢！」

「可是……」

說到這裡，守人忽然想起了什麼，忍不住將自己的疑問脫口而出：

「萬一他到了蘇聯結果發病的話，那該怎麼辦呢？連續一個月都住賓館的話，光是住宿費就會讓他破產了吧！」

「是啊。真遇到這種事情的時候，他該怎麼辦才好呢……」

肥胖的女人側著她那氣色紅潤的臉龐，露出了一副想不通的表情。

不過，休息短短一星期後，青地便堅定地表示了自己想要繼續上課的意願。據他說，如果專注於某件事情上的話，那麼疼痛也會跟著緩解許多；他還說，如果再這樣繼續懈怠下去的話，之前所學的那些東西，恐怕全部都要還給老師了。的確，他所說的話也有道理；語言本來就是要按著一定的節奏，持之以恆地學習，才會收到良好的效果。既然如此，那守人和奧爾嘉也就沒辦法拒絕青地的請求了。

「反正再長也不過就是一個月而已嘛；如果妳不嫌麻煩的話，就去他那裡上課吧！」

奧爾嘉相當爽快地接受了丈夫的建議。很多人一提到「外國人老婆」，腦袋裡就會自動浮現起那種專橫、任性的女子形象；不過，奧爾嘉不管從哪方面來說，都可以算是溫溫順順的類型。她不只器量很大、身段優美，聰慧程度異於常人，而且個性也相當地溫和、馴良。即使到了今天，守人只要一想到奧爾嘉，臉上的表情還是會像撿到出乎意料的寶物般，不自覺地變得柔和起來。每次看到同事在盛氣凌人的老婆面前束手無策的樣子，他就忍不住在心裡默默地感謝上天，覺得自己真是幸運，能夠娶到這樣的老婆。

「如果要外出授課的話，晚上出門其實滿危險的吧！就算是開車往返，也不是那麼安全……」

於是，守人提議把授課的時間改到白天的下午一點至三點之間，而奧爾嘉也立刻同意了。「吃完午飯出門，回家的時候剛好可以去百貨公司買晚餐要用的菜，這不是很好嗎？」她對守人這樣說著。

「可是，我還有一件擔心的事情……」守人皺起了眉頭，自言自語似地低聲說著，「奧爾嘉，妳的身材實在太性感了，就算是走在路上，都會讓路人忍不住回頭看個幾眼；因此，萬一青地忽然間起了什麼不軌念頭的話，那該怎麼辦？」

聽了守人的疑慮之後，奧爾嘉只是露出潔白的牙齒，一笑置之：「對於痛風這病，我可是相當了解呢！只要他的腳還是腫的，不管他是什麼野獸，也一點都不足爲懼啦！」奧爾嘉這樣說服著丈夫，然後便一馬當先地主動撥起了青地家的電話。

大約就在奧爾嘉開始前往青地家授課的同一時期，守人也開始跑起了牙科診所。某天，他在吃糖的時候一個不小心，把原本鑲好的金牙給粘了下來；他心想，非得在三月一號的結婚紀念日前將牙補好不可，於是從第二天開始，便拚了命地不斷造訪這家位在公司附近的診所。

這家診所因爲採用了某種特殊的治療方法，所以在患者間以「無痛診療」之名，享有極高的評價；不管什麼時候去，候診室裡總是坐滿了人，而患者們也只能耐著性子，閱讀著診所裡準備好的書報和雜誌，直到自己的名字被叫到爲止。

事情是發生在守人前往就診之後的一週。那天，因爲診所擁擠不堪，完全找不到座位可坐，所以守人便拿起一本畫報，背倚著牆壁看了起來。那是一本有關去年夏天在晴海舉行的國際博覽會特集，內容相當陳舊的刊物；不過，因爲守人只是漠然而機械性地翻閱著書頁，所以內容的新舊與否，對他來說倒是無所謂。

然而，就在守人不經意瞥見一張乳製品展示場的快照時，他不禁開始懷疑起自己的眼睛：在照片上，一位全身專著荷蘭民族服裝的少女，正在將試吃用的起司，遞給一位露齒而笑，不知正在聊些什麼的男女，而那對男女毫無疑問，的的確確就是青地與奧爾嘉。奧爾嘉穿著一件守人相當熟悉的短襯衫，頸上戴著貝殼做成的項鍊，右手搭在青地的肩膀上；從兩人親密的樣子可以判斷出，他們絕對不是當時才剛認識的。

守人並不是個多血質的男人（譯註：古希臘人格分類的一種，反應靈活、情感多變，情緒來得快，去得也快，故容易感到倦怠。）；嚴格說起來的話，他還比較傾向於膽汁質（譯註：同樣是古希臘人格分類之一，此性格的人個性敏捷、熱情、堅毅，情緒反應強烈而難以自制。）一些。儘管如此，當他看到這張照片的時候，心中的憤怒還是忍不住快要爆發開來。他拚盡全力，想辦法壓抑住自己的情緒；他感覺，自己頭上的青筋正在怦怦狂跳，耳朵像是要炸裂開來似地，不停嗡嗡作響。就算不看鏡子，他也能夠感受到自己的臉漲得通紅。

姑且不論他們兩人究竟是什麼時候、在什麼地方認識的，但青地以學俄語為名，實際上卻是藉機接近奧爾嘉，這點可以說是相當明確的。在公寓裡這種饒舌三姑六婆眾多的情況下，就算兩人想要偷偷幽會，也一定會有關於奧爾嘉頻繁外出的流言散布開來；如果青地趁守人不在家前來造訪，只會愈發引人側目而已。然而，若是選擇丈夫在家的時候，堂堂正正前來拜訪，那就任誰也不會起疑了吧！青地一定就是打著這樣的算盤，這是毋庸置疑的！

更進一步說，他之所以請求奧爾嘉前來家裡授課，一定也不是為了學習俄語，而是為了將奧爾嘉叫到守人視線所不及的地方，好隨心所欲地做那些自己想做的事。光是想到那副景象，守人就覺得自己有種快要窒息的感覺；終於，他再也忍受不住了，等不及診療結束，他就飛也似地衝出了候診室。

那天晚上，守人沒有回家。他感覺到，如果這時候自己看見奧爾嘉的臉，搞不好會在一時衝動之下，做出難以挽回的事情來；就算不做出這樣的錯事，守人也還是沒有自信，能夠在妻子面前裝出一副平靜自如、若無其事的態度。然而，不管將來是要離婚或是怎樣，要針對這件事情當面質問奧爾嘉，就得要有更加確切的證據才行；因此，在這之前，非得盡可能地擺出一副毫無表情的撲克臉不可。守人如此告誡著自己。

「喂，奧爾嘉嗎？我忽然有急事要出差一趟，今天和明天我就住在大阪，不回家了。」

撥通家裡電話之後，守人好不容易向妻子說出了這樣一番話；接著，他便在丸之內的某家旅館裡，找了個房間住下來。

那是一間四面被單調的白色牆壁所圍繞的狹小房間；守人躺在房裡的單人床上，雖然時間已是半夜，但他卻仍然輾轉反側、難以成眠。憤怒與絕望，不斷折磨著他的身心；縱使整個人已經精力耗盡、感到疲憊不堪，但他卻仍然沒有絲毫的睡意。夜色愈是深沉，他就相反地愈加覺得清醒。隔壁的房間似乎來了深夜投宿的客人，透過牆壁可以聽見浴室裡傳來短暫的淙淙水聲，不過卻又旋即恢復了平靜。

守人心想，不管用什麼方法，都非得趕快睡著不可；如果頂著一雙通紅的眼睛去上班，對於自己在營業部的工作一定會產生影響。（總而言之，非得讓自己激動的情緒鎮靜下來不可……）於是，守人思緒一轉，在腦海裡開始想像起自己對那個背叛者青地進行報復的種種畫面。果然，經過一陣左思右想之後，彷彿波濤洶湧的大海漸漸變得風平浪靜般，他心中原本憤怒的感情，也漸漸安定了下來。

但是，這樣的平靜並沒有讓守人產生睡意，而是正好適得其反；當他在腦中描繪出將青地的腦袋用鐵鎚敲碎的畫面時，整個人不由自主地，深深陷入了這種幻想所帶來的愉悅與快感之中，同時也變得愈發難以成眠了。守人的復仇計畫，在心中漫無邊際地延伸開來；在他的眼前，似乎正不斷浮現出青地胸口中彈，或是喝下毒藥，倒在地上痛苦掙扎死去的景象。

5

接下來，在留宿旅館的兩天時間裡，守人像是著了魔似地，一心一意地想著要除掉青地；可以說，「殺死青地」這件事情，對於現在的守人來說，已經變成了一種強迫性的制約。只有透過殺掉那個男人的方式，他心中那遭到背叛的深刻創傷才有痊癒的可能；守人似乎變得對此深信不疑。

守人將實行計畫的日子，安排在二月二十號。那天，他要搭乘下午四點發車的火車，跟代理課長一起離開東京，前往中國和北九州地區的分公司進行視察。他打算利用這一點，來建構自己的不在場證明。

按照預定計畫，到了那天下午，他會以購買旅行用的新內衣褲爲藉口，提早離開公司；接著，表面上他會假裝成前往百貨公司購物的樣子，但實際上則是登門拜訪位在目黑的青地家。由於他先前曾經跟奧爾嘉一起去探病過，所以知道青地家的確切位置。再接下來，當犯完案之後，根據守人苦心想出來的計畫，他將會打開房內的電燈，然後再離開現場；換句話說，他想要藉此製造出一種錯覺，好將犯案時間僞裝成在日落之後。

當他搭乘四點從東京站發車的列車時，外面的天色應該還很亮；大概要到一個多小時，也就是下午五點之後，天色才會逐漸地暗下來。當東京地區華燈初上之際，他人應該正在熱海一帶隨著火車向西疾馳；如此一來，他就可以不費吹灰之力，輕鬆地從嫌疑人的範圍當中脫身。

不過，僅是如此的話，他的不在場證明還不夠充分。守人認爲，聰明的犯人還必須遵守一條法則，那就是「將犯罪嫌疑導向第三者」；於是，他決定將妻子奧爾嘉推到嫌疑犯的位子上。爲了達到這個目的，首先，他必須弄到一些奧爾嘉所擁有的物品，然後將它沾上青地的血，最後再將之遺棄在殺人現場。在這種情況下，如果他必須弄到的是某個完全無關的陌生人所持有的東西，那麼實行的困難度便會相對地提高許多；但是因爲奧爾嘉是自己的妻子，所以這點對他來說，倒是完全不構成任何阻礙。

接下來，守人必須找個合適的理由，讓奧爾嘉在自己離開東京後，能夠適時地走訪青地家一趟。當她興高采烈地來到情人家時，沒想到迎面看見的卻是青地的屍體；那時，她一定會驚駭得不知所措，並且慌慌張張地逃離現場吧！而就在同時，驚慌失措的奧爾嘉，必定也會在現場周圍留下大量清晰的指紋。另一方面，負責現場蒐證的員警，一旦發現奧爾嘉沾有被害者血跡的物品，一定也會對她展開嚴密的追查。到那時候，就算奧爾嘉再怎樣辯解，說自己只是發現屍體之後逃離現場而已，也不會有哪位老好人員警願意相信她了。她愈是矢口否認，對她的立場也就愈加不利。

那麼，殺人動機該怎樣設定才好呢？守人思考之後，決定將它設計成在情人之間發生爭吵的情況下，突發性的犯罪。爲了要讓現場看起來像是那麼一回事，非得事先做些準備不可；不過，守人的原則是，不管動機或是不在場證明，都要盡可能保持簡單才行。如果使用太過複雜的方法，搞不好反而會弄巧成拙，引起人家的懷疑。

按照預定計畫，在旅館住了兩個晚上之後，守人在第三天的傍晚時分，回到了位在代代木的自己家中。面對前來迎接的奧爾嘉，他露出了親切的笑容，彷彿就像是完全不曾察覺到妻子的不貞似地，溫柔地擁抱著她。他之所以能夠保持著這樣一副波瀾不驚的平靜神情，正是因爲他在心裡，已經完全策畫好了針對青地的殺人計畫。

「來，這是給妳的伴手禮。在我離開的這段時間中，沒發生什麼奇怪的事情吧？」

他一邊說著，一邊拿出一個裝滿大阪特產米花糖的罐子遞給奧爾嘉，充滿關懷地對她這樣問道。這罐奧爾嘉喜歡的點心，是守人在東京車站的地下街當中找到的；那裡有家商店專賣全國各地的特產，從北海道的奶糖到鹿兒島的蒸糕，應有盡有。

奧爾嘉像是要用雙手捧住守人的臉似地，細細凝望著他，然後開口問道：「你好像瘦了點，是因爲最近工作太忙的緣故吧？」就這樣，一個僞裝成端莊賢淑的妻子，與一個在心底暗藏著殺人企圖的丈夫，在餐桌前面對面地坐了下來，吃起了烤羊肉，接著又喝了杯放有果醬的俄羅斯風味紅茶；直到上床就寢前的兩個小時裡，兩人還一直親暱地彼此聊著天。

距離預定的二月二十號還有八天時間。利用這段空檔，守人聘請私家偵探，對青地平日的行爲進行了一些調查，並從而獲得了一些包括照片與錄音帶在內的證據。從八毫米的錄影帶中可以看出，每當奧爾嘉前往教授俄語的時候，青地家的窗簾總是緊緊關著。雖然這早就是意料中事，不過當實際看到證據時，守人仍然像是腦袋上挨了一拳般，感到極大的衝擊。他花了很大的力氣，好不容易才讓自己的心情平靜下來；無論如何，他都不想在私家偵探面前，表現出一副慌亂的樣子。

回到家裡，面對神態依舊如常的妻子，守人也同樣報以一副若無其事的模樣。這陣子，他似乎也漸漸習慣了壓抑自己的感情。

就這樣，時間終於到了守人期盼已久的二月二十號。按照守人的計畫，這天他應該在員工食堂裡與宮嶋徹子同桌用餐，然後用痛苦的語氣告訴她說，奧爾嘉對青地抱持著超乎尋常的關心態度。他就像是個初登舞台的演員一樣，在心裡反覆地演練著先前早就準備好的台詞。（一定要自然，絕對不能表現出任何讓人感到怪異的地方……）然而，他愈是這樣想，心裡就愈覺得緊張，那些原本應該已經背得滾瓜爛熟的台詞，就像是梗在胸口裡面一樣，怎樣也說不出來；於是，他只好慌慌張張地從口袋裡掏出寫好台詞的小抄，再次練習起來。

到了中午，守人因爲有事要辦，所以晚了五分鐘才踏進食堂。一進入食堂，他就看見身著粉紅色毛衣，打扮得像是裝飾在架子上的貍貓玩偶般，全身鼓鼓囊囊的徹子，正在和另一位女同事喋喋不休地閒聊些什麼。她今天看起來似乎有些食欲不振，放在面前盤子裡的義大利麵條，幾乎連動都沒有動一下。

「——聽他說，已經壞掉了呢。那個小子現在還動彈不得，除了靠讀自己喜歡的書來消磨時間之外，也沒有別的事情好做了；所以啊，我想還是看完電影回去的路上，順便幫他帶過去好了……」

「這樣的話，那我也陪妳一起去好了！反正，八點鐘還不算太晚嘛！」

「妳們不介意我坐在這裡吧？」

守人端著餐盤，隨意地打了聲招呼。聽到他的聲音，兩個女人同時抬起頭來；看見是守人後，徹子親切地笑了笑，指指身旁的椅子說：

「請！」

「聽起來，妳們好像在談論有關青地的事情是吧？他喜歡什麼樣的書？」

「推理小說，不過只限於國外的作品；他好像滿不喜歡日本推理小說的。」

一旦產生了憎惡之意，那麼對方不管有什麼喜好，看在自己的眼裡，都只會感到刺目與不舒服而已；守人現在正是這個樣子，不過，他克制住自己的情緒，又繼續說道：

「早知道這件事的話，我就把我手上的那些推理小說借給他了！不過，我所收藏的大部分都是英文原版，只有一小部分是日文譯本呢……」

「如果是英語的話，那可是他的拿手好戲哦！畢竟，他可是大學的英文講師嘛！」

「說得也對，我怎麼一不留神就忘了呢！下次，就讓我老婆爲他帶一些過去好了……」

講到這裡，守人像是忽然想起了什麼不愉快的事似地皺了皺眉，然後壓低了聲音。食堂裡的其他椅子幾乎已經全部坐滿了人；守人擺出一副不願讓人聽見的模樣，開口說道：

「談到奧爾嘉，唉，不知道該怎麼說好呢，她最近的樣子相當奇怪呢！只要一談到青地的事情，她的眼睛就會閃閃發光……」

「……」

「我忽然有種想法：她是不是愛上青地了？」

一聽到這句話，徹子和她身邊那位瘦瘦的同事頓時忘了吃飯，驚訝地將身子探了過來。

「不過，我自己對此倒不是太悲觀就對了；畢竟，青地先生是位合乎社會常理的紳士，所以應該不必擔心他會做出什麼不正當的事情吧！總之，這事情如果弄得太複雜反而不好，我想，我還是直接去拜託青地，請他提醒一下我老婆好了！」

帶著「不用他人多費唇舌」的弦外之音，守人結束了這一段對話。透過在此留下的伏筆，一旦人們得知青地被殺的消息，必定會立刻將他遭到殺害的原因，聯想到「是否跟奧爾嘉之間發生了什麼芥蒂」這一方面。然後，當警方前來訪查的時候，這些女人也必定會把剛剛聽到的話當成是重要情報，七嘴八舌地向警察加油添醋一番。

守人默默地動著筷子；在他的眼中，充滿了自信的神色。

按照計畫，守人在接近下午兩點的時候，以購買內衣褲爲藉口離開了公司。接著，他連續換了三輛計程車，一路朝向目黑而去。

青地的家位在過去的賽馬場附近；那是一棟有著白色外牆，看起來十分雅緻的小樓，就連小小的煙囪，都是用白色的灰泥粉刷而成。在玄關的外面，懸掛著彷彿明治時代樣式的八角燈，屋頂上則是鋪設著青色的陶瓦；整棟房子看起來，簡直就像是那種會出現在阿爾卑斯山的彩色風景明信片上的建築物。

守人在路上找了家店，買了一大盒送禮用的和果子提在手上，裝出一副像是要去探病的模樣；他的目的是，要讓青地在毫不起疑的情況下打開大門。

事情比守人原先預想的還要順利；當他按下門鈴後，穿著長睡衣的青地便拖著一隻腳，將他請進了屋子裡面。大概是因爲痛風尚未痊癒的關係，青地的動作顯得有些生硬。

「哎呀，您已經可以下床走路了嗎？」

「真不好意思，讓您看到這副醜態……事實上，我現在既沒有發燒，也沒有哪裡感到不舒服，要是腳不痛的話，就跟身體好好的人沒什麼兩樣了……」

就跟奧爾嘉一樣，青地也完全不曾料想到，自己的背叛行爲已經被守人給摸得一清二楚；他帶著厚顏無恥的表情，滔滔不絕地向守人感謝著奧爾嘉前來此地授課對他所帶來的幫助。

「對於能教到像您這樣熱誠的好學生，奧爾嘉也高興得不得了呢！她不只覺得這樣的教學讓她很有成就感，而且對於能夠講俄語，似乎也感到很開心呢！」

守人一邊說著，一邊用眼睛飛快地環視著室內的佈局。房間裡的一切都跟上次來探訪時一樣，沒有任何變化；靠近牆壁的地方有一個大型的煤氣爐，淡青色的火燄在其中不停向上竄升，一邊燃燒一邊發出微弱的劈啪聲。接著，守人又將目光投向了位在房間另一側的桌子；在那張桌子上擺著一對陶瓷書夾，當中夾著四、五本書，除此之外，桌上還有一座檯燈，以及一個插著紅色玫瑰的花瓶。按照守人的計畫，當他殺死青地之後，便會將青地的屍體搬到桌子前的旋轉椅上，然後打開檯燈，將現場僞裝成青地是在看書時遭到襲擊的模樣。在他的想法中，要讓人覺得案件是在夜晚發生，這樣的做法最自然，也最有效果。

「來，請坐到爐子旁邊，我這就去準備咖啡。」

「這怎麼成呢？萬一讓腳的病症惡化，那可就不好了；我想，你還是不要勉強去張羅了吧！話說回來，在那邊書桌上放著的是外國推理小說對吧？中午吃飯的時候，宮嶋小姐告訴我說，你似乎很喜歡看推理小說呢……」

守人裝出一副若無其事的樣子，將青地引誘到了書桌旁邊，然後用戴著手套的手，猝不及防地從青地的背後襲擊了他。不過，令守人意想不到的是，青地的痛風程度比他想像的還要輕得多，連帶地，他所遭到的強烈抵抗，也遠遠出乎他的意料之外。在青地的反擊之下，守人被撞飛了出去，整個人滾落在地板上；他的後腦勺在地上狠狠地摔了一下，令他不禁感到一陣頭暈目眩。青地見機不可失，立刻趁勢撲了上來，用雙手掐住了守人的脖子。在此起彼落的濁重呼吸聲與呻吟聲中，兩人的身體忽上忽下地彼此糾纏在一起；書桌劇烈搖晃著，陶瓷書夾倒了下來，就連檯燈也整個翻倒過來。檯燈的燈罩和本體分了家，裸露出來的電燈泡猛然撞上了桌面，發出破裂的聲響。就在這時，搶先一步站起來的守人，幾乎是無意識地抓起了倒下的書夾，對準青地的頭部猛烈地揮了下去；一陣令人嫌惡的觸感，透過書夾傳了過來。

戰鬥很快地結束了。守人跪在地上，俯身壓了壓青地的胸口，接著又拿出打火機，在他的鼻孔附近晃了晃。心跳聲已經完全停止了，鍍金的打火機表面也沒有任何霧氣產生——毫無疑問地，青地確實已經死了。

他站起身來，飛快地整理了一下自己的儀容，然後立刻開始進行現場的偽裝工作。一開始，他原本是計畫要讓屍體坐在椅子上，但以現在的狀況來看，做出這樣的偽裝反而顯得相當不自然。於是，守人讓屍體繼續維持原樣，自己則是動手將桌上的書本攤開，並且點亮檯燈。這時他才發現，剛才檯燈翻倒的時候，裡面的燈泡已經摔得粉碎了。

這倒是沒什麼大礙，只要把檯燈的開關切到「ＯＮ」就可以了；真正不能輕忽的，反而是書這方面的布置。既然青地是在攤開書本閱讀時遭到襲擊的，那麼燈泡的碎片就非得要散落在書本上才合理；如果無視這一點，反過來在玻璃碎片上面攤開書的話，那偽裝一定會立刻就被看穿的。然而，話又說回來，書本必須是攤開的狀態才可以；畢竟，想要營造出打開檯燈閱讀的印象，攤開書本就成了必要的先決條件。

守人爲此猶疑不定了好一陣子，最後，他決定用把書扔到地板上的方式，來解決眼前這個問題。他將現場重新設定成兩人在爭鬥中撞到桌子，使得桌子發生了傾斜，而青地讀到一半的書也因此滑落在地的情況。在這種狀況下，因爲書本的掉落和燈泡的破裂何者爲先，完全無關緊要，所以玻璃碎片究竟是散布在書本上面還是夾在書裡面，也都不成問題了。想到這裡，守人再無猶豫，立刻開始著手實施這個新的計畫；他將書桌上的原文推理小說抽了出來，一把丟到了地板上。

緊接著，他又開始了另外的僞裝工作。他從衣袋裡拿出一個小小的紙包，從裡面拈出一小撮檸檬色的纖維，讓屍體的手掌輕輕握著它。那是從奧爾嘉的外套上拔下來的衣物纖維。

接下來，他擰上了煤氣爐的開關，讓爐子裡的火燄熄滅，然後又重新放出煤氣。他希望的是，能夠營造出一種煤氣被稍微打開的窗戶裡吹進的冷風給弄熄的感覺。畢竟，倘若案情明明是發生在日落之後，但屍體的溫度卻呈現出不該有的冰冷程度的話，首先趕抵現場的警方搜查人員，在腦海中必定會一瞬間產生疑問。然而，如果現場是個沒有點燃暖爐、冷風又不停吹進來的房間，那麼當警方看到了之後，必定會認爲屍體冰冷是理所當然的結果，而那種一瞬間的疑慮，想必也會跟著煙消雲散了吧！守人所瞄準的，就是這樣的目標。

守人一項一項地，忠實執行著自己所設下的計畫；他將兩扇窗戶對向設置的窗簾全部拉上之後，打開了天花板上的日光燈。他原本還打算點亮玄關外面的八角燈，不過想想之後，又覺得白天點燈可能會被人目擊到，結果反而會弄巧成拙，因此最後還是決定，放著玄關的電燈不開。畢竟，忘了打開門口的電燈也是常有的事，員警們看了之後，一定也會這樣解釋的。

房間裡四處瀰漫著煤氣刺鼻的味道；如果再繼續磨磨蹭蹭下去的話，搞不好會失去意識而倒下也說不定。如果因爲煤氣中毒而死亡的話，那可就得不償失了！即使僥倖不死，一旦被人發現自己倒在現場的話，那也是百口莫辯了。於是，守人用手帕捂住口鼻，絲毫不敢大意地再次掃視了一遍現場。既然打算將自己的罪行全部推給奧爾嘉，那麼，萬一在現場留下了像是自己的鈕扣之類的事物，豈不等於是白白向警方告發自己的犯行了嗎？他一邊聽著煤氣單調的嘶嘶聲，一邊迅速而冷靜地行動著。當確認沒有任何遺漏的東西後，他拿起裝著和果子的盒子，離開了青地家。這時，時間剛剛過了午後三點。

7

當守人一抵達東京車站後，他立刻走進了洗手間，站在鏡子前面仔細地端詳著自己的表情。他有點擔心，不知道自己的臉上會不會有什麼跟平常不太一樣的地方；不過，映照在鏡子裡的那個男人，顯現出來的全是一派鎮定自若的神情，完全無法讓人跟剛剛才犯下恐怖殺人案件的兇手聯想在一起。於是，守人兩手空空，安心地走出了洗手間——原先的那一大盒和果子，已經被他遺忘在山手線的行李架上了。

在月臺上，長尾代理課長與奧爾嘉已經先一步到達了；他們兩人像是在討論什麼有趣的事情似地，不停發出響亮的笑聲。奧爾嘉原本就是那種毫不怕生的性格，而對長尾來說，能有機會跟一個髮色不同的異國美女對談，想必也覺得相當快樂吧！

「哎呀，你買到中意的內衣褲了嗎？」

長尾率先發現了守人的蹤影，於是主動開口向守人打起了招呼；他是個模樣肥胖，不管身材或臉都顯得富富泰泰的男人。奧爾嘉則是突然間靠了過來，毫不忌諱眾人眼光地牽起了丈夫的手。看到這副景象，長尾露出了困窘的表情，彷彿覺得有些刺目似地別過了臉去。不光是長尾而已，目睹他們兩人如此濃烈的愛情表現，站在周圍的旅客們，有的忍不住轉過頭，擺出一副敬而遠之的模樣，有的則是用批判的目光瞪著他們。那些目光就像是在說「日本人就該有日本人的樣子嘛！」似的，無言指責著身為丈夫的守人。不過，在他們當中，能夠看穿守人心中隱藏的那股邪惡殺意的人，應該是連一個也沒有吧！

當發車鈴開始響起的時候，守人隔著檸檬色外套，擁抱了一下自己的妻子，然後囑咐她，回程的時候記得去丸善（譯註：位在東京都日本橋一帶的大書店。）買個三、四本推理小說，送過去給青地。

「宮嶋小姐說，青地他最近閒得發慌；因此，如果能夠偶爾讀點英文書的話，對他來說應該也是不錯的。就從企鵝叢書裡面選個幾本給他吧！」

說完之後，他又仔細催促了一句：「不早點過去的話，書店關門可就不好了唷！」，然後才跳上了火車。接下來所要做的，就是袖手旁觀，等待事情發展的結果了。不久後，徹子他們就會發現青地的屍體，然後奧爾嘉就會像是某個被放在輸送帶上的零件般，在徒勞無功的抵抗中，被分毫不差地傳送到殺人犯的位置上。

「再見！」從他的背後，傳來了妻子的聲音。

守人原本以爲，在旅途中的電視新聞上一定可以看到青地遇害的報導，不過，或許是因爲這新聞對關西人來說，只是件微不足道的地方消息之故，他轉遍了所有頻道，也沒有看見任何有關此事的訊息。這讓翻遍了早報社會版、又盯著電視銀幕一動不動看了好久的守人，不免有種撲了個空的感覺。他確實得知這個消息，是在第二天晚上，一位公司同事石山打電話來告訴他的。「不好了，你太太被警方當成嫌疑犯帶走了！」石山在電話裡，用非比尋常的激動語氣對守人這樣說著。

長尾聽聞這件事之後，立刻放下了手中的威士忌酒杯，圓圓的臉上也布滿了陰霾。他向守人勸告著說：

「這可真是糟糕了哪！這樣吧，接下來的事情就交給我，你趕快回東京去吧！」

守人裝出一副全然不知所措的徬徨表情，謝過長尾的好意之後，便走出了位在分公司地下樓的酒吧，踏上返回東京的路程。

守人在差不多快要接近早上九點的時候，從羽田機場抵達了管區警署。在警署的入口處，有好幾個像是新聞記者的傢伙守候著，不過任誰也沒有多注意守人一眼。當他向門口詢問台的制服警察說明來意後，很快便被帶了位於裡面的一個小房間當中。那是一間白色的牆壁滿是汙漬、充滿了陰暗氣息的房間；當守人一踏進去，立刻感受到一股沉重的壓迫感包圍而來。

「……我妻子現在怎樣了？」

守人帶著相當憂慮不安的模樣，向面前負責跟自己應對的警官詢問道。他使盡全力，扮演著一個愛妻因爲捲入不祥事件而被逮捕的丈夫應有的形象。

「我們在被害人青地的手掌中，發現了與您夫人外套相同的纖維。除此之外，計程車駕駛員也作證說，您夫人曾經坐車去過青地家。」

負責和青地面談的，是位下顎寬闊的中年警部；他用欠缺抑揚頓挫的平穩語氣，對青地這樣說著。

聽了警部的話，守人像是全身乏力似地垂下肩膀說著：

「怎麼可能，她怎會做出這樣的……」

「的確，我也跟您有著同樣的看法。我在想，您夫人會不會是清白的呢？她會不會是被某個別有用心的人所陷害的呢？不知爲什麼，我一直有著這樣的感覺。」

守人沒料到警部會說出這樣的話，忍不住大吃一驚；他拚命地壓抑著，不讓自己的表情產生變化。

「您夫人很坦率地，將所有的一切全都向我們吐露了；包括她去送推理小說的事、發現屍體後因爲過度驚嚇而逃走的事……還有，她跟青地之間的那種曖昧關係，她也全都告訴我們了。」

警部說完之後，守人不禁發出嘶啞的呻吟聲：

「與青……青地……？」

然而，警部似乎對於守人的吶喊聲並不怎麼在意；緊接著，他又繼續說道：

「那麼，就讓我們來假設一下吧！身爲丈夫的您，對於妻子不當的行爲是否也已經有所察覺了呢？若是這樣的話，那麼您本身也有犯案動機了，對吧？」

「都已經到了這種時候，請您別開玩笑了好嗎！」

守人怒髮衝冠，大聲地向警部抗議著。警部擺了擺手，像是在解釋似地說道：

「不，不，這畢竟只是假設而已。不管這樣的想像有多麼跳躍、多麼唐突，它總歸也只是想像而已，因此還請您不用太介意。不過，如果您是犯人的話，要從您夫人的外套上拔下幾根纖維，不是易如反掌的事情嗎——」

「我可是有不在場證明的啊！當案件發生的時候，我人正在列車上；這可是有證人能夠作證的呢！」

面對守人充滿憤怒的話語，警部依然是一派無視的樣子，

「的確，如果您是犯人的話，那麼案件正確的發生時間，就應該是在您離開東京之前才對。從這個角度進行觀察之後，我們便可以清楚地確認到，兇手爲了將犯案時間僞裝成晚上，而在現場遺留下的種種斧鑿痕跡。」

「……」

「譬如說，熄滅煤氣爐的火燄，打開窗戶，還有打開室內的燈，拉上窗簾……」

「這些都只是您憑空想像的罷了！」

「那可不見得。」

警部用斷然的語氣，否定了守人的反詰。

「我們是根據您所忽略掉的**某件事實**，才建立起這樣的假說的。」

「……」

守人臉上露出了明顯動搖的神色。他看著警部的臉，感覺對方並不像是爲了套話而在虛張聲勢。然而，我究竟是遺漏了什麼呢？他努力地思索著。

「我再說得更清楚一點吧！犯人在進行現場僞裝工作的時候，無意間犯下了一個意想不到的失誤——我所指的，就是那盞檯燈的燈泡……」

守人拚命地眨著眼，腦袋飛快地轉動了起來：我在燈泡問題的處理上，不是已經相當注意了嗎？既然書都掉到地板上了，那麼燈泡的碎片不管是夾進書裡，還是散落在書面上，應該都不構成問題才對呀！

「問題在於，那張桌子的位置，正好是背對著天花板上日光燈照映下來的光線；換句話說，處在這種背光的狀態下，如果不打開檯燈，是絕對不可能進行閱讀的。」

「……」

「可是，據宮嶋小姐說，那盞檯燈的燈泡在案發前兩天就已經壞掉了；正因如此，所以由於痛風而無法外出的被害者，便拜託表姐宮嶋小姐，爲他買一個新的燈泡帶過來。那麼，我想請教您：青地先生要如何使用一顆已經損壞、而且毫無用處的燈泡看書呢？」

守人楞住了，連一句話都說不出來。突然間，當他抵達公司食堂時徹子所說的話，再次迴盪在他的耳邊：

「已經壞掉了。」

「已經壞掉了。」

「壞掉了。」

……

殺意的誘餌

1

與神崎茂子相識時的景象，至今仍然鮮明地存在於昭二的記憶之中。縱使在那之後已經過了將近一年，但昭二直到今天，仍然能夠清晰地想起兩人之間當時對話的種種片段。

昭二之所以前來東京，是爲了參加爲期一年的進修；位在北九州的總公司，每年都會按照慣例，從年輕社員中選拔出兩名成績優秀者，將他們派任到東京分公司從事進修活動。雖然說，被選中並不代表未來一定就能夠飛黃騰達，但就大體上而言，能夠雀屏中選，仍然無異於預約了將來的光明前程。於是，昭二就這樣在同事羨慕的眼神目送之下，意氣風發地來到了東京。

昭二與茂子之間產生接觸，是從他來到東京之後不久開始的。那天，分公司的社長在四谷一家牛肉店裡，舉辦了一場歡迎會；會後，在幾位以前在總公司跟他相當要好的前輩帶領下，昭二造訪了位在二幸旅館後巷的一間酒吧。那個時候，茂子正好就坐在他們包廂的隔壁。

雖然身爲九州男兒，但昭二的酒量卻並不怎麼好。先前，在燒肉派對的熱烈氣氛鼓動下，他不知不覺地喝下了一整瓶的啤酒；這原本就已經超過他平常所能喝的量了，不過，來到這裡之後，他卻又在擅長勸酒的女招待舌燦蓮花的勸誘下，一口氣連喝了兩杯 cacao fizz（譯註：一種用巧克力和香草調味的氣泡酒。），結果一下子便爛醉如泥、不省人事了。

等到酒店打烊之後，昭二才在身爲前輩的組長以及兩位女招待的幫助下，乖乖地搭上了計程車；但是到了半路上，那位前輩也因爲醉得一塌糊塗的關係，無法照料昭二。到最後，兩個人只得各自分開，分別留宿到了兩位女招待的公寓裡。

「睡得還好嗎？」

當陌生女子的聲音傳入耳中時，昭二吃了一驚，睡意頓時消失得無影無蹤。感受到自己身體下方彈簧床墊那輕柔的觸感，昭二帶著迷惘的思緒，開始環顧起四周的景象。這是一間帶著西洋風味的臥室，色彩鮮豔的家具與飾品，紛然雜陳地映入了他的眼簾；旁邊床頭的矮几上，擺著一把茶壺，和一個身著荷蘭傳統服裝的洋娃娃。明亮的陽光，從厚厚的窗簾縫隙間射了進來。

昭二幾乎是反射性地看了看手錶；當他發現時間已經過了十二點的時候，不禁臉色大變，連忙跳下了床。昭二早在前來進修之前就已經下定決心，絕不遲到或無故缺席；一想到這點，他慌慌張張地一把抓過自己的襯衫，接著開始手忙腳亂地，脫起了自己身上的睡衣。就在這時他才發覺到，自己身上穿著的，竟然是一件用人造絲織成，輕薄的大紅色長襯衣。

「看樣子，你好像嚇了一大跳呢！」

這時，昭二又再次聽見了剛才的那個聲音；一名女子越過分隔臥室與隔壁房間的拉簾探出頭來，一邊看著昭二，一邊笑嘻嘻地說著。

「這裡是哪裡？」

「是我的公寓唷！因爲您醉得完全動不了的關係，所以只好讓您暫時住在這裡了。」

昭二的腦袋還是一片混混沌沌；他點了點頭之後，將長襯衣一把脫下丟到旁邊，然後將手臂穿過襯衫的袖子。

「哎呀，已經準備要回家了嗎？」

「不，去公司。」

「哎唷，您也稍微鎮靜一下吧！今天不是星期天嗎？」

「啊？」

聽到這句話，昭二不禁發出了一聲短促的喊叫聲。對啊，今天的確是假日沒錯；就因爲這樣，昨天晚上才會安心地大喝特喝的啊！

「別急著走嘛，至少在這裡吃個早飯再說吧！」

女人一邊說著，一邊掀開簾子，走進了臥室當中。由於昭二對昨晚的事情完全沒有任何記憶，所以，這還是他第一次，目不轉睛地注視著眼前女子的臉。女子似乎老早就起床了；她身穿一件水藍色的連身裙，在腰間還圍了條奶黃色的圍裙，至於臉上則是施著薄薄的脂粉。

她就是茂子。在她那張相貌端正的鵝蛋臉上，有著一雙大而細長的眼睛，以及一張總是塗抹著淡淡口紅的小嘴；看著她的樣貌，就像是看著女兒節的人偶般，雖然說不上是什麼古典美人的感覺，但卻自有一種毫不世故、在酒吧女招待中可說相當罕見的高雅氣質在。

她真美！而且，正好還是我喜歡的那種類型！昭二微微張著嘴，整個人愣愣地佇立在原地，動彈不得。

「不好意思，我這兒沒有男用睡袍，也沒有棉襖可換。您換好衣服後，就先去洗把臉吧；洗臉台就在廁所的旁邊。」

茂子一邊溫柔地說著，一邊開始幫昭二換起了衣服。粉底甜甜的香氣，刺激著昭二的鼻腔；他彷彿置身在夢境當中一般，像個木偶似地任由茂子隨意擺佈。

「雖然說是早餐，不過也沒有什麼了不起的東西就是了；頂多就是些烤吐司、培根煎蛋，還有紅茶和香蕉而已……」

「要說的話，我的早餐才叫做簡單呢！在月臺上站著喝一杯牛奶，隨隨便便就解決了。一早起來就能吃到這麼美味的食物，我還真是羨慕您呢！女招待都像您這樣，收入很豐裕嗎？」

回過神來之後的昭二，漸漸地變得多話了起來。就在這時，他忽然心想：眼前的這個女子，該不會對我有意思吧？還是說，這只是一種商業應酬慣用的話術而已呢？

「我在酒吧裡並不算是紅牌，所以收入說起來也很有限……」

「那麼，您怎能每天都吃得如此豐盛呢？莫非，有人在援助您嗎？」

其實，昭二真正想知道的就是這件事。雖然他明明知道，就算問了也未必能得到真正的答案，但不問一下的話，他卻又覺得按捺不住。

「哦，您看起來像是這樣嗎？要是真有這麼一回事的話，我這裡應該會有可以讓您替換的男性衣物才對唷！」

「說的也是。」

這樣看起來，女子說的搞不好是事實也說不定。如果這些都是真實的話，那麼，跟她發展以結婚為前提的交往關係，或許也不錯吧！

「妳今天也是休假日嗎？如果方便的話，能不能跟我一起吃頓晚餐？畢竟，承蒙妳招待這麼一頓豐盛的早餐，不回報一下也說不過去嘛……」

昭二一邊捻著對方白皙的手指，一邊用若無其事的語氣邀請著她。

2

就在兩人的關係在女招待間傳得甚囂塵上的時候，茂子已經悄悄地為昭二拿掉了一個男孩子。如果換做是其他許多沾染現代風俗的女孩的話，墮胎就像是除掉某個附體的惡靈般，結束之後，表情總會顯得一派輕鬆；然而，茂子卻並非如此。「一個生命就這樣被葬送在黑暗之中，實在太可憐了！」她不只這樣說著，還為此整整哭泣了兩天。看見這副景象，昭二完全不知該拿什麼話來安慰她，只好默默地坐在一旁，一個勁兒地喝著白蘭地。

僅僅從這件事中也能看出，茂子是個心地相當溫柔的女孩，而昭二也對她愈發感到迷戀了。

昭二深愛著茂子，這是毫無疑問的事實；然而，對於向茂子求婚這件事，他卻一直猶豫不定。之所以會這樣，主要的原因是，隨著時日推移，在他心中對酒吧女招待這個職業的牴觸感，也變得越來越強烈。對於一心想躋身菁英階層的昭二而言，如果帶著一個曾經從事風化行業的妻子回到九州的話，毫無疑問地，一定會對自己的前途產生某種負面的影響；昭二所害怕的就是這一點。

不過，隨後發生的一件突發事故，卻迫使昭二不得不改弦易轍，向茂子提出結婚的請求；那是發生在九月初，也就是他們認識剛過半年左右的事情。

那天是星期天，氣象預報說兩天之後會有颱風北上；昭二開著節衣縮食買下的Contessa（譯註：一九六〇年代的一種日製小汽車。），載著茂子沿京葉線一路奔馳，打算來個繞南房總半島一圈的汽車兜風之旅。當時，雖然他取得駕照只不過兩個月而已，但他卻對自己的運動神經充滿了自信。事實上，就算是汽車練習場那些壞心眼的教練，對於他的敏銳反應也都爲之咋舌，並且不吝給予高度的讚美。

兩人先是在勝浦港興致勃勃地拉網捕魚，請人將戰利品做成天婦羅後，提早用了晚餐，然後便繞過千倉，踏上了回家的路途。

「這是我頭一次來千葉縣，而且也是有生以來第一次拉網捕魚呢！真是太愉快了！」

茂子像是少女般地歡欣喊叫著，然後突然用雙臂環繞著昭二的脖子，溫柔地吻上了他的嘴唇。

「喂、喂，小心一點啦！我這可是才剛買的新車哦！」

昭二一邊用開玩笑的語氣說著，一邊輕輕撫摸了一下茂子白皙的手臂。一般來說，如果自己交往的對象一直遷延不定、對於結婚遲遲不願下定決心的話，女孩子一定會感到相當焦灼、急燥與不安，表情也會變成一副悶悶不樂的樣子。不過，茂子除了性格內向之外，同時也是個相當拘謹的女孩，因此，即便這樣，在她的臉上，還是從來不曾顯露過任何失態的神色。昭二覺得，這樣的茂子實在是相當惹人憐愛。

道路右手邊的景色，突然整個豁然開朗了起來；散發著粼粼金色波光的東京灣，在兩人的眼前無限地伸展開來。在遙遠的另一端，被夕暮染成鮮紅的西方天空映襯下，觀音岬上的燈塔正獨自屹立著。彷彿像是被這無與倫比的美麗所深深震撼似地，兩人連一句話也沒說，只是靜靜眺望著眼前的景象。

之後，昭二將臉轉回正面，繼續駕著車往前奔馳。就在這時，從道路右側某個隱蔽的地方，忽然鑽出了一名男子；男子小跑著，看樣子是想橫越道路，當他察覺到疾馳而至的車輛時，整個人一下子愣在原地，不知所措，而昭二也已經來不及踩下煞車了。接著，一聲巨響過後，男子從車輛的正面彈飛了出去；劇烈的衝擊透過車身傳了過來，伴隨而至，幾乎同步揚起的，則是茂子尖銳的驚叫聲。

昭二急忙停下車，打開車門跳下了路面。在他面前，一名老漁民模樣的男子，像是爛泥一樣地頹倒在路旁；從男子破裂的額頭汩汩泉湧而出的鮮血，不停地滴落在柏油路面上。就在昭二觀看的時候，血液湧出的量也越來越多了。

「沒事吧，大叔！你振作一點啊！」

昭二試著用手搖晃男子的身體，然而卻沒有任何的回應。即使是外行人也可以一眼看出，男子已經當場死亡了。

「完了……一切都完了……」

茫然自失的昭二，一邊在口中喃喃唸著毫無意義的話語，一邊下意識地在衣服上，拚命擦拭著沾染了鮮血的雙手。他那張原本眉毛濃密，充滿了九州男兒豪爽風貌的臉龐，此刻看起來就像是受到斥責、哭喪著臉的孩童般，整個完全扭曲變形了。

不過，昭二只保持了這樣的狀況大概一分鐘不到的時間；接著，他猛然清醒過來，開始不慌不忙地掃視起周圍的情況。在確認沒有目擊者之後，他以極其敏捷的動作跳回了駕駛座上，隨即將車子開到全速，迅速逃離了現場。

在極度的驚愕下，茂子完全失去了言語的能力；只見她的身體輕輕顫抖著，整個人默默地坐在車上，一聲不吭。昭二也和茂子一樣，什麼都不說，只是默默地開著車。像是要迴避可能追蹤而來的車輛似地，他一路抄了好幾條小道，花了比預定多上好幾倍的時間，最後才終於在晚上九點剛過的時候，駛進了東京都內。

就在他們剛過新宿的時候，茂子忽然開口說道：

「這可是肇事逃逸呢！」

「嗯。」

昭二面無表情地點了點頭。爲了要讓自己的心情平靜下來，他叼起了一根香煙；可是，不知道是否打火機出了問題的緣故，他一連點了好幾次，都沒辦法輕易將煙給點燃。聽著打火機「喀擦喀擦」不停作響的聲音，昭二的神色也顯得愈發焦躁不安了起來。

「那人死了嗎？」

「不，他沒什麼大礙。後面車輛的駕駛看見之後，已經幫忙叫救護車了。」

昭二自欺欺人地對茂子撒了個謊。

「話說回來，那人也不小心注意一下左右來車就橫越馬路，結果變成這樣，也算是他自作自受吧！吃了這樣一次苦頭，我想他以後走路時應該會更加小心才對吧！唉，拜那傢伙之賜，我們愉快的兜風之旅全被搞得一塌糊塗了啦！」

昭二將香煙一把扔到路旁，像是十分憤怒似地咒罵著。茂子聽說老人沒死，不禁露出鬆了一口氣的表情；她從包包裡拿出手帕，體貼地為昭二擦拭起滿臉的油光與汗水。

不過，正如昭二在暗地裡預料的那樣，第二天，在早報的某個角落，刊出了小小一則有關老人死訊的報導。茂子一定也讀到了這則新聞；當她打電話來的時候，講話的聲音裡帶著濃重的鼻音，很明顯是剛剛哭過了一場。

「我知道這件事是我不對，可是，他會死掉完全是意外啊！當我抱起他的時候，他還意識相當清醒地回答我說：『沒關係，不用擔心』呢！」

這種時候，昭二也只能在電話裡這樣努力自我辯解著。但是，他在心裡相當明白，一旦自己的過失被公諸於世，他必然會受到社會的制裁；付出高額的慰問金還只是小事一樁，真正讓他害怕的是，自己這種卑劣的行為會在上司心目中留下壞印象——到那時候，他也就別妄想再繼續升遷了。

無論如何，都非得封住茂子的口不可；昭二在心裡這樣想著。而要達到這一點的話，唯一的方法就是娶她為妻。除了以妻子寶座為誘餌之外，再無其他方法能夠換取茂子的沉默了。

於是，在這之後不久，兩人便訂了婚。

「雖然離開東京讓我覺得有點悲傷，但是，只要能跟你在一起，不管到哪裡我都願意。」

茂子對昭二這樣說著。

3

然而，相當諷刺的是，就在兩人訂婚之後的第四天，九州總公司的業務課長寫信給昭二，說要為他介紹個相親對象。昭二咋著舌，攤開那封信開始閱讀了起來。

在寄來的大型西式信封袋裡面，除了信件之外，另外還附了兩張相親對象的照片；其中一張穿著正式的長袖和服，另一張則是女孩在網球場裡面，高高揮舞著球拍的快照。從她那開朗的笑顏中，可以清楚判斷出她是一個性格相當明亮的女孩。在這當中，昭二尤其中意那張穿著網球服擊球的照片；女孩修長的雙腿，有著宛若古希臘少女雕像一般美麗的曲線。根據課長的介紹，女孩的名字叫做古閑酉江，今年二十二歲。

不過，要說到這位古閑小姐和茂子誰比較美，昭二還是會毫不猶豫地投給茂子一票。這時候的昭二對酉江還沒有任何興趣，只是帶著半嘲諷的目光，眺望著桌上的照片。不過，當他讀到課長來信的後半部，得知酉江是某位大富豪的獨生女時，他忽然開始對照片上的這個女孩產生了偌大的興趣。

昭二在九月中旬連休的時候，回到了九州。在那裡，科長夫婦預約好了濱海的高爾夫球場等著他，於是，他便和西江以及課長夫婦四人，快樂地享受了一輪高爾夫球敘。昭二早就聽說西江在體育方面相當拿手，而當天的球敘，她也果然不出所料，拿下了四人當中最好的成績。比起照片，她本人遠遠要來得美麗許多；每當談話的時候，她經常會露出潔白的牙齒，爽朗地笑著應答。大概是因爲在無憂無慮的環境下長大的緣故，她看起來，總是一副不知憂愁爲何物的模樣。

「其實啊，當你還在九州總公司工作的時候，人家大小姐就已經常常和你搭同一班通勤電車了唷！據說，從那時候開始，她就對你抱持著愛慕之情了呢！」

當課長向昭二轉述這段話的時候，在旁邊聽著的西江不禁格格嬌笑了起來。

第二天，西江在自己家裡設宴款待了昭二；當昭二在西江的帶領下，漫步在西江家所擁有的一整片杉樹林當中時，他的情感完完全全、徹徹底底地傾向了西江這一邊。同樣的山林還有四片，這樣看起來，西江家的總資產至少在七億日圓以上。這個天文數字讓昭二差點一下子變得神智恍惚起來；他仰起了頭，愣愣地凝視著眼前不斷茁壯延伸的杉樹林。

兩天的連休一眨眼就結束了；回東京的那天傍晚，西江開車送他到福岡機場。

「下次，你什麼時候會回來呢？」

當汽車奔馳在國道的時候，西江戀戀不捨地這樣問著。

「元旦就會回來了。公司從三十號到五號放年假。」

昭二拿出香煙，按下打火機想點個火，不過，因爲忘了加瓦斯的緣故，不論他怎麼按，火燄始終就是點不燃。一旁的酉江像是看不下去似地，將一盒火柴遞給了他。

「謝謝！」

昭二輕輕點了點頭，然後深深地吞吐了好幾口煙霧；就在這時，他的臉上忽然浮起了痛苦的表情，原來，他憶起了那天在館山撞倒老人的事情。那時候也是像現在這樣，打火機一直點不起來，到最後，他只好帶著憤怒的情緒，將口中叼著的香煙一把往車子外面丟去。

像是要驅散這段不愉快的回憶似地，昭二猛力地搖了搖頭。他覺得，不管怎麼說，當時沒有目擊者，實在是太幸運了；而他能夠像現在這樣，成爲億萬富翁的女婿，或許也是因爲上天賜予的好運之故吧！

想到這裡，昭二不由得喜形於色，臉部原本緊繃的線條也不自覺地放鬆了許多。不過，就在這時，他的笑容突然間像是壞掉的假面具一樣，整個扭曲變形了起來：哎呀，不是還有茂子這號危險人物存在嗎？萬一她口風不密，將事情洩露出去的話，該怎麼辦呢？

4

想來想去，除了殺死茂子之外，再也沒有別的解決之道了。

在抵達機場之前的整整一個小時思考當中，昭二做出了這樣的決定。他心想，反正自己都已經撞死了一個老人，那麼殺一個人和殺兩個人，其實也沒什麼差別了。昭二打從心底，對這樣的想法深信不疑。

不過，儘管他很快就確定了自己的殺意，但對於要怎樣殺死茂子，才不會讓自己的犯行被發覺這件事，他卻反覆想了很久，直到過了半個月之後，都沒有拿出個定論來。如果自己的罪行敗露的話，那就一點意義也沒有了不是嗎！爲此，要不就是將茂子僞裝成因交通事故而死、或是將她扮成服毒自殺的樣子，要不就是事先準備好不在場證明，然後堂堂正正地殺了她，方法就只有這三種而已。話雖如此，但昭二就算絞盡了腦汁，也想不出像推理小說當中的犯人那樣周詳的計畫。

在這段期間中，昭二還是跟以往一樣，每隔三天去拜訪一次茂子的家，並且留宿在那裡。爲了不讓茂子察覺到自己隱藏的殺意，他認爲，自己的行爲舉止必須跟以前完全一樣，這樣才是上上之策。於是，他盡可能地逼著自己和茂子調笑，在她耳邊輕聲說些連自己都覺得肉麻的情話。然而，儘管如此，他有時還是會不經意地陷入恍惚的沉思當中；看見他這副模樣，感到奇怪的茂子忍不住開口問道：

「你怎麼了呢？最近看起來似乎沒什麼精神呢，是不是工作太過操勞了呢？」

「這樣啊……我最近的確有點過勞的傾向呢！總覺得自己全身乏力，提不起勁來。」

雖然昭二將這次的突發狀況順水推舟地唬弄過去了，但當他事後回想起來，還是不免驚出一身冷汗。

不能再這樣無限制地拖延下去了，必須儘快想出個解決辦法才行！三個星期很快過去了，當邁入第四個星期時，昭二的神情也顯得越來越焦慮。然而，愈是煩燥不安，他的思維也就變得愈發遲鈍了起來。

就在昭二從九州回來剛好滿一個月的時候，他終於想出了一個獨一無二的計畫。既然再怎樣都沒辦法僞裝成交通事故，那就乾脆將她僞裝成自殺吧！先讓她喝下毒藥而死，再把整個情境布置成像是服毒自殺一樣。

「……於是，我跟她的關係就這樣一直拖了下來。不過，老家那邊最近有人爲我說了一門親事；爲了這個原因，我再次向她懇求，希望她能夠跟我分手。這次她倒是很爽快地答應了，因此我也安心了許多，誰知道她竟然會……」

當警方前來訊問的時候，他打算就這樣回答；到時候只要再摀住眼角，表現出一副悲傷的樣子就行了。

從那天起，昭二便開始緊鑼密鼓地準備實施這個計畫。因爲他對毒物的常識一無所知，所以經過估算之後，他選擇了最容易入手的氰酸鉀做爲犯案工具。於是，他走訪了宿舍附近的電鍍工廠，偷偷弄了一點氰酸鉀回來。接著，如果要將現場僞裝成自殺的話，最好是留下一份遺書；但是，要讓茂子在完全不知情的狀況下自願寫下遺書，那簡直是天方夜譚。因此，與其笨拙地僞造一份遺書而被警方注意到，那還不如不要遺書的好。就在這時，昭二心念一轉，覺得如果讓屍體在胸前抱著一張自己的照片的話，那效果一定遠比遺書還要來得更好。被衷心信賴的男人捨棄，但卻又無法死心斷念，於是只好抱著愛人的容顏離開人世……這樣才像是內向的茂子會有的作爲，不是嗎？

昭二對於自己的這個想法感到十分滿意；他一邊高興地哼著歌，一邊拿出自己的相簿，從裡面翻出了一張四乘六尺寸的半身照。那張臉朝著斜前方，看起來稍微有點裝模作樣的照片，是大約三年前他還在九州的時候，爲了宿舍的管理員婆婆幫他安排的相親需要，而到鎮上的照像館照下的。在茂子梳妝檯的三面鏡旁邊，應該有個相片架才對；利用那東西的話，就毫無任何問題了。

就這樣，昭二將自己的照片揣進大衣的口袋裡，秘密地造訪了茂子的公寓。那是星期六晚上，九點剛過時候的事情。

「都這麼晚了，我還以爲你今天不會來了呢！」

來到玄關迎接昭二的茂子將長髮挽在頭上，身穿一件由羊毛織成，色澤豔麗的紅色和服。（這可真是替我省了不少工夫呢……！）一看見茂子的模樣，昭二不由得在心裡這樣暗自嘟囔著，（如果她穿的是女用睡衣的話，那我還得找個藉口，讓她換件衣服才行呢！）姑且不論平日邋邋遢遢的女人在臨終之前會怎樣穿著打扮，對於平素愛好整潔的茂子來說，如果要自殺的話，是絕對不可能讓自己穿著隨便的衣服就死去的。員警在調查的時候，搞不好會對這些細微的地方產生疑惑也說不定，所以非得注意不可。

昭二和茂子都是標準的咖啡黨，因此每次見面的時候，總是會以咖啡代茶彼此對飲。昭二換上茂子爲他準備好的棉袍，裝出一副輕鬆的樣子，在客廳的桌子前坐了下來。

「對了，今天我們別加牛奶了，放點白蘭地試試吧！」

昭二從架子上取下酒瓶，也不問茂子的意見怎樣，就在兩個杯子裡面倒進了一點白蘭地。他的打算是，要藉由白蘭地的香氣，來掩蓋掉氰化鉀特有的氣味。

昭二強逼著自己的心情保持鎮靜；他使盡全力，控制住自己顫抖的手腕，往杯子裡放了砂糖，然後用湯匙開始攪拌了起來。一時之間，兩人都沉默不語；茂子低垂著睫毛修長的眼瞼，心裡不知在想什麼似地，只是專注地盯視著杯中那茶褐色的液體。

昭二將杯子端到嘴邊，不過，就在這時，他忽然像是想起了什麼似地，又將它放回了茶盤上。接著，他問茂子說：

「喂，有奶油蛋糕嗎？」

「沒有蛋糕，不過有蘋果派。你想要嗎？」

「來一塊也好吧！我覺得肚子有點餓了。」

讓茂子起身離席，也是計畫當中的一個重要環節。等到茂子被攆出客廳之後，昭二便慌慌張張地從懷裡取出裝有毒藥的小瓶子，旋開瓶蓋。他的手仍然不斷地顫抖著；玻璃瓶碰撞到瓷器邊緣，發出鏗鏗鏘鏘的響聲。

「對了，」

就在這時，茂子的聲音突然毫無預警地，透過拉門傳了過來；昭二倒吸一口涼氣，連忙將小瓶子藏到桌子下，然後裝出一副若無其事的鎮定神色，朝著她的方向轉過頭去。

「我這裡有些不錯的柿子，你要順便來一點嗎？」

「我不要柿子；有蘋果派就已經很夠了！」

昭二用斥責般的語氣對茂子說著。

當茂子的身影再次消失之後，昭二便迫不及待地站起身來；他彎下腰，伸出手臂，將手上的小瓶重新擺到了對方的杯子上。就在這時，他忽然停下了手上的動作；他想到，自己不管怎樣，都得先確認茂子沒有在偷看才行。如果自己投毒和攪拌的過程被茂子撞見的話，那可就毫無辯解的餘地了。

就在那電光石火的一瞬間，昭二心念一轉，將毒藥倒進了自己的杯子當中。他把毒藥充分攪拌均勻之後，將把手上自己的指紋擦拭乾淨，然後又偷偷望了一眼廚房的動靜；接著，他用飛快的動作，將兩人的杯子給調換了過來。那一瞬間，昭二感覺自己的呼吸幾乎快要停止了。

就在千鈞一髮之際，昭二終於完成了這一系列的工作，而茂子也回到了客廳當中。（她該不會察覺到了吧？）昭二在心裡這樣想著，不由得偷偷望了一眼茂子的神情，不過，茂子仍然像是渾然不覺似地，開心地笑著對他說：

「讓你久等了。這個派很好吃喔！」

「不好意思，真是麻煩妳了。快點喝吧，咖啡涼掉就不好了！」

說完之後，昭二迅速伸出手，拿起盤子裡的蘋果派，然後像是感覺十分美味似地，露出一副飢腸轆轆的神情，大口大口地吃了起來。

「還真是不錯呢！」

「雖然只是人家送給我的禮物，不過這家店的派，可是大家都說好吃的喔！」

「妳自己怎麼不吃呢？」

「我已經吃得很飽了。」

「那麼，就喝點咖啡吧！咖啡冷掉的話就不好喝了呢！說到這點，究竟是哪個笨蛋，想出『冰咖啡』這種玩意的……？」

爲了不讓茂子看穿自己內心真正的念頭，昭二一個勁兒滔滔不絕地說著。在他的勸誘之下，茂子將咖啡杯端到嘴邊，輕輕地啜了一口，而後又喝了第二口。昭二一邊面無表情地吃著派，喝著自己的咖啡，一邊全神貫注地偷偷注視著茂子的反應。

就在這時，茂子忽然砰地一聲將咖啡杯放回了盤子上；她的眼眸凝望著虛空，一瞬間露出了彷彿是在思考著什麼般的神情，但旋即像是發狂似地，開始痛苦掙扎著抓緊了自己的喉嚨。

接著，從她張得大大的口中，發出了令人毛骨悚然的聲音；她掙扎著想立起身來，但整個身體卻直往前傾，轟然一聲仆倒在地毯上。最後，她的手指緊緊陷入地毯當中，全身痙攣了兩、三下之後，便再也沒有動靜了。

在這整段過程中，昭二一直用有如外科醫生般的冷澈眼神，從頭到尾注視著事態的演變；不過，他的臉色還是變得像紙一樣蒼白。

確認茂子死亡之後，昭二便按照自己在腦海中演練過無數次的計畫，開始俐落地行動了起來。首先，他戴上了預先準備好的手套，用手帕將毒藥瓶上自己的指紋擦拭乾淨，然後讓死者的手握了一下這個瓶子，好讓茂子的指紋印在上面，最後再將它放回桌上。因爲茂子在痛苦掙扎的過程中，應該會撞上桌子才對，所以他將小瓶子布置成倒下的樣子，這樣才能顯得更加逼真。

擺放好毒藥瓶之後，他又接著拿起白蘭地酒瓶，依樣畫葫蘆地處理了一番，只是他並沒有將酒瓶放倒，而是讓它保持著站立的姿勢。畢竟，酒瓶和裝毒藥的小瓶子不同，重心比較穩定，如果讓它也跟著翻倒的話，那反而會變得不自然起來了；昭二在心裡這樣思索著。

處理完這些事情之後，他拿起三面鏡旁邊的相片架，在原本夾著的風景相片上面，疊上那張自己的半身照，然後將它一把塞進了茂子穿著和服的懷中。在這種情況下，因爲茂子是面朝自己擁抱著相框，所以就算她撞上了桌子倒下，相框的玻璃應該也不會摔碎才對。

接下來，昭二還有另一件毋庸贅言的任務必須完成，那就是，將自己出現在自殺現場的一切痕跡全部消滅掉。

於是，他將自己吃過的東西以及用過的餐具拿進廚房裡，將蘋果派用廚餘處理機絞碎，接著用中性洗碗精，將杯子和湯匙徹底洗過一遍；徹底用抹布拭去餐具上的水氣後，他又在上面印上了茂子的指紋，然後才用戴著手套的手，將它們放回了碗櫃中。

昭二帶著絲毫不敢輕忽大意的態度，一件件處理著這些事情。他心想，既然都已經做了，那就非得做得徹底不可。要是不這樣的話，只要哪個些微的地方露出破綻，他所精心構築的「完全犯罪」就有可能徹底崩壞。因此，他對於指紋的存在，也做了一番仔細的考量；他只在應該存在指紋的地方留下指紋，至於那些會引人疑竇的地方，則是一絲不漏地將它擦拭乾淨。

結束了在廚房的工作之後，昭二回到了客廳，用銳利而鉅細靡遺的目光，掃視著四周的狀況。茂子的屍體俯臥在桌子下，桌上則是擺放著毒藥瓶、摻了毒的咖啡杯，以及白蘭地的酒瓶。看到這副景象，任誰應該都會斷定茂子是自殺身亡的吧！

爲了預防自己一不注意留下香煙的痕跡，今晚他從宿舍過來的時候，並沒有帶著打火機和香煙匣。儘管如此，他還是很小心地檢查一遍，確定沒有遺留任何不該留下的東西之後，才從現場離去。

回到宿舍後，昭二因爲刺激與疲憊的交互作用而感到筋疲力竭；平常酒量不好的他，這時竟然連續喝了四杯不加水的威士忌，在這之後，他才終於漸漸地平靜下來。（礙事的傢伙終於消失了！這樣一來，我就再也沒有後顧之憂，可以大大方方地和億萬富翁的千金結婚了！）昭二仰躺在床上，感覺自己全身充滿著勝利的快感；他發出愉悅的聲音，大聲高笑了起來。

荻窪警方以參考人的名義登門傳喚昭二，是在第二天午後的事情。

因爲這是早在預料之中的事情，所以昭二在應對上也顯得相當沉著；在警方的要求下，他帶著一派泰然的態度，坐上前來迎接的警車，來到了警署。

當他抵達警署的偵訊室時，負責訊問他的是一位下顎寬闊的中年警部；那是位不論眼神或是說話的語氣，都顯得相當沉穩的男子。

「聽說您與神崎茂子小姐之間的關係相當親密是嗎？」

「嗯？」

「她喝下了一杯摻毒的咖啡，並因此而身亡了。當她過世的時候，胸前還抱著您的相片呢。」

「什麼，她竟然……？」

昭二使盡全力，擺出了一副驚訝的表情；接著，像是在尋求對方的共鳴似地，他輕輕地吐出了一句早就想好的台詞：

「她是個喜歡咖啡的女孩子；在自己喜歡的咖啡裡摻下毒藥，這樣的自殺方式，的確很像她的風格呢。」

「話雖如此，但她並不是自殺身亡的。根據我們的判斷，她是被人殺害了之後，再僞裝成自殺的模樣；正因如此，我們才會請您過來協助釐清案情的。」

用慢條斯理的語調說完這番話之後，警部一動也不動地，注視著臉上滿是困惑神色的昭二。

（明明做得這麼完美，我到底是在什麼地方出現了破綻呢？）昭二在腦海裡拚命地回想著昨晚的場景，可是不管他怎麼想，卻始終想不出問題究竟在哪裡。

解答篇

「以下雖然只是我的想像，不過我認爲，您恐怕是和神崎小姐一起喝咖啡，然後將毒藥倒進了自己的杯子裡吧！接著，您瞄準神崎小姐不注意的空檔，很快地將兩人的杯子給對調了。我說的沒錯吧？」

警部就像是在現場親眼目擊了整件事情的過程一樣，說出來的話分毫不差、完全正確。

「這個嘛，我想您沒有必要那麼驚訝吧？如果她真的打算自殺，那麼當她將毒藥倒入自己的杯子之後，一定會用自己的湯匙來攪拌才對；然而，我們在神崎小姐的湯匙上，卻連一點氰化物的反應都沒有檢驗出來呢！」

昭二倒吸了口冷氣，整個人就像是尋找著逃命出口的小動物般，用驚慌失措的眼神掃視著四周；當他終於領悟到自己已經無路可逃的時候，不禁恨恨地咋了咋舌。成爲億萬富翁的美夢就此破滅，昭二不由得爲此咒罵起自己的粗心。

MF計畫

1

「你說有話想說，是什麼事情呢？」

康德突然像是憶起了什麼似地，問了這樣一句。這時候，兩人剛從舞台上下來，正在後台休息室的角落裡，面對各自的箱子，摺疊著附有家紋的和服。因爲他們兩人都只是二流的相聲演員，不論是誰都沒有跟班，所以像是摺戲服之類的事情，也只能靠自已打理才行。

「如果是在這裡的話，很難心平氣和地說話吧？」

黑格爾帶著相當猶豫的表情回答道。在外面的舞台上，演奏席的音樂剛剛告一段落，秋風亭澀柹的說唱緊接著即將要開鑼；觀眾席間，此刻已是一片鴉雀無聲。

「……是那件事嗎？」

間宮康德的語氣一下子變得尖銳了起來。從他的語氣中可以感覺得出，在他那張圓臉的眉間，此刻一定擠滿了皺紋。那是一張在觀眾面前，絕對不能顯露出來的真面目。

他所提到的「那件事」，指的是最近這一陣子上杉黑格爾所提出的拆夥提議。兩人自從組成搭檔站在舞台上以來，迄今已經過了整整五年之久，然而不管再怎樣努力，卻始終脫離不了二流的評價。之所以會這樣，在黑格爾看來，全是因為康德太過拙於言辭的緣故。當拍檔中的一方不善言語的時候，就會變成另一方一個勁兒唱獨腳戲的局面；為了不讓場面冷掉，這也是不得已的做法。除此之外，康德也很不擅長臨機應變，有好幾次甚至發生在舞台上當場愣住的尷尬情況。雖然兩人有意識地想要反過來以此製造笑點，但觀眾的反應卻跟他們想的截然不同。當觀眾看見娃娃臉的康德支支吾吾、慌慌張張的樣子時，還沒來得及笑，就先產生了同情心。有些觀眾甚至批評黑格爾說：「有必要把話說得那麼刻薄嗎？」也有位著名的評論家在報紙上寫著：「間宮所表現出來的，就是一副極端痛苦的樣子。」

（我是不是找錯搭檔了呢……？）從兩年前開始，黑格爾就抱持著這樣的疑問；現在，他開始希望起自己要是能改行當個演員也好。

最近，有不少相聲演員在電視台的家庭劇裡跨刀演出配角，其中也不乏功成名就的例子。不管怎麼說，自己在曲藝館裡也算是個稱職的喜劇演員，因此，只要把舞台上的表演照搬到銀幕上去就行了，至於其他更難的演技，說起來倒沒有那麼重要。黑格爾深信，自己一定也能夠像其他人一樣，在家庭劇的領域中，打開一片活躍的新天地。

大好的前途，正展現在自己的眼前……黑格爾一邊摺著和服的袖子，一邊這樣默默地想著。事實上，穿著這種附有家紋的和服上台演出，也是黑格爾的創見。從前，「恩達斯與阿恰哥」（譯註：活躍於二十世紀初期的一組雙人相聲組合。）曾經穿著西裝登上曲藝館，結果憑著新鮮感風靡一時；因此，黑格爾打算來個反其道而行，不過，就結果而論，他的嘗試可以說是幾近失敗。帶家紋的和服外褂這種打扮，只會徒然帶給觀眾精神上的緊張罷了；對於打算尋求精神放鬆而來到曲藝館的觀眾而言，這樣的服裝似乎產生了強烈的反效果。可是，話雖這麼說，黑格爾還是有自己的面子得顧；現在換掉和服，對他的自尊心而言是絕對難以接受的事情。（這也是我的失敗處之一啊！）黑格爾在心裡這樣想著。

想到這裡，黑格爾的思緒忽然回到了現實之中；他向旁邊望了一眼，只見間宮康德已經蓋上了服裝箱，正在將手錶往手腕上套。

那只表是瑞士產的高級品，價值高達一百萬日圓；每當抵達設定好的時間，手錶裡面就會發出輕輕的鈴聲。雖然鈴聲很小，不適合當鬧鐘使用，不過遇到跟人見面，或是需要吃藥的場合，只要設定好時間，它就會準確地用清涼的鈴聲提醒你。

間宮很為自己的這只表感到自豪，不管是見到哪位藝人，都一定會拿出來炫耀一番。不過，有一次它好死不死地在舞台上叫了起來，鈴聲還透過麥克風被放大出去，結果引起了觀眾席上一陣爆笑，演出也因此搞砸了。從那之後，間宮就養成了將手錶放進服裝箱之後再上台的習慣。

回想起這件往事，上杉的腦海中不由得重新浮現起間宮康德的種種愚笨之處，對他的厭惡感也愈發地深了。那個時候，間宮的表現可以說是不知所措、手忙腳亂，臉上寫著的全是困惑的樣子。透過偶發事件所衍生的即興演出，製作出一道美味的料理，並從而讓觀眾為之讚賞不已，這不正是舞台藝人所應該具備的真工夫嗎？

「喂，小黑！」

康德一邊爲手錶上緊發條，一邊開口說道：

「同樣的話，我想不需要我再重複好幾遍吧！我這個人啊，要是開口說不願意，那就是千真萬確地不願意了。當我們兩人決定搭檔的時候，曾經交換過一份協議，上面寫著：如果要拆夥的話，必須獲得雙方的同意。我想你還不至於忘記這一點吧？」

「這個嘛，我當然沒有忘記。只是，我還是想再問問老康你的意見——就問最後一次。」

像是在說服自己似的，黑格爾的長臉慢吞吞地點了兩次頭。

搭檔康德之所以反對拆夥的理由，黑格爾其實也心知肚明。康德是個除了相聲以外，什麼才能都沒有的男人；一旦迄今爲止好不容易小有基礎的拍檔解散的話，那不啻於是剝奪了他的生路。

「我不知道你這會不會是最後一次，不過，你光是這樣問，就讓我覺得很不夠意思了。總而言之，我的想法是不會改變的。」

「我明白了。」

「不過哪，爲了慎重起見，我告訴你：如果你真的想跟我拆夥的話，那我也已經有所覺悟了。」

「喂喂，」

黑格爾那張招牌的馬臉上，浮起了在舞台上會出現的那種滑稽笑容，

「你可別威脅我哦！」

「我可沒威脅你喔；不過，你過去犯下的那些詐欺案件，我想追訴時效還沒過吧！不，就算時

效過了也無所謂，只要讓世人都知道犯人是你小黑的話，你的形象一定會跌到谷底的，這樣你也覺得沒關係嗎？總之，你是別想上什麼家庭劇了，還是乖乖把那件事情抛到腦後吧！」

休息室裡漸漸地變得喧鬧了起來；負責樂器演奏的歐巴桑，正急急忙忙地吃著蕎麥麵，旁邊一名年輕的說書人，正爲自己成功地抖包袱而感到得意不已，而在房間的正中央，兩位壓軸的演出者正露出複雜的神情，你來我往的下著圍棋。間宮康德雖然用他們聽不見的聲音低低地說著話，但他所說出的話語，卻仍然讓上杉感到心驚肉跳。他一言不發，定定注視著自己拍檔的那張圓臉。

2

剛才康德提到的詐騙案，是上杉黑格爾過去很貧窮的時候，在無可奈何的情況下所犯下的。他的做法是，先在某個家具商那兒訂購一些家具，等貨品到手後，立刻轉手賣給別家商店，然後把錢揣進自己的荷包，從原來的住處消失得無影無蹤。簡單說，他所幹的就是那種賒貨賴帳式的詐欺行爲。

由於他在跟店員應對時，從不讓對方看見自己的臉，所以縱使他在電視上出現，也沒有人察覺到，這個名叫上杉黑格爾的相聲師竟然就是當時的詐欺犯。現在，儘管他已經在全國各地犯下了多達四十起的詐欺案，但出面告發他的店主，卻連一個也沒有。

只有一次，他在喝得爛醉如泥之餘，不小心透露了一點口風；不過那時候，間宮也已經醉得不省人事了，所以上杉認爲間宮應該什麼都記不得了才對，因此也沒有太把它當成一回事。只是沒想到，間宮竟然記得一清二楚；如果他把這件事情透露給八卦雜誌的記者，那一切就都完了！

當然，對間宮而言，他這樣說或許只是爲了阻止上杉提出拆夥的要求，別無其他深意也說不定；可是，上杉黑格爾卻不認爲這只是一句隨口說說的話而已。在他感覺起來，這句話就是對他的正面脅迫；當他這麼想的時候，他心中的殺意就像是踩上了跳板一般，無法抑制地躍動了起來。

在那之後，上杉黑格爾在表面上裝出一副平靜如常的模樣，繼續以間宮康德的好拍檔身分，跟他一起出現在舞台上。爲了不讓對方察覺到自己隱藏在心中的殺意，上杉的演出變得比平常更加熱誠；當然，這樣一來，自然也會贏得觀眾的好評，不過最高興的，還是非搭檔間宮康德莫屬了。

「喂，你已經好久沒來我家了呢！我那裡最近可是累積了不少好東西喔！」

某天演出結束後，康德向黑格爾提出了這樣的邀請。康德在半年前與老婆離婚後，又回復了快樂的單身生活；像是在炫耀自己的自由似地，他經常動不動就邀請朋友到家裡閒晃，上杉也在他的邀請下，到他家裡玩過好幾次。

「聽說最近唱片的價格上漲了不少，連中古品都水漲船高不是嗎？」

「哪有這回事啊！雖然LP（粗紋唱片）因爲原料不足而漲價，不過SP的價格倒是沒什麼動。」

間宮康德說的好東西，指的就是SP唱片。他有一個嗜好，就是蒐集Orient Record（譯註：日本一家專出演歌、民謠等傳統唱片的公司。）或是Niponophone（譯註：日本蓄音機協會，為日本最古老的留聲機製造商。）所出版，用喇叭灌錄出來的古老相聲唱片；剛開始時，他原本只是為了學習而蒐集，不過現在卻已經變成了圈子裡面有數的收藏家。

「除了權太樓的《貓與金魚》是公認的極品之外，馬風的演出也是夢幻逸品哦！特別是馬風在模仿權太樓方面，可以說是唯妙唯肖。這兩張唱片我是同時發現的，不過稍微有點刮傷，這倒是令人滿遺憾的就是了……」

間宮全然不知上杉心中的想法；他興致勃勃地，露出了相當開心的笑容說著。

《貓與金魚》是因創作《野狗黑吉》（譯註：日本早期的一部經典漫畫，以對戰爭的諷刺而聞名於世。）而聲名大噪的田河水泡先生年輕時創作的新落語段子，不過現在已經變成了公認的古典名作。柳家權太樓生前相當擅長演出這個段子，而與他同時的鈴鈴舍馬風，在模仿他的演出方面也表現得相當出色，可說是相當精采地重現了權太郎那種迷糊的神韻。當然，不用說，不管是康德或黑格爾，都沒有親眼看過這兩位前輩的演出。

「感覺起來好像挺有意思的呢！改天有空的話，請務必讓我聽聽看吧！」

黑格爾語氣親暱地，回應了康德的邀請。（一直到最後的那一瞬間，都非得裝出一副好伙伴的樣子不可！）他在心裡這樣想著。

雖然不知為什麼，不過在相聲搭檔中，私下感情不好的人其實相當多。別看在舞台上表現得一副親密無間的樣子，下了後台馬上臭臉相對，除了必要的話之外什麼都不說，這樣的例子也不在少數。

與那樣的搭檔相比，康德和黑格爾的組合，真可以說是少有的感情融洽。撇開在解散方面的意見相異不談，兩人即使到了現在，仍然會在表演結束之後互相邀約，一起開開心心地去喝個小酒。就上杉本身而言，因爲他一向喜歡到處找女人，所以在沒有家室拖累的情況下，偶爾喝個小酒倒是沒什麼不方便的；不過，康德離婚之後，兩個單身漢湊在一起，生活習慣越來越隨便，因此，最近他的酒量也變得越來越大了。

每當兩人喝得爛醉，各自告別回家之後，間宮總是連領帶都不脫，穿著衣服就直接跳上床睡覺，但上杉卻會用手托著臉頰，在書桌前面坐上大概一小時；他集中了自己所有的思緒，聚精會神地擬定著殺死自己拍檔的計畫。

他與間宮在拆夥問題方面的對立與爭執，除了他們自己之外，就只有經紀人竹島一個人知道。一旦間宮被殺了之後，經紀人難保不會向警方透露這個訊息；要是他講出來的話，那麼身爲具有殺人動機的嫌疑者之一，上杉鐵定會被警方給盯上的。正因爲考慮到這樣的危險性，所以上杉認爲，自己的殺人計畫必須更加仔細地推敲才行；然而，也正因爲如此，他的計畫進展也愈發變得緩慢了。

經過無數個夜晚的冥思苦想之後，他終於得到了一個結論，那就是：要執行這個計畫，必須要準備好一個不管遭到怎樣的攻擊，都不會動搖的僞造不在場證明才行。當然，在犯下殺人案件的同時，又要讓自己的身影同時出現在遠離現場的地方，這是不可能的。因此，非得要讓人誤以為間宮康德是在比實際更早的時間被殺才行；換言之，就是要利用時間差來製造出自己的不在場證明。

將暫定的時間流程套進去之後，上杉的計畫稍微具體一點來說，大致是這樣的：首先，他會找個朋友聊天，一路聊到十一點，接著便去拜訪間宮，在中午時分將他殺死。然後，只要能將案件發生的時間僞裝成提早一個小時，也就是在早上十一點犯案的話，那麼上杉就可以主張「自己當時正在和朋友聊天」，從而獲得堂堂正正的不在場證明。在這種情況下，如果這位朋友是個不可靠的人也就罷了，倘若是個誠實不欺的人，就算警方有所懷疑，也不得不承認上杉的不在場證明吧！

但是，要把這個想法付諸實踐，還有兩個讓他頭痛的地方必須克服：其一，要怎樣才能把發生在正午的殺人案僞裝成發生在十一點；至於其二則是，要採取怎樣的手段，才能讓間宮在十一點之後就從所有人的視線當中消失無蹤？

事實上，間宮在十一點之後還會多活一個小時；在這一個小時當中，不只可能會有推銷員登門拜訪，同時也有可能會出現朋友打電話來，跟他商量有關釣魚心得之類的狀況。如果真的發生這樣的事情，那麼這個好不容易辛辛苦苦擬定出來的計畫，就全都付諸流水了。不，如果光是付諸流水倒還無所謂，要是讓自己的犯罪行爲暴露出來，那可就糟糕了！

想到這裡，上杉那張長長的馬臉上不禁浮現了苦澀的神情。他一根又一根地，抽盡了好幾十根自己喜愛的薄荷味香煙，整個人絞盡腦汁，反覆不停地思考著。最後，在歷經無數次殫精竭慮的思索之後，他終於成功想出了一個絕妙的計畫。

他重新點燃了一根ＭＦ牌香煙，盡可能冷靜地檢討這個計畫。這個計畫與其說有什麼出奇不凡的優秀內容，倒不如說更接近於一般平凡人思考下會出現的產物。不過，上杉卻覺得這樣反而更能避人耳目，並為自己的構想而讚賞不已；在他看來，如果一味追求所謂的「奇計」，反而會有容易吸引眾人目光的缺點，因此，現在這樣正是恰到好處。

就在上杉將抽完的煙蒂壓進玻璃煙灰缸裡的時候，他忽然間靈機一動，想到說：就用香煙的名字，將這個計畫命名為「ＭＦ計畫」吧！他對這個聽起來很像是間諜小說裡面會出現的時髦名稱感到相當中意，不由得有種一切都會順利進行的預感。想到這裡，上杉不禁咧開了厚厚的嘴唇，露出白色的牙齒愉快地笑了起來。

他把實行計畫的日子定在了本月十號。那天，兩人接受某家位在名古屋的陶瓷公司邀約，要在他們的創社紀念日活動上擔任餘興演出的角色。除了這點之外，上杉記得，在距離名古屋不遠的瑞浪市公寓裡，住著一位之前曾經和他同居過的女性。雖然那位女性現在好像搬到豐橋市去了，不過他還是打算有效的運用這件事情。

根據上杉的ＭＦ計畫，當間宮在東京的家裡被殺時，他人應該還在愛知縣境內；這樣一來，他的不在場證明自然就能夠成立了。這個規模宏大的計畫，時時刻刻刺激著上杉身為犯案者的虛榮心；他不斷在心裡反芻著這整個計畫，每次想到它的時候，臉上就會忍不住浮出滿意的微笑。他就像是等待婚禮到來的新娘一樣，不停扳著手指數日子，滿心歡喜地期盼著那一天趕快到來。

在這段等待的期間中，上杉只另外再多做了一項事前準備：他找出手邊的卡式收錄音機，將錄音帶放進其中，按下錄音鍵。接著，他在收錄音機內藏的小型麥克風前敲碎了一個玻璃杯，然後又倒帶回去，仔細著聆聽錄下的聲音。他的目標是，要盡可能透過錄音帶，錄下玻璃在接近自然狀況下破碎的聲音。

3

十號那天，當兩人在室內體育場裡特別搭建的舞台上表演完相聲之後，時間正如先前預定好的，是下午五點整；那時，窗外的天色已經完全暗了下來。儘管他們使用的搞笑橋段已經頗為陳舊了，不過公司的女工和她們的家人，還是相當開心地捧腹笑個不停。上杉黑格爾與間宮康德，帶著滿足的心情回到了休息室內。在他們之前上台的演員們都已經各自搭乘新幹線離開了，只剩下用過的茶杯和煙灰缸，雜亂無章地散落在油漆斑駁的桌子上；這是只有身為壓軸演員，才能體會到的寂寞光景。

「今天有勞二位的精彩演出，實在是感激不盡！」

當他們兩人正在摺疊脫下的和服時，陶瓷公司那位接近退休年齡的人事課長走了進來，像是要慰勉兩人的辛勞似地說道：

「現在適逢晚餐時分，雖然我們只準備了不足掛齒的幕之內便當（譯註：一種附有多樣配菜的便當。），但能否煩請兩位不吝賞光，留下來一起用個餐之後再回去呢？」

於是，兩人便在課長的帶領下，來到了一間像是會議室的小房間裡面；在那裡的桌子上，擺放著兩個用紅白布包裹起來的便當。陶瓷公司所準備的幕之內便當，是附有帶頭尾的鯛魚、龍蝦，以及烤雞的豪華版本；在便當的旁邊，還放著一小瓶日本清酒。

「沒什麼好東西，真是相當不好意思……」

這位被任命來負責這場即興演出的課長，看上去似乎是個老好人，他那誠惶誠恐的模樣，很顯然是出於真心而非做作。間宮毫不客氣地，開始大口吃了起來；「這雞肉真是好吃呢！」他一邊吃著，一邊露出了愉快的笑容這樣說道。

「喂，小黑，果然名古屋土雞的味道就是不一樣啊！」

雖然康德沒有說出口，不過可以看得出，他對於自己這次能夠擔任壓軸演出，似乎正打從心底由衷地感到高興著；不管是從表情或是動作上，都充分地顯示了這一點。

「是啊，東京的雞味道就淡多了；至於那些用美國方式飼養出來的肉雞，那就更別提了。」

上杉長長的馬臉上滿是笑容，不住地點頭稱是。抓住一切機會，在眾人面前強調兩人之間深厚的感情，這是相當必要的；黑格爾在心裡這樣暗自想著。

因爲還要趕著將演出的報酬另行支付給經紀人，所以兩人吃過飯之後，便搭著陶瓷公司的車，到了名古屋車站。（那位人事課長和司機，肯定會認爲我們兩個直接搭著往東京的列車回去了……）上杉又這樣想著。

「看看時間，才六點剛過而已呢！喂，老康，即然都來了名古屋，就這樣什麼都不做地白白回去，那豈不是太遺憾了嗎？怎樣，我幫你介紹個人如何？」

從這裡開始才是重頭戲。上杉一邊謹慎地選擇辭彙，一邊不斷勸誘著康德。他所謂的「介紹個人」，指的當然是老婆以外的女人。為了避免被上下火車的旅客撞來撞去，兩人站到了一根大柱子後面，開始商量了起來。

「算了吧，一點意義也沒有。」

「你說這是什麼話啊！我想介紹給你的，可是個活躍於社交圈子的女孩喔！在她家裡面，經常會有一大票女性朋友前來遊玩；她們大多是本地百貨公司的小姐，全都是清一色的美人喔！」

因為他們兩人在相聲界中都是出了名的好色之徒，所以上杉對於要拋出什麼樣的餌才會讓間宮上鉤，可以說是理解得一清二楚。

「總之，閉上嘴，跟著我走就對了啦！」

上杉買好了乘車券後，便不由分說地將間宮給推進了剪票口。

「我們這是要去哪裡啊？」

「別問了，等到達目的地之後，自然就有好康的啦！」

上杉沒有再多說什麼，只是露出一副詭秘的樣子笑了笑。

一般來說，當兩人外出的時候，間宮總是會像大多數藝人一樣，戴上一副太陽眼鏡，而上杉則是會戴起他那副度數不深的近視眼鏡。僅僅是這樣簡單的變裝，就足以讓周圍的人察覺不出，站在這裡的兩個人竟然是一對相聲拍檔。這點對此刻的上杉而言，也是一個相當有利的地方。

當列車抵達位於中央本線的瑞浪站時，上杉搶先一步下了火車。就在穿過火車站前的廣場，沿著大馬路稍微走了一陣子之後，上杉帶著間宮，來到了一間澡堂前面。接下來，只見他熟門熟路地，從轉角的地方彎了進去；在澡堂後方的巷弄裡，可以看見一棟兩層樓高的公寓，正靜靜地佇立著。

「就是這裡了！我先過去看看，你在這裡等我一下喔！」

就跟剛才在剪票口時一樣，上杉用絲毫不容置疑的語氣，命令間宮待在外面，然後自己一個人走進了公寓當中。他一口氣爬上了二樓，在管理員室的前面停下腳步，接著敲了敲窗戶問道：

「我是來拜訪二樓的筒井小姐的，不過我卻沒有看見她的門牌；請問一下，她是住在幾號房間呢？」

「你說筒井小姐啊，她半年前就搬走了呢！我記得沒錯的話，她好像是去了濱松……啊不，是豐橋吧？」

「啊，聽您這樣一說，我想起來了，我想起來了呢！她在寄給我的明信片上面確實曾經寫著說，自己已經搬到豐橋去了呢！我怎麼把這件事給忘得一乾二淨了呢？」

上杉黑格爾一邊這樣說著，一邊伸手摘下眼鏡，然後就像在舞臺上常做的那樣，咧開嘴巴大笑了起來。因爲他是左撇子，所以在摘下眼鏡的時候，很自然地也是使用了左手；不過，除了這個原因之外，上杉之所以這樣做，其實也是希望管理員能夠察覺到這個特徵，並留下印象。由於這位管理員很有可能會成爲不在場證明當中的重要證人，因此上杉希望他不只能記住自己的長相，如果可以的話，最好還能清楚記得站在自己眼前的這個男人，就是相聲演員上杉黑格爾。

做完這件事之後，上杉再次走出了公寓大門。一看見他出來，原本倚著圍牆，百無聊賴地等待著的間宮，便急急忙忙地靠了過來問道：

「結果怎樣？」

「唉，實在是不好意思……」

他露出微妙的表情，低著頭繼續將這齣戲給演下去：

「說起來，全是我一時疏忽所犯下的錯；她早在半年前，就已經搬到豐橋去了哪！剛剛聽管理員一說，我才猛然想起了這件事。我真是個大笨蛋哪！」

「是嗎？沒關係啦，下次我們去豐橋的時候，你再把那個女人介紹給我好了！」

間宮用粗鄙的語氣說著；他口中所說的「女人」，指的當然也是「情婦」的意思。

「真是不好意思。」

「沒關係的。如果不是因爲這種機緣，我也不會來到瑞浪這個城鎮啊！」

今天的間宮心情出乎意料地好；上杉心想，一定是因爲他還沉浸在演出成功的喜悅當中之故吧！於是兩人就這樣，一邊嘲諷著身旁商店的櫥窗，一邊慢慢沿著來時的道路走回了車站。

預先調查過時刻表之後，上杉與間宮在瑞浪站的月台等待了七分鐘；接著，他們搭上了一輛各站停車的慢車，在八點一分準時抵達了名古屋車站。兩人夾在下車的旅客當中步下了月台，沿著中央通道走出了剪票口。

證明晚上八點的時候上杉人在名古屋，這是他所要建構的不在場證明當中，非常重要的一個環節。因此，在這個車站留下證人，對他而言也是相當必要的。

「我去買乘車券，你在這裡等我。」

「嗯。」

「我還會順便去一趟洗手間才回來。」

「嗯，我知道了。」

「看樣子，我們在十點半之前應該能回到東京才對。怎樣，今晚去你那兒聽聽權太樓的ＳＰ如何？」

「真的嗎？你今天晚上要過來嗎？」

間宮的聲音驟然拔高了起來；他那雙隱在黑色鏡片下的眼眸，看起來似乎正閃閃發著光。

讓間宮在原地等著之後，上杉走過販賣乘車劵的大廳，踏進了公共電話亭。他首先撥了東京的區碼〇三，然後撥通了先前抄在筆記本上的「蛇眼壽司」的電話號碼。

「喂，這裏是蛇眼壽司。」

「不好意思，請幫我外送一人份的特級壽司過來好嗎？」

他在說話的時候，故意使用了一點茨城風味的腔調。「蛇眼」雖然是一家位在間宮家附近的壽司店，不過因爲間宮是個體質特殊，對醋容易過敏的男人，所以他幾乎從來不曾在那裡點過壽司。因此，上杉並不需要擔心，對方會在這短短的通話當中，識破自己與間宮聲音的不同。不只如此，上杉還仿效間宮說話的特徵，在語調中加入了一點茨城方言，如此一來，壽司店的店員一定會更加認爲，打電話來點餐的就是間宮本人。

「好的，非常感謝您的惠顧。請問要送到什麼地方？」

「沿馬路走兩百公尺左右，往右轉，在右手邊的地方可以看見一家花店和麵包店；然後，從那個轉角再……」

就在講到這裡的時候，上杉忽然間發出一聲慘叫；同時，他迅速地將卡式收錄音機貼近話筒，按下了播放鍵。從收音機裡面，傳來玻璃破碎的激烈聲音，然後，是一陣令人感到淒慘無比的沉默……

「喂、喂……？」

聽著電話裡店員頻繁傳來的呼叫聲，相聲演員那張長長的馬臉上不禁浮起了滿意的微笑。他猛然掛斷了電話，捲起大衣的袖口確認了一下時間；現在的時刻是晚上八點〇七分。

這也就是說，間宮是在八點〇七分打電話訂壽司的時候突然遭人襲擊，並遇害身亡的。當警方調查，發現間宮並不喜歡壽司之後，他們必然會傾向於認定說，間宮之所以點這份壽司，並不是為了自己，而是為了招待某位客人。接著，他們便會想盡辦法，要找出那位晚上來訪的客人，而當時人在愛知縣的上杉，自然是絕對不可能行兇的。

「我們搭著陶瓷公司的車到名古屋車站，然後便各自分手了。這時，我忽然想起有一位從前關係相當親密的女性住在瑞浪，於是便心血來潮，想去見見她……」

如果刑警問起的話，上杉打算就這樣回答他們。

4

當兩人回到位在世田谷的間宮家時，時間已經過了十一點。間宮自從恢復獨身之後，便開始整理房子，打算將它賣掉，然後一個人搬到公寓裡去住；不過，因爲一直找不到合適的買主，所以直到現在，他仍然住在這棟房子裡面。那是一間附有小庭院，規模不大的房子。

間宮不只喜歡喝酒，對於好吃的甜食也絕對不會放過；他一到家，便馬上將上杉買來當做伴手禮的名古屋特產——饅頭的包裝給拆了開來，接著又立刻開始著手張羅等下準備要喝的茶。他不像上杉那樣是個徹頭徹尾的獨身主義者，所以當他在這些事情的時候，總會不自覺地流露出笨拙的樣子。

「你還真是帶來了好東西呢！我從很久以前，就一直很想嘗嘗看名古屋的饅頭了，不過每次到那邊，總是會忘了買回來。」

「這個嘛，還不知道是不是真的好吃呢！畢竟人家不是常說，『有名不等於好東西』嗎？」

上杉這樣說著，不過間宮並沒有回應，只是興沖沖地擺列著茶杯。他根本沒有想到，上杉之所以在買乘車券之餘又順便買了饅頭的真正目的，是爲了讓商店的女店員對他留下印象，好讓自己的不在場證明能夠增添有力的證人。十分幸運地，那位女店員辨識出了上杉的真實身分，還拿出了手帕請他簽名。

「每當出差讓人感到疲倦的時候，就會變得很想吃點甜的東西呢！」

「像我這種只愛喝酒的人，對於這樣的心情，實在很難理解哪！」

聽了上杉的話，間宮不由得露出了開朗的笑容；他在背靠著書桌的椅子上坐下之後，便開始一邊自言自語地說著：「明天早上九點，和經紀人竹島約好了要打電話給他的……」，一邊開始設定起手錶的時間，絲毫沒有感受到殺意正在逐漸逼近自己。

焦灼不安的上杉望著天花板，心不在焉地應和著間宮的話語。他心想：如果間宮吃了饅頭的話，那事情可就有點麻煩了。畢竟，那可是特製的點心，只要警方按照製造場所與販賣商店，順藤摸瓜地查下去，就很有可能會發現上杉的形跡。不行，這實在太危險了！

「喂，你快把權太樓的唱片拿出來借我看看嘛！」想到這裡，上杉對間宮這樣說著。

「好啊！等下，我順便連馬風的唱片也一起拿出來哦！」

上杉假裝在觀看唱片架，繞到了間宮的側面，然後用右手握住青銅製的鎮紙，朝著間宮的後腦勺猛力地揮了下去。（原來，殺人竟是如此簡單的一件事……？）就像上杉不由得抱持的這份感慨所描述的一樣，間宮連一聲呻吟聲都沒能發出，整個人便輕而易舉地癱軟了下來；上杉連忙慌慌張張地，從後面抱住了他的上半身。

戴上手套的上杉，完全不浪費任何一絲一毫的時間，立刻迅速地展開了他的行動。首先，他將鏡子湊到間宮的鼻孔前，確認他的呼吸確實已經完全停止了；然後，他將椅子轉了半圈，把屍體布置成倒在桌前的樣子。因爲間宮是在打電話給壽司店的過程中遭到殺害的，所以屍體如果不是面朝著有放電話機的桌子，就會顯得相當不自然。

處理完屍體後，他小心斟酌著力道，在盡可能不發出大聲響的情況下，對準了桌上的檯燈一拳揮出。按照他的設定，壽司店的店員在電話裡所聽到的，正是這盞檯燈的玻璃燈罩破碎的聲響。

緊接著，他又把桌上那盒已經拆開的名古屋饅頭，急急忙忙地包了起來；對他來說，這東西非得拿回去處理掉不可。不過，對於桌上的兩個茶杯，上杉則是讓它保持原樣地擺在那裡。畢竟，早在打電話訂壽司的時候，他就已經設定好有訪客的存在，因此現在若是刻意地去隱匿茶杯，也沒有任何意義可言。

再接著，他先用手帕擦掉了鎭紙上面自己的指紋，然後又拿起話筒，依樣畫葫蘆地將它的表面給擦拭乾淨。因爲殺人後掛斷電話的是兇手，所以他會將自己留在電話機上的指紋給處理掉，也是理所當然之事。

就在上杉做完這一切，來到私鐵車站，心想終於能夠鬆一口氣的時候，一件讓他大感驚駭的事情，就像是等待已久似地，突然降臨在他的面前：當時，上杉剛好來到月台上，正不經意地低頭看著手錶；當他抬起頭的時候，一個坐在長椅上的中年男子，忽然用親暱的語氣開口向他打招呼說：

「哎呀，上杉先生？這不是上杉先生嗎？」

那個中年男子名叫吉崎，是個上杉熟識的影視記者。

「既然您出現在這裡的話，那就代表間宮先生也住在這附近囉？」

「是的……」

「您現在是從他那裡要回家嗎？」

「不……」

「您怎麼啦？臉色很蒼白喔！」

「我覺得身體有點發冷；大概是感冒了吧……」

上杉勉勉強強地，從口中擠出了這樣一句話。此刻，他確實感覺到從月台上吹來的冷風，正在滲入自己肺部的每一個角落。吉崎似乎相信了他的話，點了點頭，用通情達理的語氣說著：

「這樣啊，那您可得要多保重身體喔！相聲演員就算身體狀況不好，也是無法隨意請假休息的喔！」

5

回到家裡之後，上杉整個人橫躺在床上，但卻始終無法輕易入眠。不過，話說回來，在他的眼前，並沒有不時浮現間宮康德死時的容貌。就像他那張表情弛緩的馬臉所顯現出來的一樣，上杉並不是個神經纖細的人。

既然ＭＦ計畫已經一分不差地完美實踐了，那麼照道理說，上杉也應該能夠安心了才對；然而，他卻總覺得自己似乎在什麼地方出了紕漏，因此無論如何都冷靜不下來。（唉，這只不過是自己單方面地在給自己壓力罷了！）他勉勉強強地這樣想著，並試著以此說服自己；然而，他的心情不但沒有因此感到鎮靜，反而變得更加焦灼不安了起來。

他從床上爬起來，披上睡袍，走到客廳打開煤氣暖爐，然後拿出一瓶威士忌；加了一點蘇打水調淡之後，他將杯子裡的酒一口氣喝了下去。不過，當血管隨著酒精的熱度而膨脹之際，那種不安的念頭，卻變得更加難以按捺了；結果，喝酒也只是徒然帶來反效果而已。

到最後，他乾脆不睡了，坐在沙發上，把昨晚的那一幕就像放電影一般重新回憶了一遍。一個片段緊接一個片斷，慢慢地、不漏掉任何細節地在他心裏掠過。他想確認自己的行動中是否真有什麼失誤之處。

來來回回想了兩三遍，也沒有發現有什麼問題。但越是這樣他的神經就越發敏感起來。

到最後，上杉乾脆放棄不睡了；他坐在沙發上，彷彿像在反芻昨天才看過的某部電影情節似地，將整部殺人戲劇從頭到尾，在心裡面重新播放了一次。他用慢慢的、小心謹慎的、絕不放過任何可能錯誤的態度，一邊轉動著記憶的膠卷，一邊一項一項地確認著所有的細節。

然而，儘管他已經想了兩三遍，卻還是找不出任何一個可能的破綻來；面對這種情況，他的思緒也變得愈發焦燥不安了。

他拿出MF香煙，點上火，試著轉換一下心情，然後又重新開始仔細檢查起自己的記憶。間宮已經氣絕身亡了，這是毋庸置疑的事實；除此之外，他也沒有忘記將檯燈的玻璃燈罩給打破。鎮紙上的指紋確實都已經擦拭掉了，就連話筒的表面也都擦得乾乾淨淨……。「對了，是話筒！」就在這時候，上杉的腦袋裡忽然飛快地閃現了這樣一個念頭。將話筒擦拭乾淨固然是件正確的事情，但問題在於，當他將話筒放回話機上的時候，是按照自己平常的習慣，用左手將它掛回去的。理所當然地，用左手掛回去的話筒，其方向一定是跟正常相反的；換句話說，只要一看見那話筒的方向，就可以輕易判斷出犯人是個左撇子。

想到這裡，上杉就像真的罹患了流感一樣，整個人感到全身發冷，臉色也變得慘白了起來。他清楚地感覺到，自己的眼前變得一片漆黑，血色也迅速地從臉上消逝得無影無蹤。這簡直就像是在現場留下名片一樣；另一方面，自己又被吉崎目擊到出現在那附近，這兩件事情加起來的話，不管上杉再怎樣辯解都沒有用了……

上杉就這樣一夜未眠。第二天早上，他帶著滿是血絲，幾乎快要睜不開的雙眼，勉勉強強地打了個電話給事務所：

「哎呀，早安！今天好早呀！」

經紀人竹島的秘書石橋加代子，用明亮的聲音回應著。她是個留著一頭戰前摩登女郎般的短髮，個性開朗活潑的女孩子。

「經紀人還沒來嗎？」

「是的，這裡就我一個人而已……」

上杉吞了一口唾液，像是在背誦似地，慢慢說起了他一個晚上不睡想出的臺詞：

「妳聽好了，我現在整個人的感覺，就像是做了場夢一樣，而且還是一場惡夢。」

「……」

「妳應該知道，我們昨天去了名古屋；不過，演出結束後，老康先我一步回了家，而我卻因爲還有些事情要辦，所以留了下來。在那之後，我買了盒名古屋特產的饅頭，想說等回到東京之後，順道帶到老康家給他；畢竟，他是個愛好喝酒，對於甜食也絕不放過的男人嘛！」

「的確是這樣呢。」

「我按下了他家的門鈴，可是沒人應門；於是，我推了推門，這才發現門並沒有鎖。我雖然覺得很奇怪，不過因爲身爲他的拍檔，沒有什麼好拘束的，所以我就自顧自地走了進去。沒想到，當我一走進去，就看見老康俯臥在桌子上……」

「啊！」

「那時候，我簡直是驚慌失措到極點了！我感覺他已經死了，整個人嚇得直打寒戰，也顧不得再多看一眼，便落荒而逃了。不過，現在想起來，我覺得他或許並沒有死，只是急症發作了也說不定。他不是曾經告訴過我們大家，他感覺自己的血壓有點高嗎？」

以此爲藉口，上杉將加代子找了出來，搭著她的車走訪了位在世田谷的間宮家。門前的燈仍舊亮著，似乎正無言地訴說著這裡所發生的變故。一看到這副景象，加代子的臉色頓時變得一片蒼白。

「門不是鎖著的嗎？」

「哦，可能是我慌慌張張逃出來的時候，下意識將它給帶上的。老康那傢伙用的是按鍵鎖，一旦帶上，要打開就不容易了哪！」

上杉略爲思索了一下之後，做了個手勢對佳代子說：

「沒辦法，只好破窗而入了！妳在這裡等著。」

他繞著間宮家走了一圈，看準了廚房門上的玻璃窗之後，撿起一塊石頭將它用力敲破，伸手進去打開了門鎖。接下來，他脫掉了鞋子，逕自走回了案發現場。果然如他所料，話筒的方向是反的。一看到這情形，他整個人不由得一陣虛脫，差點一屁股癱坐到了地板上。

「真是好險啊！」

上杉一邊覺得鬆了一口氣，一邊用手帕包著話筒，將它的方向給轉了過來。

當他回到廚房的同時，加代子也正好脫了鞋走進來。她揚起了自己那黑色的眼眸，像是急著想知道一切似地注視著上杉。

上杉搖了搖他那張長長的馬臉，對佳代子說道：

「我想，妳最好還是別看比較好。」

「他不是生病嗎？」

「不，他是被人殺害了。我們還是趕快出去吧！如果被警方責備，說我們隨意破壞現場的話，那可就不好了。」

就在這時，從案發現場的客廳當中，忽然傳來一陣小小的、就像是鈴聲一般，連續不斷的響聲；兩人一聽到這聲音，頓時驚得面色如土、面面相覷。雖然上杉馬上就明白過來，這不過是手錶的鈴聲罷了，但他在心裡卻覺得，這鈴聲就像是死者在控訴自己的聲音一樣；接下來有好一會兒，他甚至連呼吸都忘了。

「好恐怖……」

加代子用細細的、不停顫抖的聲音說著。不過，以好色出名的上杉，這時卻忘記了要擁抱加代子，只是一動不動地，靜靜佇立在原地。

6

ＭＦ計畫看起來，似乎獲得了相當大的成功。

案件被報導出來之後，那位壽司店店員去了搜查本部，向警方陳述了關於電話的事情。

「……當時在店裡的客人還說，很可能是惡作劇電話呢！我還沒來得及問對方的姓名，電話就掛斷了……」

當店員得知電話之所以中途斷掉，是因爲打電話的人遭到了兇手襲擊時，臉上的表情頓時僵住了。總之，根據店員提供的情報，警方將犯案時間鎖定在晚上八點；接下來要做的，就是追查出那位間宮點了壽司要款待的神秘客人究竟是誰。

另一方面，警方也從影視記者吉崎的口中得知，那天晚上，他曾經在現場附近遇見過上杉。面對警方的詢問，上杉把那天對加代子曾經說過的話，又重新講了一遍：

「我一看到間宮的屍體，整個人不禁大驚失色，不知該怎麼辦才好……」上杉這樣辯解著，「不過，當我逃回家後，卻怎樣也睡不著，所以第二天一大早，我就和石橋小姐一起過去看了看。唉，畢竟我一個人還是沒那個膽量啊……」

至於他所供稱，那晚自己去間宮家是爲了給對方送點心過去這件事，也透過吉崎的證言得到了證實。據吉崎說，當晚他遇見上杉的時候，上杉的手上確實抱著一個像是點心盒的東西。更重要的是，當案件發生的時候，上杉人還在愛知縣境內，因此他的不在場證明得以成立，而警方也不再用疑惑的目光看待他了。

繼上杉之後，警方又一一調查了與間宮有所往來的眾多藝人。列席葬禮的這些人一看到警方，就像是忘了自己是來哀悼死者似地，紛紛低聲吐露起自己曾經在間宮那裡吃過的苦頭來。

在這些人當中，嫌疑最濃厚的主要有兩個人：一個是某位見習落語藝人，另一個則是某家曲藝場的老闆。年輕的落語藝人是個賭馬迷，常常借了錢賴帳不還，爲此還差點被師父給掃地出門。那麼，這個人會不會是因爲前往間宮家借錢，結果遭到拒絕，所以惡向膽邊生，反過來將他殺害了呢？

另一方面，那位曲藝場老闆，曾經爲了柳橋的一名藝妓，和間宮上演過一齣爭風吃醋的戲碼。那麼，會不會是因爲這樣的恨意，而使得他犯下了這件殺人案呢？警方如此思索著。對這兩人來說，相當不幸的事情是，他們當天晚上八點的不在場證明都不是很明確；更不幸的是，就像大多數的東京都民一樣，他們兩人都很喜歡江戶前壽司。

正值世人的目光焦點都集中在落語藝人和曲藝場老闆身上的時候，上杉被警方以「參考人」的名義，帶到了搜查本部進行訊問。對於自己爲什麼會被傳喚，上杉不禁感到一頭霧水；如果只是單純訊問相關事情的話，那麼，就像迄今爲止的情況一樣，警方應該會採取登門造訪的方式才對啊！

「難道說……」，在他心裡頓時產生了一種不好的預感。不過，一想到自己有著如此堅不可破的不在場證明，上杉就又重新燃起了勇氣；他挺起胸膛，正面直視著那位掛著搜查主任頭銜，下顎寬廣的中年警部。

「因爲我們從石橋加代子小姐那兒聽說了一些事情，所以想在此也向您同樣確認一下。」

這位警部是個說話語氣相當沉穩而溫和的男子。

「說吧，是什麼事情呢？」

「案件發生之後的第二天早上，兩位是在幾點抵達現場的？」

「早上九點鐘。」

「這樣啊；石橋小姐也說過是九點左右，那麼這件事情看來是毋庸置疑了，對吧？」

（爲什麼他要特別強調這一點呢……？）摸不清警部真正的意圖，上杉茫然地點了點頭。

「聽說，當您從案發現場的客廳出來時，被害者手腕上的手錶忽然響了起來？」

「是的。我想，這件事情我之前已經說過了吧？」

「不，我們是直到今天，才第一次從石橋小姐那兒聽說了這件事。然後，因爲其中有件怪異的事情需要釐清，所以才請您過來的。」

儘管警部還是用一貫的平穩語氣說著話，但上杉的心臟卻不由得怦然一跳。警部所說的「怪異的事情」，究竟指的是什麼呢？

「接下來的話，還請您務必聽我仔細道來：被害人既然是晚上八點遇害的，那麼，他應該在這之前就已經設定好了手錶上的鬧鈴才對。」

「沒錯。」

「如果是這樣的話，那麼設定在九點的鬧鈴，應該在手錶走到當天晚上九點的時候就響過了吧？如果不是這樣的話，那發條一定會因爲延伸過度而斷掉的。我想，講到這裡，應該不需要我再多說些什麼了吧？」

「……」

上杉覺得自己的腦袋裡面開始劇烈地疼痛了起來。他隱隱約約地察覺到，自己犯下了某個重大的錯誤，而且是相當致命的錯誤；然而，此刻他的思緒已經變成了一團無法收拾的混亂，完全無法對此做出更進一步的探究。

「換句話說，鬧鈴在第二天早上才響起的這件事實，正好證明了被害人爲手錶上發條的時間，是在前一天晚上的九點之後。那也就是說，被害人遇害的時間不是晚上八點，而是在九點之後。」

「……」

「這樣一來，您宣稱自己人在名古屋的不在場證明便毫無價值了……」

一直支撐著上杉的這份自信，轟然一聲地徹底崩潰了。他發出了一聲意義不明的大叫聲，把頭整個伏在了桌子上。

斑點狗

1

黑髮雪江才剛與兩位同伴一塊吃過午飯回來，就被服務台的女孩叫住了。

「這裏有妳的禮物唷！」

「是給我的嗎……？」

「妳不是今天過生日嗎？」

「討厭，我是三月份出生的啦！」

「可是，上面還附有生日卡片呢。」

服務台的女孩伸手從桌子背後拿出一束用玻璃紙包著的玫瑰花，和一個扁平的紙包。紙包裡面裹著的，似乎是一個巧克力盒子之類的東西，而盒子外面還貼著一張裸露在外的生日卡，一眼就可以瞥見上面印著用英文書寫的生日祝辭。

「這世上也是有如此粗心大意的人哪！」

雪江回過頭望著同事，輕蔑地抽動了一下鼻子。她長著一張端正的鵝蛋臉，在這家鋼鐵公司的總部裡，可說是數一數二的美人；因此，她會收到街上花花公子的禮物，其實也不足爲奇。每當這種時候，她的臉上便會流露出理所當然的表情，不過，這只是好強的雪江慣有的姿態。事實上，對於年輕女孩子來說，有人送來生日禮物，理所當然地不可能不高興。雖然她本人試圖掩飾，但從表現出的態度中卻將這種心境暴露無遺。

「拿東西來的是什麼樣的人？」

生日卡上的落款是「田中太郎」，但她一下子想不出有這麼一位男性。

「是由『信使中心』送來的。」

「喔？」

這家中心在銀座的尾張町開張營業，是大約二年前左右的事，其主要業務是應客戶要求配送物品，不過，實際開業運營後，老闆才發現情況與當初自己的設想有些差距。它的其利用者大多是些膽怯的年輕人們；那些沒有勇氣對自己心儀的女孩正面進攻的男性們，便選擇了這種通過信使中心投送自己傾囊而購的禮物來表達戀情。而且，隨著這種方式在銀座的圈內被認同，連那些厚臉皮的花花公子們也開始青睞信使中心。在他們看來，「能喝杯咖啡嗎？」這種老掉牙的邀請既勉強又無禮，已經跟不上時代了。現在要追女人的話，通過信使中心送禮物，才是真正時髦的方式。

「我這人最討厭玫瑰花了。」

雪江接過花束，條件反射地把鼻子湊上去聞了一下香味後，假惺惺地補充說道。收到漂亮的鮮花固然高興，但若直率地表現高興的情緒，卻未免顯得虛榮心太強了。

「那，妳喜歡什麼花呀？」

和她同行的其中一位女同事，用有些帶刺的口吻問道。

就在雪江正要回答時，電梯正好下來了，於是三人便向服務台女孩揮了揮手，走進了電梯。因爲時間距離下午一點還有八分鐘，所以大廳裡面空蕩蕩的沒什麼人影，就連電梯裡也是一片冷清；站在電梯廂裡面的，就只有雪江她們而已。雪江伸出塗著紅色指甲油的手指，按了一下樓層按鈕。文書課位在八樓。

「味道真香呢！」

兩名女同事真誠地讚美著花朵的美麗。雖然不知是什麼品種，不過它那深紅的小花瓣端正地挺立著，葉片小且略帶黑色，看起來十分高貴。

「田中先生是什麼人呀？」

「你問我，我問誰呢！我已經是訂了婚的人，這不是給我添亂嗎？即便沒有這種事，高見澤先生也本來就夠愛嫉妒的了。」

高見澤和彥是雪江任職的文書課的股長，身材高大挺拔，而且工作能力很強，在公司中屬於前途無量的潛力股，再加上他身上那股莫名的淡淡憂鬱，讓他成爲了連其他課的女孩也不禁心生嚮往的對象。然而，這個春季才剛從其他部門調進文書課來的雪江，卻輕而易舉地將這位眾多女孩心中的王子給擄獲了。雖然公司不成文地禁止女職員染頭髮，不過雪江卻無視公司的禁令，我行我素地把頭髮染成了茶褐色。她的行事一向都是這種風格，所以儘管大家再怎樣覺得討厭，她的存在還是一樣讓人爲之側目、無法忽視。女同事們一致認爲，雪江能夠釣上高見澤，全是因爲她的這套作戰方針奏效的關係。她們各自在心中品嘗著微微苦澀的同時，又深深地後悔著，不斷反問自己，當初爲什麼沒有勇氣染頭髮？

「哪，你還記得上次去看首輪電影時，坐在我們後面的男人嗎？後來，我們不是還跟他一起喝了杯茶嗎？」

「嗯，記得。是貿易公司的人吧。」

那天，對方有兩個人，而雪江這邊是三個人；在那兩位男士的邀請下，他們五個人一同去喝了杯茶，還打了場保齡球。

「那兩人都還算滿英俊的呢！」

「我覺得，田中就是那兩個男人當中的一個。」

「是嗎？爲什麼呢？」

就在這時電梯停了，於是三人走出電梯，來到八樓的門廊。因爲這裡也幾乎看不到人影，所以三人無所顧忌地，繼續著剛才的談話。

「妳快說嘛，到底爲什麼呢？」

「那個時候，裡面那名戴眼鏡的男子，他的目光老是直直地盯著阿雪不放，如果不是我們在場的話，我想他大概早就握住阿雪的手了哪！」

不過雪江並沒有針對這件事多說些什麼；現在占滿她心裡的，就只有高見澤和彥一個人。當然，有人送禮證明自己魅力不凡，這樣一想的話，倒也未必是件令人不悅的事情；只是，田中太郎究竟是誰，她既不關心，也沒興趣。那次喝茶，純粹是因爲自己看完電影剛好口渴了才同意去的，至於現在，她連他們到底長得什麼模樣，都不太記得了。

「哎呀，真的嗎？我一點都沒注意到呢！」

「當然囉，因爲那時妳的注意力全在另一個人的身上了嘛！弓子妳喜歡的就是那種類型對吧？」

她們的辦公室位在電梯的斜對面。因爲課裡的人都出去吃飯了，所以房間裡連一個人也沒有。雪江坐到自己的椅子上，把那份禮物扔在桌上。另一方面，名叫弓子的女職員則是拎著掃除用的水桶，提來了水。

「讓花凋零了的話，就太可憐了哪！」

「說的也對，不好意思，請幫我將它插進花瓶裡去，等下我會分個一兩枝給妳。」

就在弓子照料玫瑰花的同時，雪江用粗暴的動作拆開包裝紙，拿出其中的點心盒。

那並如她所料想的，只是一般的巧克力，而是一個上寫有「維也納·酒心糖」字樣，漂亮的禮物盒子。蓋子的正面是一幅描繪北歐峽灣的風景畫。在深邃而蔚藍的水面間，陡峭的懸崖從左右兩側直劈而下；在僅有的一小塊岸邊平地上長滿了綠草，乳牛正暢快地啃著那些嫩草。遠方隱約可見一戶紅磚房的農舍，天空晴朗無雲，一片碧藍。

面對如此美麗的風景，女孩不由得發出一聲驚歎。

「巴黎什麼的我倒是不想去，不過我真的很想去北歐看看呢！」

雪江獨自解開上面的緞帶，打開盒蓋，裡面滿滿地裝著用各式各樣彩色玻璃紙包著的酒心糖；放在酒心糖上面的，則是一張印著「利口酒口味酒心糖」的紙片，旁邊還寫著諸如「感謝您的惠顧。萬一出現不良產品的話……」之類的官樣文章。那是有名的海洋製菓公司的產品。

這種酒心糖稍稍偏大，接近於巧克力冰淇淋的大小。仔細看看的話會發現，包裝的玻璃紙除了無色透明的以外，還有紅、黃、紫、藍，綠，加起來一共六種顏色。

它是如此誘人，不管是誰，都會情不自禁地想伸出手去拿上一個。事實上，雪江已經迅速地抓起一顆，迫不及待地剝開了玻璃紙，同時也招呼另外兩人趕緊過來一起吃。紅色的玻璃紙裡裝著的是紅色的酒心糖。拿到手上一看，才知道原來糖果本身並不是紅色，而是它裡面包裹著的酒的顏色是紅的。

「紅色的利口酒會是什麼味道呢？搞不好是柑橘做的呢！」

雪江像是要尋求同意似地看了弓子她們一眼，然後不等她們回答，就逕自將它放進嘴裡，喀啦一聲地咬碎了；接著傳來的是小而清脆的咀嚼聲，以及咕嘟吞咽的聲音。接著，雪江像是想要說些什麼事地張開了嘴，而就在那一瞬間，奇怪的事情發生了。雪江突然瞪大了眼睛，用怪異的表情凝望著虛空；兩位同事縮回自己伸向酒心糖的手，被雪江的樣子嚇得不知所措。接下來是一陣極爲短暫的沉默。

然後，忽然之間，雪江開始瘋狂地搔抓起自己的喉嚨，發出令人戰慄的呻吟聲，癱倒在椅子上，隨即連椅子帶人，整個重重地摔落到了地上。弓子她們大聲慘叫了起來。這時，一位剛好經過走廊的秘書課男職員，聽到她們尖銳的悲鳴聲，連忙衝了進來。兩個女孩如同泥塑石雕一般呆立著；打電話叫救護車並趕緊跑去向同事告急的，全都是這位秘書課的男職員。

「果然女人還是不行哪！」

在那以後，一遇到什麼事，那位職員便會如此感歎著。這已經成了他的口頭禪。

2

關於雪江的症狀，很簡單地便判別出是氰化物中毒。這種劇毒藥物所特有的異味，與利口酒的香味混合後便會消失殆盡；而若是將其做成糖果的話，微微的苦味也會消失，於是也就不用擔心被人察覺而導致計畫失敗。不只如此，這類毒藥還可以在一瞬間置人於死地。一切都在犯人周到的計算之中。

在其餘的酒心糖中也都檢測出了毒物。也就是說，犯人早就算計好了：若是雪江把糖果放入口中的話，最初的一顆就會要了她的性命。弓子她們後來被告知此一情況時，嚇得臉色慘白幾乎倒下，弄得醫務室的醫生手忙腳亂，只得趕快幫她們注射一針鎮靜劑。

位於丸之內的這家鋼鐵公司，頓時陷入了巨大的恐慌之中。理所當然地，公司當天的工作完全癱瘓了，特別是文書課所在的八樓，因爲鑑識人員和負責搜查的刑警在那裏進進出出之故，每個人全都是一派畏首畏尾的樣子，平素總愛嘮嘮叨叨，嚴厲申斥下屬的課長，此刻也閉口不語，擺出了一副老實的模樣。

鴉雀無聲的房間裡，只有異常響亮的電話鈴聲不時響起；然而，就連這平時再熟悉不過的鈴聲，也會讓眾人不由得膽戰心驚。現場檢驗結束後，文書課的所有成員都被叫到了接待室接受警方的詢問。當然，在這些人之中，警方期待能從中獲得線索的，還是與雪江一同行動的那兩名女職員。

這時候，對服務台女孩的詢問已經結束，於是刑警便火速前往「信使中心」，查明了當時委託送鮮花和酒心糖的男性的大致相貌。他的年齡約三十一、二歲，是個像運動選手般，體格健壯的男人。他的身高大約一百七十公分左右，戴著黑色墨鏡，微薄的嘴唇很容易讓人聯想起法國影星亞蘭德倫。他的人中以及鬢角到下顎間，都留著鬍鬚。

那人出現在店裡的時候，時間是十一點剛過不久；因爲他指定這份禮物一定要在午休時間送到，所以中心另外向他收取了二千圓的特別服務費。在男子付錢的時候，中心工作人員無意間瞥見，他的錢包裡裝滿了厚厚的紙鈔。

「這個嘛，鬍鬚很有可能是爲了喬裝而粘上去的，所以不要拘泥於鬍鬚，而要將注意力主要放在『運動員體型的三十歲男子』這一點上。那麼，在看完首輪電影後一起去喝茶的兩名男子中，是否有符合此一特徵的人呢？」

「雛子，妳覺得呢？」

「說真的，他們保齡球倒是打得不錯，不過這樣可以稱得上是『運動員體型』嗎？」

被稱呼爲雛子的女孩側著小小的臉，謹愼地說著。她的下巴尖細、膚色白皙，一看就給人一種神經質的感覺。

「能否再具體說明清楚一點，您所說的『運動員體型』究竟是怎樣的？」

「這個嘛……妳只要把他想像成那種肌肉結實、身上沒有一絲多餘贅肉、給人一種敏捷感的男性就行了。」

「這樣的話，那就不對了。」雛子立刻做出了否定的結論，「那兩個人當中的一個戴著近視眼鏡，給人一種讀書人的感覺，而不是運動型的。」

「那麼另一個呢？」

「現在雖然還算中等體型，不過屬於那種中年後一定會發胖的體質。那人一看就笨手笨腳的，喝茶的時候竟然弄掉了兩次湯匙。換句話說，他算應該是那種運動神經比較遲鈍的人。」

「那就是說，這個人也不是運動型的囉？」

「在我感覺起來是這樣沒錯。他們兩人不管哪一個，都很難讓人聯想到『輕快』或『敏捷』這些特質。」

雛子一個人不停地講著，而弓子則是在旁邊不住地點頭贊同。

「聽說他們是貿易公司的職員？」

「是一家叫羅漢柏商會的貿易公司；他倆是在第二輸出課任職。」

弓子代替雛子回答道。

她的身材也相當瘦削，前來偵訊的其中一名刑警看到她的樣子，不禁聯想起放在高中理科教室裡的骨骼模型。她給人的感覺，就像是只要將手放到她的肩上搖晃一下，身體就會發出喀擦喀擦的枯乾聲音似的。

「你們有告訴對方自己的姓名嗎？」

「只不過是一個晚上的交際而已，我們才不會做出那種事呢！不過，因爲我們都稱呼雪江爲『阿雪』，所以後來他們也就跟著『阿雪阿雪』地叫上了。」

「那你們知道對方的姓名嗎？」

「戴眼鏡的人在自我介紹的時候，好像有說自己是姓『鹽瀨』或『鹽澤』什麼來著。」

「名字呢？」

「似乎叫甚內或甚兵衛之類的，總之是個會讓人產生時代錯覺的名字。他還很自豪地誇耀說，自己的祖先是武士呢！」

「那麼，另一名男子就是田中嗎？」

被刑警這麼一問，弓子似乎又失去了自信，突然放低了聲音說：

「說實話，他的姓名我記不太清楚了，只記得似乎是個很常見的姓氏；所以，當我一聽到『田中太郎』這個名字的瞬間，腦袋裡面便反射性地想到：『啊，該不會就是那個人吧？』」

「原來如此。那麼，假如送來酒心糖的那位青年就是田中太郎的話，他是否有什麼非得殺害黑髮小姐不可的理由呢？」

「啊？」

「特意送摻了毒的酒心糖來殺人，從這樣的事實來看，這顯然是一起早有預謀的殺人事件，而非衝動之下的犯行。所以，我可以斷言，犯人和黑髮小姐之間一定有什麼仇恨或恩怨。」

「不是這樣的。我認爲送禮物的人可能是田中，是在雪江被害之前的想法。換句話說，那時候我根本不知道酒心糖裡面有毒。我認爲，他是因爲根本不知道雪江已經訂婚，所以才送東西過來討好她，就只是這樣而已。」

弓子有些慌亂地加快了講話的速度，

「可是啊，對於雪江身上發生的這種事情，我卻認爲不是那個人幹的。畢竟，他沒有任何動機可言呀！」

「不過，仔細想一想，小雪也有可能拒絕過他的求婚不是嗎？」

這時，雛子若有所思地補充道，

「這樣的話，他也不是不可能因此而懷恨在心了。」

「我不太理解，能否請妳說明得更清楚一點？」

弓子將瘦削的臉轉向警部說：

「就如您所知道的那樣，雪江已經訂婚了。所以，如果有貿易公司的人向她求婚的話，她應該會一句話就拒絕得乾乾淨淨吧！」

「可是，既然已經有了未婚夫，那被拒絕不也是理所當然的嗎？我想，應該不會有哪個男人因此感到勃然大怒，並企圖謀殺對方吧！」

「按照常理來說是這樣……」

說到這兒，雛子略帶遲疑地停住了自己的話語，舔了一下紅紅的嘴唇，

「不過小雪的情況有點不一樣。該怎麼說呢……我想她有可能會用『很不淑女』的方式去拒絕對方。」

「妳的意思是……？」

「我不知道實際是否有這樣的事情發生，不過，一般拒絕他人的求婚，通常爲了避免讓對方受到傷害，都會選擇一個沒人的地方來私下解決，這樣才是比較合乎禮儀的方式。可是小雪在這方面卻有點欠缺周到，所以，也許雖然本人並無惡意，但卻會讓對方男性產生受辱的感覺，有時候甚至會因此而種下仇恨也說不定。」

「可是，小雪從來都沒有說過，自己曾經拒絕過誰的求婚呀！」弓子輕輕地反駁道。

「這只是假設而已。」雛子也回應著。

「原來如此，黑髮小姐是個有點忽視他人的感情，甚至可以說有點強勢的人。我可以這樣理解嗎？」

「是的。」

「那麼，她在公司裡面應該也多少會發生些摩擦吧？比如在與人相處方面……」

「……」

「說得直接點，就是公司裡面是否也有人憎恨她呢？」

兩個女孩面面相覷地望著彼此，似乎難以判斷到底是該說還是不該說。

「我一定會保守秘密的。妳們在這裡所說的話，我保證絕對不會洩露出去……」

警部充滿誠意的表白，似乎讓弓子和雛子在不知不覺中放下了防備和顧慮。

「我想，川原先生可能會對她有所恨意吧……？」

「他會有恨意，那也是理所當然的嘛！」

「你們所說的川原是誰？」

警部輕撫著寬闊的下巴，用若無其事的語氣問著。爲了讓詢問對象能夠輕鬆地說出話來，採用這樣的詢問方式還是比較有效的。

「川原大助先生是一名自由美術設計師；當雪江還在公關部的時候認識了他，並且發展出相當親密的關係，當時甚至還有傳言說，雪江已經接受了他的求婚。然而，她調到文書課後，便搭上了高見澤先生——也就是她現在的未婚夫，高見澤和彥。」

「直截了當地說，就是黑髮小姐變心了對吧？」

「是的。跟川原相比，高見澤的長相明顯要帥得多了。不只如此，他的頭腦很聰明，家世背景又好，據說他父親還是某大公司的常務董事呢！既然這樣，阿雪會變心，也不是不能理解的事情。可是，看在被拋棄的川原眼裡，我想他應該會覺得很不舒服吧！」

「那是當然的。」

「不過，正如剛才雛子也說過的那樣，阿雪在個性上，不知道該說是極其傲慢不馴呢，還是說有點虐待狂傾向好呢，總之，她毫無顧忌地到處散佈刺激川原神經的事情，自己還嘻嘻哈哈地樂此不疲。譬如……」

「譬如什麼？」

「諸如川原求婚的時候說了些什麼話，寫過怎樣的信，被甩的時候抱怨些什麼，約會的時候又做了些什麼等等，雖然也不知是事實還是編造的，不過，阿雪自己倒是吹噓得不亦樂乎就對了。」

「好像是有些過分了哪！」

當警部重重地點了點頭之後，雛子立刻像是迎合似地插嘴說道：

「哪，警部先生您也這樣認為嗎？所以說，從川原的角度來考慮的話，我想他應該非常地憤怒才對。不管怎麼說，這簡直就像是被當作小丑來嘲笑一樣嘛！我聽說，他最近都沒有臉踏進公司的公關部了呢！」

雛子的話裏充滿了對這位美術設計師的同情。不過，她的這番話從結果上來說，卻無異於是對那位年輕人的告發。

「他被雪江甩掉是什麼時候的事情？」

「小雪調來文書課是今年三月，四月便與高見澤開始約會了，所以應該就在那段期間前後吧……」

3

當這兩名文書課員的訊問告一段落後，警方又開始針對公司裡其他的職員展開地毯式的訊問，其中最主要的訊問對象，就是死者的未婚夫高見澤。

高見澤和彥身材修長、肩膀寬闊，長著一副看起來很聰明的臉；不過當他說話的時候，總帶著幾分莫名的孤獨感，同時話也講得不多。當然，雪江剛被毒死，所以他也不太可能面帶微笑，但是他仍然給人一種感覺，覺得「沉默寡言」，似乎就是這名年輕人與生俱來的性格。因爲聽說他是大公司重要幹部的公子，所以偵辦的警官們便自然而然地，在腦海裡將他描繪成一副嬌生慣養的公子哥形象；結果，當他走進來的時候，在場的人不約而同地，全都露出了意外的表情。

對於警部所提的問題，高見澤幾乎從頭到尾都在否定。

「因爲我跟公關部沒有直接關係，所以我並不認識川原大助這個人，也根本就沒有任何接觸機會。」

「可是，你完全沒從黑髮小姐那裡聽說過有關這個人的流言嗎？」

「沒有，我什麼都沒聽說過。」

「譬如說，被這個人糾纏不休，或者威脅恐嚇之類的事，沒有聽到過嗎？」

「恐嚇，有過這樣的事情嗎？」

高見澤反過來這樣問道；就在這時，只見他的眉頭往上一挑，眼中放出炯炯的光芒。

「我們只是是舉例而已。只要是她提過有關川原的事，不管什麼事都可以告訴我們。」

「我從來沒聽她提過，連一次都沒有。或許是因爲她不願意在我們約會的時候，談論這些不愉快的話題吧！畢竟，她可是個很懂得在什麼時間、什麼地點、什麼場所該說些什麼話，相當機靈的女孩子呢。」

她很聰明或許是事實，不過，她應該是爲了不想讓未婚夫知道自己那些虐待人的小手段，所以才故意隻字不提的吧！

「換個話題，我想請要您另外一件事：在某次看完首輪電影後，她曾經與貿易公司的人去喝茶打保齡球，關於這件事情，你知道嗎？」

「你是說她嗎？」

高見澤的眼中又閃現了銳利的光芒。

「她是和朋友一起去的。黑髮小姐她們共有三人，而對方則是兩人。因爲黑髮小姐剛開始時不太情願，是被弓子小姐她們強拉著去的，所以你不必太生氣。不過，在那兩人當中的一人似乎對黑髮小姐頗有好感。聽說雪江小姐是一位充滿魅力的女性，所以發生這樣的事情也是在所難免。她曾經提過這件事嗎？」

「沒有。」

「那麼，有來自異性的電話或信件什麼的嗎……？」

「不，從來沒有過。」

「田中太郎這個名字，你曾經聽說過嗎？」

他默默地搖了搖頭。臉上露出一副否定到疲憊不堪的神情。結果，從這個男子口中，警方什麼有用的情報也沒有問到；相反地，他們倒是在總機室的接線小姐那裡得到了一點收穫。

「那是大概一個多星期以前的事情了。我不知道它與這次的事件是否有關連……」

那位小姐身材高大，甚至比前來總機室問話的刑警還高出十來公分。她的頭髮剪得短短的，容貌之中帶著點異國風味。假設讓她就這樣站在展示櫥窗裡的話，肯定會被人誤認爲是服裝模特兒。

「那天，有通外線電話打進來，問黑髮雪江在哪個課工作；當我問對方是誰時，他回答說自己是銀座商店聯合會的人。當時我忘記了黑髮小姐在哪個部門，於是我告訴他，等我查清後再給他回電，可是對方卻只說『我會再打過來』，然後就掛斷電話了。」

「嗯，嗯。」

刑警探出了身子應答著。他之所以這樣做，一是因爲他對講述的內容非常感興趣，另一方面則是因爲對方是個美女，所以想藉此稍微和她親近一點。

「我問過總務課之後，給銀座商店聯合會回了電話，不過對方卻告訴我說，他們並不記得有詢問過這樣的事情。」

「嗯、嗯。」

「接著，大約又過了兩個小時，先前那個人再次打來了電話。我告訴他雪江在文書課工作，並說剛才自己曾給銀座商店聯合會去過電話，結果對方卻哈哈大笑著說：『妳弄錯了，我說的是東銀座商店聯合會啦！』」

「原來如此、原來如此。」

「爲此，後來我在電話簿上查了查東銀座商店聯合會，可是根本沒發現有這樣一個單位。」

員警又把身子稍微往前挪了一點。從接線小姐的話中可以判斷出，對方打這通電話的目的，是爲了確認下過毒的酒心糖要送達的地址，這是毫無疑問的。

「那個男人的聲音有什麼特徵嗎？不光是嗓音，還包括其他像是地方口音、或是特別的語調之類的，有這方面的特徵嗎？」

「那男人講的是普通話，倒沒有其他什麼特別之處……」

「他之前曾經打過電話來嗎？」

「那是我第一次聽到他的聲音。」

「妳能估計出他大概的年齡嗎？」

「聽聲音是個年輕人，不過不像學生，應該是已經出社會的人。那個人講話很沉穩，而且語調也頗爲溫和。」

「喔，講話語氣溫和的人是嗎……」

隨後，員警努力想向接線小姐確認男人打電話的具體日子，但她只是說：

「可是，現在要回想起日期，未免太強人所難了。因爲我根本沒想到竟然會發生這樣的事，所以也沒作筆記……」

總機室裡一共有六名負責接線的女孩。刑警也順便詢問了一下其他幾位接線小姐，不過她們也都說，自己沒有關於這方面的記憶。

「我只記得曾經有人打過奇怪的電話……」

「那，能回憶出是星期幾嗎？星期六和星期日不是週休嗎？那麼，電話打來的時間是在週休之前的日子，還是週休結束之後才打來？能記起來嗎？」

這位接線小姐似乎不太理解刑警所說的「週休結束」這句話，只是眨了眨眼注視著刑警（譯註：日語裡面的「明け」有「開始」和「結束」兩個意思。）。

刑警在總機室未能辨明的時間問題，後來在總務室得到了解答：男子打電話過來的時間，是本周的星期一。今天是十月三號星期五，那麼星期一的話，應該是九月二十九號。

「你們有就這件事情問過黑髮小姐嗎？」

「沒有。當時聽說是商店聯合會，我們還以爲是黑髮小姐抽中了什麼獎品，後來也馬上就把這件事給忘記了。我現在很後悔，如果我當時知道那人是兇手的話，提醒她一下該有多好啊！」

上了年紀的總務課職員面色蒼白地低聲說道。

4

調查川原大助的任務，是由一位貌不驚人，名叫丹那的刑警來負責。川原住在澀谷區道玄坂的一間公寓裡；那間公寓不只是他的事務所、工作室，同時，套句他的話來說，還是他每天晚上睡覺的鳥窩。他長雪江七歲，今年正好三十歲，是個五官扁平而皮膚白皙的男人。根據自己長期的刑警生活累積的經驗和直覺來判斷，丹那認爲這種面相的男人或許有可能會成爲誘拐兒童的犯人，但不太可能變成下毒的殺人犯。

當丹那抵達時，川原正靠在桌上，望著四張擺放在桌上的放大照片苦苦思索，想從其中挑出一張最中意的來。依照身爲外行人的丹那看來，每張照片的構圖都是用同樣的仰角，拍攝同樣一間大樓的側面，根本沒有什麼重大的不同之處。

丹那坐在沙發上等了大約五分鐘之後，只見美術設計師長長地歎息一聲，把照片和放大鏡一把扔到桌上，接著，他叼起一根香煙點上火，轉過頭來面對著刑警。

「抱歉，因爲這工作相當的急，所以耽擱了一下。」

「哪裡，該說抱歉的應該是我才對。不過，我這邊的事情也很急哪！」

丹那將雪江的死訊告訴川原之後，川原說：「我是現在才第一次聽到這消息」，口中的香煙不自覺地掉在了地上。他慌慌張張地將煙撿了起來；飛散的火星燒焦了地毯的絨毛，合成纖維燃燒時所發出難聞的味道一下子撲鼻而來。

「對不起，因爲太過突然，所以吃驚得失態了。

不過，仔細想想，一個跟自己毫無關係的人過世，我其實沒有必要特別感到驚訝的……」

他一邊將掉落在自己那紅黃相間、色彩鮮豔的橫條紋襯衫上的煙灰給拍掉，一邊用單手俐落地掏出打火機，又重新點上一根煙。那是濾口呈橢圓形的 Gelbe Sorte。（譯註：一種德國香煙。）

「不過，你特地跑到這裡來，應該不只是爲了要告訴我這個消息吧？」

川原伸手打開冰箱門，臉孔朝內地對丹那這樣說著；在他的語氣中，充滿了諷刺的味道。

「你的直覺相當敏銳。坦率地說，我是想瞭解一下，今天上午十一點左右，你人在什麼地方？」

「黑髮小姐被殺不是接近下午一點的事情嗎？」

冰箱門打開了。

「話雖如此，但問題所在的時間是上午十一點。被認爲兇手的某人，就是在那個時候將摻了毒藥的酒心糖委託給『信使中心』的。」

設計師從冰箱裡取出兩罐啤酒，用腳關上冰箱門後，無言地把它們放到了桌子上。他的沉默不語，或許是因爲他的腦袋正在飛快思考，想編造一個合適的謊言也說不定。

「我今天一早就去了水戶，大約半小時前才回來。所以，我現在才會那麼急著要完成手頭的工作。」

「那也就是說，十一點時你人在水戶？」

「是的。我是在水戶出生的；雖然沒有父母兄弟，孑然一身，但我在那裡還有些中學時代的朋友，我這次就是回去看他們的。」

（咦？）川原的話，讓丹那感覺有些意外。如果他所說的是事實的話，那就意味著他擁有明確的不在場證明。想起先前意氣揚揚來到這裡的樣子，丹那不由得感到一陣沮喪。

「能告訴我你朋友的姓名、住址、工作單位和電話嗎？」

「你要幹嘛？」

他把啤酒罐舉到嘴邊，往上翻著眼珠問道；那張圓圓的娃娃臉上，瞬間露出了銳利的表情。

「幹嘛？當然是要核實你所說的話的真實性啦！」

「我所說的話？我根本什麼都還沒說啊！」

「你剛才不是說因爲你去和朋友見面，所以有不在場證明嗎？」

「不，很遺憾，我沒有這樣的證明。雖然我去拜訪他了，可是他卻不在家。我想，我可能把約定的日子給弄錯了吧！」

丹那突然警覺了起來；在他的感覺之中，弄錯日期是一個相當拙劣的藉口。

「當知道他不在家後，你又做了些什麼呢？」

「我實在沒辦法，只好一個人在商業區閒晃了一陣子後，便坐上了回程的列車。」

「那麼，上午十一點時你在哪裡呢？」

「應該是正好到達水戶車站的時候吧！因爲原先他和我約好了要請我吃午飯，所以我是估算好正午能夠抵達的時間再出門的。

結果，因爲沒能吃上那頓午餐的緣故，我只好一個人跑到南町的餐館去用餐。雖然我自己也覺得大中午的就開始喝啤酒有些不妥，但因爲今天就像夏天一樣炎熱，所以我一連喝了兩、三杯大杯啤酒，才帶著滿足的心情踏上了歸途。不過在喝酒之前，我倒是為了自己的失敗而大感光火，感到心煩意亂不已呢！」

「這樣說的話，那餐館的女服務生應該會記得你吧？」

「恐怕沒這個可能吧！那家店以物美價廉而聞名，每到吃飯時間就人潮洶湧。我想，就算刑警先生您跑到水戶去調查，恐怕也是徒勞無功吧！」

川原的語氣儼然是在暗示丹那說，「你還是放棄好了」。

「在往返的路上，你有在列車上跟任何人交談過嗎？」

「我並沒有遇到任何熟人，而且我的習慣是不與陌生人搭訕。」

既然如此，他便沒有不在場證明了；然而，他所表現出的態度，卻是超乎意料之外的冷靜，無論言辭表情還是喝啤酒時的舉止，都顯得十分從容自在。

「你們要懷疑我，我也無可奈何，可是我的確沒有殺害黑髮小姐的動機。最近我愛上了一位比黑髮小姐好上十倍的女性，於是向她試探了一下結婚的意向，而她也表現出很高的意願。簡單說，我這邊眼下正打得熱火朝天，哪裡還有空閒時間去想黑髮的事情呢！」

「可是，你不是遭到了她的羞辱嗎？換句話說就是你被她給玩弄了，你難道不會因此而覺得生氣嗎？」

「真是不可思議呢；當我和那位比黑髮好上十倍的女性相遇時，我的心便完全被她所佔據了。我剛才不是已經說過了嗎，現在我的腦海裡，連一絲一毫黑髮的影子都沒有。」

「是這樣的嗎？」

「就是這樣沒錯。」

他自顧自地笑著，一口氣喝光了剩下的啤酒。

「從照片上看，黑髮小姐是位很有魅力的女性，不只眼睛大大的，而且鼻樑也很挺。」

「問題不在於美與醜，而是在於性格。如果既漂亮性格又好的話，那當然不在話下；但如果只具備其中一項的話，那我寧可選擇好性情的人。這次的事情讓我切身體會到了這一點。美這種東西，隨著年齡的增長會逐漸消褪，到最後只剩下一個臉孔醜陋、心眼又壞的老太婆而已；等變成了那樣，作丈夫的恐怕連看都不敢對方看一眼，下場鐵定是被折磨虐待而死。因此，回過頭想想，沒能與黑髮小姐成婚，對我而言可以說是幸運至極。」

「她是個性格那麼惡劣的女性嗎？」

「關於她，我們就此打住吧。我不願再說一個已經故去的人的壞話。」

「那麼，我們換個話題好了……」

等設計師把空啤酒罐扔進垃圾桶後，丹那往下繼續說道：

「爲了辦案參考，我想問一下，你認爲是誰幹的？」

「這個嘛……」

「除了你之外，是否還有其他被欺騙過的男性呢？」

「不知道；就算知道，我也不想說。畢竟我是靠客戶吃飯的，倘若背上『那傢伙四處散佈客戶的事』這樣的傳言，必定會影響以後的工作。」

不知他說的是否是真心話，總之他以此爲由，拒絕回答丹那的問題。

「那麼，我還要問一個問題：請告訴我你近期準備向她求婚的那位女性的姓名。」

丹那攤開記事本，抬頭望著對方的眼睛。

名叫神田奈三子的這位女性，住在跟她名字發音相近的神田三崎町，一棟兩層樓的公寓裡。當丹那直接趕到她那裡時，時間已經將近傍晚六點了。她站在狹小的廚房裡，正對著切菜板喀嚓喀嚓地切蘿蔔，瓦斯爐上放著一個長柄鍋，看樣子大概是正在煮味噌湯吧。

奈三子走出來迎接刑警；她一邊用毛巾擦著濕漉漉的手，一邊走出來開門，在她的身上，繫著一件繪有大象和獅子圖案的花圍裙。她的頭髮染成了金髮女郎的顏色，眼皮上塗著濃濃的藍色眼影，還貼著假睫毛。她的眼睛十分明亮，鼻子也很高挺，堪稱難得的美貌，但因爲太過於完美，所以反而給人一種人造美女的感覺。

老實說，在見到本人之前，丹那一直懷疑神田奈三子這名女性是否只是一個虛構的人物，是川原大助在情急之下所揑造出來的。然而此刻，她卻實實在在地站在丹那的面前，而且對丹那所提的問題，非常堅定地回答道：「只要川原提出結婚，她會毫不猶豫地接受。」說著，她還打開了掛在胸前項鏈上的心形金墜子讓丹那看；裡面那張豆粒般微小的川原彩照，正用他的娃娃臉對著丹那微笑。

海洋製菓公司的工廠位在品川區的北品川；站在三樓的屋頂上，可以俯瞰到下方的澤庵和尚（譯註：澤庵和尚，江戶初期著名的僧人，也是劍豪宮本武藏的老師。）墓地。

「我們公司生產的酒心糖的確價格較貴，但是因為我們使用的材料都是價格昂貴的特殊材料，所以在能夠鑑別出好壞的客人當中相當暢銷。我們已決定近期要在百貨公司賣場裡面再增加一個銷售點。」

做了一番宣傳後，廠長似乎想起了刑警的來訪目的，於是臉色一下子變得凝重了起來：

「您是想來向我詢問一下某些狀況的吧？」他對刑警這樣說道。

擔任食品衛生檢查的人員倒是常來工廠，但眼前的這位來訪者卻是刑警，而且名片上面還印著「警視廳搜查一課」，一課可是專門偵查兇殺案的，這點就連這名廠長也知道。他甚至懷疑是不是自己看錯了，又將名片反覆看了好幾遍。

就在廠長觀看名片的同時，刑警環顧了一下這間接待室。白色的牆壁已經被煙薰得開始發黑，許多地方留下了刮傷的痕跡；只有這些刮傷過的地方，才顯出白亮而鮮明的色彩。

廠長將名片放到桌上，催促性地問道：「到底是什麼事？」

刑警從公事包裡拿出一個金屬盒，打開了蓋子。蓋子裡面裝著的，是已清除了毒物的酒心糖空殼。

「這是貴廠的產品吧？」

「不對，因爲它比我們工廠生產的要大上許多，所以一眼便能判別出來。更進一步說，它不但不是我們工廠生產的，我想也不會是其他廠家的產品。」

「那也就是說，它是自製的嗎？」

「是的。就像我剛才說的那樣，它個頭很大，還有工藝也略顯粗糙，所以，基本可以斷定並非專業糖果廠商的產品。」

這位刑警年輕而身材高大，是位柔道四段的猛將，同時也擁有看起來似乎能夠「千杯不倒」的強健體魄。

不過，與外貌極不相稱的是，他在酒精面前極其脆弱，甚至僅僅看了電視機裡面的酒廣告，都能夠讓他醉到第二天。然而，他對於甜食卻又愛到了瘋狂的程度，所以警方才讓他承擔了製菓會社方面的調查工作。

搜查本部認爲，罪犯是購入了市場銷售的酒心糖後，用注射器抽掉裡面的東西，然後再取而代之，加進了摻毒藥的利口酒。如今看來，這樣的推斷似乎是錯誤的。

「非專業人士能做出酒心糖嗎？」

「這並不是什麼太難的事，只要嘗試兩三次後，大概就可以簡單地做出這種程度的東西。」

「爲了做爲辦案的參考，能否請教一下製作方法？」

雖然刑警特意聲明是爲了辦案參考，但其實是他自己私底下想要學著做做看。能夠在家裡自己做酒心糖，這不是很令人愉快的事情嗎？

「材料只需準備精製白砂糖或粗砂糖，外加澱粉及洋酒即可。按照砂糖和水三比一的比例，倒入鍋裡加熱到一百一十度，然後關上火，待鍋內溫度降到六十度時，倒入洋酒，再加熱一次。就是這樣子而已。」

「酒心這樣便能做成的話，那砂糖殼的問題又如何解決呢？」

刑警很認真地問道。

「我接下來正要進行說明呢！首先準備一個扁平的盒子，往裡面加入澱粉之後，將它的表面弄到均勻平整，然後用試管的底或其他工具在它上面開一個孔。」

「啊，要開孔是嗎……」

「不過，這個酒心糖所使用的，倒是很奇怪的模具。」

廠長覺得百思不得其解也是情理之中的事情，因爲，牽涉到命案的這個酒心糖，在頭部的地方有個小小的突起。

「接下來的工序便是往澱粉孔裏輕輕地注入前面已經做好的砂糖液。」

「噢，輕輕地。」

「最後，再將過篩的澱粉稀疏地撒在上面，搬進乾燥的房間裡放置兩小時左右。這樣，酒心糖便做成了。」

「……」

「酒心糖的外側上沾有白色粉末，一般外人行往往將其解釋成是爲了不沾手而特意做成那樣的，但其實並非如此。就像剛才我講到過的，因爲它是在澱粉裡做出來的，所以沾上粉末是必然的。」

「我雖然很喜歡點心，但酒心糖的製作方法還是第一次聽到。不過，一般家庭裡面沒有乾燥室之類的地方，要自製還是很有難度吧？」

廠長搖了搖頭，這個動作讓他鬢角的白髮不經意地露了出來。

「可以利用被爐，保持一定的溫度是關鍵。」

「是放……兩小時沒錯吧？」

「是的。凝固後就將其從澱粉中拔出，然後再重覆一次先前的步驟。到這裡爲止，或許誰都能做得出來；不過，就如我剛剛所言，最初的一兩次也許會做出形狀參差不齊的東西，爾後隨著熟練起來，大小才會漸漸地變得均勻。從你帶來的成品來看，應該是一定經驗的人做出來的。」

刑警將裝酒心糖的容器收回公事包。與此同時，位於神奈川縣廳大廈背後的羅漢柏商會地下咖啡廳裡，從東京來的兩名刑警正在約見商會的那兩位職員。那兩名職員的年紀都是三十一、二歲左右，看起來相當通曉事理。

警方曾經推測，或許這兩人當中的一人曾經前往東京，在「信使中心」委託了毒物的運送業務，可是，這種疑慮瞬間便被瓦解了。羅漢柏商會的輸出二課，主要負責的是中東方面的業務，當嫌疑犯出現在銀座的「信使中心」委託對方將酒心糖送抵雪江那裡時，兩人跟隨著課長，在參加與伊朗買主之間的商業談判。

話雖如此，刑警卻仍然沒有馬上放棄追查，因爲他們還是有可能拜託別人把酒心糖送到「信使中心」去。於是，刑警們調整了一下問話方式，將質問的目標主要集中在尋找犯案動機上。

「對於我們被誤解爲花花公子這件事，實在讓人覺得很傷腦筋。我已經娶妻成家，而且在下個月，我和妻子的第一個孩子就要出生了。孕婦非常敏感，爲了避免給她帶來刺激，我平常言行都相當謹慎。」

叫做村瀨康一的男子率先開口講了起來。

「那天我要去通產省辦事，又剛好拿了首輪電影的入場券，所以我就約了太田一起去。他預定要在今年秋天完婚，現在每天都樂得手舞足蹈呢！」

太田義夫似乎是在心裡想著未婚妻的事情，他的臉上沒有一絲笑容，只是靜靜地喝著咖啡。

「那部電影分成前篇和後篇，幕間休息的時候，我留下太田一個人，跑到了通道上抽煙。就在這時候，像是沒有注意到我似地，從附近傳來了那三個女孩聊天的聲音。其中一個說：『坐在後面的男人長著一張笨拙的臉，我們來騙騙他怎樣？』我聽著很生氣，心想：『這些黃毛ㄚ頭真不知天高地厚。』回到座位後，我將這件事情告訴太田，結果只見太田捧腹大笑說：『那我們就照她們的期望上鉤，來個將計就計，讓對方也感受一下上當的滋味吧！』」

不知到底村瀨講的話當中哪些是真實的，兩名刑警保持著高度的警覺，聚精會神地聽著。

「我對太田的方案沒有意見，可是，對於要如何讓她們感覺到自己上當，我卻想不出任何招數。不過，太田做爲軍師，稍稍動一下腦筋之後便想出了一個辦法。他說：我報上本名，你則是自稱自己叫做『鹽富陣馬』。你就說，你的祖先從足輕開始一路做到侍大將，在關原之戰立下汗馬功勞，因此榮升到了家老的職位。接下來你還要繼續吹牛，說你爺爺引此爲傲，所以給你取了這樣的名字。」

「吹牛皮是嗎？」

「是的，吹得一塌糊塗。我說，由於自己的祖先曾經擔任過替信玄公送食鹽給上杉謙信公的重要任務，所以才由謙信公賜予了這樣的姓氏。」

「還真是怪怪的名字。有什麼特別含義嗎？」

「如果倒過來念的話，就會變成『萬事皆在我理解之中』的意思。」

一名刑事不時地表現出佩服之意，不過另一名卻顯得有些不屑一顧。都已經一把年紀的人了，還玩這種家家酒遊戲？他在心裡這麼想著。

「那麼，你們有讓她們深切感受到自己上當被騙了嗎？」

「沒有，本想等她們有所反應之後再點破的，誰知這樣的時機還沒到來，我們就已經先得到了對方被毒死的消息，這實在是令我們非常吃驚。」

「這個嘛，在我們這邊有一部分的人在私下議論：『會不會是太田或村瀨向黑髮小姐求婚遭到拒絕，結果由極端的愛轉爲極度的恨，於是便送去了毒酒心糖呢？』」

「哪有這回事！誰會對哪種黃毛丫頭動心啊？總之，我們只是裝作被愚弄，而反過來愚弄了一下對方而已。就算喝茶和打保齡球，我們也都是各付各的。我們可沒有絲毫要討好那群人的意思啊！」

一名刑警依舊反應冷淡，而另一名則是對太田的急智深感佩服，並帶著這樣的表情仔細聽著村瀨的說明。不過，可以肯定的是，送出有毒酒心糖的並不是這兩個人。在這一點上，兩名刑警的印象完全一致。

6

美術設計師川原大助沒有動機，橫浜貿易公司職員的作案動機也極其稀薄，於是案件的偵辦，早早便陷入了停滯狀態。

負責調查川原的丹那，在事件發生的第二天，特地去了水戶一趟；他決定，自己要去車站附近的餐館調查一下。從天橋走過車站前的廣場，便看見正面有一道緩緩爬升的斜坡，水戶的商店街就林立在這道緩坡的左邊。不過，奇妙的地方是，緩坡的右邊全是銀行、賓館，幾乎很少看到店鋪。

川原自稱曾經在那裏用餐的那家名叫「南」的餐館，就位在東電分局的正對面。它的一樓是撞球館，二樓是平民化餐廳，三樓則是專門賣牛排的。不過，一到吃飯時間，這裏便被上班族擠得水泄不通；因此，如果店員能記住顧客的長相，那反倒顯得很不自然了。丹那不斷變換著內容和詢問方式，向店員問了許多問題，不過其結果仍然是：既沒有辦法證明川原所說的是謊言，也很難肯定那是事實。

另一方面，帶著川原和羅漢柏商會兩名職員的照片前去銀座「信使中心」調查的刑警，也是失望地搖頭而歸。他們所帶去的照片，是把本人的照片複印放大後再畫上鬍鬚、戴上墨鏡而製成的。不過「信使中心」的職員卻只是用非常含糊的措詞回覆說：「看起來有點像，但是又不太像」；到最後，他們乾脆歎著氣說：「我們真的不清楚。」

雖然被害人雪江一向旁若無人、我行我素，但僅憑這一點就招來殺身之禍，似乎讓人很難想像。於是，警方對黑髮雪江身邊的人進行了徹底的調查，但卻沒有發現任何擁有殺害她動機的人。而就在這個時候，丹那目擊到了一個意想不到的情況。那是他對工作盡心盡力所帶來的收穫，用他自己的話來說，一切都純屬偶然發現。

那天，他想再一次對川原周邊的人進行調查，於是便來到了神田三崎町，奈三子居住的公寓。那間公寓位於兩條大街之間相對僻靜的地方，周圍雜亂地排列著出租宿舍、小酒館及印刷店等等。當他正要走過某個轉角時，在離他兩百公尺左右的前方，他看見奈三子正朝著這邊走了過來。刑警本能地躲到了撞球店的旁邊。如果對方只有奈三子一個人的話，他根本沒有躲避的必要，但是他卻看見一個身高很高但絕不是川原的男人，挽著奈三子的手。

前兩天去拜訪時，他憑藉直覺便本能地看出，她一定是在風化場所裡面打滾的女人。從她那帶有西洋風味的化妝來判斷，她一定不是日式旅館或小料理店的女侍，而是酒吧或俱樂部裡的陪酒女郎。丹那去的那天，大概是她上晚班或者請了假，所以才在家準備晚餐的吧！丹那對此做出了這樣的解釋。

在風化場所工作的話，當然必須討好男性顧客，而有些愚蠢的男人便把它錯誤地理解爲愛情的表達，然後糾纏不休緊追不放。丹那覺得，現在對面走來的高個子男人，或許便是那種顧客也說不定。爲了不要讓奈三子感覺尷尬，他決定隱藏起自己的行跡。

腳步聲逐漸靠近，很快兩人便走過了小巷口。

「你是在嫉妒嗎？」

這時，突然傳來奈三子的聲音。

「到處都擺著那傢伙的照片，誰心裡面會舒服啊？」

「所以你才嫉妒的嗎？不過，這只是在演戲而已嘛。是爲了騙過條子而已，你不要誤會嘛……」

丹那沒能聽清奈三子接下來的話；這一對男女繼續交談著，朝大路方向一路走去。

很幸運，丹那不費吹灰之力便聽到了他倆談話中很微妙的部分。從兩人的情況來推斷，似乎他們才是一對真正有戀愛關係的男女。而且，從他最後聽聞的談話片段來想像的話，情況似乎是：她與別的男性僞裝成戀愛關係，爲了看上去真實，而把男性的照片擺放在室內。從這段對話來判斷，她在談話中所說的「條子」一詞，指的應該就是丹那，而僞裝成戀愛對象的男人便是川原。上次去這個女人家裡的時候，她就像是等待已久似地，打開了胸前的金墜子讓他看到川原的照片。然而，這一切都是她已經計畫好的，而丹那卻完全被矇騙了。

「混帳！」丹那在心中暗罵了一聲，然後迅速地地跟了上去。可能的話，他想再次接近他們，然後確認清楚那個男人的真實身分。但是等丹那趕到大路上時，他們剛好叫住一輛計程車，坐上去之後，便消失得無蹤無影了。雖然他想繼續跟蹤，但是卻沒辦法輕易叫到另一輛計程車。丹那再一次狠狠地罵了一句「混帳！」。然後，無可奈何地朝地鐵站走去，準備回設在丸之內警署的搜查本部。

從第二天開始，負責川原和奈三子這邊的刑警增加到了四人。他們一共分成兩組，丹那這一組負責跟蹤奈三子，而另一組則監視川原。如果他們果真是真正的戀人關係的話，這兩組刑警應該會在某個地方碰頭才對，可是這樣戲劇性的邂逅卻沒有發生。

到了第三天，丹那這一組終於成功鎖定了來找奈三子的那個男人。在不斷的埋伏跟監下，他們一直跟蹤對方離開她的公寓來到三鷹，最後終於弄清楚了他的真實身分。他也是住在一間兩層樓的小公寓裡。當時已經過了深夜一點，不便把管理員叫起來，於是他們直接前去敲開了這個男人的房門。門口的名牌上面寫著「納所一夫」幾個字。

當納所來開門時，他已經脫去了外套，手裡還拿著自己的襯衫。

「什麼事？」

他的口氣聽起來很不耐煩。他有著高高的顴骨，眼眶凹陷，一小撮頭髮耷拉在他的額頭上。

「我們是刑警。」

丹那那蠟黃色的面容露出微笑，小聲地說道，

「關於神田奈三子和川原兩人假扮成戀人關係這件事，我們想向你瞭解一下情況」。

男人的目中一瞬間閃過一道兇光，不過立刻就消失了。

「我一人是鬥不過你們兩位的。別吵著鄰居，進來說吧。」

7

當川原知道自己的技倆已經敗露，便坦然地承認了他和奈三子的戀愛關係純屬僞裝。他說，當他從水戶回來在上野站下車，在車站裡的咖啡廳喝茶時，從電視新聞中得知了雪江的死訊。憑藉著直覺，他知道自己一定會被懷疑，於是便想出一計，飛快地趕到了三崎町的公寓。他經常去奈三子在新宿工作的酒吧裡喝酒，所以頗爲瞭解她的性格。他們很快達成了交易，川原同意分三次付給她三十萬圓；作爲交換條件，她則是必須扮演他三個月的戀人。

「過了三個月的話，不管哪一方想分手，都可以當做失戀處理。如果一個月便分手的話，時間太短，也容易被懷疑。一般來說，彼此通過瞭解才發現性格不合而分手，往往是在交往三個月左右的時候，因此，我才作了這樣的謀畫。」

關於自己僞裝戀愛關係的行爲，他很坦然地供認不諱，但是一談到雪江的謀殺，他卻矢口否認。可是，由於川原僞裝戀愛關係，使得搜查本部對他的印象極其惡劣，認準了他便是犯人，並對他連日進行嚴酷的審問。在他被逮捕後的第四天，當他們還在審訊室裡進行審問的時候，水戶的員警告訴了他們一件很意外的事情。從此以後，局面有了徹底的改變。

昨天傍晚，當水戶市的個人計程車司機笠松在車站下客後再回到街上時，

民營的「水戶廣播公司」正在播放以「民眾對現內閣的政策批判」爲題的街頭錄音。他一邊聽著那些錄音，一邊在想是否要順道回家去吃晚飯。因爲在外面吃飯太花錢，所以他一向都習慣於回家吃飯。

總的來說，市民對首相是友好和同情的。但是當播音員將話題轉到經濟問題上時，人們對經濟政策的不力則是充滿了激烈的批判與攻擊。

「都是些不負責任的批評，你們自己當了財政大臣的話，恐怕更加一事無成……」

笠松嘀咕著，準備把頻道轉向ＮＨＫ。但是恰好在這個時候，從收音機裡面傳來了一個很熟悉的聲音，他不由得猛然一驚，忍不住豎耳傾聽裡面在說些什麼。原來，說話的是他從小學到高中的同班同學，「隔壁的阿大」。因爲這個阿大擅長繪畫，所以後來進了藝術大學，如今在東京從事美術設計工作。雖然笠松對他的具體工作內容並不太清楚，但是從他零星的敘述來想像，應該是個既體面收入也不菲的工作。他深以幼年時的這位朋友爲榮，而且心中充滿了羡慕。因此，當他從電視新聞中看到阿大毒殺女性的消息時，其震撼猶如遭到了六級地震一般。但是，笠松卻什麼忙也幫不上。即便想安慰一下阿大的老母親，可是他的母親也已經在四年前過世了；因此，他對好友的危難還真是束手無策。可是就在這個時候，他在收音機裡面聽到了阿大的聲音。

阿大好像醉得很厲害，在廣播裡面頻繁地高叫著：「把麥克風給我，快給我！」播音員很巧妙

地要勸阻他，但他卻絲毫不肯讓步，最後終於獲得了講話的機會。他的長篇大論主要是否定東北新幹線，認爲沒有修建的必要。雖然其內容也有可取之處，但因爲偏離主題，很快地麥克風就被奪走了。

笠松思索著剛才的那一段街頭採訪錄音。播音員剛才說：這段街頭錄音是十月五日下午一點到兩點間，在水戶車站前採訪錄製的。如果這樣的話，那麼阿大的不在場證明便可以成立了。也就是說，憑這一卷錄音帶，就可以證明阿大的清白！

他腦子裡面早把晚飯忘得一乾二淨，心裡想的全是要根據這個發現，來爲自己的童年好友進行昭雪。

接到通知後，東京的搜查本部馬上便派遣幹員前往水戶。他們向電臺借出磁帶，然後送去鑑識部門進行聲紋確認。最後，其結果是：喝了一杯生啤酒，心情暢快的川原大助，在十月五日下午一點剛過的時候，的確在水戶車站前停留過。這一事實得到了證明之後，川原大助便被當場釋放了。

「你以後最好不要喝到失去意識，這是爲你自己好。」

刑警的這句看似親切的忠告，聽在耳裡總讓人覺得不太舒服。

「但是，也正因爲喝醉了，我才得到了說話的機會，所以果然，我還是得感謝酒精對吧！」

美術設計師檢查完歸還給自己的隨身物品，望了一眼讓自己留下許多不愉快經歷的這棟建築物，鞠了一躬之後便離去了。但是，這下卻讓搜查本部陷入了絕望的深淵之中。

日後，當某位負責這個事件的偵察員回憶起當時的情況時，他說：「人們常說，既有拋棄人的神，也有拯救人的神，的確是這麼回事。」現在，這位相當於拯救之神地位的人物，便是金岡彌生。她是黑髮雪江的好朋友，也在丸之內的另一家公司工作。在事件發生前幾天，她隨團去海外旅遊，回國之前在檀香山看到了雪江被害的新聞。她一抵達羽田機場，便直接去了搜查本部，提供她所瞭解的情報。

金岡彌生有著大大的眼睛和短短的脖子，臉上化著濃妝，看起來就是那種喜愛爭強好勝的漂亮女孩。「對於阿雪被殺，我感到相當痛心……」她噙著淚水，告訴了警方一些沒有料想到的事情。

「那是我出發兩天前，也就是九月三十號的事情。當我們坐同一輛電車回家的途中，阿雪從手提包中拿出一封快遞信件準備閱讀，結果內容卻是一封警告信。正確的文字我已經忘記了，不過我記得上面，只寫了簡單的兩三行字，大意是：『忘記你所看到的，保持沉默，如果你打算遵守這個要求的話，明天上班的時候就穿上紅外套。』」

「『忘記所看到的』？嗯，她看到了什麼呢？」

「雪江說，她自己也想不出來，然後又笑著說：『什麼忘記吧、穿紅外套的，感覺起來好像是在模仿電視還是電影呢！』」

「可是啊，因爲對方有可能玩真的，所以妳們還是應該提高警戒才對啊！」

「不過，小雪會認爲是開玩笑，其實也不是沒有道理。在她所工作的公司總務課裡，有一位高中時代的同班同學，這個人總喜歡搞點惡作劇，似乎把一年的每一天都當成是愚人節一樣，經常撒謊騙人，買來惡作劇箱子，讓公司的女職員嚇得驚聲尖叫，然後自己卻爲此而開心得不亦樂乎。」

「那也就是說，黑髮小姐以爲這封信是那個男子寄來的？」

「當然囉！『保持沉默，如果說出去就殺死你』，這種信簡直就像是只有小孩才會寫出來的玩意嘛！如果小雪真穿著紅外套去上班的話，那男的肯定會捧腹大笑吧！」

「那，黑髮小姐最後究竟有沒有穿紅外套去上班呢？」

「這我就不知道了，因爲我沒有親眼看到。但是她當時氣鼓鼓的說：『哪個傻瓜會穿著紅衣服去上班啊？太過分了，明天去公司後一定要找他算帳！』」

「找他算帳？喔？」

「因此，這是我的推斷：是不是那男的被雪江修理過，因而懷恨在心，於是便送去了毒酒心糖呢？」

「這還需要調查……那個男的叫什麼？」

「她說過，但我忘了。」

「非常謝謝妳，我們查查便會馬上知道了。」

員警向她鄭重地致謝後，送走了這位情報提供者。

8

對這名男子的調查，是由從對川原大助的調查中脫身的丹那來承擔。這位身材矮小、其貌不揚的刑警，不只受到鋼鐵公司服務台小姐的冷落，就連總務課的女孩們也不把他當一回事，讓他整整等了三十分鐘左右才告訴他：他所尋找的這名男性叫做逗子三郎。他是雪江高中時的同學，不過雪江畢業於短大，但他卻是畢業於六年制的大學，所以比雪江還晚幾年進公司，同時工作資歷也比較淺，屬於一般職員。

丹那和這位逗子先生到了丸之內大樓的咖啡廳裡，聽取他的說詞。逗子一開口說：「我還是一般職員，沒有什麼自由時間，所以請在三十分鐘內結束談話。」逗子身材瘦高，臉形也頗為修長，額頭的髮線很漂亮，細長的眉目也很端正，看起來就是個標準的美男子，不過整體而言，卻給人一種輕佻浮躁的感覺；任憑丹那怎麼看，都覺得這樣的人即使做到退休，可能也還是升不上任何一個重要職位。如果他不改變這種輕佻姿態的話，恐怕連課長、股長的位置都坐不穩當吧！丹那不明白，他是因為總愛搞一些幼稚的惡作劇而被輕視呢，還是由於他想發洩被輕視的不滿而大搞惡作劇？如果揭開那層僞裝的外貌的話，逗子或許其實是一個自卑感很強的人，不過從表面看來，他卻總是溫和地微笑著。他似乎知道自己被刑警叫出來，肯定與雪江被殺的案件有關，但他卻顯得異常的開朗。

「聽說你很喜歡惡作劇？」

「沒錯。一看到那些管理階層，我就覺得他們個個都像是從殯儀館回來的人。那些人總是陰沉著臉，我最討厭那種沉悶了。我的信條就是，快樂地微笑渡過人生。」

「你從小就是這樣嗎？」

「不，是從大學時代開始的吧。我把鬧鐘帶進考場，藏在空課桌裏面，只要鬧鐘一響，監考老師便會慌慌張張地跑過去，這時候我們幾個同學就彼此交換答案。我能夠進一流的鋼鐵公司，全是靠作弊取得優秀成績的關係。在那之後，作弄、嚇唬人便成了我的興趣。」

「我們要瞭解的事情，也與嚇唬人有關。你是否曾經給黑髮雪江寄過警告信？現在我們正在從信件及信封中提取指紋進行鑑定。」

這只是丹那的一個套話技巧；事實上，不論在雪江身邊或是家裡，都沒有發現這麼一封信。看樣子，那封信恐怕早就在東京都的垃圾焚燒場裡變成灰了吧！

「你說我寄警告信？」

逗子睜大了眼睛望著丹那。

「是的，就內容而言，也可以說是恐嚇信。」

「我爲什麼要恐嚇黑髮呢？」

「大概是因爲你平常就有喜歡嚇人的習慣吧！如果黑髮小姐收到信後當真的話，你便會得到滿足而額手稱慶，不是嗎？」

「刑警先生，你可真會編笑話，甚至比我還能編。我這可不是奉承話哪！」

「謝謝誇獎。算了，我們不談這個；黑髮小姐收到那封信，完全摸不著頭緒，於是便覺得，這一定是喜歡開玩笑的逗子所寫的，這不是自然而然的事嗎？」

「……」

逗子沒有做出任何回應，只是繼續圓睜著雙眼。咖啡店裡只有另外兩桌像是上班族的人在裡面，非常的安靜。

「當然，接下來我要說的，也許只是我們的想像而已。黑髮小姐找到你，抗議你的惡作劇，因爲這讓她很生氣。她收到信後說：『一定是逗子寄來的』，這的確是事實，所以，我的這個推斷也並不是太離譜……」

「說真的，黑髮確實找我抱怨過。她把我叫到走廊上，高聲斥責我。因爲我們從高中時代就是同學，所以她才這麼不客氣。她本來就是一個個性很強的人，因此無論我如何辯解，她都聽不進去，被她白白痛罵了一頓。但是，不管怎麼說，對方都是女性，我就算是要發火也沒有辦法，所以當時就忍住了。」

「嗯。」

「她被殺是在這件事的兩天後。那麼一位充滿活力的美女，不把男人當回事的女中豪傑，就因爲一粒有毒的酒心糖而瞬間逝去；就連一向主張笑著渡過人生的我，也不得不爲此而感慨人生的無常。」

在他那張微笑著的瘦削臉龐上，第一次出現了憂鬱的神情。

「你們不是嚴格調查過文書課的職員嗎？那麼就針對我的不在場證明，也做一次徹底的調查，這樣如何？就像剛才說過的那樣，我們這種普通職員除了午飯時間以外，是不允許自由外出的，簡直有如籠中之鳥一般。所以，送花束和酒心糖去『信使中心』，像這樣的時間，我是絕對不可能擁有的。關於這一點，只要你去詢問一下我們那位嚴謹的課長以及鄰座的女孩處，便能查個水落石出。請你務必要去——」

「我們有另一名刑警正在調查，這時候大概也該查完了吧？」

這位青年嘴裡說了一句丹那聽不懂的日語，然後又像以前一樣恢復了笑容。

「畢竟還是內行啊。你們所做的事情似乎沒有什麼疏忽之處，不過我還是不能百分之百地讚揚你們。」

「爲什麼？」

「刑警先生，您剛才煞有介事地說，你們正在進行警告信的筆跡和指紋鑑定，那是爲了嚇唬我而編造的吧？」

「爲什麼？」

「因爲那封信的原件，她已經在我的眼前撕了個粉碎；當時，她還說：『下次再這樣幹，我決不饒你！』」

丹那哭笑不得，只能微笑以對。

9

與羅漢柏商會的情況相同，逗子三郎的不在場證明，透過上司和同事的證詞，相當乾脆地得到了證實。正如他自己所陳述的那樣，他整天都在桌前工作，所以可以判定，出現在「信使中心」的不可能是逗子。不過，警方也不能排除，那個男人是受逗子之託，前去去「信使中心」的可能性，所以他的嫌疑並不能說是百分之百地得到洗清。

一天，一名女性來到警察局。她說，當讀到報上關於警告信的報導後，自己有一件事相當放心不下，於是便前來說明。玉澤映子是一位年滿二十六歲的上班女郎，一眼望去就給人一種聰明而舉止沉穩的印象。她留著較長的頭髮，向內捲曲，每次一搖頭，便會露出白皙的脖頸。

「我與被殺的黑髮小姐並不認識，但打從一開始就對這起案件相當關注。因爲對方同樣是女性，而且工作性質也相似。不過，我在看到今天早上的報紙之前，從未想像到自己可能跟這件事情有關。」

接待她的刑警，對於對方所談的內容似乎相當感興趣；他用誠摯的表情，等待著她接下來所要說的話。

「聽說事件發生前曾有人寄過警告信，裡面似乎說：『對你所看到的東西保持沉默』。」

「是的。」

「我在想那封警告信，也許本來應該是寄到我這裏來的；換句話說，黑髮小姐或許是被誤殺的。我強烈地有著這樣的感覺。」

「原來如此，不知妳能否說得更具體一些呢？」

「好的。」

像是在思考該從何處說起似地，玉澤映子短暫地沉默了一會兒。

「我很喜歡推理小說，不過，因爲收入並不是太多，所以往往都是買舊書。」

「哦？」

「上個月下旬我又買了一本，在通勤的電車上閱讀。那篇小說非常長，而且，如果不是逐行逐行地慢慢讀下去的話，便不能享受到百分之百的滿足。因爲是那種類型的長篇，所以讀起來很花時間。」

「嗯。」

「不過，我買那本書還有另一個理由，那就是在書的扉頁上有作家的簽名。」

「簽名是嗎？」

「正因如此，所以我非常想要，於是就買了。在簽名的旁邊，還寫著被贈與者的名字。」

「那麼也就是說，簽有A姓名的書是贈給B的，然後B讀完之後，又把它賣給了舊書店。是這樣的意思嗎？」

「我想是這樣的。」

「這樣說來，這位B先生可是有些失禮呀，這種時候應該把人家的簽名擦去之後再賣，才是對作者本人的一種禮貌吧！」

「我也有同感。如果作家本人知道了這件事情的話，心情一定會很不痛快吧！這位無禮的B讀者，就是黑髮雪江小姐。」

員警用力眨了眨眼睛。他感覺自己就像是正面挨了一記竹刀似地，整個人受到了強烈的衝擊。

無視於刑警的吃驚，玉澤映子繼續往下說道：

「正如剛才所說的那樣，我是在上下班回家的電車中閱讀那本小說的，九月二十六日那天晚上也是如此。那天是星期五，因爲公司有一場保齡球比賽，所以回家比平時晚了許多，等我回去時已經是十點過了。當我在地鐵的赤坂見附車站下車的時候，路上還可以看見十幾個人，後來我越走，人數就越來越少，等到我走到新田神社附近的時候，就只剩下我一個人了。當我走過神社前面不遠的時候，忽然從後面傳來了腳步聲。是在跟蹤我……或者說是在後面追趕我？我突然感到很害怕，於是開始跑起來，想要逃離這個可怕的地方。就在這時候，剛好有一輛空計程車從我面前經過，於是我便跳了進去。後面的男人看到之後，就沒再追上來了。」

「是變態跟蹤狂嗎？」

「我本來也是這麼想的，但是從那封警告信的內容來看，應該是要追殺我的人。我想，我一定是無意間看到了什麼重大的秘密……」

「關於這一點，我到現在還是不太明瞭，」

接待的員警側著頭，露出了些許困惑的表情說著：

「也就是說，黑髮小姐所收到的恐嚇信與妳所目擊到的事情有關聯，可是……」

「這正是我接下來想談談的事情。等我回到家，心情平靜一些之後，才頭一次注意到自己把書弄丟了。我原本以爲是忘在了計程車上，於是便向計程車公司打電話查詢，不過對方卻說沒發現這類遺失物品。那麼，應該是在我被追趕的時候弄丟了的。而追趕我的男人撿到了那本書，透過扉頁上所寫的名字，他斷定：這本書的主人，也就是我，就是黑髮雪江。」

「嗯……」

刑警的腦袋飛快地轉動著。玉澤的推理可說相當清晰：那個男人撿到的書上有作者的簽名，一般按照常識來理解的話，絕不會有人把別人送給自己、附有簽名的書賣出去，於是他便認定，丟掉書逃走的女性一定就是黑髮雪江。這個男人爲了弄清雪江的工作單位所在地，所以打電話查明了她在文書課工作。黑髮這種姓氏非常少見，去翻翻電話簿便能簡單地查出她的住址，要想找到她的工作單位也應該很容易。然後，他給她寄去了威脅信，而她卻表現出一副挑戰的態度，所以對方才採取了毒殺的舉動……。

「那個追趕妳的男人，是什麼樣的人？」

「不知道。當時我嚇壞了，根本不敢回頭看。」

那是理所當然的。雖然無法弄清那人的長相和特徵很遺憾，但也沒有辦法。

「那麼，那個男人有對妳說過什麼嗎？」

「沒有，他什麼也沒說。只是默默的壓低腳步聲走著，像忍者一樣窮追不捨。」

「妳能把在新田神社附近發生的事情再講得更準確些嗎？比方說，確切的場地在什麼地方？」

「在加拿大大使館附近。」

新田神社離地鐵赤坂身附站大約一公里，位於澀谷方面的青山大道的右手邊。這一帶雖然平常車輛往來很多，但是一到夜間，行人就變得非常稀少，即使遇到變態跟蹤狂而高聲呼救，或許附近的行人也無法聽到。

不過，這時刑警忽然驚訝地想起另外一件完全無關的案件：九月二十六號晚上八點左右，在這個神社境內發生了一起推銷員被殺案件，這個案件的偵查工作，直到目前也仍然停滯不前。

「你經過的時候，是二十六號嗎？」

「對。那天晚上在神社發生了殺人案。」

事件是第二天早上，在境內清掃神社的清潔工發現了屍體以後爆發出來的。

「我看到第二天的電視新聞時，嚇得渾身發抖呢！」

「妳說，妳經過那裡的時間，大約是十點剛過？」

「是的。我在車站下車的時候是十點，所以應該是十點過十分左右吧。」

那也就是說，玉澤是在案件發生後兩個小時經過那邊的；那麼，她應該與推銷員被殺沒有太直接的關係。

「真的是太遺憾了。本來我還以爲案件已經稍微破解了呢……」

「咦？」

「哎呀，我說的是我丟掉的那本剛開始讀的推理小說啦！」

玉澤映子露出白色的牙齒，微笑著這樣說道。

「那，我得趕在午休結束前回到工作單位囉！」

說完之後，她便站起身來。

10

被恐怖所攫住的玉澤映子根本顧不上回頭，這是情理之中的事。但是，本部並沒有完全放棄這條線索。如果找到當時經過的計程車司機詢問，或許他能夠提供一些有用的參考資訊也說不定。很快，他們找到了當時的那家計程車公司找，並且輕而易舉地就見到了那位計程車司機。那天，他回公司加油的時候，刑警就在公司裡等候著他；於是，他們便站在陽光照耀著的停車場角落，談了起來。

「關於那位乘客，我記得很清楚。而且，第二天她給公司打電話，說她把書忘在了車上，所以我的印象又更加深刻，因為車上壓根兒就沒有書。」

這位司機和刑警一樣，也有著寬闊的肩膀，臉上的表情看起來，似乎有點冷冰冰的。不過，他在回答問題時卻相當配合，一點也沒表現出任何的不情願。

「那位女乘客當時是什麼樣子？」

「好像被什麼人給威脅了一樣。我原本以為是因為她穿著鮮紅的外套，所以被變態跟蹤狂給尾隨襲擊了；因此，如果後面那個男人真的要對女孩動粗的話，我也打算跳下車來跟他對抗。不過，當他看到我之後，便轉過身朝來時的方向離開了。」

他用右手手指夾著一根點燃香煙，然後用左手撫摸著右手手腕。所謂「撫摸手腕」（譯註：日本諺語，意指期盼著大展拳腳的機會。），或許就是這樣的動作吧！不知為什麼，刑警腦子裡突然想起了這種很奇怪的事情。

「接著，我問那位女客人說：『妳要去哪裡？』，她卻回答說，『我的家就在前面，所以請隨便在附近轉一轉就行。』我因爲瞭解情況，知道她爲什麼那樣做，也不願意藉此賺黑心錢，所以就免費把她送回了家。」

「那個變態長得什麼模樣？」

「因爲我只是在昏暗的光線下瞥了一眼，所以要具體地說出長相很困難；不過，那好像是個戴著眼鏡，三十歲左右的男人。個子不算高，但卻很結實，而且感覺身手相當敏捷。」

「穿什麼衣服？」

「黑色褲子和同樣色系的毛衣。」

「長相呢？比方說，有沒有什麼一眼望去就能讓人留下的清楚印象？」

「嗯，因爲他帶著墨鏡，所以我沒看清楚鼻子和嘴巴，不過嘴唇很薄，所以更加給人一種冷酷無情的感覺。」

看上去行動敏捷，這與「信使中心」的女職員所講的「運動員身材」非常相似。嘴唇較薄，這一點也完全一致。因此，應該可以斷定：這個男人與出現在「信使中心」的人物，應該就是同一個人。刑警在心裡這樣想著。

離開計程車公司，刑警直接坐上了總武線，繞到千葉市拜訪推理小說家九條信一；他就是玉澤映子丟失的那本簽名書的作者。當刑警去的時候，九條正坐在房子背後的山丘上，聆聽鈴蟲的叫聲。他瞇著細細的眼睛，側著頭陶醉在那清脆的叫聲中。看到這幅情景，刑警不禁覺得有點不忍心出聲叫醒他。

「您是在思考小說的情節嗎？」

「我是在讓大腦休息。這個山丘上也不知什麼時候就會開始修建房屋了，所以我想趁現在，充分享受享受大自然中蟲子的叫聲。」

九條老師長長的頭髮一直垂落到肩膀，乍看之下，不由得會讓人聯想到由比正雪（譯註：江戶時代一位著名革命家，因意圖推翻幕府而被殺。）刑警覺得，以他的這種風格，與其說像推理小說家，倒不如說更像是寫歷史小說的作家。

「在那邊隨便找個地方坐坐吧。沒有坐墊，不過可以用這個墊在下面。」

他遞過來一本雜誌。那本雜誌的封面印著「隆重推出九條信一力作《寒鴉為誰而啼》百頁稿紙堂堂刊載」，看來裡面刊登有他本人所寫的小說。

「坐在這上面，合適嗎……？」

「只是篇愚作而已，連作者本人我都認為這本書應該消失。畢竟是在痛風期間寫出來的，終歸不會有什麼像樣的東西。」

他這句話也可理解為：我在平常時候寫的東西更好。從他堅持留長髮這點來看，對自己的作品似乎是相當有自信的。

刑警將談話內容轉到正題上。當談到在舊書店找到有他簽名的書時，作家的聲音馬上就喪失了自信，而且還混雜著幾分羞愧。

「真讓人不愉快。我周圍的作家朋友中，也有人有類似的遭遇。那個人一怒之下，當場買回了舊書店自己所寫的書，然後將它給付之一炬。我非常理解他的那種心情。過去，舊書店的人會把簽名擦去後再將其擺放到店鋪裡；那樣做是體諒作家，不讓作家蒙羞。不過，如今舊書店的道德倫理已經蕩然無存了，所以這種情況偶爾也會發生，而我們自己，現在也很識趣地盡量少簽名送書了……」

不過，他還是將簽名的書送給了黑髮雪江，並因此而丟了面子。

「你與黑髮小姐私交深嗎？」

「算不上吧，是在某個場合偶然認識的。當時，她是和公司的同伴一起來的；因爲她們對地圖的解釋爭論不休，我剛好碰上，所以就隨便建議了幾句，就這樣認識了。黑髮小姐有著相當恰到好處的積極態度，而她的美貌和裝扮也都恰到好處。在一起回東京車站的途中，我們交談得頗爲愉快。她說很喜歡我的小說，希望我能簽名送給她一本；於是，我一回到家，就趕緊給她寄去了簽上名的新作。」

雖然九條用比較客觀的語氣，若無其事地講述著，但從話語當中，還是能感覺出有些不好意思；他那寬闊的額頭，微微泛起了掩藏不住的潮紅。

「本來讀我的小說，神經就容易疲勞。在漫畫中長大的當代年輕人，根本沒辦法理解。思考對他們而言，可說是件相當艱難的事。因此，當我聽到年輕的漂亮女孩說能讀懂我的小說，我便備感興奮，認爲對方是位難得的珍貴讀者。現在看來，這只不過是一種誤解罷了。我作爲一名作家，不得不再一次認真地思考，爲什麼年輕人理解不了我的小說……」

他的口氣低沉了下來，與先前完全不同，這讓員警不禁有些同情起這位作家。

「您別這麼說，也是有在舊書店買下那本書的年輕女孩呀，她可是花了好幾天時間去慢慢享受您的作品呢！」

「是嗎？有那樣的女讀者嗎？太難得了，如果有那樣的讀者的話，那我們不辭辛勞的寫作，也就有了意義。」

他的聲音立刻恢復了力量。

「最近有沒有誰來向你詢問過關於黑髮小姐的事呢？」

撿到玉澤映子丟失的書的那個男人，根據上面寫的文字，判斷失主應該是黑髮雪江。他要求她保持沉默，但卻不知道她的住址。這種情況下，向作者詢問應該是最快速的方式。因爲既然能送給她簽名的書，那麼其關係也應該比較親密，人們通常都會這樣去想像。所以，這個男人極有可能爲了查到雪江的住址，而與九條信一聯繫。弄清這個事實，正是他來拜訪的目的。

「沒錯，這件事情我想非得跟你們說說不可。」

推理小說家帶著家鄉口音，對刑警這樣說道。

「的確，是有一位陌生男子打電話向我詢問過黑髮雪江的住址。我當時覺得這人真是奇怪，爲什麼要問黑髮小姐的住址呢？當時對方回答說，『因爲撿到了她的記事本和月票，想要寄還給她』。不過我還是覺得說，他向我來電話詢問住址這件事非常怪異，於是便繼續反問他，結果對方又回答說，『因爲在黑髮的記事本上有我的電話號碼』。對方口齒相當伶俐，一切都對答如流。

我心裡想：具備這種口若懸河的口才，應該是個從事推銷工作的人吧！」

「刑警先生，當那個男人打來電話時，我完全相信黑髮就是我的熱心讀者，根本不知道她並未認真閱讀我的作品，而且沒有去掉簽名就把它賣給舊書店；我更沒想到的是，她竟是這麼一位缺乏常識的女性。不過，因爲考慮到她丟了月票也許很不方便，爲了能早點還給她，所以我就把她工作的公司告訴了對方。至於住址，我也不知道。」

「你沒有告訴他在文書課吧？」

「這個春天和她第一次見面的時候，她是在公關部工作。她曾經告訴我，近期職務可能會有變動，而因爲後來就沒再見面，所以我並不瞭解詳細情況。我是看到她被毒死的新聞之後，才知道她在文書課工作的。」

推理小說家用不太有自信的聲音這樣斷定道：「我認爲毒酒心糖，十之八九是那個男人寄去的。」

「他的聲音有什麼特點嗎？」

「非常普通的聲音，沒什麼特點，也沒有口音……應該，說講話很得體，正如剛才所說，他的腦筋非常靈活。」

講話沒有什麼外地口音的話，就意味著這個人應該是出生在東京。待會兒回到總部後，就要調查一下這個名叫大町的男人的出生地才行。

11

推銷員兇殺案的被害者若槻俊，今年三十一歲，是一名在協同生命保險公司東京總公司工作的銷售精英。他進公司已經十六年，訓練階段一結束，其業績便榮登榜首，此後從未下降到第二名過。因爲他是單身而且皮膚很白，所以是公司女孩們心目中的白馬王子。而且，他的談吐也相當沉穩。從職業性質來講，或許是理所當然，不過正因爲這種誠懇態度，他相當受到客戶們的信任。

這個若槻俊有位強勁的對手，叫做大町英三郎。因爲進公司的時間和出生年份相同，彼此競爭也許是很自然的。大町英三郎的銷售成績也出類拔萃，但是無論怎麼努力，他都沒辦法超過若槻俊。他們倆的不同之處在於，大町英三郎要保住第二位的業績，可說是付出了相當艱難的努力，但若槻俊卻總是微笑著輕而易舉地，佔據著第一位的寶座。應該說，大町英三郎是後天努力類型的人，而若槻俊則是銷售天才。

可是，僅憑這一點便推斷他有殺人動機，這也未免太過牽強了。正因如此，設在赤坂警察局的搜查本部並沒有怎麼注意到他。然而，因爲對於常務董事二女兒情感的爭奪，兩人之間的競爭在這一陣子變得更加激烈；不過，在這方面占上風的依然是若槻俊。大町除了網球以外，所有體育運動都很擅長，經常參加省級或當地的比賽並獲獎，家裏起居室的陳列架上擺放的獎盃多到都快放不下了。可恨的是，這位千金對體育及賭博之類的事興趣索然，因此他的殺手鐧也失去了效力。由於並沒有其他有力的候補競爭者，所以倘若大町的心中聽到來自魔鬼的詛咒聲：「假如沒有若槻俊存在……！」，這似乎也沒有什麼不可思議的。

九月二十六日星期五晚上八點左右，一名醉酒的男子給赤坂警察局來電話說，一隻看似狂犬的野狗在附近遊蕩，要求員警採取措施。估計那人特別討厭狗，其語氣認真強硬而咄咄逼人。「我在附近的酒吧喝酒時看到野狗，想回家也不能回。」他說的似乎是真話，只聽他咄咄逼人，毫不示弱地重複著「快想辦法」這句話。

「是什麼樣的狗？」

「是隻有點髒，像在白底色中傾倒了深褐色油漆一樣的斑點狗。那傢伙的嘴裡叼著一隻鞋。現在我撿到了那只鞋，它剛好滾到了我的腳邊。」

「你在什麼地方？」

「青山三丁目。這狗現在還在路邊晃悠。牠的脖上沒有拴任何東西，怎麼看都像是隻喪家之犬。趁還未發生任何傷人情況之前，趕緊來收拾局面吧！」

「但野狗的管理是衛生所的工作，我們警方不便插手呀！」

「什麼？」

醉漢的聲音突然提高了三度左右。

「可是這隻狗偷走了鞋，這隻鞋是竊盜物品，把它保管起來歸還原主，這不是刑警的工作嗎？」

「但是犯案者是狗的話……」

「你居然這麼說！」

「好吧，那我們過來處理。你現在在什麼位置？」

「混蛋！憑什麼我要在這裏一直等你們這些員警來。不過，若被偷走了似乎也不妥。有了，我把它插進電話亭旁的樹叢中，你們自己來取吧。這裡應該不會被人發現才對。」

「哪裡的電話亭呢？」

「青山二丁目地鐵站前面的。別忘了唷！」

「好，明白了。」

「順便問一下，能不能告訴我衛生所的電話號碼？」

「是青山的嗎？」

「混蛋！難道我給紐約衛生所打電話嗎？」

接電話的赤坂警署刑警實在是忍無可忍，短短一通電話，自己就已經被罵了兩次混蛋。「但是，刑警是市民的朋友！即便生氣，也不能罵對方！」於是，他咬緊牙，用像貓一樣細聲細氣的聲音繼續和對方溝通。

後來他聽說，醉漢馬上又給衛生所打去了電話，要求捕捉野狗。不過，衛生所當時也只有值班人員，捕狗員不在。他聽到這樣的回答後，同樣非常憤怒，用很難聽的話將值班人員臭罵了一通。最後甚至還說：「如果我在回去的路上被狗咬死了的話，一定會變成鬼來找你們算帳！」

「當時我想，要是他真能變成鬼，那我倒也服了。所以，一夜過去，當聽說在新田神社發現了男性屍體時，我不禁嚇了一大跳。知道那人並非被咬死之後，我才終於鬆了口氣。」

當天晚上值班的刑警笑著對警視廳刑警如此說著。

醉漢的話並非毫無根據的捏造。不久之後，經過那裏的巡邏隊員停下車去灌木叢裡尋找，果然找到了深深插入林中的一隻鞋。從商標看，那是義大利生產的「馬列里」鞋，上面還有幾處被狗咬過的痕跡。就算將它還給了原主，恐怕也已經沒有多大意義了。

第二天早上五點左右，那隻狗依然逗留車流很少的青山路上。之後，牠被巡邏車發現，並被刑警給收留了。它那稍微有些髒的白色毛中。散佈著茶色的斑點。這獨特的花紋，清楚地說明了它身爲短毛狩獵犬的身份。牠看起來年齡已經很老了，動作顯得很吃力。刑警吹了一聲口哨，它便搖晃著尾巴做出回應，東倒西歪地靠過來，毫不害怕地坐進了車裏。或許是心理作用，刑警總感覺它那茶色的眸子裡，似乎訴說著一種深深的憂傷。

其後大約一小時左右，有人發現了若槻俊被掐死的屍體。屍體位在面向青山大道的新田神社的正殿背後。發現者是本社區早起會的會員，這位老人是劍道五段，柔道三段；當他看見屍體時，驚愕之餘嚇得差點閃了腰，張嘴要叫同伴時，口中的假牙全飛了出來。不幸的是，跑過來的其中一名會員踩碎了老人的假牙。

警方根據屍體上找到的身份證，立刻辨明被害人是若槻俊。看樣子，當時他進行了激烈的反抗，整個人衣衫不整，而且神社裡面的一盞獻燈也倒在了地上；在屍體的頸部，有著明顯可以判斷為扼殺的痕跡。從法醫驗屍的結果可以瞭解到，被害人因為被對方用很大的力氣牢牢掐住頸部的關係，整個喉嚨的軟骨都已經變形了。被害人是位業績良好的推銷員，穿著當然十分講究；他所穿的手工製作成套西服，是向東京一流西服店所在地的八番館店家特別訂製的。他腳上穿的鞋也是義大利「馬列里」鞋店所生產的高檔貨，不過黑色的短鞋卻只剩下右邊一隻，至於左腳則是穿著短襪露在外面，這讓搞不清楚情況的搜查員很是納悶。

因為距離犯案到屍體被發現，中間並沒有經過多少時間，所以可以非常清楚地斷定，若槻的死亡時間，應該是在昨天晚上八點鐘前後。不過令人意外的是，大町在晚上八點左右的時候，人正在神奈川縣的小田原，所以他的嫌疑完全可以排除。

「我因为工作去了平塚，所以就稍微往回走了一段路，繞回了小田原。我之前聽說，那裡有一家店能夠吃到非常美味的鮮魚，便一直都在考慮有機會的時候一定要去嘗嘗，所以就藉這次的機會順道前去了。」

他如此回答著刑警的問題。經過調查，他所說的確是事實，因此他的不在場證據得以成立，馬上就被釋放了。但他並沒有表現出特別的喜悅，那表情彷彿是在說：我得以清白無罪離開，本來就是理所當然的。

距離事件發生到現在都快兩週過去了，但案件的偵辦絲毫沒有任何進展。正因爲被害人是在公司內外都頗受好評的菁英青年，所以除了大町以外，幾乎沒有任何可能具有犯案動機的人。搜查本部最初認爲若槻身邊的物品被搶只是兇手的僞裝，但現在也開始假設起謀財害命的可能性。他們再一次向都內的當鋪及舊貨商分發了傳單，但是並沒有得到任何反應，於是，整起案件便早早地步入了迷宮當中。然而，當丸之內警署針對相關案件進行照會之後，根據玉澤映子和計程車司機所提供的線索，赤阪警署的搜查本部終於煥發了久違的活力。

那麼，爲什麼在案件發生兩個小時後，大町會回到現場呢？究其原因，或許可以這樣考慮：他有可能是因爲回到家裡之後，發現自己的隨身物品掉在了那裡，所以才又匆忙跑回去。要不的話，他也有可能是爲了回去檢查是否有什麼遺漏，或者是因爲擔心屍體被發現所以才回去。總之，犯人是在非常清楚自己有可能被發現的危險狀況下，被什麼看不見的東西牽引著才回到現場的，這基本上是所有刑警的共識。關於這種行爲，可以用犯罪者的異常心理來加以解釋，大町英三郎自也不例外。接著他認爲自己的臉被人看到，感到陷入了危機，所以才去追趕目擊者玉澤映子，想要除掉她。赤坂警署作了以上的推斷後，相當慶幸她現在還安然無恙。

因此，根據丸之內警署所提供的情報，曾經一度被證明清白的大町，此刻的嫌疑又開始變得濃厚了起來。接下來要做的，就是集中火力去擊潰他所稱，「當時人在小田原」的不在場證明。於是警方決定：由丸之內警署方面，相當擅長調查工作的丹那刑警，與赤阪警署的山上刑警兩個人聯手，重新開始對此進行調查。丹那與山下以前也曾搭檔過，彼此之間十分意氣相投，而這一次也是丹那主動提出，希望能跟他一起搭檔的。儘管丹那面色蠟黃又其貌不揚，不過這位看起來像簡陋當鋪裡糟老頭的刑警可不是好惹的；另一方面，山下也是個駝著背、睡眼惺忪，貌不驚的人物，不過他事實上可是合氣道的高手。

兩人首先坐湘南電車去了小田原，因爲山下上次去調查過，所以很自然地擺出了一副熟門熟路的樣子，當起了丹那的嚮導。一走出位在與新幹線相反方向，靠海邊的剪票口，車站廣場的正面，就是不斷延伸的主幹道。他們目標所在小飲食店，是位於從廣場左轉的那條餐飲街的正中央。那家店的主人似乎相當信奉稻荷大明神（譯註：日本的穀物、農業之神，外形是一隻狐狸。），因此客人走進店裡的時候，得要先穿過紅色鳥居才行。真是很奇怪的趣味。

雖然下午三點這個時間不早不晚，但是因爲這裏的魚新鮮好吃，很受好評，所以即使在這種冷門時電，店裡還是有四、五位客人。在櫃台的後面，兩位胖胖的男人正各自拿著刀在剖魚，一看便知他們是父子關係。這家店的價格也頗爲適中，丹那真想利用這個機會，嘗嘗這裏的竹莢魚，順便再好好地喝上一杯，只是現在必須進行刑案的訊問，因此根本沒辦法喝酒。這就是公務員的可悲之處。

搶先一步走進來的山下，已經是第二次來訪了。因爲條子來店裡面，多少會讓客人的食欲有所減退，所以店主如果不給警察什麼好臉色看，這也是在情理之中。不過，這對父子似乎都是很爽朗大方的人，所以他們一邊剖著竹莢魚，一邊也不吝回答丹那的問題。但是，他們倆都異口同聲的說：大町在案件發生當天的那個時刻，的確是在這裡用餐沒錯。不管丹那怎樣追究，他們還是相當堅持這個說法。

「你連具體時間都記得非常清楚，究竟是爲什麼呢？」

「上次我都告訴過這位刑警了；當時我打算聽NHK七點鐘的新聞，而他卻要求把頻道轉到流行歌曲節目。我說的『他』，就是那位叫大町的客人」。

他用下巴指了指丹那放在櫃台邊的大町照片，示意了一下。

「流行歌曲還是戰前的比較好，畢竟，經歷過時代洗禮而能流傳到現在的，全是經典之作。不過現在的流行歌曲李面，有幾首或許會也一直流傳到十多年以後吧。然而，那些把臉塗抹成像狐狸一樣的女孩，就算是現在很走紅，看起來也沒什麼意思。所以，比起去聽那些『狐狸』唱歌，我更想聽新聞。但是客人要求，我也不便拒絕。」

「是啊是啊，我也覺得『我的騾子，酋長的女兒』這首歌不錯呢！」

丹那附和道。

「除了他以外，當時沒有其他客人嗎？」

「當時整個餐廳是客滿狀態，因爲剛好是晚飯的尖峰時段。」

「他吃了些什麼？」

「他似乎很喜歡吃貝類，所比叫了醃赤貝和壽司以及蒸鮑魚。但是卻沒有吃多少。」

「他喝了多少酒？」

「叫了一小瓶，但幾乎都沒怎麼喝，只是默默地邊看電視邊用餐，是一位很安靜的客人。」

山下望了丹那一眼，那意思像是說：你看，沒什麼可供參考的東西吧！這時，從剛才就一直默默地在切生魚片的兒子，猶猶豫豫地開口插話道：

「或許沒有什麼參考價值，但我覺得有件事情讓我放心不下，雖然也並不是什麼大不了的事情就是了。」

「哦，什麼事呢？」

「從來到店裡直到他離去，那位客人一直都沒有脫下手套。因爲當時我覺得他真是位懶散的客人，所以對此記得相當清楚。」

山下的駝背一下子挺直了。看樣子，他也是第一次聽說這件事情。雖然這個廚師認爲大町是「懶散」，但刑警的解釋卻不同——或許，這個人是努力想要不留下指紋吧！

那麼，他爲什麼對待指紋那麼謹慎呢？當兩人離開店，在車站的月台上等待回東京的列車時，他們討論起了這個問題。等到走到前面沒什麼人影的地方後，山下終於率先開口說道：

「你不覺得很異常嗎？」

「沒錯。大町應該要積極留下指紋才合乎情理的。餐具會被清洗，所以不可能留下指紋。但是筷子的袋子以及裝毛巾的塑膠袋等都會留下，在之後也有變成證據的可能性。」

「那小子，上次我來的時候根本沒講這件事！」

山下笑了，因爲他是一個從不開玩笑的人，所以看樣子，今天他的情緒似乎相當好。

「哎呀，別那麼生氣了。你怎麼看待這件事情？」

「肯定是替身。因爲是替身，所以才拼命避免留下指紋。跟剛才丹那先生你所講的情況有一個截然不同的地方，我認爲，作爲替身，應該會積極的避免留下指紋。儘管留有指紋的小盤和碗馬上會被清洗，沒有什麼好擔憂的，但也可能出現萬一。萬一因爲什麼偶然原因而忘記清洗，結果使得替身的指紋清楚的留在上面的話，那麼在那裏用餐的不是大町這個事實便會瞬間暴露。既然打著大町的幌子冒充大町，那當然就必須避免要留下自己指紋的這種愚蠢舉動。」

丹那使勁地點著頭，同意他的看法，

「剛才他們說他一直不出聲地在那裏吃東西，也可以解釋爲是因爲擔心自己一旦開口說話，便會因爲聲音不同而暴露是替身的事實。」

「的確如此。因此，接下來我們應該不光是對照本人的照片，還要在預備了錄音帶的情況下，再去向他調查取證。」

「可是……」

丹那雖然在回答，但聲音卻變得非常微弱。

「又不是電視劇或電影，這世上哪裡會有長得那麼像的兩個男人呢？」

「事實上，現實不是比小說還神奇嗎？十年前在常磐地方，不是也發生過類似的案例嗎？」

經他這麼一說，丹那立刻回憶起了那件事情。

「是日立那個地方吧？」

「好像是，總之是一個小城市。一位來到當地酒館的年輕客人與另一名年輕客人，不知爲什麼長得非常相像，這事漸漸在人們當中傳開，後來並成爲破案的關鍵契機。」

事情是這樣的。A和B兩位當事人到了小鎮後不久，在偶然的情況下彼此相遇了。因爲兩人長得很像，所以感覺倍感親切，不久就開始像朋友一樣的交往。結果，心術不正的A萌發了利用B來詐取保險金的念頭。於是，A便約B坐飛機去旅行，他計畫讓B帶著裝有定時炸彈的包包上飛機，而自己在中途悄悄溜掉。接著斗飛機爆炸墜落後，他便僞裝成自己死亡而向保險公司索要保險金。不過，在羽田機場的廁所裡，因爲操作失誤，包包裡的炸藥爆炸了，負傷的A自然而然的被逮捕，B以及飛機上的其他乘客才危險地逃過這一劫。容貌酷似的A和B居然住在同一座小城市，這種事也太巧合了。雖然會讓人覺得這簡直就是電視劇才有的情節，但它卻是現實世界中所發生的真實事件。如此看來，倒也不能一開始就否定替身之說。

「像日立市這樣的小城市的話，或許相似的兩人偶然撞見的概率很大；可是，在擁有八百五十萬人口的東京,卻幾乎不可能。所以呢，若把大町看成A，替身是B的話，那麼B應該是在A身邊的人。我認爲B一定就在他的學生時代的朋友、或是出社會之後的熟人當中。」

兩位刑警很樂觀地認爲，要找到B似乎並不困難。他們在月臺上的小賣店買了罐裝啤酒後，便坐上了從熱海開來的電車。電車的許多座位上都放著熱海的特產，裝在網袋裏的蜜柑。他們倆看著旁邊的蜜柑，打開啤酒，舉起來交碰了一下。

12

因爲本部裡面有人認爲替身之說太過小說化，缺乏現實性，所以決定只進行小規模的調查。之於大町之所以戴著手套這件事，也可以解釋爲比如手指被墨水弄髒了，不想讓他人看見之類的情況。若是這樣的話，那位講究穿著打扮的人，當然也就只好戴上手套了。當會議上有人提出這樣的異議時，丹那也暗自反省，自己舉杯慶祝勝利，似乎還爲時過早了些。

第二天，儘管做好了徒勞無功的心理準備，但他們還是邁出了去尋找替身的第一步。按照丹那的建議，他們又多編成了另外兩個小組：第一組的丹那和山上負責調查嫌疑犯的出生地八王子，另外兩個小組的工作則是，在東京都內從大町的工作單位以及朋友中去找出B。與昨天的好天氣相反，滿布陰霾的天空，似乎在暗示著調查工作並不樂觀的前景。

八王子是大町的出生成長之地，位於東京的西邊。雖然同樣都屬於東京，但是地理上卻有一段距離。丹那走訪了大町在當地中小學以及高中時代的同班同學，希望從中能瞭解是否有跟大町長得相像的男性。這個方案獲得了成功，出乎意料地很快找到了線索。提供情報的是大町的初中同學，他說：與自己在同一家紡織工廠工作的服部六平，不管是年紀還是體貌都與大町非常相像，以至於連他自己都曾經叫錯過兩個人的名字。

「那個人總是帶著墨鏡，所以很少有人注意到他們相貌相似，也正因爲這個理由，所以沒有引起什麼傳聞。」

「那你為什麼注意到了呢？」

「我也是偶然發現的。那還是在石油危機以前的事情；當時紡織工廠非常景氣，因為有兩天連休，家裡人吵著要去溫泉，於是就去了跟工會有簽約的修善寺溫泉旅館。一到旅館之後，我立刻就去了浴場，想早點泡一泡澡。當我一走進去，便望見泡在浴缸裏的男人對著我微笑。我對他打招呼說：『大町，你好』，結果卻是服部。就這樣，我才第一次見識到了他取下墨鏡後的模樣。」

「那麼服部先生是否知道有一個叫大町的男人與自己十分相像呢？」

「我泡在溫泉裡的時候，向他解釋了剛剛為什麼認錯人，結果他大吃一驚。所以，他應該是在那個時候才第一次知曉的。」

「那大町先生這邊知道嗎？」

「知道，也是我告訴他的。有一次他隔了很久回家探親時，我一邊和他對飲，一邊將這件事告訴了他。當知道有跟自己長得很相似的人存在時，任誰都會感到好奇；他當時也說，『有機會真想見一面』。」

丹那對於這句「真想見一面」感覺相當在意。如果是大城市的話另當別論，但八王子不過是一個人口只有二十八萬的地方小城市；因此，大町在修善寺溫泉旅館內被告知這件事情以前，曾經和服部擦肩而過，這樣的機會應該也是存在的才對。

「那根本不可能。大町大學畢業後一直住在東京，而服部五年前被愛知縣的的一家紡織公司挖走了，所以彼此根本不可能碰見。」

那也就是說，在計畫這次對於競爭對手謀殺計畫時，大町突然回憶起老朋友提到過的這件事情，然後便想到了利用這個相貌相似的男人來當做替身，僞造出自己不在場證明的手法。眼下紡織業不景氣，服部在老家休假，每天呆在家裡，生活方面應該並不寬裕，因此，如果大町花錢請他扮演自己的替身的話，或許他會動心也說不定。大町能言善辯，當然不會說事情跟殺人有關。也許，他會以比較輕鬆的口氣對服部說說「只是爲了與人家開開玩笑」之類的話。

宛如孿生兄弟的兩個男人，在某家小餐館或房間裡說服對方又被對方說服，想像這副畫面，丹那不由得有一種猶如夢境的奇妙心情。不管怎麼說，替身之說逐漸有了具體的進展，於是刑警們決定去拜訪這位服部先生。

服部六平的家，位在橫亙多摩川淺間橋對面的元橫山町，一排有著四間房舍的長屋裡看。當兩位刑警走到長屋最東端時，便看到了他的門牌。雖然那塊門牌看起來就像是寫了字的粗製魚板，但上面的字體卻是意外地頗爲流利的草書體。聽到有人叫自己的名字，服部在旁邊應了一聲。刑警回頭一看，原來服部正在小院裡挖馬鈴薯，黑乎乎的泥土上面。滾動著幾個長得不錯的暗紅色球體。服部似乎早已料到刑警會前來調查；他並沒有邀請他們坐下來，而是準備站著說幾句就打發他們。他的態度，讓刑警們感覺到了些許敵意。

丹那並沒有見過大町本人，不好妄下結論，但他看過大町的照片，眼前這個人果然與照片上的大町十分神似，特別是嘴唇很薄這一點，幾乎一模一樣。不過，他們畢竟還是不同的兩個人，所以站在一起，也許能夠看出一些不同之處，但是，分開來看的話，的確是會讓人弄錯的。

「忽然提出這個問題也許有些奇怪，不過，你最近見過大町先生是什麼時候？」

「我不認識什麼大町，也沒聽說過。」

「他在保險公司工作，與你長得很像。」

「我不是已經告訴過你不認識嗎？」

他突然改變了態度，把鋤頭一扔，手插在腰上，擺出一副挑戰的姿態。

「你說自己沒聽說過，這根本不可信；他是赤坂推銷員被殺害案件的主要嫌疑人，報紙上也報導過了。」

「我沒訂報紙。」

「那應該在電視新聞上看到過照片吧。既然他跟你長得很像，那麼照道理說，你應該會有印象才對。」

「你這人很煩耶，我說了不知道就是不知道嘛！」

爲了避免讓鄰居聽見，服部壓低了聲音，但講起話來卻是一副要吃人的兇惡語氣。

「你口口聲聲說不知道，但你過去曾被人錯當成大町過吧。」

「不要在這裡妨礙我工作，請離開！」

「有人說，在某處曾經看到兩個相貌完全相同的兩人在一起，他覺得很奇怪。」

丹那的故弄玄虛似乎很奏效；服部突然顯得慌亂起來，到最後終於讓丹那他們進了家門。不過他之所以這樣做，似乎主要還是爲了讓避免鄰居聽見。

「請不要那麼大聲。這牆壁薄得就跟煎餅似的。本來隔壁的人就喜歡偷聽。」

「好吧。那我們就直話直說了。有一部分人私下主張，說你曾經扮成大町在小田原出現過。大町宣稱，當保險公司的推銷員被殺的時候，他人在小田原的小餐館吃竹莢魚之類的東西；不過那些人認爲，出現在小田原的只是替身而已，而去充當替身的，便是與他長得非常相像的你。他們說，在吃飯時『大町』一直戴著手套，是因爲那個『大町』其實是替身，所以他必須警戒著不留下指紋。但是，我並不苟同這種說法。比如說，大町手指上染上墨水，又不能馬上洗掉的時候也就只好戴上手套來遮掩，這種可能性也並不是沒有啊！一般人的話，對於這種事也許根本就無所謂，但大町卻是一個非常講究的人，雖然是男人，卻每個星期要修兩次指甲。」

丹那引用了先前的資訊，編造出了一套便於取信服部的說法。服部坐在門口，將信將疑地聽著。

「爲了弄清楚這種推斷是真是假，所以我們才來拜訪並向你求證。大町在小田原吃飯的時間，準確的說也就是九月二十六號下午八點左右，你在什麼地方？能夠回憶一下嗎？」

一直坐著不動的服部拍了拍褲腳邊上的泥土，很明顯是爲了爭取時間。

「最近不知爲什麼，我的記憶力有所衰退，你這樣突然問我，一下子也很難想起來。」

他迴避著視線，搖了搖頭。丹那心想：這混帳東西！你對他客氣，他倒得寸進尺了！

「要是你想不起來的話，那可就很麻煩了；你脫不了干係，我也交不了差。」

服部不可能乖乖地承認自己在小田原待過的事情。因此，到底他打算怎麼回答，丹那對此感到十分好奇。

「噢，我終於想起來了！那天妻子的妹妹來我這裡住了一晚。我這人要是有外人在，就會感到全身不自在。而且從妻子的角度來考慮，恐怕這種時候也是丈夫不在家更方便，也許他們想說些不願意讓丈夫聽到的悄悄話呢！考慮到這些，所以下午我便識趣地離開了家。也許任何人都有自己憧憬的地方，希望有時間能去看看。對我來說，我心中所嚮往的地方就是柴又，一直期待著能去那裡拜拜帝釋天，順便嘗嘗那裏有名的米糰子。」

「是嗎？」

「於是我便很高興地去了那裡。聽說那裡有渡船，於是我又想乘坐它渡過江戶川。因此，我先到了千葉縣的松戶一帶，可是當我來到渡船頭時，才知道週末沒有船。雖然我很生氣，但抱怨卻也無濟於事；只是，我的計畫整個被打亂了，於是放棄去柴又而改去了淺草。在那裡，我吃了電氣白蘭地，再喝了烤內臟串……哦，不對。是先喝了電氣白蘭地，然後再去吃了烤內臟串。接著，我還去看了短劇。」

「你吃烤內臟串的那家店的名字叫什麼？」

「我哪裡記得那麼多！因爲是地攤，好像根本就沒有什麼名字。」

「在什麼地方？」

「剛才不是告訴你在淺草嗎？」

「淺草也有許多具體地方吧？比如六區、或者傳法院的旁邊等等。」

「這個嘛……」

他埋頭沉思了起來。不過丹那本人對於淺草的地理也不熟悉，如果調換一下身份，自己被問到同樣的問題，肯定也是歪著頭無言以對吧！總之，服部所說的內容，從道理上是講得通的，可是要證明卻很難。與此相同，如果丹那他們這邊要否定他所說的內容，也得要面臨一樣的情況。

「被你們如此懷疑，我也很不舒服。要不然，我們一道跑一趟，去找那家賣烤內臟串的店吧。」

對於對方的提案，丹那他們欣然接受，於是三人便一起向淺草出發了。

當他們到達那裡時，天已經黑了，地攤也大多已經開始做生意了。服部在那一帶走來走去，試圖尋找那家印象模糊的燒烤店；後來，他終於在花園附近，找到了那家賣燒烤的地攤。雖然剛才服部說「因為是地攤，所以沒有什麼店名」，但是店裡茶色的簾子上卻印著「御多福」幾個白色的字。

儘管有所期待，但結果卻很掃興。那位生龍活虎、演技過剩，一副表準江戶人模樣的燒烤店主，對於服部十多天前曾來過這裡這一點還有一些印象，但具體日期和時間卻並不記得。這個結論不論對服部或刑警來說都不盡如意。最後，他們只好各自在臉上帶著無法釋懷的表情，在仁王門的前面分手道別。

13

在日本著名的刑案「三億圓現金強奪案」發生的時候，有許多目擊者都作證說：犯下此案的罪犯是一名小眼睛、單眼皮、略顯滄桑的三十多歲的男人。然而，不知爲什麼，當時的搜查本部卻完全無視這些證詞；後來他們所貼出的那張眾所周知的通緝海報上面，犯人竟然變成了一位鼻樑高挺的年輕美男子。而這次的推銷員被殺案，也發生了跟前面那樁案件相似的情況。「注重儀表是推銷員的氣魄所在」，據說這是若槻俊生前的口頭禪。事實上，不管他是外出推銷還是回到公司，他都一定要去附近大樓旁邊那家擦鞋店，坐下來讓店員爲自己擦那雙十分喜愛的皮鞋。他一直保持著這種習慣。要出去見客戶時擦亮皮鞋不難理解，但是回到公司時還要擦亮皮鞋，似乎有些浪費。不過按照他的說法，如果客人突然造訪，要他穿著積滿塵土的皮鞋接待，這種不得體的事，他自己完全無法接受。在公司職員中，甚至流傳著這種不莊重的玩笑：「若槻死後，最受打擊的應該是那家擦鞋店」。

在事件發生幾天後，一名保險業務員在擦鞋店擦鞋時，正好在閱讀載有若槻俊被害現場採訪報導的週刊。當擦到腳尖一帶時，那位擦鞋人忽然開口說道：

「我也讀過那本週刊，不過寫稿人根本就亂寫。」

「爲什麼？」

「因爲雜誌上寫著他穿的是馬列里鞋，但那天若槻俊穿的是古馳牌皮鞋。我敢打賭；那天是我爲他擦的鞋，絕對不會弄錯。」

那位業務員又問：「你怎麼那麼肯定呢？」，不過對方只是拍著胸脯說：我已經做擦鞋這一行做了三十年，對鞋我絕對不會看走眼。

「因爲覺得自誇會被看扁，所以一直沒有講出來。不過，我只要稍微瞧一瞧，便馬上能判斷出鞋的大小、材料、是手工製作還是機械製作等。還包括是哪個國家的哪個公司的產品，對此都非常瞭解。」

「馬列里與古馳哪裡有區別呢？」

「只要看一下形狀，便馬上能判別出來，各國的鞋，它們都各有特徵。總的來說，義大利皮鞋的皮革薄、比較柔軟，所以穿上去很舒服，特別是馬列里更是如此。」

雖然這名推銷員對於擦鞋人這番有關鞋的雜學深感欽佩，但並不認爲寫稿人便因此而應該受到指責。畢竟，寫稿人在鞋方面是外行，弄錯也沒有什麼奇怪。

當刑警又再來調查時，推銷員在閒談中，順便介紹了擦鞋人的這番雜學。

不過，刑警並沒有對此表現出太大的關心，當作耳邊風也沒特別深究便回去了。在員警看來，在新田神社發現的屍體腳上穿著馬列里鞋是確鑿的事實，所以他認爲這一定是擦鞋人的錯覺。於是，他既沒有向講這番話的本人求證，回到本部後也沒有立刻報告。不過，如果因此而追究他的責任的話，似乎也太不近情理。

就在本部的偵辦工作陷入了停滯狀態時，他又重新想起了這件事情。雖然知道大町英三郎是通過替身來建構不在場證明，但警方卻沒發現能夠證明這一點的關鍵性事實。於是，在搜查本部的會議上，長官提醒說：你們是否有忽略掉的情報？哪怕表面看來似乎並沒有什麼價值的東西也行，不妨說來聽聽。這時，那名刑警的腦子裡，才突然浮現出了擦鞋人所說的話。

「因爲若槻俊腳上穿的的確是馬列里鞋，所以很顯然是擦鞋人的錯覺。」

這的確是沒有什麼彙報價值的內容。若槻俊是一個講究衣著的人，肯定會每天換著穿不同的鞋吧。那麼也就是說，他穿古馳鞋應該是事件發生前一天的事情，而這肯定是擦鞋人記錯了。在場的所有人都同意這種看法，幾乎馬上就淡忘了這位刑警的發言。

可是，在這些人當中，唯獨主任警部鬼貫很重視這個情況，他命令丹那刑警，直接去拜訪那位擦鞋人。

丹那只花了不到一個小時，就從那家擦鞋店回來了；當他回來的時候，腳上那雙連鞋跟都已磨損到腳上的鞋，被擦得光可鑑人。他又將那位擦鞋人所堅持的「自己絕不會看錯」的吹噓，向鬼貫複述了一遍。

「真是個頑固的老頭。他很自負的說，有關鞋方面的知識，他絕不會輸給任何人。事實上，他的確知道很多，記憶力也很不錯，以致於我都有些要相信：事發當天被害人穿著古馳鞋，並不是謊言或錯覺。」

「那麼，這意味著什麼呢？」

下顎寬廣的上司，用平和的語調自言自語地慢慢說著。不管下屬犯了什麼錯，他都從未有過斥責的話語，人們甚至說，即便TNT炸彈在他的眼前爆炸，他大概還是會這樣悠然自得吧——當然，其結果就是被炸成粉末。

「那天被害人在早上上午九點半左右外出推銷，先是直接去擦了鞋，然後在下午三點左右回到公司；和往常一樣，這時候他也去擦了鞋。也就是說，擦鞋店的這位店員曾兩次看到他穿著的是古馳鞋，所以他堅信自己決不會看錯。」

「有道理。」

鬼貫露出一副若有所思的神情，凝視著空中的某個地方；看他的樣子，就像是要努力將迷霧之中的物體看個明白一樣。

丹那繼續往下說道：

「然後，他在一個小時之後就離開了公司。他到底是協同生命保險公司的寶貝，不管他幾點離開公司回家，都不會有人有微辭。當時，同事和上司全都認爲他已經回家了。所以我認爲，有可能是他回到家裡換成馬列里鞋之後，又再重新從家裡出來。我雖然理解不了這種愛臭美的男人的心理，不過去要去體察的話，也許就是爲了換個心情吧。這樣想來，即便鞋換了也沒有什麼可奇怪的。」

「是啊，通常按常識這樣解釋是很自然的，但是或許還可以有其他的解釋。」

「其他……？」

鬼貫依然用慢吞吞的語調說道。

「比如說，犯人出於某種考慮而偷偷溜進被害人家裡，把另一雙鞋偷走了。偷走的鞋便是馬列里鞋，然後在殺人後，再爲屍體穿上馬列里鞋。」

「也就是脫掉了死者的古馳鞋嗎？」

「嗯。」

（原來如此，也可以這樣解釋。可是，這不過是單純的理論遊戲而已……）丹那聽了鬼貫的說法之後，很難不做這樣的想法。

「不，這可並不是什麼理論遊戲。事實上，這件事情對於犯人來說，也許具有非常重大的意義。」

「……？」

丹那無法理解這位上司所要說的意思，正待要問時，鬼貫繼續說道：

「那麼，接下來我們要弄清楚的目標應該是那一隻狗了。」

「你是指那隻野狗嗎？」

「我對那隻狗有些興趣。比如犯人是在哪裡把那隻狗弄到手的……」

丹那懷疑自己是否聽錯了，不禁定睛望著鬼貫。

「你是說，它並不是一隻無家的野狗？」

「在這個事件裡面，這隻有演技的狗其實扮演了重要的配角。既然需要狗的演技，那就不可能從路邊隨便找一隻野狗來充數。在我看來，這起案子是一件花費許多時間去演練，有計畫的犯罪行爲。」

「這……」

「因此，目前我想瞭解的問題是，牠到底是哪家的狗。這隻狗與罪犯之間一定存在著某種聯繫。如果把狗的問題弄清楚了，兇手的真面目也許就會明朗起來。」

雖然還不能完全理解鬼貫所說的話，不過丹那還是重重地點了點頭。但要在這麼大的東京當中去尋訪狗的消息，這到底有多困難，根本是不用多說的事情。根據情況需要，搞不好甚至還必須將調查範圍擴大到鄰近各縣。一想到這些，他便感到要解決此案，恐怕還前途渺茫。

14

當電話鈴聲響起的時候，大町正用一隻手端著玻璃酒杯，一邊把音量開得大大的聽著搖滾樂，一邊品嘗著西古羅（siglo）地方的白酒。

他咋了咋舌，走過去接起電話。與他臉上那不耐與厭煩的表情相反，他嘴上的言語顯得相當恭敬。這大概是推銷員根深蒂固的職業習慣吧！

「您好，我是大町。」

「你不用那麼客氣，反正我不是你的客戶。」

「啊？」

對方的反應跟他的預想落差太大，他一時之間無法回答。

「事實上，你才是我的客人喔。因爲是我要請你付錢的！」

「我不明白妳在說什麼，請問妳是哪位？」

他臉上的表情頓時變得焦躁生硬了起來。

「姓名什麼的並不重要。如果你非要知道的話，你就姑且把我當成『山田花子』什麼的吧。」

「那，我爲什麼必須付錢給山田小姐妳呢？」

「因爲我是目擊者呀。你忘了嗎？我就是那個在新田神社被你在後面追趕過的人唷！」

「不……」

「你是想說『不可能』吧。是因爲目擊者黑髮雪江已經被你下的毒收拾掉了嗎？」

對方完全是一副居高臨下的倨傲口吻。

「……」

「因爲你撿到我當時掉下的那本書，上面寫著黑髮雪江的名字，所以你就斷然認爲我的名字叫黑髮雪江了吧。然而很遺憾的是，事情並非如此，我只是買了黑髮小姐賣給舊書店的書帶在身上而已。事情就這麼簡單。你以爲已經封住了目擊者的口，而在興高采烈地聽著搖滾樂，卻沒想到自己的估計會出差錯吧！」

大町找不到任何合適的話來回答對方。他伸手關掉了音響的開關。正如她所指出的那樣，正因爲他相信自己已經把殺害競爭對手時的目擊證人收拾掉了，所以這幾天才這麼得意忘形。

「……，那麼，妳有何貴幹？」

「我想向你要點封口費。我一直夢想能自己蓋棟房子。如果有兩千萬圓的話，應該就可以蓋一棟小小的愛屋了。」

「兩千萬！」

「加上稅收及其他費用兩千萬，總共四千萬就可以了。」

「喂，我可只是一個上班族，怎麼可能出得起四千萬？」

「你不給錢也行。那我就到員警那裡，將你所幹的統統揭發出來。」

「威脅我也沒有用。妳壓根兒就沒打算找員警。因爲如果善良公民提供情報的話，是連一分錢的報酬都拿不到的。這是明擺著的事，妳不可能去做。」

隨著心情平靜下來，他逐漸恢復了反擊對方的從容。電話裡的女人沉默了一會兒後，很不情願地接受了大町的要求：

「那好吧，三千萬。」

「兩千萬，我能拿出的就這麼多，超過這個數就不可能了，絕對。」

他絲毫沒有打算要拿錢出來。他下定決心，要先假裝付錢。然後趁其不備除掉她。他想：殺兩個與殺三個，反正也沒什麼不同。

「能等兩三天嗎？我必須處理股票，需要點時間。」

「那，也只好這樣囉！」

「湊夠了錢，我跟哪裡聯繫？」

「第三天晚上我會給你打電話。」

女人也很謹慎，絕不會做出告訴地址、真實姓名那樣的蠢事。

「見面地點在哪裡？」山田花子問道。

「真是屋漏偏逢連夜雨，我這幾天痛風發作，一步都沒有辦法外出。想要錢的話，只好請妳到家裡來取了。」

「痛風！就是身體疼痛的那種病嗎？」

「對，老毛病了。腳腫得通紅，既無法穿鞋也出不了門，連拖著腿在家裡行走都有夠嗆的。」

在討價還價過程中，他漸漸產生了一個壞主意。接下來的這次殺人，已經沒有時間來準備假造的不在場證明了。那麼，既然要動手，在熟知環境的自己家進行，那是最好的。謊稱痛風，既是叫她來家裡的藉口，又會成爲了消除她戒備之心的一劑良藥。因爲正遭受痛風折磨的男人，比嬰兒還虛弱無力。

山田花子雖然猶豫了一陣，不過最終還是同意了。她說，關於痛風的痛楚自己曾經從書上讀到過。

那天之後的第二天以及再往後的第三天，大町都以痛風爲由而向公司請了假。而且，他整天都穿著睡袍，還故意拖著腿在家裡走了走。即便她在某處窺探這邊的情況，那麼這些舉動也足以讓她深信，大町的痛風的確是事實。事實上，大町確實有痛風的毛病，所以演起來十分逼真。

第三天晚上八點，山田花子依約而來了。本以爲敢敲詐勒索的人一定是什麼彪形大漢，結果出乎意料，卻是一個小個子女人。她的兩眼間隔較遠，鼻孔張開。雖然長相一般，但看起來卻相當富有魅力，大概是因爲她的皮膚光潔，而且相當善於化妝的緣故吧。

大町跛著腳爲她開了門。被帶到西式客廳後面的山田花子環視了一下室內；看樣子，她似乎十分欣賞大町家的陳設，還說如果自己將來買了房子，也想裝飾成這樣。大町不住心想：進行敲詐的女子身上，居然還有這麼單純的一面。

「我一般都以紅酒或紅茶待客。不過，既然妳是敲詐者，就算我人再好，也不可能招待妳。」

「沒關係，我不在意。」

「說好的是兩千萬圓吧？」

「嗯，封口費兩千萬就行。不過，我因爲喜歡推理小說，所以也很喜歡對實際發生的案件進行這樣那樣的推斷和思考。其結果是我有了更多的發現。如果把這些告訴陷入僵局的警方的話，他們應該會非常高興吧。對於那一個一個的發現，我也想先收取封口費呢。」

「喂，這樣太缺德了吧！」

「是我缺德還是你吝嗇？希望你聽完我的話後再下結論。」

山田花子穿著拖鞋，蹺著二郎腿，從包包拿出細杆香煙後，用有力的手勢打響了打火機。

「我能解開這個謎題，是因爲聽你公司旁的擦鞋店大叔說：出事那天，若槻俊穿的是古馳鞋。刑警因爲實際看到屍體上穿的是馬列里鞋，所以便理解爲是擦鞋人的記憶錯誤。而我卻相反，試著去思考了一下那大叔所說的是事實的可能性。於是，我便產生了一個疑問：若槻俊白天和晚上穿的鞋不同，究竟有什麼理由呢？」

「噢。」

「對於這樣的問題，常識性的思考便是他曾回家去換過鞋，因爲聽說他是一個很注意衣著的人。」

「嗯。」

「不過，還有另外一種解釋，那就是：其實若槻俊直到被殺爲止，一直都穿著古馳鞋。也即是說，馬列里鞋是犯人殺死他後爲他換上的。這樣的情況也可能存在。」

「廢話。就算理論上成立，那也僅止於此而已。問題在於，給屍體換鞋的結果會怎麼樣。」

大町有些激動，提高了嗓音。勒索者用那彼此間隔得較遠的眼睛，冷冷地盯著他。

「雖然不清楚是你去偷來的還是他送給你的，不過你在事前已經預先把若槻俊的馬列里鞋搞到了手。理想一點的話，你本來是希望能夠把他所有類型的鞋子都準備齊全，而不僅僅是這雙鞋。這樣的話，無論他穿什麼鞋來，你都可以應對了吧？但是，作爲現實問題，卻不可能做到那樣的程度，因此才用一雙馬列里鞋來應付情況，沒錯吧？」

「……」

「然而，那天若槻俊卻穿著古馳鞋來上班。見到這副景象，你雖然感覺情況不妙，但卻自信地認爲：一般人對鞋子的不同並不關心，不可能會注意到這樣的細節。從後來的結果來看，其實它便是你失敗的根源。」

「我完全不懂妳在說什麼。我爲什麼要爲他換上鞋呢？」

「這還用說嗎？當然是爲了僞造不在場證明囉！」

「我僞造了不在場證明？這可真有意思啊。妳是想說，我利用與自己相像的服部某某作爲替身，來僞造不在場證明是嗎？警方先前也這樣說過，不過沒找到相應的事實依據，所以調查已經整個停頓下來了喔！」

「那只是佯攻戰術而已。在小田原看到的『大町』之所以在吃飯時故意誇張地戴著手套，那是爲了不經意地強調自己是替身的事實。如果把警方的目光吸引到了那邊，那麼他們就不會注意到你換鞋的伎倆了。」

「總之，我完全聽不明白。如果妳不具體慢慢地解釋的話，我是理解不了的。」

「你還真會裝糊塗。打算裝蒜到底嗎？」

女人用冷澈的目光望著大町，在煙灰缸裡掐滅了香煙。

15

「爲什麼需要給死者換鞋？這個謎團讓我納悶了很久，無論怎樣思考都找不到答案。於是，我決定換一個角度，從其他視角來審視，就是『爲什麼你有必要事先準備若槻俊的鞋』這一問題。」

「……」

「在這之前，我一直都只是在思考屍體腳上穿的那雙鞋。不過，變換視角後，我便一下子想到了那隻野狗嘴裡叼著的左鞋。從那以後，我的腦子裡就總是裝著那只鞋，再也放不下其他東西。人們常說的「日有所思，夜有所夢」，大概就是這種狀態吧！」

「嗯。」

「沒過多久，所有的疑問都一個一個釐清了，然後，你的行動也全都真相大白了。」

「……」

「員警認爲鞋子被塞進灌木叢裏，是在醉漢打電話之後，這真是荒謬！塞進它的是沒喝酒的你，而且是在白天的時候。」

「……」

「但是，過早把鞋藏進去的話，存在著被別人發現的危險性。所以，你是在去小田原之前將它塞進去的吧？你一邊留意行人通行的狀況，一邊像小偷一樣，將鞋偷偷地塞了進去。」

「……」

接下來的，是一段彷彿彼此探索般的沉默。

「既然說到了電話的事，那我就順便再談談關於電話的問題。如果要投訴狗的事情，找衛生所才是常理。不過，若是裝作喝醉了的話，不管往哪裡打電話，都會被理解爲是酒精的作用而不會讓人感覺奇怪。而且，採取醉漢常有的口齒含糊不清的講話方式，也可以掩飾自己慣用的腔調，可謂一舉兩得。總之，你的計畫非常巧妙周密。」

「稱讚我毫無意義，我又沒有打電話。」

對於大町的抗議，山田花子完全沒將把它放在眼裡。

「我剛才已經說過了。把那通電話當真的刑警，去搜查指定的樹叢，結果找到了那一隻鞋。醉漢提供的情報得到了驗證，於是可信度倍增。問題在於這裡：既然野狗叼著若槻俊的鞋，那就意味著他已經處於無法將狗趕走的狀態，也即是說，他已經成爲屍體，躺在神社正殿的背後了。人們往往會像這樣去推測和理解。你還真行哪！」

「表揚我沒用。又不是我打的電話！」

大町聲嘶力竭地，又把剛才的話重複了一遍，就像已經壞掉了的唱片在跳針一樣。

「你有必要一直這樣裝蒜嗎？事實上，你早就已經露出了馬腳。」

她以斬釘截鐵的口氣說道。

「爲了要證明電話的真實性，必須要有實際存在的野狗才行。所以你在黎明之前，將那條斑點狗用車送到現場，然後把牠扔在了那裏。那只狗應該不會是寵物店買來的，或許是偶然跑到你家裡來的吧，也或許是你在某個遙遠的城市偷來的。」

「隨你怎麼想像。」

「仔細想想，你的那輛車倒是可以發揮很大的作用，包括去偷狗的時候，和把狗放在那裡的時候都……」

「那麼我想請教妳，如果我家裏養狗的話，周圍鄰居一定會知道的吧？不管怎麼說，狗這種動物，牠都會發出叫聲的。」

「我想刑警也在考慮這個問題。他們猜測：也許是你從某個有點距離的地方，把牠找來然後給關起來的，所以他們現在正在竭盡全力去弄清楚那隻狗來自何方。不過我並不這樣認爲，那隻狗肯定是隱藏在你的家裡。警方既然發現不了狗被關的地方，那麼反過來思考的話，也可以認爲原本就沒有這樣的地方。」

「我這家裡可沒有裝什麼隔音牆壁啊！」

「所以你讓牠不發出聲音，不就得了嗎？」

「這種事怎麼可能！」

「當然能做到。你不是已經那樣做了嗎？給牠的食物裡面混進安眠藥……」

「……」

「你真讓我吃驚。不過你能想出的事情，其他某個人也能夠想到。人們的思維，其實是有某種相似性的。」

「剛才聽了你關於鞋以及狗的謬論，可是它們和我的不在場證明有什麼關係呢？」

「你別著急。接下來我會把所有的一切都解釋給你聽。」

女人一邊以非常鎮靜的口氣回答著，一邊吸了口香煙。

「那天傍晚，你找了一個恰當的理由，把若槻俊帶到小田原，然後在無人的海邊或者山路上將他給殺害，把他藏到車裡。藏屍的車輛，大概也是你現在開的這輛車吧。在那之後，你給東京的赤坂警署打了電話。就是自稱從青山一丁目打去的那通電話。然而，那是天大的謊言，你事實上是從小田原打去的。不過，無論你是怎樣厚顏無恥的人，在剛剛殺過人之後，也應該不可能以泰然自若的聲音通話吧！所以，你假裝喝醉的話，就不會讓人家感到奇怪。這也是醉酒的有利之處。」

「……」

「通話結束後，你在飲食店吃飯，以此來製造不在場證明。當時你戴著手套的目的，就像剛才我已經說過的一樣，是一種佯攻戰術。不過你煞費苦心所編織的作戰方案，對於頭腦聰明的我來說，也沒有任何意義。你一定覺得很遺憾吧！」

「妳說的很有趣。可是啊，如果因爲妳的激進推論，結果反過來使得愚蠢的警察開始認真追查替身說，那妳也會覺得很頭大吧？換個方式說，如果在小田原喝酒的不是我本人，而是替身的話，那麼幫助我作案的那個男人會陷入困境之中，而我的不在場證明泡湯，也會讓我更加困擾，不是嗎？」

對於他的反駁，女人輕蔑地微笑著，用一句話就否定了。

「像你這樣的人，一定爲此已經做了周全的準備吧！比方說，真到了那種時候，你就讓服部本人提出他的不在場證明，不就沒事了？舉例來說，在淺草喝電氣白蘭地是在另一天，那天晚上他其實是和大家在一塊兒打麻將或者做其他什麼，只要他說出真實的事實就可以了。如果服部的不在場證明成立的話，那麼自然而然，你的不在場證明也就跟著成立了。」

「嗯，我這樣說妳便如此回應，妳這女人的腦子還轉得真快啊！」

「承蒙誇獎。我想問一下，你花了多少錢收買服部？」

「我根本不認識什麼服部！」

「你那麼大聲，鄰居會聽見的。」

看樣子，處於勝利者地位的這位敲詐者顯得十分遊刃有餘，還有精力擔心這些事。

「其他人家裡都在專心看電視，根本不會聽到這些聲音。不過我倒想聽妳告訴我：那麼我把若槻俊的屍體運到東京後，又怎麼了呢？」

「你到達新田神社，大概是十點左右吧！你把從車上搬出來的屍體扔到神社的正殿，然後在他身體上製造出搏鬥的痕跡後，脫下了他腳上的鞋。之後，你拿出早已預備好的馬列里鞋，穿到他的右腳上。不用說，左邊那只鞋，已經在兩個小時前被員警發現而且被保管起來了。除此之外，你還早就讓那條野狗在鞋上咬下了牙印。」

「好，我承認了，一切正像妳所推斷的那樣。那一次要除掉妳這個目擊者卻讓妳溜掉了，這次我決不可能再放過妳。妳就準備爲自己收屍吧！」

一看到大町不自然地扭曲著的臉，那女人本能地站起來，環顧了一下四周，可是根本無法逃出去。她又絕望地癱坐了下去。

「你要殺我？」

「一開始我就是這麼計畫的。我沒打算給妳一分錢。」

女人茫然地繼續沉默著，呆呆地望著大町從西服櫃裏拿出舊領帶。這時大町的腳已經不再偏跛了。

「沒辦法，我認了。我這人是很懂得放棄的。」

「這就對了。都這種時候了，妳再做任何抵抗也無濟於事。」

「所以呢，我想請你告訴我一件事，就全當是給我去黃泉路的禮物吧。」

「哈哈，黃泉路的禮物？好吧，妳想聽什麼？」

「就是關於你自製的酒心糖。因爲是女人，所以我對於甜食特別有興趣。它頭部突出的那種形狀到底是如何做出來的？」

「報紙上也寫了，員警也爲此事感到不解。其實謎底非常簡單。不過雖然簡單，但是即使是來家裏搜查也決不會被發現。因爲它現在就在這間屋子裏。」

女人用失去光亮的無神眼光環視了一下周圍，馬上又搖了搖頭。

「……我不明白。」

「我也是因爲一個偶然的機緣而想出來的，如果利用試管底部的話又太粗，於是便琢磨是否有什麼大小恰到好處的東西。」

他很得意地走近音響裝置，取下放大器的罩子後，從音頻裏面拔出一個手指大小的真空管，把它放到手掌裏給她看。

「這是叫做12AU7的螺旋狀線路真空管，是德國德律風根的製品，噪音小而且經久耐用，簡直是最頂尖級的球體。」

果然，它的頭部很小，而且是隆起狀的。讓搜查本部感到頭痛不已的，正是這個真空管。

「那麼它，頂端爲什麼是尖尖的呢？」

「是爲了讓其內部成爲真空狀。」

「就從那裡拔出嗎？」

「開什麼玩笑！所以說外行就是不行。」

他得意忘形地聳了聳肩，

「這是因爲它裏面封存了吸收劑而留下的痕跡。在那之後就對它進行高溫加熱，在吸收劑蒸發的同時，內部就會成爲真空狀。而玻璃球的內側之所以會發出銀色的光，也是因爲上面附著了吸收劑。」

「你的腦袋倒是挺不錯的呢！」

「不過，那個酒心糖做得不錯吧？特別是它尖狀的外形簡直就是傑作，我自己都不由得要自賣自誇了。」

他那神情簡直得意忘形到了極點。他瞇著眼睛，微微地抽動著鼻子。

「作爲回報，我也教給你聰明的一招。」

「嗯？你剛才說什麼？」

「我說，也讓我來告訴你一個奧秘。」

都已經是臨近死亡的人了，居然還能這麼爽朗。事實上，那女人的臉上也的確浮現出了從容自如的微笑。看到這種表情，反倒是大町感到有些困惑不解了。

「你真的認爲，我就是那天晚上的目擊者嗎？」

大町目瞪口呆，手中的真空管差點掉落到地上。

「再怎麼喜歡推理小說，一個非專業的女性竟然能做出那麼嚴密的推理，難道你沒想過這個問題嗎？」

「你是誰？」

「還不明白？我是女警啊！就像我剛才解釋過的那樣，你的罪行有百分之九十九都能夠解釋，唯獨酒心糖的形狀不能破解。如果我直接這樣來問你的話，你肯定不會照實地和盤托出，所以就使用了這樣的戰術，充滿了刺激，非常愉快。」

「……」

「你怎麼不想想，我怎麼可能毫不戒備地獨自來到像你這麼一位兇殘的男人的家裡呢？這只手錶就是竊聽器，我們兩人的對話，毫無遺漏地都透過它傳了出去。外面四周已經被警察團團包圍了，只要我發出呼救聲，他們便會馬上飛奔進來，所以我才能夠安心地跟你交談。」

「妳撒謊！」

「對你來說，還有另外一件不幸的事情。收容那隻狗的員警是一位很善良的人，他不忍將牠送到衛生所，而自己養了起來。可是那隻狗總是搖搖晃晃，看起來很怪異。於是他請獸醫診斷，才知道原來那只狗曾經被人灌過了安眠藥。」

「妳撒謊，妳撒謊……」

大町用沙啞的聲音叫著。就像大約五分鐘前敲詐者曾經做過的那樣，他癱坐在沙發上，用茫然無神的眼睛呆望著空中。

首級

1

「為什麼把星期五定為店休日呢？」

「我還想問這個問題呢。星期五客人出奇的少，而且外賣也不到平常的一半。於是，工會就有人提議把比較不忙的星期五定為公休。沒人有異議，就全體一致通過了。」

「原來如此，我都沒特別注意過禮拜五的情況呢。」

「說不定信耶穌的人有很多都喜歡吃壽司，他們因為特別討厭星期五，而發動罷工呢。不是有所謂的「十三號星期五」這回事嗎？！如果不這樣想就無法解釋了。說起來耶穌這玩意兒……難道客人您也是耶穌的信徒嗎？」

「別擔心，我那邊從祖父那代開始就是信喇嘛教的。」

「那樣就好。無聊的閒扯該停了，否則會把貴客都給嚇跑的。」

「什麼呀，難道我不是這家店的貴客嗎？」

與這客人發出笑聲幾乎同一時間，電話鈴響了。老闆娘接聽電話後馬上對丈夫說道：

「有外送。鐵火卷十人份。是柳湯後面的吉田先生。」

「啊，是那位老人嗎？一定又在喝酒嘛。上次也是叫我們送到柳湯，結果拿錯了桶子差點被他給打倒在地。」

「是你被打嗎？」

「他都已經七十五了喔，照那種氣勢看來，應該還能活三十年吧。」

店裡有五位客人，有三位是經常來的上班族，他們互相幫對方斟酒，也不怎麼吃東西而忙於講話。另外兩人是一對男女，他們面對面地坐著，大口吃著三人份量的高級壽司，愉快地交談著。

老闆嘴上邊和客人攀談著，邊忙著手上的活——鋪上海苔、擺上飯、手腳靈巧地在準備著以鮪魚爲主的鐵火卷。

「噢，做好了。快拿去吧。」

打雜的店員關掉正在沖洗餐具的水龍頭，用圍裙擦拭了一下濕漉漉的手後，用乾淨的白色裹布將壽司盒整個包好。包裹用的布一看就很乾淨，雪白如新。

「那裡有隻很兇的狗，當心別被咬了。」

年輕店員口中小聲嘀咕了句什麼，就快步走出了店門。玻璃窗外面，傳來了發動摩托車引擎的聲音。

「那孩子不愛講話，不過人倒是不錯。可是壽司店的生意，並不是說壽司捏得好就會有客人來。要是沒有一直陪客人聊天的話，就會悶得像是在辦喪事。」

「少在那邊吹牛了，幫我捏一個墨魚腿壽司。」

「是、是、是。」

「有海膽嗎？」

「有有有，沒問題。」

老闆有一個習慣，只要一忙起來便會搖晃上半身。這時候，他手上捏著壽司的同時，不斷地晃著上半身。期間還抽空剖鮑魚、切生薑、在客人面前放上一個柔軟的壽司。

不到五分鐘左右，外面響起了摩托車熄火的聲音，年輕店員推開玻璃門走了進來。他手上的裹布裡，還是與出去時相同的內容物。

「怎麼了？」

「這個嘛，反正就是莫名其妙。」

「那位吉田老先生說他不記得自己叫過壽司。可是老闆娘明明就接到了他打來的電話嘛。我對他說『你這樣讓我們很爲難』，結果他就用不求人打過來了。」

平常沉默寡言的他，這時候倒是變得挺能說善道。

「喂，打電話來的到底是那位老人還是他太太呢？」

突然被這樣一問，老闆娘有些慌亂，一下子沒回答出來。她雖然長得並不漂亮，但因爲性格和藹所以很受客人喜愛。可是這時她卻一反常態臉上浮現出了尖刻的表情。

「……好像並不是他本人。如果是老人的話這個聲音就顯得太年輕了。」

「肯定是惡作劇，故意要我們的。這人現在一定躲在某個地方，偷偷看著我們樂不可支呢，現在這些孩子，品行不良的太多了。」

「可是聽聲音感覺是個中年男子。」

「中年啊？都一把年紀了也不知道在想些什麼。」

「可能是因爲精神上有什麼鬱悶之類的事吧，所以才想隨便幹點什麼壞事。」

「你在說什麼呀？！精神上的鬱悶指的是什麼？」

「比如說在公司的時候總是被上司責罵，回到家又被老婆數落。想像一下這樣的男人，如果他不發洩的話，精神也許會出問題的。這種男人裡面，有些表面上看來並沒有什麼怪癖之處，但說不定會跑去放火呢。只是糟蹋十人份壽司，這種罪行要來得輕多了。」

「先生您倒是可以輕鬆地這麼說。也得爲我們這些人想一想啊，如果每天晚上都被浪費這麼多的話，恐怕不到一個月我們就得上吊了。」

「如果真到那個時候，你就來找我幫你出主意。我會告訴你哪棵松樹的樹枝比較好。」

「哦，難怪大家都說沒有比旁觀他人不幸更快樂的事了。不過，雖然有些心痛，還不如把這些壽司分給大家吃呢，要扔掉不是也蠻可惜的嗎？不過，用在鐵火卷裡的鮪魚可不是什麼上等貨。如果不介意的話……」

土生土長的東京人最自豪的，就是這種令人生厭的虛僞語氣。不過，這時候老闆倒是真的很慷慨大方，用乾脆的口氣對大家這樣說道。

「真的嗎？那我剛才叫的蛋捲就取消了。」

「先生，您這麼做太殘忍了。拜託饒了我吧。」

老闆嘴上對被作弄雖然有些不高興，但其態度卻似乎越來越興高采烈，大聲地笑著。

「我剛才總結了一下，按我的理解，除了需求得不到滿足的男人以外，應該還有其他兩三種情況。」

「什麼樣的情況？」

像松鼠吃東西的姿勢一樣，雙手捧著一個大茶杯的男人，表現出了好奇心。

「要是有不乾淨或者是不守規矩的客人，來我店裡的話，第一次我就會把他趕走。因爲他會妨礙其他客人。」

「嗯。」

「只要我向他收取很高的費用，嚇得他連眼珠子都掉出來。從此以後他會就再也不敢來了。順便我也可以賺一筆。」

「嗯。」

「所以那傢伙是爲了報復才幹這種事的。」

「他是因爲被敲竹槓而生氣嗎？」

「不，他是因爲自己受到旁人厭惡所以生氣。我這人從來不客氣，有這種事我都會到處跟別人說，也許通過街談巷議便傳到了對方耳中，我想這種情況也並不是沒有吧……」

「啊，豈有此理。那種人竟然把自己的惡行拋在一邊。你記得那個人的長相嗎？通過長相，不是很容易就能簡單判別出對方的一些性格嗎？」

壽司店的主人就像名偵探一樣，開始在那裡推理判斷下結論。犯人到底是否是這個區域內的人另當別論，但是他所推測的，也許對方是因爲被敲竹槓而進行報復這點，在沒過幾天後便被證明純屬烏有。

2

在那件事過去的第六天，「微笑」商店街的一家家用電器店，接到了訂購電話，客人要購買彩色電視、天線以及可以接收FM廣播的天線。「不要帶狀網線，請給我平角線」，對方對購買物品的要求非常詳細。

這家店的主人這兩三年突然開始發福，如今連爬上屋頂都變得困難了，所以從老家把他的侄子叫到這裡來幫忙。這位侄子總是跟在他的身邊，接電話的也是這個男孩子。

「在郵局的後面，是這樣沒錯吧？」

「是的，從郵筒拐彎在左側的第三家。」

「一、二、三……。應該是這一家，可是店家的名字不是三岡啊，寫的是伊藤。」

「他說昨天才剛搬過來。因爲沒有電視看不方便，所以希望早點過來安裝……」

「不會是另外一條街的郵局吧？」

「他說了是這裡。如果是旁邊那條街的話，他應該找那條街的家電店就可以了吧。」

「那倒是。」

胖胖的主人贊同地點了點頭。他雖然身體肥胖卻很怕冷，穿著兩件毛衣，臃腫的體態看上去就像狐狸一樣。

「那我們就回去吧，他們過一會兒應該還會打電話來，這次你可要好好問清楚。」

男孩子什麼也沒說。因爲他覺得叔叔似乎在責備自己沒接好電話，心中覺得不是很舒服。

可是那個客戶，並沒有像胖老闆所預期的那樣再打電話來。錯失了電視買主的他在失望之餘，喝了很多酒便早早上床睡了。但是這家店其實並沒有遭受到什麼實質性的損失。

第三個被騙的，是一位經營糕點店的寡婦。十二月二十三日中午之後，一個男人打來電話，他說要訂五個特大的生日蛋糕，要求裝進漂亮的盒子並繫上鮮豔的緞帶送到他那裡。那人自稱訂蛋糕的是三丁目的嫩葉幼稚園董事，幼稚園在下午一點開始要舉行聖誕派對。他說：「一定要在一點以前送到，幼稚園共有三十九名小朋友，所以請配好相應的蠟燭和其他用餐工具。如果合作愉快的話，明年我們還會預訂，而且之後每年聖誕我們都會有訂單的。」她計算了一下之後就去車站前的超市買小蠟燭，把蛋糕裝入蛋糕盒，然後將這些東西放在車子後面的座位上送了過去。她意識到自己被騙而憤怒地跺腳，是在那之後十分鐘左右的事。

幼稚園大門緊閉，她轉到後門按了幾次鈴聲後，一位像是職員的中年男人走了出來，用不耐煩的口氣回答說：「我們在二十號就已經舉辦了晚會，第二天就已經進入寒假了。」對方說完這些話便砰地關上了門，差點碰著她的鼻頭。這位寡婦幾乎要歇斯底里，衝動地想把箱子扔到地上，然後用腳踩個粉碎。但她還是克制住憤怒，再次回到車裡。在過去看過的美國喜劇電影中，曾有過兩人互相將水果派砸到對方臉上的鏡頭。「就算是演戲，那樣做也未免太可惜了吧」。當時她對於這樣的舉動曾經很不以爲然，但是現在如果那個打電話來的男人出現在自己面前，她一定會毫不猶豫把這些蛋糕砸到他的臉上。

可是，這種問題接二連三在商店街上發生，還是那之後又過了很久的事情。而在當時，這些事情幾乎沒怎麼被大家議論。畢竟對於受害人來說，這並不是什麼可以自豪的愉快話題，所以也就不願意告訴他人。

在年內僅僅發生了以上幾樁而已。不過新的一年到來之後，這個惡作劇男人就開始平均兩週一次或者三週一次地，頻繁而爲所欲爲地打電話給店家。第四家是豆腐店，第五家是中餐店，然後第六家被襲擊的是燃料店。燃料店在接到要買兩噸高級碳的電話後，便將東西裝上卡車前去送貨。在那一帶繞了將近一個小時，才終於發現上當。

即便是到了這種時候，關於電話騷擾魔的傳聞也沒有擴散開來。因爲受害程度比較輕微，所以也沒向員警報案。其間，雖然商店聯合會有過兩三次集會，但這些事情卻沒有成爲集會上的話題。就像前面所陳述過的那樣，受害店家因爲自己被欺騙而感到羞恥，以至於難以啓齒。不過除此之外還有另一個因素。「僅僅自己的店被騙似乎感覺得很不划算，心中微妙地多少期待再出現另外一些犧牲者，所以最好是保持沉默。」也有抱著這種想法的店主。如果店方警覺，那麼犯人的成功率就會降低。

總之，在這種狀況下，犯人更加肆無忌憚。傢俱店、獸醫院接二連三地被騙，受害的商店從花店一直擴展到算盤店。犯人選中的第十一家店是位於商店街末端的桃園花店。電話裡男人指定的送貨地點是二丁目九號的空宅，對方說他剛買了房子，近期就要搬進去，想在花園內種上鮮花。因爲在明天的星期天不便於整理院子，所以希望今天傍晚之前就能把肥料送過來。相關費用在星期天下午來了之後再當場支付。花店主人桃園左吉心想，一定要抓住這位客戶。

現在是空房子的那家院子裡面，有座非常漂亮的玫瑰園，這裡在戰前就相當有名，前住戶丸毛作兵衛於去年去世，他的太太則搬到了老人院。以前在玫瑰花盛開的時候，他們就會向大家開放庭院，讓這裡的人能夠去賞花。

或許是因爲身爲一個花店老闆，所以很自然，他總有些牽掛那座玫瑰園。他覺得如果那將近兩千支的玫瑰花，因爲缺乏營養而枯死的話，實在是太可惜了。不過對他來說，還有比這更令人擔憂的問題，那便是下一位主人不知會對這座玫瑰園作何處理。如果是一個討厭花的人，對方也許會將其全部拔除而燒毀，這完全是有可能發生的事。雖然他如此擔心著，不過馬上又否定了這樣的設想。那裡有這麼多樹，而且光是玫瑰的價格就是一筆大數目，所以新主人應該不會做這種荒唐的事吧。既然要買帶有庭院的豪宅，那麼新主人也應該是狂迷玫瑰、喜愛花草的人吧。不過，對於左吉來說不得不關心的是，下一位主人會向哪家園藝店訂購肥料。誇張一點地估計，若把這座玫瑰園所需的肥料，全部攬下由自己供應的話，他就能夠悠閒度日了。

從去年秋天開始流傳起這樣的傳聞：某大型化妝品製造商買下了這棟房子，要將其作爲公司職員的宿舍。聽說買主和住在老人院的前女主人之間，已經交換了轉讓合約。這些傳聞是真是假，左吉也無法判斷。正因爲有這樣的背景，所以他若將打電話的這個人，想像成新任命的宿舍管理人或者負責人，也沒有什麼牽強之處。

「要將肥料送到哪裡呢」

「就送到庭院的角落吧」

對方不假思索地回答道。

「可是，要是晚上下雨什麼的話……」

「這倒也是，如果淋濕了或者被偷都很不妥。怎麼辦呢……」

「我記得裡面有倉庫。」

他向對方提醒道。

「哦，我想起來了，是有倉庫。那麼你就把它放到倉庫裡吧！」

「好，我知道了……」

他訂購了栽培玫瑰花不可缺少的牛糞、油渣、穀粉以及磷酸鈣。量非常多，連車子幾乎都載不下。裝貨的時候，他甚至還累得滿頭大汗，儘管是現在這個季節十分寒冷。因爲是個人經營的小花店，所以用車載走了這麼多東西，店裡的架子上也就變得空空如也。

當時是下午四點過，商店街已逐漸開始擠滿了來買東西的家庭主婦。他對妻子打了聲招呼，便跨上自行車吆喝了一聲拉走了車子。肥料本來就很重，而且又這麼多的量，所以對原本力氣就不大的他來說有些吃力。

還是應該學會開車。每次搬運很重的物品時，他便會這樣想。他天生手腳笨拙；只會騎自行車，卻很不擅長駕駛。到目前爲止他已經考了四次駕照，結果每次卻都以失敗告終。

「哎呀！對不起囉。」

他一邊對提著菜籃的家庭主婦們禮貌性地打招呼，一邊吃力地從中通過。不過一想到交上了這麼好的一位顧客，他的心中便欣喜不已。

出了商店街後，西邊是一片住宅區，再往西便是那幢豪宅。那是一座木造的兩層樓建築物，隔著高高的水泥圍牆可以看見二樓。聽說已經建成三十多年了，如果要將它作爲宿舍的話，也許還需要做很多維護修理吧。左吉一邊這樣想著，一邊把車停在後門處口，然後下來拉開木門。這裡因爲空了很長一段時間，所以鎖已經壞掉了。

木門太窄，不可能將手推車拉進去。左吉一袋一袋地將肥料扛入，然後又再將它們搬進庫房裡面。在過去的主人還健在的時候，左吉有時候也會接到訂單而替他們送東西來。對他而言，這家的庭院已可說是非常熟悉。

庫房建在西北角。說到庫房也許很容易令人聯想到簡陋的房間，可是這間庫房卻是在堆砌的磚上再用水泥加固過的，非常結實的建築物。要是主屋遇到火災之類的情況時，想把這裏拿來住都行。每次看到這個庫房，左吉都會不由自主地這樣想。

被塗成灰色的鐵門，很多地方油漆都已經脫落了，從裡面露出深紅色的鐵銹。當前主人還活著的時候，曾經那麼精心地打理著這一切……。他一邊傷感地這樣想著，一邊將肥料袋放到地面上，然後去拉開了門扉的把手。因爲沒人，所以這裡也沒有上鎖。鼻子裡聞到一股濃烈的異味，是在拉開門扉的那一瞬間的事情。他不由自主用衣服袖子擋住鼻孔，往地上瞧了瞧。突然發現在光線昏暗的水泥地板上躺著一具男性屍體。他大叫一聲，把生意一切都忘得乾乾淨淨，從後面的木門衝了出去。這是二月二十一日在下午四點半剛過的事情。

3

被害人是一名四十歲左右不胖不瘦的男子。身穿著深灰色西裝，腳上是一雙深紅色的低邦鞋，紅色領帶裡面有一些黑色圖案，其服裝比較講究。估計應該是死亡後五天到一周左右，所以被害的時間大約在二月十四號或者十六號期間。領帶已經解下來，被散亂的扔在胸上。

一眼便知此人是遭他殺。爲了不讓被害人的身份被發現，他的上衣裡面的姓名布條已經被剝下，隨身物品也被全部拿走，而且雙手的指紋也被用酸燒毀，其狀慘不忍睹。不過，就算是其指紋被破壞，通過面相也可以幫助判斷身份。或者如果被害人接受過牙科治療的話，只要去醫院查查病例便也可以弄清其真實身份。或許是考慮到這些，犯人使用了徹底而周全的手段。也就是說，他把屍體的腦袋切斷並拿走了。從其跡象看來，似乎是用斧頭或其他比較重的兇器兩三次將其劈斷的，在水泥地面上零散可見兩三處刀痕。

除了頭部被切斷以外，這個身份不詳的X被害人，身體上沒有任何其他傷痕，闌尾處也未見被割的傷痕。從解剖結果，只瞭解到了被害人的血型爲B型。他似乎沒有什麼既往病症，生前應該是一個身體健康的人。

從事件被報導後的第二天開始，一一〇以及直接管轄的世田穀警察局接到了許多詢問電話。有幾通是想要查證是否爲自己失蹤的丈夫，其中還有兩通來自北海道。他們大多都是利用農閒期間外出打工，然後被捲入大都市的潮流以後斷絕了音訊的農夫們。值班的警官不由得非常感慨，失蹤的丈夫居然有這麼多，重新感受到了社會的扭曲。不過從被害人的體形以及骨骼來看，似乎並不是從事農業的人，應該是屬於白領階層。

一天以後的二十三日，位於神田錦町的金金堂製藥公司向警察局聯繫，說他們的專務董事岩倉猛造十四號以後就杳無音信。他們懷疑被殺的人會不會是自己的專務。身高一百六十八公分、體重六十二公斤這些特徵，以及血型都完全相符。不過，不胖不瘦B型血的男性多如牛毛，僅憑這一點當然不能斷定岩倉就是被害人。只是與其他提供的情況相比，這個人是被害人的可能性比較大。

去調查拜訪金金堂公司的是一位名叫丹那的刑警，他相貌平平已步入中年。不管怎麼說，如果不把被害人的身份弄清楚的話，偵察破案就根本無法有進展。

金金堂公司在一棟五層樓的舊建築裡，它佔據了一樓到三樓，四樓以上的地方則是租給出版社。

錦町從戰前開始就分佈了許多出版業的公司，而且都不是什麼大的出版社，往往是小規模的公司。製藥公司，在這一帶應該算是比較另類的存在。雖然是製藥公司，它的規模也並不太大。公司主要銷售治療皮膚病、或是應付蟲咬、神經痛非常具有療效的外敷藥品，同時也生產以取自於蟾蜍的蟾酥爲主的秘方藥。前者是家庭的常備藥，後者在高齡人群中也頗受歡迎。

岩倉四十二歲，在公司承擔銷售的重要角色。他住在赤坂的公寓裡，因爲不願受家庭的約束，至今仍是單身。大約十天前，他與社長日置次三郎同行去巡查九州的銷售店後，回到羽田機場是二月十四日。當天晚上他們各自回家休息，約定好坐第二天十五日的飛機去東北。可是到了約定的時間，岩倉仍然沒有出現在羽田機場，社長只好臨時將前來送行的年輕職員抓去當作秘書。

「打了好幾次電話到他赤阪的公寓，都沒有回音。所以，公司的人就跑去他的公寓找他，這是在社長他們起飛之後的事情。但是，因爲公寓裡的住戶平時彼此都互不關心，所以對於隔壁所住的人什麼時候會回來，以及是什麼時候出去的，根本沒人知道。即使是管理人，如果住戶本人來管理人辦公室的話另當別論，否則的話對於居住者的動靜也並不關心。更正確的話應該是說，居在這裡的人，他們根本不願意讓管理人來了解自己的私人情況。所以呢，關於專務的情況在那裡還是一無所獲。」

「那是十五號的事情嗎？」

「是的。到了第二天還是沒看到他來公司，而且連一個電話也沒有，於是大家便擔心他會不會是突然病倒了。我們在管理人陪同的情況下進了他的房間，但是室內根本沒有專務的影子。因爲如此，我們知道他並沒有生病，所以鬆了口氣，但是連一通電話都沒有打來的話，應該不會是一般情況，所以我們非常擔心。人在仙台的社長也頻繁來電詢問。我們也與他熊本老家的母親、嫁到大阪的妹妹、大學時代的朋友，以及生意上有往來的客戶都分別聯繫過，希望能瞭解到他的情況。可是他的蹤跡仍然不明，於是大家正考慮向警方報案。」

在電視上看到關於無頭屍體的報導，正好是在那個時候。

被害人到底是否是岩倉猛造，現在還無法判明。所以以下詢問，是警方在假設屍體是岩倉這情況成立的前提下所進行的。

「對於他被殺的動機，您是否有什麼能回憶得起來的情況？」

「我對專務的私生活一無所知。因爲是單身，或許在生活上會有些不便吧。不過他本人似乎很享受這樣的自由生活。他說喜歡自己做飯什麼的……」

「從他繫著紅色領帶看來，應該是位善於打扮的人吧？」

「他算是對服裝非常挑剔而且在意的人。我們這些男人並不太瞭解，可是據公司女職員的說法，他的領帶每天都在換。他被公認爲我們公司的最會穿衣服的人呢。」

「他在交友方面如何？」

部長搖搖頭，回答說自己對這方面的情況不太清楚。

「剛才我已經說過，關於他的私生活我幾乎都不知道。」

「他出生在熊本？」

「雖然說是熊本，不過並不是在城市裡。聽說他的家裡是某某村很富裕的農民。據說前年他父親去世以後，繼承大筆遺產的專務一下子就成了有錢人。」

「這樣的事情真令人羨慕。」

「的確。不過因此而被殺害就不是件好事了。」

「有沒有其他可能性呢，比方說他是得了神經衰弱，於是回老家去之類的？」

對於丹那隨意假設的這個簡單的問題，部長報以一笑。

「那是因爲你不瞭解專務，所以才這樣說；雖然他瘦瘦的，但是內心卻是一個很堅強的人。而且，他還是個美食家加享樂主義者。你認爲這樣的專務會得神經衰弱嗎？」

因爲是美食家所以就不會神經衰弱，這樣的邏輯過於跳躍。但是身爲資深刑警的丹那，並沒有去攻擊他的漏洞。剛才他只是隨便一提而已，而他真正想問的則是其他事情。

「在公司內與他處於對立關係的有誰呢？」

「……？」

「因爲，在公司內部，可以說必然存在著派別之間的爭鬥。」

「……唉，這個不太好說。」

「如果你覺得從你口中不便透露，我們可以去問其他人。」

部長低低的額頭周圍，滲出了汗水，這在丹那的位置也能夠看到。

「好吧。那你看這樣如何？你找個藉口去把你的上司叫來，就說我在公司外聽到這方面的傳聞，於是過來瞭解。但是，對於把公司內部的情況告訴刑警，你有顧慮不知該怎麼辦。我們也會當作什麼都沒從你這裡聽說過。而且事實上，我們也的確沒從你那裡聽過任何具體的情況。」

「好吧，那麼恕我先離開了。」

走出去後，他沒有再回來了。大約等了五分鐘左右，一位身材清瘦約五十歲左右年紀的男性走了進來。他一看就屬於比較神經質的人，名叫磯垣太郎，是公司副社長。

「讓你們久等了。剛才正好在會見客戶。」

丹那很圓滑而老到地表示是自己打擾了對方，非常不好意思。不過，這只是表面上的禮節，他在自己所要問的事情上，卻一點也沒有客氣。

「在我們公司，雖然明顯的對立幾乎不存在，不過要說連一點小摩擦都沒有的話，是騙人的。可是，現階段專務究竟是不是遭到他殺都還根本不清楚——」

「這一點我們當然明白。我們不過是作為參考，而預先瞭解些情況而已，你不必擔心。」

就像安撫吵鬧的孩子般耐心地進行說服後，磯垣副社長似乎才終於願意談及實際情形。他微微舔了一下嘴唇後開始說道：

「因為這些事情不免有點像是我公司的家醜，所以如果可能的話我真不願意說。簡單扼要地說，主要是圍繞在經營管理的方針上，存有一些對立。我過去曾從祖父那裡聽說過這樣的事情，就是如果給那些未經開化的滿洲人或蒙古人吃點仁丹，或者其他什麼說是靈丹之類的東西，病入膏肓的病人瞬間就被治癒了。因為病症往往是由心理因素所導致，所以某種病一下子就治好了，也不是什麼不可思議的事情。」

「這樣啊。」

「所以專務便考慮要走這條路線。像我們這種小公司，如果僅在國內銷售利潤微乎其微。不過，如果我們把銷售商品擴展到海外，比方說賣給澳洲原住民的話，那麼說不定會像前面我祖父說給我聽的傳奇一樣，突然一下子就暢銷爆紅。因爲我們藥本來就是靈丹妙藥嘛。」

「原來如此。」

「而社長卻與此相反，主張謹慎行事。認爲在當今這種不景氣時代，穩穩地保持原狀才是良策。因爲他主張這種明智的生存方式。」

「嗯，我非常很能夠理解。」

「專務堅持自己的觀點，認爲消極的態度不可取。他認爲這間公司與精品產業不同，社會並不會因爲不景氣而皮膚病患者就減少。倒是應該積極利用這樣的機會，向南方區域擴大發展。」

「嗯。」

「可是最近一段時間，社長一派的局勢開始惡化。這都是因爲專務繼承了父親的遺產而帶來的結果；他偷偷地收購公司的股份，如今已經超過了百分之五十一。因此對於社長來說，就意味著不得不認同專務向南方區域擴大的主張了。」

「這樣啊。」

「如果成功了當然好，可是一旦失敗一定會輸得很慘。專務的身上本來就有一些花花公子的習氣，喜歡打麻將、賭馬等之類的賭博。而社長卻是甚至有些刻板的人，有時藝妓出現在酒宴上，他都會以輕蔑的眼光看著她們，那眼神似乎在罵著：這些賤貨！不過從旁人看來，這兩人也許因為性格差異太大，反而還成了有些投緣的一對。也許他們彼此都喜歡和渴望著與自己性格相去甚遠的東西吧。等到公司的經營方針被徹底分離為兩邊時，我們才深深體會到，這樣的展望未必會太過理想主義。」

副社長用一副旁觀者的口吻講述了以上內情，輕聲嘆了口氣，然後再次囑咐員警這些話千萬不要外傳。

4

聽說專務岩倉很講究服裝，所以刑警還去銀座的服裝店和鞋店等地方瞭解了一下情況。探訪過幾處所得到的結果是，被害人身上的衣服和鞋子都是在這一帶的高級專賣店購買的。近十年來岩倉一直是這些店的老主顧，店主們不約而同地對岩倉的悲慘死亡表示極大的同情。

不過，並不能因此馬上斷定死者就是屬於岩倉。關於這一點，辦案總部的意見也分為兩種。

砍斷脖子、讓指紋無法識別。這樣做的目的是為了讓被害人的身份無法辯明，只要沒有弄清楚被害人是誰，那麼也就無法推斷殺人動機。因此犯人也就可以逃脫對自己的追查。如果認可以上分析的話，那麼被害人就應該是岩倉猛造。

與其相反的另一種觀點則認爲：犯人讓屍體無法鑒別，其目的是爲了讓岩倉代替被害人。也就是說被殺害的是某位未知的X先生，是岩倉讓這位X先生穿上自己的衣服和鞋，損毀他的指紋然後再割掉腦袋。如果是這樣的話，那麼裝扮成被害人的岩倉就會得到同情，並且會因此而逃脫所有的追查。只要屍體是某某先生這一事實不被看穿，那麼岩倉便是安全的。

既然屍體是岩倉還是某X先生無法判別，那麼偵查工作也就只好按兩條線進行。丹那承擔的，便是在假設被害人就是岩倉猛造專務這一前提下，所成立的調查小組。如果認爲被殺的人是岩倉，那麼具有較強動機的人，唯有日置次三郎社長了。

日置結束旅行回到東京的第二天，丹那又前去位於神田錦町的金金堂公司拜訪求見社長。他被帶到了接待室，這裡也正是幾天前他與部長和副社長見面的地方。

社長日置年近五十，運動型身材，體格魁梧。緊繃著的微黑的臉，雖然並不威嚴，但一看便給人一種精悍的感覺。

「大致的情況，我已從副社長那裡聽說了。岩倉與我處於對立關係這件事，的確是事實，所以如果因此而被你們懷疑也無可奈何。有什麼你們就儘管問吧。」

或許升到社長這種職位，沉著冷靜的講話方式便會自然而然地掌握於身吧。日置雖然講話語速較慢，但卻清楚有力。他的穿著算不上講究，但身上的深茶色西裝和灰色領帶都是頗有價值且品味也不差的東西，給人深沉莊重之感。

「請問在九州出差旅行期間，你與專務岩倉之間有沒有發生過什麼口角或者不愉快的事情？不可能自始至終大家都一團和氣吧？」

「剛好相反。追根究柢，專務與我都是爲了謀求公司的發展，與因個人恩怨產生的衝突性質根本不同。況且，我們還沒有愚蠢到會讓銷售店都察覺我們的內部矛盾。所以一直到回到羽田機場，整個旅途都是和睦相處。在賓館裡以及飛機上也是如此，因爲或許在什麼我們不知道的地方，還另有耳目呢。」

「嗯，關於這點我們查查就會清楚。」

丹那用和緩的語氣回答道。

雖然語氣和緩，但是也正因爲如此，反而有一種讓對方膽怯的威懾力量。

「您說一直到回到羽田機場爲止兩位都相處融洽，那麼是不是可以理解爲之後你們便沒能和睦相處了呢？」

「怎麼可能。我會說到羽田機場爲止都和睦相處，是因爲在機場大門我們約好第二天再見面後就分手了。我的意思是指，在那之後的事情我就不知道了。因爲我想準確地告訴你們當時的情況。」

「在羽田機場道別後，你們在其他某地還碰過面嗎？」

「也沒有這種事。我對他說了句『明天是下午一點的飛機，別遲到』，然後便分手了。這是我最後一次跟他見面。現在回頭想來，那時他似乎不太高興，與平時不太一樣。他用鬱悶的表情簡單應了一聲便走遠了。也就是說那是最後一面。」

「當時他穿什麼衣服？」

「與在庫房發現時所穿的一樣。是比較時髦的男性打扮。」

日置用沉穩的語調說道。從他身上處處都可感覺到出身於良好家庭第二代的修養。也許正因爲如此，所以他才對岩倉專務的反叛感到棘手吧。丹那腦子裡這樣想道。

「可以明確的告訴你，我們認爲岩倉先生是在從在羽田機場下飛機後，到第二天約定與你一道出發的時間前，這二十多個小時裡被殺害的。這段期間你在東京的行動，能夠找到確切的證明嗎？」

「這個很困難。」

日置很淡然地答道，像是在談論他人的事情。

「因爲家裡人去了伊豆的別墅，所以我回家後一個人洗完澡就睡了。第二天十五號，也是獨自吃過早餐然後就去了羽田機場。直到在機場大廳見到公司的木原爲止，之前我都是一人單獨行動。被懷疑雖然無可奈何，但遺憾的是我也無法否認。」

他臉上露出些許黯然的表情，但馬上又恢復成了原有的英俊臉龐。

「不管是爲了我自己還是爲了岩倉，我都祈禱屍體並不是他的。岩倉失蹤，或許是由於突然患了某種失憶症，而現在已在某個鄉下村莊的駐在所被收容了。我多希望是這樣的結果啊。」

丹那默默點了點頭。但是，岩倉患失憶症而被收容這種情況，恐怕根本不可能發生。被害人有可能不是岩倉，但也可能是岩倉。而且如果是後者的話，那麼自己都說了沒有不在現場證據的日置，便是主要的嫌疑犯。

腦子裡面思考著這些的同時，丹那又無意識地再向他點了點頭。

5

此案在東京備受到矚目，但報社卻沒有大張旗鼓地進行報導，只是在一些地方報紙上報導過。不過，頭被切下這一離奇之處吸引了大家的興趣，有兩三家週刊雜誌報導了此案件，到第二周甚至於全日本都知道了。這樣的結果引起了令人意想不到的反應，讓日置社長的嫌疑很快被排除了。

據熊本県警察局傳來的情報，有人說至少到二月十六日爲止，岩倉都還在人吉。如果是事實的話，那麼曾在東北旅行的日置社長就有了明確的不在現場證明。

調查總部理所當然的對此情報做出了應對。但是爲了得到正確的情報，只有去面見提供情報的當事人瞭解情況。向人吉署詢問後所瞭解到的是，提供這個情況的，是一名女性按摩師。她不是在家裡開店營業，而且去市內旅館爲客戶提供服務。據她說：兩周前她曾經爲岩倉按摩過，而且還爲他保管著物品。因爲當事人岩倉被殺，所以她不知該如何處置保管的物品，而去找熟識的刑警商量。花費金錢和時間跑到九州，這麼做是否有意義雖然還令人存疑，但因爲破案幾乎沒有任何進展，所以丹那決定接受這份差事。因爲往返都是坐火車，所以，這趟出差在身體上的疲勞是免不了的了。

他先坐新幹線到博多，然後在這裡坐上鹿兒島本線，在八代乘肥薩線的慢車去人吉。他抵達目的地時，太陽早已下山，人吉盆地裡已是燈火闌珊。地面上也泛起了白白的水霧。丹那首先拜訪了人吉署，對他們提供情報表示感謝，並向當時在場的年輕刑警瞭解具體情況。

「岩倉請她保管的，似乎是底片之類的東西。底片的內容是什麼雖然不知道，但似乎是什麼很重要的東西，於是我就告訴了署長。或許這對於東京案件的偵破會有所幫助。」

「哎呀，真是太感謝了。」

丹那向對方鞠了一躬，雖然他深深覺得九州腔還真是難懂。

「我想見一下那位按摩師。」

「行啊。我這就聯絡她叫她今晚到你住的旅館去見你。」

「那太感謝了。」

「她叫馴松雪，是一位很不錯的女性。我們這裡的女性大都很不錯。」

人吉署的這位刑警，就像是讚美相良時代的少女般，似乎對當地女性頗爲自豪。（譯註：自鎌倉時代初期的一一九三年起，人吉地區開始由來自遠州（現在的靜岡縣）相良氏統治，直到明治時代實施廢藩置縣為止。）

他住進不算太高級的旅館，泡過溫泉後，就配著魚乾喝了點平常並不能喝的濃燒酒。但是對於不能喝酒的丹那來說，公認的美味魚乾也不過是鹽味很重的東西而已，並不覺得有什麼可品嘗咀嚼的。即便是當地人很驕傲的球磨燒酒，也並不覺得有多好喝。

「薩摩的燒酒是用蕃薯做的，裡面帶有薯味，並不好喝。而球磨的燒酒，則是用肥後米釀出來的。根本不能相比。」

當他從車站坐計程車去人吉署時，計程車司機用很輕蔑的口氣這樣評價薯類燒酒，並極力推薦他一定要嘗嘗這裡的燒酒。雖然一般人都會覺得外國的月亮比較圓，但是人吉的當地居民似乎一切都認爲是自己家裡的最好。

丹那將沒喝光的酒瓶放到餐桌上；剛紅著臉吃完晚飯，女按摩師就到來了。時間之巧，就好像是通過雷達或什麼，在監視著他之前的行爲一樣。雖然在署裡時，員警已經告訴他對方是一名完全看不見的盲人。但是從她走路的姿態以及總是先伸手觸摸的狀態，丹那推測她應該是後天失明的盲人。

「很抱歉打擾妳的工作，能否請妳簡單地向我介紹一下情況？」

「沒問題。要從最初講起的話，是這樣的。」

她似乎早就想好了講述的順序，將手放到白淨的膝蓋上後便開始不停頓地敍述起來。

「我被他們叫去按摩，雖然記不清是具體哪一天，但記得是在二月的八號或九號左右。他們住在名叫纖月莊的旅館。我輪流替他們倆按摩了大約一個小時左右。從他們當時的對話中，我發現兩人也許是社長和專務的關係，因爲他們當時彼此稱呼對方時用的是『社長』、『專務』或者『岩倉君』。」

「他們關係好嗎？」

「是的。那位專務似乎是個很圓滑的人，不斷地奉承社長。」

「……那後來呢？」

「我替他們按摩完走到走廊時，專務追上來，說要再給我點小費。然後，他突然壓低聲音，拜託我幫忙保管他手中的信封，說完便把它塞進了我工作服的口袋裡。」

「是信封嗎？」

「他說不能讓任何人看到。一個禮拜以後他會用電話告訴我郵寄地址，只要把那個地址寫在信封上，貼上郵票扔進郵筒就可以了。」

「這樣啊。」

「我工作也很忙，把信封扔進櫃子後就忘記了。到了二月十六日下午，那個專務就打了電話過來。我住在車站附近的公寓，曾經告訴過專務那裡的電話號碼。」

「嗯。妳確定那是十六日嗎？」

「絕對沒錯。因爲鄰居的太太生了小孩，作爲御七夜還送給了我點心，正吃著點心的時候，他就打電話來了。」（譯註：嬰兒出生之後的第七天晚上稱為「御七夜」，父母會在當天替小孩命名。）

那個嬰兒的生日是二月九號，所以打來電話的日子可以肯定是十六號。她是這麼推斷的。

「那確實是岩倉，也就是說專務的聲音嗎？」

「是的。」

按摩師用力點了點頭。這裡的人表示同意時的辭彙，其語調與一般腔調有些不同。對方是司機或者是旅館的服務員等男性時，多少會讓人覺得有些表演誇張的感覺。可是從女性口中聽到時，卻會產生一種纏綿的效果。總之，丹那對女性會比較包容。

「可是，現在也有像是答錄機之類的非常方便的工具，所以事先錄好音，然後再對著電話播放的話，就算十年前就已經死掉了人，也可以非常簡單就聽到他的聲音。當然，這種情況只限於完全都是對方單方面在說話而已……」

「不是這樣的。我跟他的確真正對話過。」

「哦？說些什麼？」

「我問他『你現在就要告訴我地址嗎』，結果他卻說『近期要搬家，等新的地址確定後再告訴妳』。」

準備搬家，這個情況還是第一次聽說。莫非他是要結束單身生活而打算結婚？！

「只談了這些嗎？」

「另外還說了一些話。我問他『你買公寓了嗎』，他回答說『嗯，買了。花了一千五百萬。』我說『那麼貴呀』。我的房間每個月租金要四萬五千圓，我都覺得太奢侈了。這個世界真是什麼樣的人都有。」

在地方的小城市，租金四萬五千日元的房子，應該是相當高級的3DK（三房一廚）或4DK（四房一廚）的公寓吧。她比我還住得好。丹那聯想到自己狹窄的住處，不由得有些羨慕。

「那之後就再沒聯繫了嗎？」

「沒有。如果被割掉頭的岩倉還打電話來，那才可怕呢。」

按摩師本能地張大了根本看不見的眼睛，身體微微顫抖了一下。當意識到那是害怕的表情時，丹那才真正明白過來，她那一句用地方口音所講出的「害怕」一詞的意思。

「這就是他請我保管的東西。」

她摸索著把上等的鱷魚皮包拿過來，拿出裡面的信封放在桌上。人吉署的刑警曾說是底片之類的東西，從其鼓脹的大小以及拿到手上後的觸感來看，的確很像是一卷底片。將信封拿在手上撕開封口一看，果然如原本預料的那樣，是一卷已經拍攝過的十二張底片。裡面到底拍到了什麼重大的事件呢？

不過回到東京將底片拿去沖洗的丹那，知道結果後卻啞然失色；那底片已經曝光，裡頭所拍攝的內容已無從知曉了。

6

到了第四天，情勢突然急轉直下。位於東京都日野市日野社區東北部的空地，從一月份起便開始了改造工程，每天有三台挖土機在那裡工作。其中的一台在挖掘紅土和枯草根時，順帶挖出了人頭。沾滿泥土的那顆人頭，被大型的挖土機一下子吊到了空中，剛要被放到砂石車上時，不知爲什麼發出一聲鈍響後掉落在了枯草上面。操作挖土機的工人，和從貨車上下來在那裡抽煙的工人，幾乎同時注意到了這一現象，然後瞬間臉色大變。乍看似乎是已經爛掉的南瓜之類的東西，定睛一瞧，才知道原來是一個已經腐爛了的人頭。

日野警署也知道世田谷署正在調查無頭屍體案件，所以他們馬上通知辦案總部，在當天就查出它與在空宅的庫房裡面發現的屍體，的確是一對。於是，警方立刻將人頭的牙齒取樣，然後做出石膏齒模。刑警馬上拿著齒模，去拜訪位於岩倉公司附近的寺野牙科醫院，請求鑑定。因爲岩倉曾經在那裡治療過蛀牙。

得出的結果是，那並非岩倉的屍體！

搜查總部早就料想到此種可能，而制定了兩套偵破方案。所以接到這樣的通知，總部並沒有慌亂，甚至於還有點開心，因爲這樣就意味著能夠把注意力集中到一個焦點上了。在當晚所召開的會議上，部長用很強硬的口氣要求務必儘早弄清楚被害人身份。從第二天開始，所有的刑警都被動員起來了。在這種情況下，最重要的是確認被害人的身份。

無頭屍體並不是岩倉猛造。這件事一經報導，便又有無數的資料匯集而來。他們來電所詢問的還是類似之前的內容。他們要找的，不是去東京打工後就斷了音信的來自山形縣的工人；不然就是上岸去喝一杯後就沒再返回船上的船員；或者是離開公司後坐上前往郊外的電車，在回家途中離奇失蹤的公司職員等。

其中讓總部感興趣的，是原宿一位公寓管理人所提供的情報。對方懷疑此人或許就是居住在這棟公寓裡的猿澤和彥。猿澤自稱畫家，單身，三十五歲，中等身材，曾經得過胃潰瘍，不過並未到做手術的程度，吃吃藥很快就復元了。在他曾經住過院的醫院調查，發現他的血型是B型。而且把取下的牙模型，拿給他以前所居住的板橋區裡面的牙科醫生鑑定，也證明與猿澤和彥的病例相符。被害人的身份終於得到了確認。

一名刑警拿著岩倉專務的照片，到他所居住的公寓旁每家每戶去巡訪。巡訪調查從早上九點開始，午飯時間休息三十分鐘後，便一直重複這樣的工作。到了下午三點依然沒有什麼收獲，就在這位忍耐力算是很強的刑警，也逐漸開始不抱希望的時候，終於有了回應。

門打開後，一位女子走出來。總覺得她的面孔似曾相識，原來是一位已經引退的女演員，現在是某位電影導演的妻子。她將頭髮染成金色，即便在家裡也戴著紫紅色的眼鏡。看樣子年齡應該是已過四十，可是她卻如少女般穿著鮮紅花朵樣式的連身裙。看到這樣的裝束，丹那都不由得有些不好意思，而轉開視線看向別處。雖然如此，不過那位女性有著一張豐潤飽滿的臉龐，非常美麗，依然風韻猶存。

「曾經有一次，我在電梯裡碰到過他。也就是岩倉那個罪犯。」

她已經將岩倉斷定為罪犯。

「那時候我想喝杜松子酒，去附近的酒店買酒。回來的時候，與他上了同一個電梯。」

「妳居然有認出對方。」

「因為他跟我哥哥是大學同學。我在畢業照或者其他照片上看過他，所以有印象。不過那時候，我倒沒有想到他就是岩倉本人，而只認為是長得像而已。事件發生後，透過電視和報紙發現被殺的是猿澤的時候，我才明白了當時那個人的確就是岩倉專務。」

「是這樣啊。那麼，你怎麼知道他是去找猿澤的呢？」

「因爲我們住在同一層。而且我親眼看到那人去敲猿澤的房門並進了房間。」

「你知道他們之間的關係嗎？」

「我當然知道。」

她即刻回答道。同時臉上浮現出有些詭異的微笑。

「我跟外子都有這種感覺。猿澤先生的房間從來沒有女性客人來訪過。來的都是男性。而且，他年紀也不小了，卻依然還是單身。從這些情況來判斷，我們覺得他可能是同性戀。」

從這位妙齡（丹那把四十歲以前的女性都稱爲妙齡，他應該算作天生的女權主義者）女性的口中，如此輕鬆而直接地說出同性戀這個詞，讓戰前派的丹那非常吃驚。

不過想到岩倉專務也是獨身的這件事，她所提出的同性戀一說也並非完全沒有根據。

「妳說同性戀，也就是說很多長得漂亮的美少年，都會到他這裡來嗎？」

「他本人是很英俊的年輕人。雖然還可以稱爲年輕人，但他畢竟已經三十多歲，過了最風光的時期。不過，那種長相的人，一旦上了年紀就會變得很難看。用所謂的風燭殘年來表達應該很恰當。從這個角度來說，當警察反而還不必擔心這種事。」

總而言之，她這是在間接告訴對方：你是一個長得很醜的男人。丹那皺起眉頭搖頭苦笑了一下。

「那麼，岩倉也是他的客人之一囉？」

「到底是客人還是朋友，我不清楚，但可以肯定的是，兩人之間是那種變態關係。」

「猿澤是靠這方面的收入生活嗎？」

「我想他的本行還是畫畫。聽說他舉辦過個人畫展，經常外出寫生。這次也是，有好長一段時間都沒有看到他，還以為他又外出旅行去了。不光是我，管理員以及其他人都是這麼認為。大家完全沒有想到，豪宅裡的無頭屍體竟然會是猿澤。」

說到這裡，她充滿笑容的臉上突然閃現出有些暗淡的表情，鮮豔的口紅顯得很刺眼。

對於沒有這方面經驗的丹那來說，他無法想像這種錯亂的同性戀關係，究竟是什麼樣的感覺。不過他還是多少能夠猜測到，或許是岩倉與猿澤之間的這種愛情關係破裂，而產生了殺機。也就是說，是類似於男女之間會出現的那種愛恨情仇。或許裡面還有嫉妒之類的東西。假如真像丹那想像的那樣，比方說岩倉為了結婚而要搬到其他公寓的時候，猿澤便會產生嫉妒；或者是作為美男子的猿澤又愛上了其他男人的話，那麼吃醋的就是岩倉了。年輕有為的實業家，因為這種事情而發生殺人事件，雖然並不是荒謬絕倫，但是對於常人來說，同性戀的心理還是很難理解的。

到底那個已經曝了光的底片，意味著什麼呢？丹那在回總部的路上，一直思考著這個問題。是岩倉在知道底片已經曝光的情況下，才把底片寄存到他人那裡的嗎？亦或是同行的日置偷偷將底片曝光？又或者，是按摩師出於好奇心而打開偷看，讓它曝光了？再不然就是，有人偷偷溜進保管底片的按摩師家裡，把它給調包了。他推測著各種可能性。總之，從他神秘地將信封托給按摩師保管來看，裡頭一定是對專務而言非常重要的東西，而且絕對是他感到身上帶著這個底片，自己會有危險，所以才那麼做的。

說到岩倉專務會有所警戒的人，只能是與他同行的日置社長了。

7

「是的，當時的情況我記得非常清楚。住進『纖月莊』旅館的那天晚上，我們曾經請人來按摩。我這人沒有什麼肩痛之類的毛病，所以出差在外的時候從來不找人按摩。但是那天晚上很累，累得要命。所以就也像岩倉一樣讓人替自己按了按。不過卻感覺癢得要命，很難受。在那以後……噢，對了，岩倉說要去給點小費就追了出去。」

「他手上沒拿什麼嗎？」

「聽你這麼一說，他手上倒是好像拿著錢包之類的。喔不，不，是空著手的。」

「他當時穿著西裝嗎？」

「我們兩個都穿著睡衣，因爲是剛洗完澡吃過飯之後就在那裡休息。」

日置一邊用略爲沙啞的聲音高聲笑著，一邊答道。他似乎無法理解丹那爲什麼要問這種問題，不時用滿是疑問的眼神朝這邊看看。

「我們聽說的情況是，岩倉專務把某個東西託付給了按摩師。當他跑到走廊後，快速地把東西交給了對方。這個舉動也就意味著，如果身上帶著那個東西的話，就可能早晚會被你發現或者被你拿走。」

「……我想不出來。那到底是什麼東西？」

「是拍攝過的彩色底片。」

把嘴上含著的香煙放到煙灰缸後，日置露出似乎猜到了什麼的神情。

「這也是我的想像，不知道是不是就是那樣。那可能是偷拍我的照片吧？比如說，是我在外面幹了什麼以社長身份來說，不太光彩的事情之類的……然後要是他把這些成爲證據的照片，寄到支持我的一方那裡，我的支持率便會下降。應該是這樣的內容吧？」

丹那沉默不語，希望這樣能夠刺激對方。最好是讓他盡情地說，過不了多久也許就會露出點什麼馬腳。他懷著如此考量。

「他是同性戀這件事，雖然我到現在才剛剛知道。但是，怎麼說呢，總之我早就感到他有點不太乾淨。一想到與那種變態男人一起吃飯，就覺得很噁心。我現在都想吐。我不是同性戀，對異性感興趣是理所當然的，所以我正正經經地娶妻過著婚姻生活。刑警先生你不也是這樣的嗎？！」

「那當然，我也不是同性戀。」

「所以在熊本、鹿兒島、福岡這些地方時，我帶他去了酒店等等的娛樂場所，因爲我懷念起脂粉味兒了。他一定是假裝上洗手間，躲在某個地方將鏡頭對準我們，偷偷按下快門的。雖然拍攝的是我跟小姐談論股票，或者寵物的話題時的鏡頭，但是照片又沒有聲音，如果他說那是我在與女招待調情的話，肯定每個人都會相信。岩倉居然會幹這麼卑鄙的事情，我萬萬沒有想到。」

他有些激動地粗聲說道。但是，沒有證據能夠證明他所說的話是事實。或許他是因為知道底片曝光，已經什麼都看不見了的情況下，才故意裝成不知情而隨意亂編造一些根本不著邊際的事情，故意表現出憤怒的吧。從這個角度來看，似乎可以推測曝光底片的人就是他；底片上所拍攝的內容並不是什麼他與小姐調情之類不值一提的小事，而是能給予日置致命性打擊的某個逼真鏡頭。不過，那也僅僅是丹那的想像而已，這次拜訪他一無所獲。

雖然總部投注大批人力去尋找岩倉的蹤跡，但是依然沒有能夠發現他所藏身的地方。根據民眾的情報，他曾經在前橋的柏青哥店打小鋼珠，在青函海底隧道渡船的甲板上抽著煙，或者在酸之湯溫泉住了兩晚。傳到總部來的情報大多都集中在東北地區；每當得到這樣的訊息，警方都會派人前去當地調查。然而，結果基本上都是認錯了人。唯一具有可信度的，是有關於他在長崎市內理髮店的消息。據說曾有留著鬍鬚的長型三角臉的男人在店裡出現過，他在佐渡機場小販部買了小瓶威士卡。在那以後，警方就沒有掌握到任何關於這兩名男人的動向了。

有跡象表明，岩倉為了逃稅而隱藏著一部分積蓄。警方推測他逃亡用的資金是從這部分錢裡取走的，但還沒有弄清其存摺編號。而且，他將要搬去的公寓到底位於何處，也未能調查出來。總之，在各方面都處於停滯不前的狀態。

關於猿澤的行動也同樣沒有什麼大的收獲。一月十四日下午也就是岩倉回到羽田機場的那一天，他曾與朋友約好在銀座的畫廊見面，但是猿澤打電話去單方面取消了約會。他只是說因為有急事希望能改在第二天見面，具體情形卻隻字未提。警方認為他所謂的急事絕對就是岩倉找他，這一點應該可以肯定。但是，現階段沒有任何目擊者曾經看到過這位畫家離開公寓外出。

這期間發生了另一件事情，便是以前那個惡作劇男人又開始打電話到商店街去了。這樣的電話前一陣子平息過一段時間；大概是因爲自己的搗亂導致發現了無頭屍，而受到不小的驚嚇，讓那傢伙安靜了一段時間。但最近對方心中的那根筋又應該癢起來了吧，所以重新玩起了這種把戲。

在「微笑」商店街，有一家與其名稱並不相稱的店鋪，那便是帝都殯儀館。有一天，一通電話打到這裡，電話中的男人說自己是一丁目三號的若林家，其長子猝死而去世，希望第二天按照佛教習慣舉行葬禮……。但是，因爲當天的日子不宜出殯，殯儀館休息，所以殯儀館的老闆腦子裡才聯想到或許是惡作劇電話。老闆對那男人吼道：「你這種惡作劇該結束了！有人已經把你的聲音都錄下來了。」也許是這樣的嚇唬起了作用，那人就沒有再打來電話。

到了目前這個階段，有兩三家週刊雜誌開始揣測岩倉已逃往海外。而且他們還認爲，如果潛伏在東方人很多的夏威夷或香港一帶的話，那麼便很難抓到他。對於這些週刊雜誌爲了換取讀者興趣而做的妄自推斷，偵察總部深感痛苦。說實在的，在總部裡面也有人先於週刊雜誌而提出過這樣的看法。連最偏僻的地方都貼出了岩倉的照片，如果他躲在國內的話，早就應該發現了。如果對方是體力勞動者的話，或許他還有可能躲藏到很骯髒的某些地方；但岩倉是個皮膚白白淨淨，受過高等教育的白領階級，要他潛伏到粗俗的環境中，幾乎不大可能。

就在這個時候，丹那的直屬上司鬼貫警部講出了他的推斷。那天，總部會議剛剛結束，桌子上滿是髒杯子和裝滿了煙頭的煙灰缸。鬼貫剛才一直坐在對面好像思考著什麼，他似乎突然想起了什麼而叫住了丹那。這位警部在總部會議上從來不會急著表現，總是將發言機會讓給部長。但他絕非平庸之輩。

「聽說金金堂的第一工廠在川崎，第二工廠在哪裡呢？」

「在八王子。」

丹那被突然問到這樣的問題，便條件反射式地答道，答完之後臉上卻露出疑惑之色。鬼貫到底在想什麼呢？

「……這樣的話，那總公司的人要是想去第二工廠，不就得經過日野市？」

「是啊。」

「也就是說金金堂的人對日野市的地形比較熟悉。比方說市區什麼地方正在修建什麼社區，或者正在整治什麼地區等等。」

「是啊。」

「另外，那個玫瑰園的前主人丸毛先生是東京薔薇花協會的會長，你能不能替我查一下在金金堂的職員中，是否有這個協會的會員？」

「好的。與其去問金金堂公司，還不如直接問協會更快些呢。」

丹那嘴上又無意識地回答了一聲「好的」，但心中完全猜不出上司的意圖在哪裡，覺得有些摸不著頭腦。

第二天早上上班後，他馬上就打電話到薔薇協會，按照鬼貫的吩咐詢問了相關情況。結果對方回答說，在金金堂的職員中，加入協會的只有日置次三郎一人。

「果不出所料。」

鬼貫聽了匯報後，滿意地點了點頭，然後把他的想法告訴了丹那。現在已經來到總部上班的還只有他們兩人，面前擺著的兩個茶杯升騰著白白的水霧。因為兩人都沒有抽煙的習慣，所以不需要煙缸。

「在那個被斬首的畫家身邊當然也有想殺害他的人。可是，在這個案件中得利最多的人，第一個說來應該是日置社長。從結果上來看，就是他殺死了岩倉專務。」

「……」

「因此這兩三天，我一直把焦點放在日置社長身上進行思考。我懷疑他是兇手，其目的在於除掉專務。作為社長，如果直接殺死這個競爭對手的話，自己勢必然會被懷疑。於是便有必要做些什麼掩護。」

「……」

「聽說他曾經說過，自己並不知道專務有同性戀傾向這樣的話，這話未必可信。因為都老大不小了卻還是單身的話，按現代人的常識，一般都會理解為如果不是花花公子的話，不然就一定是同性戀。而那位社長當然也不會簡單地認爲，專務只是不想結婚，希望過悠閒的日子罷了。他再怎麼樣也能猜出對方是花花公子或同性戀。」

「聽你一說，我也想起來似乎專務對酒吧或娛樂場所的確不感興趣。」

「即便本人想隱藏自己是同性戀的事實，但時間一長，肯定會暴露的。如果再進一步查查的話，那麼猿澤畫家就會浮出水面。雖然這不過是我的想像，但因爲那位畫家因胃潰瘍住院的時候，專務曾經輸過血給他，所以日置社長極有可能發現到這個事實。正因爲有這樣的前提，所以他知道了兩人的血型都是B型。」

「有道理。」

「也就是說，那個畫家不僅體型上與岩倉相似，而且連血型都一樣。對於日置來說，他便成爲了具備絕對良好條件的唯一犧牲者。於是猿澤也就因此被謀殺了。但是日置與猿澤之間並沒有厲害關係，也毫無恩怨。因爲完全沒有動機，所以就能夠游離在被懷疑的範圍外。代替他的則是，岩倉被當作犯罪嫌疑人而被追查。」

「……是這樣啊。」

雖然還不能夠完全理解是怎麼回事，但是丹那感覺到似乎眼前的迷霧已逐漸一點一點地開始消散。

「社長說他從九州出差回來到達羽田機場，與對方約好第二天再見後就分手了，應該是在撒謊。他煞有其事地說當時專務不太高興，那也是編造出來的。那位社長說不定還具備了作家的想像力呢。實際上，他邀請專務上了自己的車或者一起坐上計程車，把他帶到某個不知名的地方將其殺害。我是這樣想的。」

「等、等一下……。岩倉到十六日爲止都還活著，不是有人證明……嗎？」

「關於這個問題我後面再談。你先安靜地聽我說。日置在殺死他後，從專務的屍體上脫下衣服和鞋。當然不必說，這是爲了後來能讓那位畫家的屍體上穿上它們……」

「你是說，岩倉專務也是被害者嗎……？」

「我想是這樣的。他爲何會毫無音訊，這樣解釋起來也就容易理解了。」

「有道理。那麼是日置社長在殺死了專務後，才把畫家叫出來的？」

「沒錯。對猿澤來說，如果對方是個無賴之類的人，也許會有所警覺。但是日置卻是有頭有臉的體面的紳士，要是他找個什麼藉口約猿澤的話，猿澤當然也就不會提防。」

「是啊。」

丹那從頭到尾接連不斷地重複著這句話，沒有其他的應對之詞。

「他肯定是把畫家帶到了那個現場。不過如果突然引他到倉庫的話，對方會覺得奇怪並有所抵抗。所以他應該是在猿澤進入院子的時候，立即敲打其頭部，等他昏迷後才把他扛進庫房的。」

「有可能。」

「既然日置是薔薇協會的會員，那他之前應該曾經受邀來過這裡，對地理環境也比較熟悉，當然也知道這個地方現在空著沒人居住。」

丹那現在才終於明白為什麼鬼貫會叫自己打電話給東京薔薇協會。鬼貫伸手拿起茶杯，丹那也跟著端起杯子喝了口水。雖然朝陽已透過玻窗照射進來，但房間裡的溫度還是很低，這時令人倍感熱茶的可口。

「為了不讓自己的行動暴露，最好是讓自己的家人離遠一點。於是，日置安排家人去了伊豆的別墅。」

「原來如此啊。」

「怎麼樣？對我剛才所說的內容，如果覺得有什麼疑點的話，請毫不客氣地指出來。我就是為了這個，才跟你討論的。」

「是的。」

「關於擊打被害人的兇器，當然也可以考慮是預先早就已經放在庫房角落的斧頭之類的東西。不過我還是認為，罪犯因為擔心萬一被人偷走，所以極有可能是把它們放在車子後車箱裡帶去的。」

「有道理。」

「他脫掉已經斷氣的畫家的衣服，替他穿上岩倉專務的衣服和鞋子之後便用腐蝕劑對其進行處理，用準備好的酸性物質燒毀了他的指紋。」

「原來如此。那麼也就是說，撕毀岩倉專務衣服上面的名字拿走其名片和駕照，並不是日置社長的本意。以他來說，他最希望達到的目的，就是要讓屍體看上去是那位畫家，而兇手則是專務。」

「嗯。」

「所以說，沒有必要那麼麻煩地去把衣服上面的岩倉的名字撕下來，而是應該讓它留下才對。」

「沒錯，你說得對。不過從犯人的心理這個角度來考慮的話，他或許是擔心如果太明顯，勢必會受到懷疑，從而被識破真相。當然這也只是我的想像而已。」

「我明白了。在那之後，他就把畫家的頭拿到日野市去埋掉了。」

「我想是這樣沒錯。作爲犯人來說，正像你剛才所說的那樣，他是希望讓人們覺得屍體並不是岩倉而是畫家。爲了達到這個目的，他期待著，希望過了適當的一段時間後這個頭顱會被發現。因爲如果五十年以後它才被發現的話，就沒有意義了。」

「那倒是。」

丹那幾乎沒有插得上話的餘地，而只能一直當聽眾。

「對於犯人來說，不光是頭顱而且還包括身體，如果不能在一定的時間內被發現，也很麻煩，因爲屍體會腐爛。如果腐爛到解剖後都確定不了作案時間那種程度的話，兇手的目的就無法達到。爲了使他的不在現場證明能夠成立，就需要在屍體還比較新鮮的時候被發現。這樣一來，殺人案是發生在他在東北地區出差期間這一線條才會清晰。但是，如果過早發現的話，又會暴露兇手是在十四日作的案。也就是說，犯人希望控制屍體被發現的時間。所以他等待適當的時機到來後，便打電話到花店去。」

丹那只是張大嘴巴而默默地望著鬼貫的臉。

「意思是說，罪犯知道那一系列的惡作劇電話？」

「不，應該說從年前開始就接連不斷打去商店街的那些電話，都是他幹的。如果僅僅只是碰巧他利用甚至可以指定物品、偶然發生的這些惡作劇電話的話，未免也太巧合了。」

「是啊。的確是一個考慮得十分周全的精明罪犯。」

「我還想說說關於另一件事情。」

鬼貫喝了口茶後繼續說下去。

「因爲罪犯去八王子的第二工廠途中，總是會經過日野市。所以他應該知道那一帶正在施工，也比較清楚把頭顱埋在哪一帶就可能會在多少天後被發現。」

「是啊，越聽越覺得日置是罪犯了。但是，有一個問題剛才我曾提到過又被你打斷了。至少到十六日爲止，岩倉不是都還活著嗎？你說岩倉是在十四日被殺的，你忘記證人按摩師所說的話了嗎？」

「對，這的確是個問題。」

「我順便再說一句，如果岩倉專務是在十六日或者那之後被殺害的話，那麼外出去東北地區出差的社長，所擁有的不在場證明就會非常穩固。因爲與他同行的年輕部下一直跟在他身邊。」

「所以呢，爲了戳破他的不在現場證明，我們就必須證明社長是在還待在東京這段期間所作的案嘛。」

鬼貫的口氣變得有點像個任性的孩子。

「但是，打給按摩師的電話，又該作何解釋呢？打去的時間是十六日，這可是確鑿無疑的事實。」

「也可以利用錄音這種手段。」

「不，我應該向你報告過，關於這一點我們已經仔細問過她並討論過。岩倉專務與按摩師還進行了隨意而像樣的交談，絕對不可能是錄音之類的聲音。」

「說實話，丹那。我開始懷疑社長是罪犯，其實正是這個電話通話給了我啓發。你再回憶一下，他們兩人那時候的對話是怎樣的？」

「嗯……」

「你再想想。」

聽了他的話，丹那閉上了眼睛。

「……等一下。」

「當按摩師說『你把地址告訴我，我馬上就把保存的東西寄給你。』後，自稱專務的那位男性聲音就回答說『最近準備搬家，所以請過一段時間再投寄。』」

「是這樣沒錯。」

「這個電話，並不是岩倉打去的，而是犯人。是日置社長在東北地區出差時打過去的。不用說，他這樣做的目的是爲了顯示岩倉這時候還活著。對於日置來說，把底片寄到已經沒有了主人的住所，當然沒有絲毫意義。直截了當地說，我們設想一下，倘若東西寄到公寓，管理員收到後放進桌子裡便忘記了的話，那麼就沒有人會注意到底片的事情。這樣一來，他的一切計畫不就告吹了嗎？」

「……」

「相反地，讓底片依然留在保管的按摩師那裡，隨著岩倉犯罪嫌疑人的報導出現，她一定會感覺到保管這個東西很麻煩。罪犯一定是這樣謀劃的。通過這樣的方式，雖然是逐漸地，但「日置不在作案現場」的證據便會成立。」

「原來如此。」

「所以，其實並不需要讓那個底片裡面拍下什麼重要的內容。根本不需要那麼複雜的事情，只要讓底片曝光就行。因爲不知道裡面拍攝的是什麼，作爲犯人反而可以隨便編瞎話，諸如拍攝的是他與小姐調情之類的。」

「是啊，考慮得真周全。不過，就算他能夠考慮到這種計謀，但是那個犯案的社長怎麼能做到模仿專務的聲音呢？」

社長的聲音略帶沙啞。不光是岩倉專務，他想模仿其他任何人的聲音都不可能。

「這也是我的想像。或許是日置藉口說出差期間太無聊，而與岩倉玩起打賭的遊戲呢。他故意輸給對方，獎品就是將自己降格爲專務，讓對方升格爲社長。」

「嗯。」

「或者也許是用更簡單的辦法。比如突發奇想，提議找按摩師來後兩人交換身份什麼的，就像《乞丐王子》裡面那樣。岩倉專務也許馬上就欣然應允了。」

「噢。」

「因此，按摩師便認定略帶沙啞聲音的日置是專務。所以十六日打來電話的人不是岩倉，而是扮成了專務的社長的聲音。」

「……」

鬼貫似乎注意到了丹那臉上半信半疑的表情。

「好吧。接下來我就把更具有決定性的內容講給你聽。專務所買的公寓花了一千五百萬圓，照現在的行情來看，決不算太貴。可是，當時按摩師卻說『太貴』表示驚訝，對這件事情你沒有覺得奇怪嗎？」

「嗯……」

「自稱是岩倉的男人，說買公寓花了一千五百萬日元。她是拿自己租賃房子花了四萬五千圓而與其進行比較。一方是買公寓的價格，一方卻是要支付給房東每個月的租金。你不覺得他們的比較標準相差太遠嗎？」

「啊……」

經他這麼一提醒，的確如此。

「剛才我不是對你說過嗎？推理分析的依據就源於這裡。我總覺得不對勁，不合乎邏輯。然後向出生在熊本的人打聽了一下，他們告訴我，九州人說『買』時的發音與一般話裡的『借』相同。」

「……噢？！」

「請你把這二者的差異與熊本人的回答聯繫起來，仔細想一想，便會明白按摩師問的是『你租了公寓嗎？』，而她得到的回答卻是一千五百萬。因此她才感覺租金太高而非常吃驚，也才會將它與自己的租金進行比較。」

「你是說……」

「丹那，你想想。岩倉專務出生在熊本縣，熊本方言他可是熟得不得了，如果打電話的是岩倉的話，怎麼可能將意思理解錯呢？！」

丹那口中又大叫了一聲「啊！」。或許他是想大叫一聲，可是聲音還沒發出來就在喉嚨中消失了。

城與塔

1

「記住是五點哦，別遲到了！」

丈夫豬狩仔細叮嚀了三遍之後，才離開了家裡。丈夫的個性一向一絲不苟，對於時間自然也不例外。不過，自己今天已經等了將近一個小時，卻還不見他的蹤影，這不禁讓人感到有點奇怪。不，與其說是感到奇怪，倒不如說讓人覺得很不安。

將兩人見面的場所指定在這家咖啡店裡的，也是丈夫。既然如此，如果發生了什麼變故，必須要晚點才能到的話，照道理說，他也應該會打個電話來知會一下才對；可是，豬狩並沒有爲此而特地聯絡自己。那麼，他該不會是陷入了即使想和妻子聯繫，也無法聯繫的狀態之中吧？在她心底萌生的不安念頭，頓時迅速開始膨脹了起來；難不成是發生交通事故了嗎？在她的眼前，不禁浮起了丈夫滿身是血，被扛上救護車的模樣。

去，別想這種不吉利的事情了！像是要驅散心裡無謂的念頭似地，京子將視線轉到了室內豪華的裝飾上；然而，過沒多久，她的思緒卻又很快繞回了原來的地方。因爲時間正值星期天，所以這間規模很大的咖啡店幾乎是座無虛席。在同一張桌子的旁邊，坐著一對年輕男女，他們正在以「女性的眼淚」爲主題，進行著肉麻兮兮的言語交流。那些讓人聽了很不舒服的話語，一字一句都在刺激著京子的神經，也讓她的神色更加顯得焦躁不安了起來。她想乾脆換個座位，但卻又找不到合適的位子。

難不成，丈夫所說的其實是隔壁那家店嗎？嗯，大概是粗心大意的自己一時誤會，結果跑錯了店吧！京子一邊這樣想著，一邊將目光投向了煙灰缸旁邊的火柴盒上。可是，火柴盒上印著的金色文字，卻又在在向京子顯示著，這裡的確是丈夫所指定的那家店。京子變得越來越不安，柔軟圓潤的臉頰也失去了原有的血色。

京子下意識地將火柴盒放在掌心裡把玩著。這時，在她的腦海中，又浮現了另外一個念頭：會不會是自己出門的時候，將手上的表不小心調快了一小時呢？如果是這樣的話，那麼現在就應該是四點四十五分才對；也就是說，在接下來的五分鐘以內，一向守時的丈夫那瘦長的身影，一定會出奇不意地出現在她的面前。於是，抱持著自己手錶指針走得太快的希望，京子抬起頭，望了一眼牆上的電子鐘。然而，無視於京子的希冀，那座電子鐘所顯示的時間，跟她的手錶完全一模一樣……

一直等到五點半，她終於放棄了繼續等待的念頭，從座位上站了起來。對於丈夫沒能遵守跟自己共進晚餐的約定，京子並沒有任何生氣的感覺；她只是在心裡，莫名地爲丈夫感到相當擔憂而已。（總之，先回家裡看看吧！說不定他突然得了感冒，正躺在床上動彈不得呢！）想到這裡，她不由得加快腳步，開始小跑了起來。

當京子來到地鐵月台時，前面一班電車剛好開走。看到這副景象，心急如焚的她，頓時一股無名火往上直冒；不過，到最後她還是勉強按捺住自己的情緒，在月台上找了張長椅坐下來。星期天傍晚的地鐵，跟平常尖峰時刻的光景正好相反，瀰漫著一股安穩寧靜的氣氛。在月台上等待電車的，不是年輕的情侶，就是牽著小孩的手，神情溫柔的爸爸媽媽；每個人的手裡，都提著用百貨公司包裝紙包著的禮盒。在這些人當中，只有京子像個異類似地，臉上帶著僵硬的表情，用空洞的眼神，不住望著自己的腳尖。

京子又想到，星期天是銀座酒吧的公休日；這樣一想的話，丈夫或許是到了某個女人的公寓裡去遊玩，結果被她的甜言蜜語騙得團團轉，把跟妻子的約會全給拋到了腦後也說不定吧！京子知道，豬狩這兩年來跟某家酒吧的媽媽桑一直走得很近；不只如此，她還從豬狩的同事那裡隱約聽聞說，對方是個美得出奇的女子。因為不想把事情鬧大，所以京子一直佯裝成一副不知情的樣子；結果現在倒好，他們竟然得寸進尺地騎到我頭上來了？這次我絕對饒不了他！

比起交通事故或者感冒，丈夫正窩在某個女人家裡的這種想法，真實性顯然高了許多；這樣一想，京子臉色不由得一變，覺得自己這樣慌慌張張地趕回家，實在是愚蠢到不行。乾脆自己一個人去吃頓晚餐，然後去看場新上檔的電影散散心也不錯……雖然這樣想著，可是當電車抵達月台，打開車門的時候，她還是搶在眾人之前，擠進了車廂裡面。

和井之頭公園比鄰而居的植物園，一向是以水杉和睡蓮而聞名。在園裡的池畔，聳立著一家木造涼亭風格的小茶店；因爲在那裡可以吃到難得一見的菖蒲糯米團，所以相當受顧客的歡迎。

這種在江戶時代就已經問世的糯米團，原本在進入大正年代以後就已經失傳了；不過老闆因爲對此深感惋惜，所以不斷地四處奔走，探訪古老的做法，最後終於成功地讓它再次復活了。

一般來說，這家店最熱鬧的時候就是從春天到秋天的這段時間，一旦換了季，就算打著燈籠，也找不出幾個願意頂著冷風吃糯米團子的狂熱客人上門來；因此，到了冬天，老闆都會按照慣例關門休息。在這段期間中，大概每隔四到五天，老闆或老闆娘便會前來店裡巡視一下狀況；那是爲了防止惡作劇的人將店面弄得一團亂，甚至在更嚴重的情況下將灶台給破壞掉所做的警戒措施。不過，那裡不管怎麼說，都還是間開放式的店面，因此，要將店面徹底封鎖不讓人進來，基本上是不太可能的。

豬狩勇造的屍體是在十二月二十一日星期一接近中午的時候，在這家茶店廚房的水泥地板上被發現的。當他被發現的時候，雙手呈現不自然的扭曲形狀，而屍體也早已僵硬冰冷了。發現者是這家茶店的老闆娘，當在外面工作的園藝師聽見她的慘叫聲跑進來時，已經過四十的她，就像個剛成年的小姑娘一樣，佇立在廚房的一角顫抖不已。當園藝師順著老闆娘手指的方向往地板望去的時候，也不禁倒吸了一口涼氣，僵在原地動彈不得；原來，在那裡還有另外一具年輕的女屍，像是枕著男子的大腿似地橫臥在地。當園藝師回過神來之後，便急急忙忙地想要衝出店外向警方通報，不過這時，茶店的老闆娘卻一把抓住他的手臂，幾乎是哭著哀求似地，拜託他把自己一起帶離這裡——她已經被嚇得連站都快要站不起來了。

沒過多久，第一波的搜查小組便趕到了現場；接下來又過了大約三十分鐘後，警視廳本部的刑警們也搭著好幾台警車抵達了現場，開始了正式的現場蒐證。

通過隨身攜帶的月票及外套上所繡的姓名，警方得知男性死者的身分是個叫做豬狩勇造的人，於是便立刻聯繫了他的家屬。從現場看起來，豬狩在生前似乎經歷過相當激烈的爭鬥；他的外套有三顆鈕扣被扯掉了，原先應該戴在臉上的那副淺度數的近視眼鏡也被拔了下來，丟到了地板的另一邊。眼鏡的一塊鏡片已經被踩得粉碎了，至於另一塊鏡片則是裂開了一條大缺口，勉勉強強地掛在鏡框的邊緣。

另一名女死者則是年約二十八、九歲，身穿一件鮮豔的紅色外套。和豬狩一樣，她在生前似乎也經歷了一場殊死搏鬥；她的外套幾乎被脫掉了一半，鱷魚皮製的手提包也打開了口，裡面的東西飛散在整個地板上。兩人的臉和頭部都被狠狠地擊打過，不過女子的屍體上，還另外緊緊纏繞著一條女用的尼龍絲襪。仔細觀察後，警方發現兇器正是用這條尼龍絲襪裝進沙子所做成的沙袋；可以想像，犯人在襲擊女子的過程中，因為絲襪破裂的關係，所以才倒掉了裡面的沙子，改用絲襪本身來勒住女人的脖子。儘管因為現場幾乎沒有流血，所以感受不到什麼血腥的氣息，但是兩名死者受到毆打之後異樣腫脹的臉龐，看上去卻顯得相當可怕，以致於連應該早就已經對兇殺現場司空見慣的刑警們，也不由得下意識地別開視線。附近杉樹梢上伯勞的尖銳啼叫聲，聽在人的耳中，讓人覺得格外不祥。

透過皮包裡的駕駛執照，女死者的身分也相當簡單地被釐清了：她的名字叫做成瀨千里，今年二十九歲。

「我好像有聽說過一位叫做這個名字的芭蕾舞者呢！」

當現場蒐證大致結束的時候，一位名叫丹那的中年刑警回過頭，望著年輕的同僚這樣說道。狹窄的茶店裡，此刻仍然雜亂無章地擠滿了員警和鑑識人員。

「是嗎？」

「好像是因爲骨疽的緣故而被迫退出了現役芭蕾舞者的行列，不過後來康復了，現在似乎正在某家芭蕾研究所擔任校長的職務。」

「刑警先生說的沒錯。」

戴著大口罩的鑑識課人員從旁插了這麼一句。最近鑑識課的工作人員都不穿白大褂，而是改穿藍色工作服，再戴上一頂看起來像極了流浪漢的有邊帽；如果不是手腕上掛著臂章的話，看起來跟體力勞動者簡直沒什麼兩樣。

「請您看看她的小腿肚。和一般的蘿蔔腿不同，它不只粗壯而且相當結實；在受過芭蕾訓練的人當中，有很多人的腿都是這個樣子。因此，她毫無疑問地是位舞蹈家。」

「你所注意的地方果然與眾不同，真是了不起呢！」

「……承蒙您這樣誇獎，我如果不講出實情的話，似乎就說不過去了。事實上，在四、五年前，我曾經看過這位女士跳的《天鵝湖》；那時，她飾演女主角奧潔塔，跳得實在是非常的好。當時的她，整個人充滿了一股楚楚動人而又略帶憂鬱的氣質，只要她一出場，整個劇場立刻就會變得鴉雀無聲。只是，我實在很難想像，她竟然會以這麼悲慘的方式死去。唉，真可憐！」

為了不擋住蒐證的相機，鑑識人員往後退了一步，同時用深沉的語氣，頗有感觸地這樣說著。

由於豬狩眼鏡的碎片刺進了成瀨千里的鞋底，因此警方判斷，她是在豬狩被殺之後才被拖進現場的。另一方面，相對於豬狩被沙包毆打致死的情況，從沙包在千里遭到毆打的過程中破裂這點也可以判斷出應該是豬狩先遭到殺害。因此，案情的經過大致可以想像成這樣：當千里在池畔行走的時候，聽到茶店裡傳來爭鬥聲，於是無意間目睹了殺人現場。結果被犯人發現，並因此而遭到殺害滅口。倘若事情真是這樣的話，那麼，這位芭蕾舞者也未免太過不幸了。

那天傍晚，監察醫務院發表了司法解剖的結果，確定關鍵的作案時間是在前一天的下午兩點左右。除此之外，另一件受到所有相關人員注目的事情，則是成瀨千里曾經遭受過足以令頭蓋骨凹陷程度的毆擊。換句話說，犯人雖然像是發狂似地緊緊勒住她的脖子，不過這其實只是白費力氣罷了。

根據這點，搜查本部不禁推測：犯人是否與這兩名被害者之間存在著三角關係，並因此而產生了殺人動機呢？於是，他們針對雙方身邊的相關人員進行了徹底的調查，然而並沒有獲得任何肯定的情報。在這種情況下，他們不得不重新認定，豬狩與芭蕾舞者或許真的素不相識。在本部裡面，大多數的意見都認爲，果然還是像最初分析的那樣，千里只是偶然經過現場時遭到波及的。

那麼，這兩人前往植物園的目的，又是爲了什麼呢？根據千里同住在東中野的公寓裡面，負責幫她打理家務的姪女所述，千里曾說：「要思考嶄新舞步的話，散步是最好的方法」，因此，她經常會一個人前往杳無人跡的地方散步。因此，大致上可以認定，二十號星期日這天，千里是爲了同樣目的而前往井之頭植物園的。

另一方面，關於豬狩的情況，儘管他的妻子京子因爲受到突然降臨的悲劇打擊而忽忽若狂，以致於幾乎沒辦法問出什麼太過詳細的資訊，不過將她片片斷斷吐露的話語綜合起來之後，警方大致上瞭解到：那天豬狩在吃過午飯之後，向京子丟下一句話，說「自己跟某人約好了見面」，然後便出門了。雖然京子沒辦法明白判斷豬狩所要見的是什麼人，不過從他當時給人的感覺來看，應該是位他認識的男性，而且見面的目的似乎不是爲了什麼愉快的事情。

3

在這個案件中，以近乎執拗的態度，致力於調查嫌疑犯不在場證明的，正是那位中年刑警丹那。當一般人提到刑警的時候，他們在腦海裡所浮現的，大多是「腳上穿著會發出啪噠啪噠響聲的大鞋；即使是在大晴天裡，身上也總是披著樣子難看的防雨大衣；常常會用懷疑的眼神，掃視著周邊可疑的事物」，諸如此類的形象。不過，這種先入爲主的印象，大部分都是只來自於電視劇或電影給人的錯誤觀念而已；特別是最近這一陣子，打扮得相當稱頭的刑警大有人在，而他們的服裝，也越來越顯得洗練而優雅了。

然而，丹那在這方面，卻還是比較屬於那種老一代的刑警。他是個其貌不揚，不管怎麼看都是一副窮酸相的男子，因此，即便他穿上最流行的新款服裝，看上去也像是大量生產的廉價衣服，搞不好還會讓人以爲是二手舊衣呢！不過，他這種看似鄉下教師般毫不起眼的容貌，有時對辦案反而相當有幫助。因爲任誰都不會把他當成優秀的刑警，所以調查對象也容易因此而疏忽大意，以致於不小心透露出一些原本不說也無妨的話。

在三鷹警署召開的第一次搜查會議結束之後，丹那走出搜查本部，前往自由之丘的單身宿舍，拜會豬狩的同事平林意猛。被害人和平林同樣都是任職於奧米茄音響的技術研究所的工程師，目前正負責新型唱頭的開發。除了被害人妻子以外，與豬狩接觸最頻繁的，應該就數這位在研究所時坐在他鄰桌的平林了。

當丹那抵達時，平林正在吃晚飯，所以丹那只好坐在他的房間裡，等著他用完晚餐。像是充分反映了平林的性格似地，這間西洋風格的房間，整理得有條不紊。在他的書架上，擺放著米黃色的小提琴和短笛，牆壁上則是裝飾著某位線條削瘦、看起來似乎是音樂家的男子肖像畫。從這些地方，丹那可以看出平林是個音樂愛好者。不過，在那些被稱爲所謂「古典音樂迷」的人們當中，常常可以看見一些目空一些，讓人厭惡的傢伙，平林搞不好也是這樣的一員吧？

「啊，抱歉讓您久等了。」

伴隨著說話的聲音，平林走進了房間裡面。他是個身材瘦高，與丹那的想像截然不同，看起來似乎相當隨和的青年。因爲房裡設有暖氣的關係，他身上穿的是一件鮮紅色的薄毛衣。

「請問一下，您想向我詢問些什麼事情呢？」

「這個嘛……我想請教一下，有關於缺席的豬狩先生的事情。」

每次遇到這種場合，丹那總是會像這樣，找不出適當的言詞，講話也顯得十分生硬。

「因爲他的妻子還沒從震驚狀態中回復過來，所以我們就打算來問問據說跟他最爲親近的您，看看能不能獲得些什麼。」

但是，感到震驚的不只是豬狩的妻子而已。聽到丹那表明來意之後，這位工程師也張大了薄薄的嘴唇，好一陣子都合不起來。最後，他終於稍稍回過神來，用慌慌張張的動作拿出香煙放進嘴裡，擦了兩三次火柴之後，爲香煙點上了火。

「據豬狩夫人所言，豬狩是爲了和某人見面才前往植物園的；另一方面，從他講話的口吻來看，對方很有可能是研究所的同事。您對這點有什麼想法嗎？」

平林像是想到了什麼似地，輕輕地點了點頭。

「在我開始講述關於豬狩的事情之前，請先讓我簡單介紹一下我們研究所的工作內容；這樣的話，才能讓事情變得更加容易理解。」

年輕工程師一邊說著，一邊請刑警在椅子上坐下。

「我們這間研究所，正在開發透過光電管來製作唱頭的技術。我想您也許也知道，在唱機尖端附有寶石針，可以從黑膠唱片中獲取聲音的零件，就是所謂的『唱頭』。迄今爲止最具代表性的唱頭技術主要有兩種模式，一種是通過給線圈增加振動輸出的『動圈式』（ＭＣ式），另一種則是經由磁鐵來增加振動的『動磁式』（ＭＭ式）。而我們正在研究中的、通過光電管來驅動的唱頭，基本原理是將針尖的運動轉換爲光的強弱，並進而產生電力。目前發表過類似試作產品的共有四家公司：東芝、ＴＯＲＩＯ、北海道電機，以及我們公司。」

雖然平林似乎盡可能地想解釋得淺顯易懂一些，不過丹那對於音樂並沒有興趣，對於唱片或者音響裝置也從不關心。因此，對於平林的講解，他有一大半完全聽不懂。

「就像動圈式或是動磁式，以及靜電型或是壓電型的唱頭，都各自有著這樣那樣的缺點一般，光電管式本身當然也存在著弱點，而使用者也因此對它感到頗爲不滿。」

像是要讓丹那更容易理解似的，工程師不時停下自己的話語，觀看著丹那的反應。

「光電管式的唱頭，並不像傳統的ＭＭ式或者是ＭＣ式那樣，直接地傳達針尖的振動，而是將光投放到針尖、再將由振動而產生的變化通過小小的孔隙轉換成光量，最後再將得到的能夠送到光電管來進行發電。換言之，它是一種間接的運作形式，而這種非直接的發電方式，正是我們公司產品的唯一缺點；因此，要如何克服這個缺點，便成爲了我們研究所的一大課題。就在今年夏天，我們終於成功地開發出了令人滿意的產品，然而，令人吃驚的是，身爲競爭對手的北海道電機公司所發表的試作產品，卻與我們使用了幾近相同的方法。由於我們的研究成果相當的獨特，所以這樣的雷同應該不可能只是偶然而已；因此，我們得到的結論，一致認爲在研究所裡面必定潛伏著產業間諜，但究竟這名間諜的真實身分是誰，我們卻無從判斷起。不過，就在兩三天前，豬狩在八王子的酒館裡，目擊到了一件令人相當意外的事情……」

就在平林滔滔不絕講著的時候，他手中的香煙已經有一大半化成了灰燼。工程師重新為自己點上了一根香煙，然後連續吸了好幾口。

八王子位在東京郊區，是個臨近山梨縣、以生產紡織品為主的城鎮。如果不是當地人的話，應該不會有人刻意開自己玩笑，大老遠地從都心跑到那種地方去喝酒吧？

像是要回答丹那的疑問般，平林繼續說著：

「豬狩兄在大學時代的某位好友，他的父親是八王子地區的大地主；這次，豬狩兄就是受到那位朋友的邀約而前去當地的。結果，當豬狩兄到了那家酒館之後，他赫然發現，在離自己不遠的座位上，有一位我們研究所的所員A先生，正在和另一個不認識的男人把酒對飲。雖然因為對方戴著墨鏡，所以不能百分之百地斷定就是A某本人，不過他有百分之九十九的把握，確定就是那個人沒錯。他心想：等稍微再看清楚一點之後，如果是本人的話，要不要出聲叫住他呢？如果說在這種場合拍拍他的肩膀，會不會顯得太唐突呢？就在他一邊猶豫，一邊暗中眺望著對方的時候，那男人忽然做出了某個跟A某一模一樣的小動作；這讓豬狩兄因此而確信，對方毫無疑問就是A某本人。」

「原來如此。」

「就在這觀察的過程中，豬狩兄注意到一件事情，並且感到相當怪異：那就是，正在對飲的那兩人，都摘下了上衣領口的公司徽章。我們公司在電機業界裡面可說聲名十分顯赫，因此，不管是在酒吧或是酒館裡喝酒，只要戴著徽章，對女孩子總是相當有吸引力。因此，A某摘下徽章，在他看來還真是件奇怪的事。當豬狩兄正在思考的時候，他的腦海裡忽然電光石火地，閃過了公司出現間諜的事情。於是，他開始用疑惑的眼神注視著對方，漸漸地越想越覺得不對勁。和A某對飲的男人，應該是北海道電機的人吧！他們之所以選在遠離都心的八王子酒館進行對談，也是因爲在這裡不必擔心碰見研究所的同事吧！而他們之所以要取下徽章，肯定也是因爲他們正在做些什麼見不得人的事……因爲那時剛好是間諜事件發生後不久，所以豬狩兄會這麼敏感，也是理所當然的。」

「我明白。」

「正好在這時候，一位一直在那兩人身邊服務的女招待，從豬狩兄的身邊走了過去。豬狩兄眼見機不可失，於是立刻叫住那位女招待，試圖從她口中問出那男人的名字，不過她卻回答說：『很抱歉，我們店裡都有事先規定，不能隨便說出客人的姓名。』話雖如此，豬狩兄還是繼續黏著她不放；他對她說：『那麼，至少告訴我他從事的是哪個行業，這樣總行了吧？』聽了他的話之後，女招待終於鬆口告訴他說，對方似乎是從事電機行業的人。」

「嗯，那接下來呢？」

「雖然那位女招待也曾向對方索要過名片，不過那位客人相當小心，不願意暴露自己的身份，所以不管她怎樣要求都沒能拿到。當豬狩兄問她：『既然如此，那妳怎麼猜得出他們是電機行業的人呢？』時，她回答說：『因爲在他們的談話中，頻繁地出現兆赫和波長之類的術語啊！』」

「這還真是令人吃驚；我對這些可是一竅不通哪！」

看見丹那臉上露出敬佩的表情，工程師不由得瞇著眼睛笑了笑。

「其實，這是有原因的啦！過去她曾經有個情人，當他知道這女孩爲他生了個孩子之後，便從她身邊逃走了；總之，是個完全不負責任的傢伙。因爲那傢伙平常就很喜歡擺弄卡式收錄音機，所以她也跟著學了不少相關的電器用語。」

「那麼，也就是說，」

受到對方的影響，丹那也跟著露出微笑說道：

「跟A在一起的那個男人，果真就是對手公司的職員嗎？」

「不，豬狩兄倒是沒繼續追問這一點。要是追得太深的話，對方想必也會覺得很奇怪，並且大感困擾的吧！」

「那倒是。」

「於是，豬狩兄給了她一些小費，並且對她說：『請妳把剛才的話全部忘掉』，然後便趁A某還沒察覺之前，離開了那家酒館。然而，僅憑豬狩兄所看到的這一幕，還不能就此斷定A某就是潛伏的產業間諜。徽章的問題，可以解釋成是因爲換了衣服而忘記再戴上；而那位和他對飲的男人，也有可能和這次邀請豬狩兄前來的那位同窗一樣，是他在大學時代的朋友。專攻電機領域的同學，畢業之後分別進入了互爲競爭對手的公司任職，這樣的情況可說屢見不鮮。因此，豬狩兄之所以對此多所考慮，其實並不是毫無道理可言。也正因爲如此，他並沒有將這件事報告所長，而是打算最近找個時間跟A見見面，好好地把事情給問個清楚。畢竟，不管怎麼說，這都是個相當微妙的問題；如果只是誤會，但卻又傳入了周圍眾人耳朵當中的話，那事情就糟糕了。所以，豬狩兄才會想找個誰也不會看見的地方，跟A某見個面。」

「那是理所當然的。」

丹那雖然這樣回答，不過在心裡卻不無遺憾地想著：儘管如此，他還是應該選個更加恰當的場所才對；畢竟，冬天的植物園實在人煙太過稀少了。

「那麼，他到最後都沒有說出A君的真實身分到底是誰嗎？」

「是的。」平林咬著嘴唇回答道，

「豬狩兄從頭到尾，都是用『那個男人』來稱呼對方。要是我有向他問清楚究竟是誰的話，那樣就好了……」

「不過，按照豬狩那麼謹慎的性格，恐怕即使你問他，他也不會說出來吧！」

丹那像是在安慰平林似地說著。

他心想，事態應該不用太悲觀，只要拿著研究所全體成員的照片到那家酒館裡去，女招待就一定會告訴他A某的真實身分。

4

透過向豬狩畢業的大學進行詢問，丹那找到了那位八王子地主兒子的姓名；接下來，他又和對方通電話，從而得知了酒館的所在地。於是，在事件發生三天後的晚上，丹那來到了中央線的八王子車站。

那是一家名叫「粉紅女郎」的酒館，這個俗豔的名字，與它所處的偏僻位置倒是十分相稱。它位在連貫國鐵八王子車站與京王電車八王子車站的國道中間，對面是一家保齡球館。上面畫著穿著西洋睡衣美女圖樣的桃紅色霓虹燈，在夜裡大放光明；生性古板的丹那只不過抬起頭看了一眼，就被上面美女的煽情姿勢給搞得面紅耳赤、不知所措。

被帶到靠近後門的經理辦公室裡的丹那，在酒館經理的對面坐了下來。經理是個膚色白皙，下巴上還留有剛刮過鬍鬚的青青痕跡，打扮入時的男子。

「警察先生，您所說的是叫做久子的女招待吧？那兩個男人很中意她，每次都點名要由她服務呢！不過很遺憾的是，她突然回老家去了呢！」

經理語帶遺憾地說道。在大廳的方向，響起了丹那曾經聽過的一首舞曲，這讓他不由得微微皺起了眉頭。

丹那特別討厭跳舞；在他看來，男女公然地在人前相擁而舞，實在是件讓人覺得不可思議的事情。從這個角度來看，那種扭著腰但身體不貼在一起的阿哥哥舞，似乎反而要來得健康一些。

「在聖誕節前夕這種繁忙時刻，頭牌的女招待卻要請假，這對我來說，自然也是感到相當困擾；可是她說鄉下的孩子生了重病，所以我也不好不讓她回去哪！」

「您所說的孩子是……？」

「就是拋棄她的那個男人留下的小孩；她將那個孩子寄養在她老家的父母那裡。可是啊，流淌著那種薄情男人血液的小孩，長大成人後一定也會成爲同樣薄情的男人吧！莫泊桑不就曾經寫過一篇類似情節的小說嗎？雖然我這樣說或許顯得很冷酷，不過我認爲，爲了久子，那種**私生子**最好還是讓他早早死掉會比較好。要不然的話，等到老了後，要受苦受難的可就是她了。」

雖然經理的年紀還很輕，不過他講起話來卻像是老人一樣，充滿了看透滄桑的味道。

「或許正是這樣也說不定吧。……那麼，她的老家在哪裡呢？」

「好像在是岡山縣一個叫下津井的地方。」

說到這裡，經理又用同情的眼光看了一眼丹那。如果是山梨一帶的話，倒可以簡單地前去走訪，可是，岡山縣實在是有點太過遙遠了。

於是，丹那改變了主意；他從大衣口袋裡拿出了一疊照片，那是他找來研究所的全體職員，請他們一一提供給他的。在這當中，甚至還混雜著姿勢很做作的相親用半身照。

「裡面哪位是那個男人，能幫我稍微看看嗎？」

「不，因爲他們倆人總是戴著黑色墨鏡的緣故，所以很抱歉，我無法辨別。」

經理面帶歉意地搖搖頭，然後又說道：「不過，女招待裡面，或許有人曾經看到過他們摘下眼鏡後的面貌也說不定哦！」

他叫來了與久子關係較好的兩名女招待，不過她們的回答也與經理相同。她們說：「那兩人每次只要進到店裡，一定都會指名要由久子爲他們服務。雖然我們偶爾也會被叫到桌邊陪著喝酒，不過卻從來沒有看過他們摘掉墨鏡後的真面目。所以即便看到照片，也無法確認誰是前來店裡的那個人。」

「是啊，他們兩位都沒什麼特徵可言，就連身材也都是不胖不瘦的那型。」

稍微豐滿一些的女招待晃動著大大的乳房，這樣說著。

「沒錯，他們的特徵就是沒有特徵唷！」

另一位圓臉的女招待也從旁附和著。兩位女招待都穿著剪裁相當暴露、色彩鮮豔奪目的晚禮服，流露出幾分醉意的臉頰微泛紅暈，像是有點難受似地，不住地大口呼吸著新鮮空氣。

「那麼，請再回答我一個問題就好。請問妳們知道那兩位客人的姓名嗎？只要是其中任何一位都可以。」

「不知道唷！就算關係再親密，彼此之間也還是會有不想讓人知道的隱私吧？所以，小茶從來都不會對客人問東問西的；如果那樣做的話，就顯得太過貪得無厭、忝不知恥了唷！」

「小茶」似乎是久子在這裡的暱稱。雖然無從得知久子爲什麼會被稱呼爲「小茶」，不過，既然無法辨明男人的長相，那麼丹那不遠千里跑到八王子來，就顯得一點意義也沒有了。

就在這時，或許是看到丹那失望的表情而動了惻隱之心，那位豐滿的女招待像是在說悄悄話似地，壓低了聲音對他說道：

「如果你想知道姓名的話，最好還是去問問小茶本人，因爲，她似乎偶爾會跟他們上賓館的樣子。不管怎樣掩藏，睡覺的時候總應該會摘下墨鏡吧！」

「是和其中的哪一位男人呢？」

「哪一位嘛……兩位都有喔！畢竟，小茶是個博愛主義者嘛！」

儘管是好朋友，如果抓到機會，還是會忍不住想說些對方的壞話，這就是女人。無論如何，丹那都非得去一趟岡山縣不可。

5

丹那搭乘第一班發車的新幹線抵達新大阪後，換乘山陽本線到了岡山。他在這裡換搭宇野線，在途中的茶屋町車站下車後，接著又坐上屬於私鐵的下津井鐵道那小小的列車，沿著海邊一路搖搖晃晃地經過了好幾個小鎮，最後終於到達了終點——下津井車站。因爲聽說那裡是個漁港，所以在丹那想像中，應該是個很嘈雜喧鬧的城鎮才對，不過當他下車的時候，車站和車站前的廣場全都是一片靜悄悄的。丹那按照車站服務員的指示，走在通往漁港的狹窄街道上。天還沒亮的時候，他就已經離開了東京的家，但現在的時間卻早就已經過了下午一點。不過，相形之下，他倒是沒有產生那種來到相當遙遠地方的感慨，或許是因爲新幹線縮短了距離的緣故吧！

湯淺久子的家，處於漁夫居住區的中間位置，是一棟面向大道的低矮建築物。一整面大大的窗戶上鑲滿了細小的格子，讓人看了不禁莫名聯想起從前花街柳巷的那些房舍。不過，不只是久子的家，這一帶的民居似乎都是這樣的建築。

一聽說丹那是來自東京的刑警，久子露出了既感驚訝，同時又有些懷念的表情，連忙將他請進了家門。雖然她的臉上現在未施粉黛，不過如果撲上粉再抹上胭脂的話，毫無疑問地會是個豔光四射、引人注目的美人。

既然是擁有這般姿質的美女，那麼隨便找個有錢人家的孩子嫁過去應該沒有問題才是，爲什麼偏要去東京當什麼酒館女招待呢？丹那一邊在腦子裡這樣想著，一邊不斷打量著對方。

「您孩子的病情還好嗎？」

「托您的福，已經沒有大礙了；不過醫生說，要完全康復沒有那麼簡單。爲此，我已經決定不再回東京了。我要留在這裡，跟孩子與父母一起生活。」

「這樣想就對了。」

丹那二話不說地立刻大表贊成，不過他馬上又想到：如果那位經理知道這件事情的話，一定會很失望吧？

「孩子才剛入睡，我們還是到外面聊吧。」

久子一邊說著，一邊拿起了件舊外套披在身上，然後穿上一雙某些地方已經開始斑駁掉漆的涼鞋。刑警和酒館女招待沐浴在溫暖的陽光下，肩並肩地朝著漁港的方向走去。

隨著他們越來越往前走，披在身上的外套感覺起來，似乎也變得越來越沉重；當他們走到水泥修築成的堤岸上緣時，久子終於停下了腳步。堤岸的四周高高堆積著捕章魚的陶罐，在久子的腳邊，有一隻已經乾枯的小章魚屍體橫躺在那裡。帶著微溫的海風迎面而來，吹亂了久子捲曲的頭髮。

丹那不失時機地，拿出帶來的照片讓她觀看；久子毫不猶豫地，馬上指出了其中的一張。

「絕對不會錯的哪！」

或許是因爲對丹那已經不再抱持戒心的緣故，久子在不知不覺中，開始用起了關西腔說話。回到家鄉的她，已經不需要再辛苦勉強自己使用普通話了。

丹那攤開掌中的小筆記本，將照片和上面所記載的姓名進行對照之後，確認照片上的男人名叫竹岡太郎。照片上的竹岡，看起來就像是武者畫當中的主人翁一樣，眉毛濃密而高挑；除此之外，他也有著一雙與自己的劍眉十分相稱，修長而向上揚起的眼睛。不過，只要用太陽眼鏡遮住眉毛和眼睛，他的臉就會立刻變成一張極端平凡無奇的臉龐；難怪酒吧女郎們會異口同聲地說，他的容貌沒有任何特徵了。

竹岡太郎今年三十二歲；雖然他比平林和豬狩還要早兩三年進入公司，但因爲沒有什麼做出什麼顯著的研究成果，所以至今還是一名普通職員。他不只地位低於那兩人，同時在這家公司效率本位的原則下，薪水想必也差了不少。因此，他在內心會感到相當不滿，這並不是什麼難以想像的事情；而競爭對手北海道電機會看準這一點，並進而想辦法去煽動他內心的不平衡，也是理所當然之事。

「他是從什麼時候開始來店裡的？」

「這個嘛……應該是從半年前左右開始的吧！因爲他第一次指名我服務的時候，我正好在準備開空調；確實，當時的天候相當炎熱。」

「他經常來嗎？」

「大概十天會來一次。」

「通常都聊些什麼？」

「來酒吧的客人，基本上很少談什麼嚴肅的話題，這個人也不例外啦！他通常都是聊些街頭巷尾的事情、女人的話題、或者是關於吃的，有時候還會說些跟電氣有關的內容……」

丹那認爲，當下必須釐清的就是，這兩個男人之間究竟是怎樣的一種關係？是志同道合的酒友呢？還是同樣對美麗的女招待久子一見傾心的競爭對手呢？抑或是真的是身爲產業間諜，爲了傳遞情報而彼此交流呢？

如果在他們背後沒有什麼見不得人的事，那就沒有必要害怕豬狩，即便被警方追問，也可以堂堂正正地解釋清楚。也就是說，事態應該不可能發展到殺人這種地步。因此，對丹那來說，不管怎樣，都必須弄清楚他們之間的關係才行。

「像您這樣經驗豐富的女性，」

丹那用宛如在安撫貓一般的聲音，盡可能奉承地說著，

「我想觀察男性的眼光一定相當敏銳吧！那麼，就您看來，那兩人之間的交情究竟是怎樣的？」

「怎樣的交情……」久子複述了一遍丹那的問題。

「比方說好朋友啦，或者是業者接待顧客啦，諸如此類的關係。」

「反正我也不打算再回去風化圈工作了，那就告訴您也無妨：竹岡他在出賣公司的情報唷！」

「怎麼可能……」

丹那裝出一副難以置信的表情，誇張地把雙眼瞪得老大，

「公司的情報……真的嗎？」

「我撒謊又得不到什麼好處，對吧？這可是千真萬確的唷！有一次，我跟喝醉了的竹岡去汽車旅館時，他在喝得爛醉如泥之餘，把整件事情毫無保留地全都說出來了。我記得他當時還用相當暴躁的語氣，破口大罵說：『只是要求提高報酬，對方就不給我好臉色看！』那時候，我連忙打了個圓場，將他給敷衍了過去；畢竟，對我來說，他們兩個都算是重要客人嘛！如果這些話傳到別人耳中，結果造成他們兩人關係惡化的話，那勢必會對我的收入造成影響。所以，我就裝做什麼都沒有聽到啦！」

「的確，這才是聰明的做法。」

丹那用像在煽動般的口吻說著。他極力想從久子的口中再多套出點什麼，不過久子所知的，也就只到這種程度而已了；接下來，不管他再怎樣詢問，她都只是反覆地回答說：「我不知道，我不知道唷！」不過，縱使只是釐清了產業間諜的真實身份，那也算是相當大的收穫了。

「今天真是非常感謝您。您告訴我的內容，相當具有參考價值。

雖然我這樣說或許有點多事，但我還是想勸您，最好不要再回東京那種滿布塵埃的地方了。這

裡的空氣多好啊！」

講到這裡，丹那像是忽然察覺到這一點似地，挺起胸膛，痛快地猛吸了幾口氧氣。

「我也是這麼想的。」

久子用力地點點頭，用涼鞋尖向腳邊死去的章魚踢了一腳。已經乾涸的章魚飛舞在海浪頂端，隨著風劃出幾道大的弧線，最後慢慢地掉進了海裡。

6

縱使竹岡太郎是背叛者這一事實成立，那也是奧米茄音響公司內部的問題。對搜查本部而言，他們似乎並沒有把這件事公諸於世的打算，因此只能悄悄地求見竹岡。搭著末班車回到東京的丹那刑警，一直等到第二天晚上，才前往位在川崎市西郊百合之丘的住宅區拜訪竹岡。竹岡自從幾年前與妻子離異以來，便沒有再娶，一直過著獨身生活。那天晚上，當丹那按了門鈴後，走出來迎接的也是他本人。

「這麼晚還勞煩您過來，真是辛苦了！」

「我來來就走，不會佔用您太多時間的。」

「聽說兇器似乎是絲襪，知道那東西的來源了嗎？」

丹那才剛踏進玄關的入口，竹岡便將他背後的鐵門給關上了。他之所以這樣做，是因為有所顧慮，不希望公寓的鄰居聽到等下即將展開的問答。

看上去，竹岡似乎對於單身生活相當樂在其中。

他穿著一件顏色沉穩，看起來十分雅緻的睡袍，坐在起居室的椅子上正在看電視。桌上擺著一個盛了白蘭地的玻璃杯，房間裡充滿了洋酒的芳香。

「一起喝點嗎？」

「不用了，謝謝。絲襪的事情是由另外一個小組在調查，不過應該很快就會有結果了。」

丹那疊好外套後，將它放置在旁邊的另一張椅子上。雖然竹岡的眼中閃過一絲微妙的神色，不過馬上又恢復了若無其事的態度。他對準大大的玻璃杯底，將琥珀色的液體注入其中。

「儘管我知道您現在有公務在身，不過還是喝點吧！」

他一邊微笑著，一邊將玻璃杯擺到了刑警的面前。當他笑起來的時候，那眼角上揚的眼眸顯得出乎意料地柔和。

「請問，您找我是爲了什麼事呢？」竹岡率先開口問道。

「我想請教一下您在二十號下午時分的行動。講得更直接一點的話，就是請問您在當時是否具有不在場證明？」

竹岡原本似乎打算坐回椅子上，不過突然又想到了什麼，於是伸手關掉了電視說道：

「真讓人不愉快哪，刑警先生。您的意思是說我很可疑嗎？」

「因爲豬狩先生要見的人就是您。您在八王子酒館的事情，我們都已經調查過了。」

「刑警先生，您所說的話我完全無法理解呢！您說的酒館，指的就是那家『粉紅女郎』吧？我只是因爲在那邊有個相當合胃口的女人，所以才不時去那裡喝喝酒罷了。我雖然會爲清純而聰明的女性而傾倒，不過同時也很喜歡熟透了的女人呢！」

竹岡用帶著幾分詼諧的語氣說著。他不只沒有流露出任何狼狽的樣子，相反地還顯得十分鎮定自如。

「總之，還請您務必告訴我，您在二十號當天的行動。當然，如果您不願意說的話，也可以不講就是了。」

「我倒沒有什麼好不願意談的。相反，爲了釐清整件案情，我更希望你們徹底地調查清楚；畢竟我也不喜歡那種明明什麼事都沒做，卻要遭人懷疑的感覺。」

竹岡揚起眼角微笑著，對丹那這樣說道。他的語氣當中，聽起來並沒有什麼挖苦或者厭惡的感覺。丹那點了一下頭之後，將玻璃杯握在掌中。

「豬狩說有重要的事情要與我談，問我是否能跟他見個面，這是事實沒有錯，我對此並不否認。當時他問我，『星期天是否有空』，而我則是回答說，『不管什麼時候都方便』。豬狩和銀座某酒吧的媽媽桑有著相當親密的關係，雖然他深愛著妻子，但卻又沒辦法和媽媽桑就此分手；爲此，他感到相當的苦惱，而我從一些傳聞中，也得知了這件事情。因此，對於他找我出來，我的看法是，他一定是想在這件事情上面，借重一下我的意見。那麼，既然他都來拜託了，身爲朋友，當然該盡點自己的綿薄之力囉！」

當竹岡的話聲一停，整個房間突然急劇地變得安靜了下來，就連暖爐火燄的劈啪聲，聽起來都清晰可聞。竹岡輕輕地將杯子放回桌上，又繼續說了下去：

「那是星期四的事情。隔一天之後的星期六，他又來到我的桌前對我說：『不好意思，雖然說起來有點任性，不過我還是想拜託您，見面時間可否再延個兩三天？』因爲我也想好好地享受一個完整的星期天，所以對於他的請求，自然沒什麼好不高興的。於是，我們便商量好了要在下個星期四——也就是這週的星期四——見面。」

丹那也將杯子從手中放了下來，接著說道：

「不過，您想必已經聽說了豬狩先生在井之頭植物園被殺的事情吧？」

「那還用說嘛？整個研究所裡面都已經鬧得天翻地覆了呢！」

「那麼，既然豬狩先生已經取消了跟您的約定，爲什麼當天他還要前往現場呢？您不覺得，這未免有點太過啓人疑竇了嗎？」

在丹那的追問下，竹岡一瞬間露出了困惑的表情，使勁地眨了眨眼睛說道：

「您似乎有所誤會了；豬狩原先和我約好見面的地方，是在新宿的車站大樓；那裡的八樓有一家安靜的咖啡廳，我們就說好了在那裡碰頭。至於他取消了跟我的約會，跑到植物園那種地方，到底是要去見誰呢？關於這點，我個人也覺得相當疑惑呢！」

竹岡語帶不悅地這樣說著。不過，像是察覺到自己的態度不佳似地，他立刻又恢復了剛才柔和的目光：

「話說回來，如果您要詢問我在二十號那天的行動的話，看看那面牆上掛的東西，便可以一目瞭然了。別看我這個樣子，我可也是個熱愛假日寫生的業餘畫家呢；每當興之所至的時候，我就會出門去畫畫風景。因此，二十號那天，我也是一大早便出門寫生去了。」

牆上除了兩幅描繪大海與靜物的油畫之外，另外還掛著一幅以夏天山色為主題的水彩畫。畫中那位在鮮明湧現的積雨雲下的山峰，看起來應該是槍之岳或是穗高山吧！丹那並不懂得判斷畫的好壞，不過可以確定的一點就是，竹岡的繪畫功力比自己要強得多。他一邊在心底暗自想著，一邊轉過眼看著竹岡說：

「那天您去了哪裡？」

「三河（譯註：日本古代六十六國之一，位在今日愛知縣東部。）的田原。」

丹那皺起了淡淡的眉頭。三河在愛知県，這點他是知道的，不過除此以外的東西，他就不是很瞭解了。

「我在豐橋車站換乘了豐橋鐵路，它的終點站就是三河田原。」

「為什麼要去那種地方呢？」

「雖然您稱呼它為『那種地方』，不過……」

他笑著露出了白白的牙齒，眼神也變得愈發溫和了起來。丹那實在很難相信，擁有這樣一雙眼睛的男人，怎麼可能會是做出背叛公司、出賣情報這種卑劣舉動的人呢？不，還不只於此；為了這樣的原因而殺害同僚，甚至僅僅因為對方剛好路過現場的關係，就連芭蕾舞者也一起殺死，像這種兇殘的男人，丹那無論如何，都沒辦法將他與面前的竹岡聯想在一起。

「不過，那裡並不像刑警先生您所想像的那樣，是個什麼古怪的地方喔！舉例來說，渡邊華山先生（譯註：日本江戶末期的大畫家，也是知名的蘭學者。）當年所仕奉的就是田原藩呢！聽說這座小城後來又得以復建，於是我便一直想去爲它畫上一幅畫；不過，直到那天我的時間忽然空出來，才終於得以成行。另一方面，從那裡搭大約一小時左右的巴士，就可以抵達伊良湖岬。那一帶因爲受到黑潮影響，所以即使是在寒冬，氣溫也相當溫暖。」

「伊良湖岬的名字，我倒是聽說過呢！」

丹那對於這個海岬的認知，僅止於聽過地名的程度而已。儘管他也曾經想過，有空的時候一定要去拜訪一番，可是既然幹了刑警這一行，要想達成這樣的心願，恐怕也只有等退休之後了。

「那麼，讓我們回到二十號當天的事情。正如我剛剛所說過的那樣，那天我搭乘豐橋鐵路，在三河田原下車後，就一直在舊城址進行寫生，所以根本不可能出現在井之頭植物園。」

竹岡說著說著，像是心情不錯似地低聲笑了起來，站起身走進了另一個房間。過沒多久，他拿著一個大型的寫生簿回到了原地，臉上依舊掛著笑容：

「你看，就是這個。雖然畫得並不怎麼令人中意就是了……」

每一座古城，都各自隱藏著專屬於自己的一段歷史；然而，最近復建的古城，其主要的用意只是在於盡可能地從觀光客口袋中賺取更多的錢，甚至連刻意粉刷過的牆壁顏色，都讓人看起來感到相當不快。丹那在心裡時常這樣想著。不過，因爲這幅畫關係到竹岡的不在場證明，所以他也不得不拋開偏見，認真地觀賞了起來。

田原古城就建在畫面右手邊靠裡側的位置。因爲田原是個小藩，所以城堡的規模也是與之相稱的小。在城堡前面的護城河邊，叢生著看起來應該是枯萎的蘆葦之類的植物。除了城堡和位在它左端的水泥電線杆之外，畫面中所有的事物都是用茶色系的顏料描繪而成，從中不由得讓人深深感受到冬天的那股蕭瑟之意。

「我對繪畫這檔事並不瞭解，」

丹那很坦率地說著；他所喜歡的是種種小盆栽之類的消遣。

「不過，能夠懂得繪畫，應該是件很愉快的事吧！我從小學的時候開始，就一直是個手拙的人呢。」

「不管怎樣，只要先把油畫所須的材料張羅齊全就行了。這樣的話，即便覺得不喜歡，也會不得不開始想畫點什麼，然後在這過程中，漸漸就能畫出些像樣的東西了。讓我們言歸正傳吧；總之，就像我說的這樣，因爲當時我人在田原，所以根本不可能出現在井之頭公園。」

「可以再說得詳細點嗎？」

丹那在桌上攤開筆記本，向竹岡催促著。

「就算再怎樣詳細，我所能講的也就只有這麼多了。到了傍晚，我想在伊良湖岬訂個房間住下來，於是打了通電話，結果對方卻當場拒絕了我，跟我說房間已經客滿了。我雖然在心裡暗暗咒罵了一聲，不過沒有房間也無可奈何。到最後，我在田原的旅館裡住了一宿，第二天在伊良湖岬閒晃了一陣之後，便回到了東京。事情經過大致就是這樣。」

「第二天的事情不管怎樣都好，問題是，豬狩先生被殺害的下午兩點這個時間，你人在哪裡？」

「我不是說了嗎？我在寫生啊！」

「有證人嗎？」

「這就有點難說了。我畢竟是個業餘者，所以很不喜歡自己寫生的時候背後有人張望，那樣會讓我覺得很難爲情。所以，那天我是在草叢裡畫畫；雖然草叢跟森林不太一樣，或多或少還是會有兩、三個人在後面偷看，不過究竟是誰在看，那我就不太清楚了。」

「這樣說來，事情就麻煩了哪！」

「不，一點也不麻煩。就像我剛才對你說過的那樣，我可是有不在場證明的。那時，我在進行寫生到一半的時候，忽然感到肚子餓了，於是便走回公車道附近的一家餐館，吃了頓遲來的午餐。儘管知多半島的溫度比較暖和，但是長時間坐在那裡寫生，身體還是會感覺到冷。吃完飯後，我捨不得馬上離開暖爐，於是又在店裡與店主閒聊了一會兒。」

接著，竹岡又補充道：他呆在餐館的時間，是從下午一點到一點半左右的這三十分鐘。如果他說的是事實的話，那麼不管他的嫌疑有多重，他都不可能成爲犯人。在這麼短的時間內，就算他開著跑車全力疾馳，也頂多只能回到豐橋市內而已。

「在那之後，我又回到了舊城址繼續寫生。儘管並不專業，不過我上色的時候，可是費了不少苦心呢！就這樣，時間不知不覺地過去了，等到我回過神來的時候，太陽已經快要下山了。於是我就住進了剛才所說的那家旅館。刑警先生，如果您要調查的話，還請您務必儘快前往；畢竟日子一久，旅館員工的記憶也會變得模糊起來嘛！當您要去的時候，我可以向公司請假陪你一塊去。光是拿照片給對方看，要清楚辨認還是有其限度；我想，果然還是非要本人親自走一趟不可。」

完全出乎丹那的意料之外，竹岡的態度顯得相當積極。

7

下個星期六的中午過後，竹岡和丹那走出了三河田原車站的剪票口。正如先前在下津井車站時所見的情景一般，這裡的車站前面，看起來也是一片冷冷清清的樣子。當最後一位下車的旅客從兩人視線中消失之後，四周就再也看不見任何人影了。他們佇立在原地，四下環顧了好一陣子；吹過丹那腳下的旋風捲起了地上的枯葉，伴隨著乾涸的沙沙聲，吹過小小的廣場。

「這城鎮實在太過安靜了哪！觀光客往往對這裡連看都不看一眼，就直奔伊良湖岬而去；因此，它才會變得越來越寂寥的哪！」

竹岡就像士兵扛起槍一樣，將從剛才就一直抱在懷中的圓筒放到了肩頭上——不，從它那又粗短矮胖的外形來看，與其說那像槍，倒不如說像火箭砲來得更貼切些。在那裡面，小心翼翼地放著那幅他在這裡完成的水彩畫。他打算在必要的時候，把畫拿出來給人看看，希望藉此喚起那些看過他的人的回憶。

走過夾在民居中的一條陰暗小道後，他們來到了公車道旁。竹岡在那裡停住腳步，肩上的圓筒差點抵到了丹那的鼻子。他對丹那說：

「從這條道往左走，便是伊良湖岬；至於右邊當然不用多說，就是豐橋。」

朝著通往伊良湖岬的方向走過四五家店，便可以看見巴士站的標誌豎立著，在它的對面，有一家小小的平價食堂，和一家西洋風格的快餐店。不等竹岡介紹，丹那便已經大致猜出，工程師所說「自己在那裡吃了頓遲來午飯」的餐廳，應該就是那家快餐店。

快餐店的正前方，掛著一塊美國清涼飲料的看板，在上面空白的地方，寫著「椰果」兩個字；看樣子，這似乎就是它的店名。

「挺有意思的店名嘛！」

「的確呢。島崎藤村不是有一首名詩叫做〈來自遠方的無名小島〉嗎？詩中所寫的椰子之果漂流到的地方，正是這個伊良湖岬。這家店或許就是因此而命名的吧！」

竹岡推開鮮橙色的塑膠門，禮貌性地讓丹那先進去。

「哎呀，不好意思，今天又來叨擾了！」

竹岡用親暱的語氣打了聲招呼。聽到聲音，店裡的兩三位客人，以及一位臉頰紅通通的女服務生同時轉過頭，朝著他的方向望了過來。或許是因為店面很小的關係，在店裡只有一位女服務生負責顧場。

「這個嘛，就給我們來兩份特價午餐吧！之後，我還有些話想跟妳談談喔！」

這時候的竹岡，也是像先前一樣微瞇著雙眼，表情顯得相當柔和。他笑著從口中露出白白的牙齒，整個人看起來，完全是一副善人的面貌。

橢圓形的盤子裡，盛著兩片奶油吐司和兩根烤過的維也納香腸，旁邊的配菜則是炸蝦和沙拉，飯後還有免費提供的咖啡。雖然炸蝦的肉有點硬，不過或許是因爲肚子餓的緣故，感覺起來味道倒是相當不錯。

「還記得我曾經來過這裡嗎？」

當服務員把咖啡放到面前時，竹岡有點強制性地這樣問著。女服務生曖昧地笑了一下，那表情似乎是在說：好像來過，又好像沒來過……。走近一點看，可以發現她臉頰上的紅暈，其實是塗上了胭脂的結果。她的眼瞼上塗著藍色的眼影，眼眶周邊也描著黑黑的眼線。

「那麼，妳方便看看這個嗎？」

他從圓筒中抽出那張捲起來的畫，把餐具推到旁邊，將畫在桌上攤了開來。那正是昨天丹那在百合丘竹岡的公寓裡，曾經見過的那幅水彩畫。先前的那兩三位客人早已用完餐離開了店內，現在還留在店裡的，就只剩下丹那他們兩人和那位女服務生。

「啊，我想起來了，你就是當時的那位客人嘛！你畫得真好呢，好漂亮！」

「先前我拿給妳看的時候，它還停留在鉛筆畫的階段呢！我是來這裡跟你們借了調色用的水，才又繼續回去寫生的。」

竹岡又補充著說道。女服務員瞇起了眼睛，繼續凝視著面前的畫作。

「既然妳想起來了，那就麻煩妳順便回想一下另外一件事：妳還記得我來的那天是幾號嗎？」

竹岡用婉轉的語氣，將話題切入了重點部分；他屏氣凝神，帶著緊張的神色等待著女服務生的回應。事實上，不只是他，丹那的表情也是一樣的緊張。兩個人就這樣不約而同地，注視著女服務生那紅紅的面頰

「我忘了。」女服務生如此回答著。

「拜託妳稍微再想一想就好。」

「這裡每天都有許多客人會來，您就別爲難我了吧！」

「那麼，就給個大致上的日期也行。」

竹岡無可奈何，只好暫且做出了讓步。

「這個嘛，應該是大概一週前的事情吧？」

「對，妳能再稍微回憶得更準確一點嗎？」

「這我就沒辦法了。」

「……那麼，妳記得具體的時刻嗎？我來吃飯的時候大概是幾點左右？」

「我記不得了。您問我這樣的事情，我會覺得很困擾的呢！」

「這下可糟了！」

竹岡束手無策地歎了口氣。不過，他馬上又重新振作起精神，伸出手碰了一下女孩的手腕說

道：

「那麼，這件事妳總該記得了吧？我們兩個曾經爲了我的手錶到底有沒有慢而爭論過，不是嗎？」

女服務生好像終於記起了些什麼，塗的紅紅的臉上第一次出現了一些反應。

「嗯，我想起來了。不過當時並沒有到爭吵這麼嚴重的程度。」

「簡單地說，那時候的情況是這樣子的……」

竹岡轉過頭看著丹那，向他解釋起當時的來龍去脈。

「剛才我們點的特價午餐，只要是在午餐時段內點菜的話，就可以享受三折優惠，可是一過優惠時段，馬上又會回到先前的價格。當我前往舊城址的時候，偶然在路上瞥見了這家店外的牌子，當下心裡就決定，今天中午一定要來這裡享用特價午餐。然而，當我回到這裡準備吃午飯時，卻因爲已經過了優惠時段大概五分鐘左右，而陷入了得付更高價錢的窘境之中。結果最後弄清楚是我的手錶慢了五分鐘，事情才總算告一段落。因此，我想說的是……」

這位工程師說話的語氣越來越熱切，他目不轉睛地注視著丹那說道：

「這家店的午餐優惠時段，是到下午一點鐘爲止，而我是因爲此事與店方發生糾葛；換言之，下午一點五分的時候，我人確實就在這家店裡。這難道不能算是決定性的有力不在場證明嗎？」

「或許是很有力沒錯，但並不能說是絕對鐵證如山。畢竟，我們還沒有釐清你究竟是在哪一天畫下這幅畫的呢！」

對丹那來說，既然都已經千里迢迢來到這裡，他當然也希望能夠徹底釐清竹岡的不在場證明。可是這名女服務員的記憶實在太過模糊，雖然他們不斷變換方式與問題內容來對她進行詢問，但最終還是沒有收到很好的效果。不過，當然也不能因此就嘲笑她的記憶力太差；即使是丹那自己，如果突然被人問起前天的天氣如何的話，大概也沒辦法正確地回答出來吧！

「我可不是那種會就此悲觀放棄的人；您還記得我那天曾經在旅館住過一夜吧？當我把已經完成的畫掛在壁龕上欣賞的時候，旅館的女侍正好走進來看見那幅畫，還稱讚了幾句呢！當然，那只是禮貌性的奉承而已，不過我想她一定還有印象才對。」

「可是……」

丹那毫不客氣地反駁道，

「並不能因為旅館的女侍在二十號星期日看到過這幅畫，就因此而斷定你完成這幅畫是在二十號吧？」

「為什麼？」

「因為你也有可能是在星期六，或者在星期五將它完稿的。就算下午一點你在那家快餐店吃飯是事實好了，你也沒有足夠的證據能夠證明，它就是發生在二十號的下午一點，畢竟，這事也有可能是發生在十九號的下午一點對吧！」

「……」

「你拿著先前畫好的畫趕回東京後，又在二十號的傍晚再次抱著這幅畫來到此地。接著，你偽裝成一副不知不覺在舊城址寫生了一整天的模樣，在這邊旅館裡面投宿下來……我這樣的推論還算有理吧？」

竹岡聽著聽著，臉上不禁露出了嘲諷的微笑；那是一種徹底把對方當成笨蛋看待的露骨表情。

「就算是職業習慣，丹那先生，你那疑神疑鬼的態度，還是讓人覺得很不舒服。只要給我們公司打個電話，馬上可以證明你那假設全是一文不值的東西。畢竟，不管怎麼說，我可是一天都沒有向公司請過假喔！用這種半調子的態度妄加猜測，只會讓人覺得反感而已。如果不相信的話，請你馬上就打長途電話回公司求證！」

「你憑什麼命令我！」

丹那像是十分生氣似地粗魯地應道，然後撥起了放在店裡一隅的公用電話。結果不到一分鐘就出爐了——竹岡並沒有說假話。雖然丹那在情感上仍舊無法釋懷，但自己的假設被擊潰也的確是事實。

「怎麼啦？」

當丹那放下話筒時，竹岡的聲音從背後傳了過來。那種講話的語氣，跟剛才那種傲慢的態度簡直是判若兩人。

「那麼，我們去旅館吧。要是那位女侍今天在就好了……」

當竹岡正要從錢包裡拿出錢時，丹那擠過去，將一張一千圓的鈔票遞到了女服務生的手上。

「這是兩人分的飯錢。」

丹那迅速地說道。他在心裡暗想：我才不要讓這種男人請客呢！

「旅館就在車站的對面，距離並不算太遠喔！」

走出餐館後，竹岡大概是察覺到自己惹毛了這位刑警，於是又恢復了原本的態度，像是要討丹那歡心似地這樣說著。

穿過車站前面的廣場，再往前走一小段路，眼前便出現了一棟既不像商店也不像一般住家，十分奇特的建築物。這一帶的房子都有著用高高的木板牆圍起，從外面無法輕易窺探的庭院。

「這一帶就是所謂的花街。雖然說是花街，不過正如您所見，其間的妓院也不過只有兩三家而已；然而，按照這方面行家的說法，田原的藝妓可是全日本第一的喔！」

「哦，這樣說來，她們都是彈三味線的高手囉？」

當丹那這樣敬佩地說完之後，竹岡不禁露出了一副「跟你這種木頭人講這些話，真是對牛彈琴」的表情，輕蔑地看了丹那一眼，然後便緘默不語了。

那家名叫「紅屋」的旅館，位在穿過花街之後的城鎮盡頭處。那是一間越過黑色板牆隱約可見蒼松圍繞，帶著古典茶室瀟灑風格的建築物，不過在丹那看起來，總覺得有點像是歌舞伎戲劇裡的舞台背景。

「呃，刑警先生……」

工程師忽然停下腳步，低聲說道：

「雖然我並不算是什麼俯仰無愧於天地之間的聖人，不過被當成殺人嫌疑犯，仍然不是什麼榮耀的事情。所以，如果可以的話，我希望您能夠對第三者保守這個秘密，好嗎？」

「這點我可以理解。」

「那麼這樣說來，就當作我們兩人是朋友，可以嗎？」

「可以。」

丹那很輕易地同意了；身為男人，這男人當然也有他自己的面子要顧。

「可是，到時候我們要怎麼跟對方談呢？」

「關於這點，就請交給我吧！如果刑警先生您有什麼不能理解的地方，到時候再由您來補充提問好了。」

兩人商量好之後，便踏進了旅館的大門。地面上的碎石一直鋪到由格子拉門構成的玄關處，上面還灑了一層清水。（要是結冰的話，客人會不會摔跤呢？）看到這副景象，丹那居然杞人憂天地關注起了這種無聊的問題。

正午過後的時間，也是旅館職員休息的時間。（只要時間一個沒抓準，那位女侍搞不好就出門去了……）丹那在心裡如此暗自擔心著，而他的擔心真的差點變成事實。當他們走進去的時候，那位女侍正好出現在玄關；她的身上穿著白色的套裝，臉上化著精心打扮過的妝。她看起來不像是旅館的服務員，倒更像是某家的千金大小姐。

「咦？」

她呆立在原地，驚訝地說了這麼一句。竹岡稍微晚了一步發現她，整個人也同樣當場愣住了。

「哎呀，我還以爲我認錯人了呢！妳換了衣服之後，簡直完全變成了另外一個人。雖然妳穿和服也很好看，但還是西裝套裙更適合妳。」

「討厭啦！」

她用手背掩住嘴唇，扭動著身子嬌聲嬌氣地說道。雖然並沒有到竹岡的奉承話所誇飾的那種程度，但除了顴骨較高之外，她的五官看起來輪廓分明，可以說百裡挑一的美人。

她看著正在旁邊對自己品頭論足的丹那，對他也報以了一個職業性的微笑。得知她正要搭巴士去豐橋買東西，竹岡不由得用有些焦急的口氣說道：

「我有些話想問問妳，不會佔用妳太多時間。先前，我曾經在這裡住過一個晚上，但我老婆的朋友卻說當天在銀座看到過我，而且還堅持說，我當時正跟酒吧的女人感情很好地一起吃著壽司。糟糕的是，這件事情傳到了我老婆耳朵裡，結果她整天大吵大鬧，嚷嚷著說要跟我一刀兩斷，不管我再怎樣解釋，說那只是長得很像的人而已，她都不肯相信。於是，我只好請身旁的這位朋友來做個中間人，讓他與我一起來確認一下，我當時住在田原的事情究竟是真是假。因此，我希望能夠透過妳的話語，正確地告訴他，我在這裡住下的那天是幾月幾號以及星期幾。」

丹那雖然完全沒想到他會編出這樣的故事，不過了配合竹岡，他也只好裝出一副言之有理的表情，不住地點著頭。旅館女侍倒是似乎輕易相信了竹岡的這番話，在門框內的地毯上坐了下來。

「還記得嗎？那時候，我曾經把在田原城堡寫生的畫讓妳看過。」

「嗯，那件事我記得，但到底是幾號呢……」

她扳著修長的指頭數了起來；不過，因爲事情牽涉到離婚問題，所以她並不敢輕率地做出回答。

「經理，不好意思，能否借我一下住宿登記簿呢？」

聽到她的聲音，櫃台的窗戶從裡面打了開來；接著，一位年輕的經理點了點頭，將一本封面有點髒的裝訂本遞了出來。丹那接過本子觀看之後，確認了這名音響工程師毫無疑問地，曾經於十二月二十號在這家旅館投宿。

「那是傍晚時分的事情吧？」

「是的。當時他先是打電話問有沒有空房間，然後過不了五分鐘就來到了這裡。」

「是啊，因爲我是從車站打電話來的嘛！」

就在竹岡的不在場證明成立的此刻，或許是覺得自己已經沒有必要繼續裝出一副低三下四的樣子了吧，竹岡不客氣地看了經理一眼之後，點了點頭表示致意。

8

僅僅相隔了一天之後，丹那又再次動身前往田原。他之所以這樣做，主要的原因是他那多年培養的直覺，敏銳地捕捉住了隱藏在整個旋律當中的不協調音。的確，竹岡的不在場證明似乎一一獲得了驗證，看起來也十分的完美無缺，幾乎沒有任何可以指摘的餘地；不過，正因爲如此，丹那才覺得自己似乎是被什麼巧妙的東西所欺騙了，並因此而感到久久不能釋懷。丹那的上司也沒有反對他的意見。

這次他決定節省開銷，不坐新幹線去，於是不等吃過早飯，便從家裡出發了。經過將近五個小時的旅程之後，他到達了三河田原車站。

「紅屋」旅館已經做好了迎接新年的準備，在一進門口的地方，滿滿地種植著漂亮的葉牡丹，在櫃台的前面，插著松竹梅的小盆景，跟紅白相間的仙客來肩並肩地擺放在一起。一關上櫃台的窗戶，裡面就變成了小小的溫室。丹那把自己的名片交給經理，對他表示自己想要再見見前天的那名女侍。

「喂，這裡是櫃台。麻煩請阿峰過來一趟好嗎？」

旅館的經理似乎相當慣於應付刑警；他把丹那帶到大廳旁邊一間廣闊的西式房間裡，並且立刻爲他倒了杯茶。據他說，這裡平常是住宿客人談天說地的沙龍，不過因爲是正午時分剛過，所以沒什麼人會來這裡，因此在這裡可以放心交談，不必擔心引起其他人側目。

「咦？」

這似乎是她的口頭禪；她用手背掩住嘴唇，再次輕輕地驚呼了一聲。今天的阿峰穿著工作時的和服，淺綠色的衣服和深紫色的寬腰帶，看起來相當搭調。和上次充滿活力的西式服裝相比，她今天的打扮簡直就像換了一個人似的，充滿了豔麗的氣息。

「真漂亮哪！果然還是和服適合妳。」

丹那坦率向她表達著自己那不通風雅的愛好。

「你們前天的話都是在說謊吧？說什麼你們是朋友……」

她一邊這樣說著，一邊用帶著責難與怨懟般的眼神瞪著丹那。丹那被看得有些不自在，不由得在椅子上縮了縮身子。

「那麼，要與夫人離婚，以及和酒吧女郎一塊兒喝茶吃壽司等等，這些也全都是謊話對吧？」

「嗯，的確是這樣沒錯。可是，這也是在不得已的情形下才撒的謊——」

「夠了，再繼續辯解下去也沒有意義了。」

剛才一直站著的她，在刑警對面的椅子上輕輕地坐了下來。面對面地仔細打量一番之後，丹那才發現她的牙齒特別整齊漂亮；不管怎麼說，她都是個相當標緻的美女。

「既然話都已經說到這裡了，那我也可以毫不隱瞞地告訴您：當我第一眼看到那個人的畫的時候，我就知道他是在撒謊。」

「撒謊？」

「是的。他說自己在來投宿之前一直在舊城址寫生，那簡直是彌天大謊。」

「彌天大謊？妳爲什麼這樣說呢？」

丹那有些失態地大聲問道。沒想到自己還沒開始詢問任何問題之前，竹岡的秘密就已經被對方主動揭穿了。

「當我拿著住宿登記簿和茶水去他房間時，他告訴我說自己剛寫生回來，並把畫拿給我看；可是，當我仔細觀看的時候，我發現在他的畫中，左端聳立的電線杆是由木材做成的，因爲上面的電線杆被塗成了巧克力顏色。城堡使用刷過木餾油的木製電線杆，是直到今年十月底或十一月初爲止的事情，現在則是已經換成水泥電線杆了。」

「原來如此。」

「因此，那幅畫應該是在更早之前就已經畫好的。雖然我不知道他爲什麼要撒那樣的謊……」

丹那的腦袋一瞬間混亂了起來。直到現在，他仍然清楚地記得竹岡拿給他看的那幅畫的內容。就像阿峰所說的那樣，在畫裡面確實有描繪到電線杆，可是那根電線杆的顏色不是灰色的嗎？既然是灰色的，那就絕不可能是木頭電線杆；大概是這個女人一時糊塗弄錯了吧！

不過，隨著心情平靜下來，丹那也開始一點一點地逐漸領悟到，這件事究竟是怎麼一回事。剛才阿峰指出，那幅水彩畫是在更早之前就完成的；不過，它應該不太可能是半年或十個月前的作品，透過畫中所描繪的、那種晚秋或初冬的蕭瑟景象，可以清楚地判斷出這一點。再從紙張較新這點來思量的話，它也不可能是去年秋天完成的畫作。也就是說，根據這點進行思考，可以得到一個結論：竹岡在今年十月到十一月間，曾經來過田原寫生，然後在這次作案時，他便利用了那幅水彩畫，當做製造自己不在場證明的小道具。一定是這樣沒錯。

就像前天在餐館自己曾經對竹岡指出過的那樣，他一定是在殺害了那兩名男女後，拿著準備好的水彩畫來到田原町，僞裝成自己之前一直在舊城址進行寫生，然後在旅館投宿。然後，竹岡爲了讓自己的謊話看起來像是真的一樣，所以刻意把帶來的畫拿給旅館女侍看；然而，不幸的是，舊城旁邊的電線杆已經換了材質，而他也因此被眼尖的阿峰看出了其中的破綻，這是他所始料未及的結果。

「不好意思，真是非常感謝您。如果還有什麼需要瞭解的，我會再來登門叨擾。耽誤您寶貴的時間，真是非常抱歉。」

丹那客氣地向阿峰道別後，又再次整理了一遍剛才中斷的推理。在他的胸口一直充塞著某件事情，那就是剛才阿峰在談話中所提到的，有關於電線杆的矛盾。

在丹那看到的那副畫裡面，畫中的電線杆毫無疑問，的確是水泥電線杆；然而阿峰卻堅持說，自己所看到是的木製電線杆。

關於這一點，如果用單純的方式加以思考，便會認爲是阿峰看錯了。至於她看錯的理由，可以這樣加以解釋：竹岡原本畫的水泥電線杆，因爲光線強弱變化的緣故，讓阿峰誤看成了刷著木餾油的木電線杆。更進一步說，如果按照這種解釋進行推論的話，那麼就會像竹岡自己所主張的那樣，得出對他有利的結論：他是在舊城址進行寫生後，再前往旅館住宿的。

可是，另外一種推翻常識的思考模式，卻更強烈地吸引著丹那，那就是：阿峰的視力和記憶力都非常好，她的主張沒有任何錯誤。她所看見的那幅畫中的確畫著木電線杆，而竹岡拿給丹那看的畫中畫著，也確實是水泥電線杆。丹那因此而做出一個推測：竹岡是不是畫了兩幅畫呢？這樣一想的話，所有的矛盾就全都迎刃而解了。

也就是說，竹岡在犯案之外的其他日子裡，曾經來過「椰果」餐廳吃飯，並且矇騙丹那說，那是發生在二十號下午一點的事。丹那終於察覺到，自己產生錯覺的根源，就是那幅畫了一半的寫生畫。竹岡去餐館吃午飯時，手上拿著的鉛筆畫，正是那幅寫生畫。竹岡先是在上午進行寫生、接著爲了替顏料調色而向餐廳借水，再接下來則是帶著完成的畫前往「紅屋」投宿；丹那在他的引導下，深信這些事情全都是像這樣，發生在同一天當中，結果掉進了對方所設的陷阱。

隨著推理的順利展開，豁然開朗的丹那也不禁爲之振奮不已。他拿過茶杯，想讓自己稍微喘一口氣，可是卻發現裡面連一滴茶也沒有了。他放下茶杯，又打開筆記本，準備要與裡面所記載的文字繼續決戰。丹那接下來必須釐清的問題是：竹岡進行寫生的日期究竟是在哪一天？首先，它不可能是十九號星期六或是更以前的日子，因爲竹岡在之前都沒有向公司請過假，這點是相當明確的。因此，這件事一定是發生在二十一日星期一，或者是那之後的某一天。想到這裡，丹那的腦海裡又浮現了竹岡曾經說的話。這名電機工程師說，在「紅屋」旅館住了一宿的第二天，他向公司請了假，並且去逛了逛伊良湖岬。他在伊良湖岬散步這件事，想必不是謊言；除此之外，他在前往伊良湖岬之前，曾經在舊城址寫生，爾後又帶著鉛筆畫去「椰果」吃飯，這也似乎是具有可信度的事實。他在舊城址寫生時，發現電線杆已經換成水泥製品後，想必會感到驚愕不已吧！雖然前一天夜裡，自己很巧妙地瞞過了女侍的眼睛（至少他當時是這麼相信的），不過，如果要把它當成自己擁有不在場證明的鐵證，那麼這幅畫就必然會呈現在警方的眼前。因此，如果內容有什麼漏洞的話，恐怕就會使得所有一切都被識破而導致前功盡棄。這樣考慮之後，竹岡便毀棄了一開始畫的那幅水彩畫，而把當天重新寫生後，原本只是草稿階段的那幅畫給塗上了顏料。（他讓我看到的，應該就是這幅畫……）丹那自顧自地點了點頭。

丹那刑警對自己的推理充滿信心，認為真相除此之外再無其他可能。可是，要弄清自己的解釋是否正確，就必須證明以下這一事實：竹岡雖然在下午一點前往「椰果」餐廳吃飯，但並不是二十號的下午一點。無論如何，他都非得要弄清那天的日期不可。然而，一想到餐廳裏那個臉頰紅通通的女孩，剛剛還氣勢高漲的丹那，頓時像被當頭澆了一桶冷水似地洩了氣。他深知，那可不是件能夠簡單辦到的任務。

他向經理道了謝之後，便離開了旅館。擺設在門口的大顆柳橙，在陽光下顯得格外光亮誘人。這是一個寧靜的午後，從遙遠的某處，似乎可以聽見孩子們玩羽毛毽子的聲音。

這一趟果真沒有白跑！丹那那黃黃的臉龐上露出了喜悅的神色；他微微低著頭，急急忙忙地穿過了花街。為什麼前天和今天，在這裡都看不見藝妓們的身影呢？在丹那的心裡，忽然湧現了這樣一個疑問。大概是因為藝妓都是屬於夜行性動物，所以白天都在呼呼大睡的緣故吧！他如此回答著自己。

通過車站旁邊大約走了五分鐘後，他便來到了公車道上。說起來，這還真是個相當小的城鎮呢！大概是因為已經過了午餐時間吧，在「椰果」餐廳裡面連一個客人也沒有。當他一推開半透明的塑膠門，察覺到動靜的女服務生便從後場探出頭來。當認出是前天的客人後，她那化著濃妝的圓臉上露出了驚訝的表情。

「嗯，給我來點飲料吧。我不要可樂，因為喝了以後身體會變冷。」

「我們有咖啡、紅茶和巧克力牛奶。」

「這個嘛，就來點便宜的好了。給我咖啡吧！」

丹那請送咖啡來的她坐下之後，便立刻開始了詢問。

因爲擔心嚇著這個女孩就不好了，所以他並沒有告訴對方自己的刑警身份。

「……果然，如果不弄清楚那個人在這裡吃午飯，並且和妳發生爭執的日期，很多麻煩事情就沒辦法呢！因此，無論如何，還請妳仔細想想好嗎？」

面對那張不管再怎樣偏袒，都不能算是亮眼的臉龐，丹那盡可能地在臉上擺出了親切的笑容；不過那女孩看了他的笑容，卻反而瑟縮了一下身體回答道：

「我不記得了。」

「比方說，那一天是妳的生日——」

「我生日是七月一號。」

「又或者，你們老闆那天因蛀牙而去了牙科診所——」

「我們老闆滿口都是假牙。」

「妳看起來很聰明，仔細回憶的話，一定能夠想起來的。」

「……」

「照我的分析，那天應該是二十一日吧？」

「……不知道。」

（這個女孩的腦袋裡到底有沒有裝東西啊……？）丹那雖然抱持著這樣的疑問，不過他並沒有將自己的想法表露在臉上。為了讓她能夠想起些什麼，丹那繼續不斷地想方設法提示她；到最後，就連聽到他們之間問答的店主也忍不住，戴著廚師帽跳進來加入了這場艱辛的對談，然而，她卻仍舊答不出那究竟是哪一天。

「很抱歉沒幫上忙……。如果以後我們想起了什麼的話，一定會立刻用電話通知您。」

「非常抱歉耽誤您的時間；那就萬事拜託了。」

當店主望了一眼丹那遞過來的名片，發覺對方是千里迢迢來自東京的刑警之後，更是深深地向他鞠了一躬表示致意。

「也就是說，只要能清楚證明那是發生在二十一號就可以了嗎？」店主問道。

「是的。這個月的二十一日。換句話說，只要能證明不是發生在二十號星期日的事，也就可以了。」

當丹那站起身，正要準備結帳時，那名女服務生忽然用奇怪的神情注視著他。

「怎麼啦？」

「只要能夠確定不是星期日就行了嗎？」

「對啊。」

「這樣的話，客人你為什麼不從一開始就告訴我，反而只是一個勁兒地反覆詢問我，到底事情是發生在幾號幾號呢……！」

她噘起了嘴，像是在責備丹那似地說著。

「笨蛋。少裝模作樣了，快把情況告訴警官啦！」

店主在旁邊向女孩罵道。

9

竹岡以參考人的名義被傳喚到警署，是在那天夜裡的事情。當他看到警方登門造訪時，臉上一瞬間露出了一副「又來了」的不耐煩表情，不過很快地，他的臉上又浮現出平常那種圓滑的笑容，並且鎮定自若地坐進了警方的車子裡。看樣子，他似乎對自己的不在場證明有著充分的自信。

在三鷹警署的接待室裡，丹那和竹岡面對面地坐著。

當旁邊年輕的刑警攤開紙張，準備做審訊的筆錄時，竹岡馬上臉色大變，咬牙切齒地大聲說道：

「喂，這到底是怎麼一回事啊？我可是有不在場證明的，你們如果把我當成犯人對待的話，我可要馬上走人啦！」

「請你先稍安勿躁。雖然你說有不在場證明，可是我們已經查出，那其實是僞造的證明。之前我也曾經對你說過，你拿到旅館去的那幅畫，其實是早在之前就已經完稿的舊畫作。」

「開什麼玩笑！我從沒向公司請過假，這一點你們不是早就已經查證過了嗎？」

「沒錯，這點我們很清楚。但是，你畫下那幅畫，是在老早以前的事情——更正確地說，是在**舊城旁邊的電線杆還是木製品的時期**。」

丹那刻意將話語的末尾部分，一字一句地用非常清楚的語氣說出來。在此之前一直氣燄高張的竹岡，在聽到這句話的瞬間，像是忽然洩了氣似地縮起了身體。

「你在說些什麼，我一點都不明白。不過，可以確定的是，當豬狩在井之頭公園被殺的時候，我人正在田原町的餐館裡吃飯呢！關於這一點，你不是也跟我一起去確認過了嗎？」

「對，我正想談這件事情。」

丹那講到這裡，那張氣色很差的臉上，忽然露出了曖昧的笑容。

「你說過，吃飯的時間是二十號星期日對吧？」

「當然囉！」

「你在付完錢打算離開餐館的時候，曾經不小心踩到一張掉在地板上的明信片。當注意到後，你將它撿起來，放到旁邊的桌上之後，就離開了店裡。」

「我不記得明信片的事了；也許我是下意識地這樣做的。」

「跟用餐的情況正好相反，餐館裡的那位女服務生，對於這件事記得相當清楚。她告訴我說：你去吃飯的日子，並不是你自己所堅稱的二十號。那張明信片是你們在爭論優惠特價時段的時候被扔到地上的；然而，正因為你曾經踩到過那張明信片，所以可以非常明確地斷定，那一天並不是二十號。和東京相同，田原町的郵局也是星期日休息。郵局送來了郵寄品，就表明那一天絕對不是星期日。」

在丹那講到一半時，竹岡就已經失去了前面那種囂張勁，整個聽完他的話之後，更是像被霜打了的茄子一般，整個肩膀無力地鬆弛了下去。他低下剛才還因爲戰鬥意識高漲而閃閃發光的眼眸，用跟剛才截然不同的溫順語氣說道：

「我輸了，是我輸了。經過如此深思熟慮的計畫，竟然會因爲這種些微細節而全盤崩潰，這是我做夢也想像不到的。既然如此，我願意老實向您交代一切。不過，就像我最初告訴過你們的一樣，殺人這件事並不是我幹的——」

「事到如今你還這樣說，真是個不見棺材不掉淚的傢伙啊！」

「您要那樣想，我也無可奈何，不過我接下來要說的都是句句實言。請讓我抽根煙好嗎？」

竹岡徵得同意後，便開始大口大口地吸起了和平牌香煙。丹那在此案件發生的兩天前才剛發誓要戒煙；看著竹岡在自己眼前美滋滋地抽著煙，他口中的唾液也不禁跟著翻騰了起來。

「……我之前說，豬狩與我約好在新宿大樓見面，同時又說豬狩相當抱歉地要求見面延期，這些都是謊話。實際的情況是：我們兩人約好，那天下午兩點在井之頭植物園見面。豬狩所指定的地點，就位在殺人現場再過去一點，靠近池畔的溫室裡。他說，在那裡見面的話，即便下雨或颳風，也會比較暖和。然而，我們約定的時間是兩點，但到了兩點半、三點，豬狩仍然不見蹤影。因爲他一向是個很守時的人，所以我並不覺得他會遲到，而是擔心他是否找錯了地方；於是，我便走出去看看，結果，當我不經意地往茶店裡面一望的時候，竟然發現豬狩一動也不動地躺在地上，我當時簡直是嚇得魂飛魄散……」

竹岡說到這裡，用焦躁不安的眼神注視著兩名刑警的臉；他把嘴角的煙灰吐到地上後，將煙頭扔進了煙灰缸裡。

「我想，我沒有馬上撥打一一〇，這是應該受到指責的地方。但是，請你們也站在我的角度替我想想：當豬狩從家裡出來的時候，一定說過『我要去跟竹岡那傢伙見面』；在這種情況下，任誰都會斷定殺害他的犯人就是我。我的臉色變得一片慘白，飛也似地狂奔到了某個可以商量的朋友家裡；那位朋友喜歡推理小說，腦袋也很好。他在聽完我語無倫次的敍述後，很同情我的處境，於是便幫我想出了這樣一個不在場證明。」

「在這麼短的時間內嗎？真讓人難以置信哪！」年輕刑警插口說道。

「不，不管腦袋多麼靈光，也不可能馬上就輕易地想出什麼妙計。他是把自己本來要準備去應徵推理小說獎，絞盡腦汁想出來的方案，應用到了我的身上。由於那位朋友打從心底十分愛好旅行，所以他幾乎走遍了全日本，拍了不少彩色照片。這個秋天，他剛從田原城攝影完回來，於是便設計出前往田原城的這套不在場證明方案，然後又以拍下的照片為樣本，畫了城堡的水彩畫。」

「原來，那並不是你畫的嗎？」

年輕的宮本刑警發出吃驚的聲音說著；丹那則是雙臂交疊，默默地聽著竹岡的話語。

「沒那回事。儘管我平常就一直有在畫畫，但在那種緊迫的狀態下，我根本沒辦法揮動手中的筆。可是，就這樣請別人代筆也不妥，畢竟每個人都有自己不同的特色與風格，很容易被別人感覺出來。因此，平常頂多用到三十分鐘就可以完成的水彩畫，我卻整整花了兩個小時。在這段期間中，我那位朋友一邊為我張羅寫生的道具，一邊則替我寫好備忘錄，告訴我去田原車站之後應該做些什麼。」

「看來，人還是應該要有朋友哪！」

年輕刑警既像是感慨又像是諷刺似地說著。竹岡用毫無表情的眼眸望著刑警，不過他並沒有對此做出回應，而是又繼續說了下去：

「我煞費苦心畫出來的水彩畫，不用說，當然是要拿給當地旅館的服務人員看，好讓『自己先前都在舊城址寫生』這樣一個謊言，看起來能夠像真的一樣。可是沒想到，我打的這個如意算盤到最後卻起了相反的作用，讓我自己的欺詐行為被人識破，這說起來還真是諷刺呢！話說回來，我當時是這樣想的：如果被女侍看穿了，那也是莫可奈何的事；但是，我在心裡也暗暗存著一絲僥倖的希望，認為對方搞不好不會察覺。唉，靠接待客人吃飯的人，可不是那麼好矇騙的呢！」

講到這裡，竹岡的語氣似乎稍微緩和了一點。當他點上第二根和平牌香煙時，丹那不禁用神色不豫的表情注視著他。

不過，讓丹那感到相當滿足的一件事是，竹岡在第二天——也就是二十一號——在餐館裡吃飯的經過，完全就如同他所推理的那樣。儘管沒有明確地說出口，不過他在心裡卻暗自高興地想著，「我果然是個能幹而老練的刑警啊！」想到這裡，他不由得滿意地點了點頭。

「可是啊，」年輕刑警這時又插嘴說道。

「雖然我不知道田原城是個什麼樣的地方，但是偶爾還是會有觀光的人去那裡吧？如果你二十一號在那裡寫生的事情被人目擊到的話，那你的謊言不是就曝光了嗎？」

「那種危險性也在我們的計算和考量之中。所以，那幅鉛筆畫，也是早在朋友家裡描好之後才帶過去的。」

「那也就是說，你一共帶去了兩幅畫是嗎？」

「是的。因爲其中一幅沒有上色，所以『椰果』餐館的女服務生才沒有注意到電線杆的事情。後來想到這一點，我也覺得相當幸運而鬆了一口氣。」

「原來如此。不過，另外還有一個問題，那就是天氣。二十號和二十一號都是晴天，所以你們的計畫才得以順利進行。可是假如其中的一天是雨天的話，那你們不就有麻煩了嗎？比方說，二十號如果下著傾盆大雨，你總不可能在大雨中寫生吧？就算可以好了，在大雨中畫出的速寫，又怎麼可能會是晴天的風景呢？如果真這樣做的話，就算再愚蠢的女侍也能察覺得到吧？」

「所以我是在朋友向豐橋氣候觀測所打電話，問清楚那天是大晴天，而且好天氣會持續幾天之後，才開始畫田原城的畫的。如果東海地方是雨天的話，那我們就會尋找沒有下雨的地區，並改去其他地方。那天，關東地方所有區域都是晴朗無雲的好天氣。說起來，我們其實如果去群馬縣的水上一帶，其實也相當不錯；只是，因爲田原町那家『椰果』有特價午餐時段，對我們來說是很好利用的一間餐廳，所以我們才會選擇那裡的。」

「你那位朋友的腦筋還真不簡單呢！不過，除了你之外，我們實在想不出其他的犯罪嫌疑人了——除非你能證明，被豬狩掌握了秘密、逼到無路可走的人，除你之外還另有他人。」

年輕刑警絲毫不打算放過他，緊迫盯人地說著。丹那也深表同感。即便另外還存在與竹岡有著同樣立場的男人，豬狩也不可能把他們兩人叫到同一個場所與自己見面。如果在植物園等待豬狩的就只有竹岡一個人的話，那麼再怎麼想，都不可能有其他人犯下這起案子。

「你們警方打從開始偵辦的時候，就已經註定要失敗了。你們從案件發生之初，就一直朝著錯誤的推斷方向在摸索，所以才會認爲除了我以外沒有其他嫌疑犯存在。」

竹岡冷不防地，突然說出這樣一段莫名奇妙的話，兩名刑警一頭霧水，不由得面面相覷。

「喂！你最好稍微節制一點，別亂說話！」

「你們總是擺脫不了『殺豬狩的是我』這樣一個固定觀念，並因此堅決認定，我在殺死豬狩後，又因爲殺人現場遭人目擊，而將路過的芭蕾舞者成瀨殺死。可是，你們爲什麼不設想一下相反的情況呢？爲什麼不設想成瀨才是犯人要殺害的第一目標，而豬狩只是因爲路過目擊而遭到滅口呢？」

「這個嘛……」

年輕刑警一下說不出話來，只是動著嘴唇不停嘟囔些什麼。其實，本部說起來，也並不是一開始便將偵察目標鎖定在一點上的，只是竹岡身爲嫌疑犯的嫌疑實在太過明顯了，所以警方才堅信他一定就是犯人，從而不再去考慮其他的可能性。

「可是，根據現場的情況——」

「你想說的是，從現場看起來，完全是豬狩先被殺害的樣子吧？不過啊，那可是犯人的僞裝喔！我的那位朋友曾經說，『這案子的犯人，一定是一個跟我一樣，腦筋非常好的傢伙。』罪犯在殺害成瀨之後，突然靈機一動想到：如果故意顛倒殺人順序的話，那麼自己便可以完全處在被懷疑的圈子外。那麼，要達到這樣的目的，您認爲他會怎麼做呢？當然，首先他要做的第一件事情就是，讓成瀨的屍體重疊到豬狩的屍體上。至於第二件事情則是，故意在絲襪弄出小洞後，讓裡面的沙灑落在地上，然後再用絲襪牢牢勒住屍體的喉嚨。第三件事情就是，取下豬狩的眼鏡弄碎鏡片，並且讓眼鏡的碎片插進成瀨的鞋底。犯人能在極其短暫的時間內，而且是在剛剛結束殺人這種異常行爲的情況下，想出如此絕妙的高招，實在讓人不得不嘆服他的智慧超群。」

兩名刑警聽了竹岡的話，不禁張口結舌、面面相覷地對望著。從開始到現在，一直都擺在眼前的這樣的這種可能性，在竹岡提出指摘之前，他們竟然絲毫不曾注意到，這讓他們不禁感到懊惱不已。

「如果你從一開始就告訴我們這些的話，那不就好了嗎……」

丹那嘆了一口氣，像在發牢騷似地說著。竹岡的眼眸中閃過一道銳利的光，眼角比平常吊得更高了：

「別開玩笑了！我怎麼可能會說這些呢？！你們警方不分青紅皂白地，將一切都栽到我身上，我費盡千辛萬苦，才像抓住救命稻草似地有了那麼一點不在現場證明。你認爲我會自願捨棄不在場證明，乖乖地向你們承認說，『我當時在現場附近』嗎？」

對於自己反過來被嫌犯斥責了一頓，兩名刑警也只能報以苦笑。

「你在講話中總是用『他』來指代罪犯，不過，那種程度的謀殺，身材高大的女人同樣也能夠做到，不是嗎？」

年輕刑警接過竹岡的話這樣說道。

「罪犯絕不可能是女人；因爲我親眼見到了他。」

「你說什麼！」

「剛才我不是說過，自己在溫室裏面等待豬狩嗎？不久之後，我就看到有一男一女兩個人，從溫室前的砂石步道結伴走過。在那之後大約又過了三十分鐘左右，這次我看見的是那男人獨自離開的身影。我當時望著他的背影，心裡暗自思忖道：哎呀，那女人發生什麼事了呢？那個女人便是後來陳屍在現場的成瀨，所以我認爲，真正的罪犯一定就是那個男人沒錯。」

「喂，那個男的有什麼特徵？他總不會連一點特徵都沒有吧？」

年輕刑警的說話態度一下子變了不少。

「有倒是有啦……」

知道自己現在完全處於上風，電機工程師動了一下他那濃密的眉毛之後，用重重的語氣說道：

「那傢伙是個身材與我相仿，年約三十歲左右的男人。他身穿灰色系的外套，戴著一頂貝雷帽。紅色的貝雷帽。」

警方針對成瀨千里身邊的人進行了徹底的調查，結果發現喜歡戴貝雷帽的一共有三個男人。其中一位是位年過五十的中年畫家，當千里還是現役芭蕾演員的時候，每次公演都是由他擔任背景畫；直至現在，兩人仍然一直保持著往來關係。另外一位則是位外表圓圓滾滾，身材頗為肥胖的影視記者；他從千里還在跳舞的時候，就經常寫一些對她頗具善意的報導。就算是現在，只要千里來市中心辦事的話，還是大多會去拜訪他，並和他一起喝喝茶。

「你們也該適可而止了吧！別開玩笑了！僅僅因為一頂貝雷帽，就把我當成犯人看待，你們有沒有搞錯啊？那我借問一下，既然那個男人有穿褲子，那你們警方是不是要把全日本有穿褲子的男性全都列為嫌疑犯啊！」

面對登門拜訪的員警，這位畫家露出假牙，語氣毒辣地這樣說道。

話說回來，畫家的年紀，以及記者的體型，似乎都可以讓他們明顯地被排除在外。於是，第三位戴貝雷帽的男人便成了重要的嫌疑對象。

塚本俊平是位在隔壁縣某所私立高中執化學教鞭的三十六歲男子。他住在東京的麴町，一棟從過世父親那裡繼承下來的豪宅當中，每天早上搭車前往學校通勤。他的專業雖然是化學，不過從幾年前開始，他便十分熱衷於苔蘚的收集與分類；至今為止，他已經以業餘者的身分發表了一本專著，可以說相當具有熱情。他的性格當中有一些脫離常軌的地方，即使已經到了這把年齡，仍然還是單身一人。有人認爲他之所以如此，是因爲他吝惜著不想支付婚後撫養家人的經濟開支之故。

「要是我有這種閒錢的話，那還不如用它來建一個苔蘚標本室。」

他經常把這樣的話掛在嘴邊，學校的同事聽了無不目瞪口呆，也正因爲這樣，幾乎沒有半個人願意幫他介紹結婚對象。

塚本俊平的怪異之處，還可以從另外一個例子當中窺見一斑：他因爲租用土地權的問題，將身爲地主的成瀨千里給告上了法庭。從公正的第三者角度看來，這件事情很明顯是塚本俊平自己不講道理，可是任誰對他說破了口舌，他仍然始終固執地堅持己見，不肯讓步。如果衡量一下支付給律師的費用的話，那麼他還是應該放圓滑一點，尋求妥協會比較划算；可是他卻不這麼想，依舊執拗地主張著自己的正當性，連一步都不肯退讓。知道這件事的每一個人，都在背後嘲笑他。

至於這名老師爲什麼喜歡戴紅色貝雷帽，據他自己的說法是：「紅色是動脈的顏色，如果身上穿戴紅色的東西，對血液的淨化會非常有效。」因此，他從內衣到襪子，全都偏好使用紅色系的產品，而學校們的師生也十分理所當然地，爲他取了個綽號叫做「紅襯衫」。

對於塚本自己而言，他甚至連西裝外套都想穿紅色的，可是那樣的話，簡直就成了街頭賣藝的小丑，於是他只好退讓一步，堅持至少帽子無論如何都要戴紅色的。可是，不管他去哪家男性服飾專賣店，店裡都沒有賣紅色的貝雷帽，不得已的情況下，他只好去專賣女性服飾的店裡購買。

「因爲我妻子感冒臥床休息，所以只好我由代替她來買帽子。哦，你問大小嗎？雖然聽起來有些不可思議，不過我們夫妻倆穿的是同樣大小尺寸的服裝喔！」

他一邊冒著冷汗，一邊這樣支吾其詞地辯解著，好不容易才終於將帽子搞到了手。也只有在像這樣煞費苦心要買貝雷帽的時候，他才會認真地開始思索著：如果我有老婆的話就好了……

在刑警動身前往拜訪塚本之前，他們已經又獲得了若干的情報。在這當中有一件事，是在成瀨家代替女傭幫忙打理家務的千里姪女後來回憶起來的。根據她的說法，出事的當天上午，曾經有人打過一通電話給千里，千里似乎就是被這通電話給約出去的。另一件情報則是新宿某高級餐廳的人員在報上讀到有關紅色貝雷帽的報導後，主動向警方透露的。據他們表示，戴紅色貝雷帽的男人在案發當天中午左右，曾經來到過店裡。他進入店裡之後，便點了份霜淇淋開始吃了起來；大約三十分鐘後，一位女子走了進來，當兩人共進了午餐之後，便一塊雙雙離去。根據女服務生的觀察，他們兩人所留給人的印象，就是一對「既不像夫妻、也不像戀人」的男女而已。如果坐在同一張桌子用餐的這對男女就是千里與塚本的話，那麼毫無疑問地，必定會散發出這樣的氣氛吧！搜查本部做了如此的判斷。

丹那和宮本兩人走訪位於麴町的塚本家，是在年關將近的二十九號午後。周圍的商店因爲歲末大降價而非常熱鬧，不過喧囂的部分只限於大街，一走進僻靜的住宅區，裡面仍然是一片寂靜，彷彿連根針掉落在地的聲響都能清晰可聞。當他們去的時候，從附近的某戶人家裡面，正斷斷續續地傳來練習鋼琴的微弱聲音。

塚本的家位在電視塔下；按照丹那慣用的計算標準來說的話，應該有一千坪以上吧。在上面覆蓋著瓦片的白色圍牆環繞中，聳立著一棟歐式風格的兩層樓房。儘管是大白天的下午時分，但所有的窗戶卻都緊閉著；果然是棟十分符合怪胎教師風格的住居，給人一種陰氣森森的感覺。

丹那他們登門造訪的時候，塚本似乎正在擺弄苔蘚；當他出來應門時，一隻手裡正拿著鑷子，在毛衣胸前的口袋裡，還露出了一截放大鏡的手把。除了鮮紅色的毛衣這點之外，他在容貌和態度方面，倒沒有什麼特別的異常之處。這讓聽說他是一個怪人，並帶著這種先入爲主的印象而來的丹那他們，不禁感到有些意外。塚本一邊爲房間的凌亂不堪向兩位訪客表示歉意，一邊領著他們來到了客廳。客廳裡面擺滿了裝苔蘚的容器，在窗邊的桌子上，敞開著一本德日字典，以及另一本似乎是德語版的大型圖鑑。

「當報紙上出現了有關紅色貝雷帽的報導之後，我就想，你們應該遲早會以關係人的身分前來訊問我的……」

塚本板著一張臉低聲說道。他的眼睛和鼻子都小小的，看起來有點像是女性的輪廓；不過，他那不時閃動著尖銳光芒的眼眸，以及總是緊緊抿著的薄薄嘴唇，在在讓人可以隱約窺見他那執拗而狷介的性格當中的一斑。

「我雖然翻了一下自己的日記，不過我並沒有找到什麼不在場證明，因爲那天我去了秩父山尋找苔蘚。每當學校休假的時候，我不是去採集標本，就是關在家裡面對標本進行分類。因此，不管是這兩者中的哪一種情況，我都不可能有不在場證明。」

「但是，你的貝雷帽不是很搶眼嗎？應該會有人記得你才對吧！」

「我去山上的時候一般都是戴著登山帽，也就是那種色彩正經八百的玩意兒。在市面上找不到有賣紅色登山帽的地方，這實在是件讓人遺憾的事。」

據塚本的說法，他去採集苔蘚標本的時候穿的是相當樸素的衣服，因此並不會給人留下深刻印象，所以，他並沒有辦法證實自己的不在場證明。他本人雖然如此解釋，不過丹那和宮本理所當然地認爲，這只不過是他爲了脫罪而說出的遁辭罷了。

「雖然這樣的要求似乎有點任性，但是我想拜託你們，無論如何一定要在寒假期間將犯人給揪出來。畢竟，這種狀態如果持續下去的話，我根本沒辦法去學校上課哪！沒有人會願意讓一個殺人嫌疑犯去教書的，我鐵定會被抵制的！」

「那麼，你的意思是說，和被害人約在新宿的餐廳裡見面，頭戴紅色貝雷帽的那名男子並不是你囉？」

「在這個大千世界裡，一定也有其他喜歡戴紅帽子的傢伙吧！光憑頭戴紅色貝雷帽這點便認定我是犯人，這未免太荒唐了吧？」

他的反駁與假牙畫家所說的話完全一模一樣。

「這只是你單方面的遁辭而已。或許，除你之外，的確還有其他頭戴紅色貝雷帽的男子也說不定；可是啊，對成瀨小姐懷有仇恨卻又戴紅色貝雷帽的男人，就只有你一個人而已了！」

化學教師有些畏怯似地沉默了下來，用舌尖微微舔了一下上唇。

「那麼，這樣的設想如何？那傢伙是爲了嫁禍於我，才打扮成那副模樣的。畢竟，他也可以在某處購買紅色帽子,然後戴上它僞裝成我，沒有比這更簡單容易的事了。這樣說起來，我其實是犧牲者啊！」

「喔，是這樣子嗎？」

「那傢伙一定知道我和成瀨之間相處得很不好，除此之外，他一定也知道，以我的日常生活方式，很難形成有力的不在場證明；至於瞭解我跟紅色貝雷帽之間的關係，這點就更不在話下了。刑警先生，你們知道那人的長相嗎？」

面對塚本反過來的詰問，宮本刑警只是苦笑著說：

「聽說跟你長得非常相像。」

宮本又順便告訴他，當時的情況是，戴紅色貝雷帽的男人先到店裡，一邊吃著霜淇淋，一邊等待女人的到來。當宮本說出這段話時，塚本那小小的眼睛，不知爲什麼忽然猛地睜大了起來；只見他像是十分興奮似地，喘著大氣對兩位刑警說：

「我記得，那家餐廳是叫『名門』沒錯吧？」

那家叫做「名門」的餐廳，是一名前公爵夫人遭遇離婚的不幸之後，做爲女性自謀生路的手段而開設的；整家店從店名開始，就或多或少保留著某些濃厚的貴族趣味，讓人覺得有點不舒服，不過，因爲它標榜著可以吃到「原汁原味的食材」，所以仍然相當受歡迎。比方說，如果你點哈密瓜汁的話，他們便會將靜岡縣溫室栽培出來的網紋哈密瓜放進果汁機，當場榨出新鮮的汁之後再送上來。當然，菜單上所標明的料理，也全都是些價格很高昂的東西。只是，爲什麼這位怪胎教師一聽到那家餐廳是「名門」以後，就露出一副大感興趣的樣子呢？丹那和宮本用不可思議的表情，注視著對方的臉。

「不好意思，你們可以讓我打電話到『名門』餐廳確認一下嗎？說不定……」

塚本帶著曖昧的表情，一邊在口中嘟嘟囔囔地不知道唸些什麼，一邊走出了房間。過不了多久，從另一間房裡傳來了撥打電話的聲音，同時還可以聽到斷斷續續的通話聲。兩名刑警用怪異的眼神，打量著擺滿整個房間的苔蘚標本。

大約過了五分鐘左右之後，塚本回來了。雖然感覺他去的時間未免太長了點，不過一看他的打扮，刑警們便明白了其中的緣由——他的身上穿著大衣，頭上戴著紅色貝雷帽，早已做好了外出的準備。

「雖然很不好意思，不過我想拜託你們跟我一塊去一趟『名門』餐廳；當然，目的是爲了證明我的清白。在沒有不在場證明的情況下，我除了採取這種手段之外，也別無他法了。」

他鼓著腮幫子，或許是因爲寶貴的時間被浪費掉之故，臉上的表情顯得不太高興。

麴町和新宿之間的距離近在咫尺，坐車的話，用不了四十分鐘就可以抵達「名門」餐廳。

「如果可以的話，我想坐到那個男人當時坐過的同一張桌子上。若是這樣的話，我想應該會比較容易喚起女服務生的記憶才對。」

可是，那張桌子上坐著四名結伴而來的年輕女性，她們正喋喋不休地起勁聊著，照那情況，恐怕再等上兩個小時，桌子也不會空出來。塚本焦躁地站在旁邊等著，到最後只好像是放棄似地，在隔鄰的桌子坐了下來。

「刑警先生，接待那名紅色貝雷帽男子的女服務生是誰？我想請她再一次過來，仔仔細細的觀察我一下。」

宮本馬上起身離席，去把那名女服務生給叫了過來。她是個很可愛的女孩，在她的身上穿著一件相當貼身的天藍色制服，腿部的線條相當修長而優美。教師用小小的眼睛直視著面前的女孩，帶著認真的眼神問她說：「妳好好地回想一下，先前那個戴著貝雷帽的男子真的是我嗎？」就在他這樣做的時候，周圍的客人當中有人注意到了他的紅色帽子，開始用很露骨的懷疑目光看著他；也有人裝出一副什麼都不知道的樣子，用小心謹慎的視線偷偷望著他的一舉一動。

塚本似乎完全不在乎眾人的眼光，只是眼睛一眨不眨地凝視著眼前的女服務生。女服務員的手指抓住圍裙兩端，侷促不安地扭動著身體，用困惑的眼神望著眼前帶紅色帽子的男人。

「……您這樣讓我實在很為難呢。」

她歪了歪擦著口紅的嘴唇，像是大感困擾似地歎了一口氣，然後向塚本回答說：「因為當時我只注意他的紅帽子，所以對他的臉並沒有什麼印象。」

「這還真是讓人為難哪……」

化學教師小聲地重複一遍女服務生的話之後，失望地垂下了肩膀；不過，他旋即又像是想起了什麼似地，點了份冰淇淋。

「來三球冰淇淋；跟那個男人吃過的一樣，我要香草口味的。」

「你又要玩什麼把戲？」

宮本因爲年輕，所以情感的表現方式也比較外放；這時候他也是一樣，對於塚本那種讓人如墜五里霧中的態度，感到相當急不可耐。

「請等一下，花不了五分鐘的。總之，我會非常清楚地證明給你們看，我並不是那個男人。」

「所以，你到底是要玩什麼把戲？」

「人體實驗——不過表現的方式會有點過激就對了。」

塚本回答完之後，便自顧自地轉過頭去，對於宮本刑警的追問擺出一副強硬不理的樣子。

他拿起湯匙，將剛送到自己面前的冰淇淋挑起來，湊到眼前仔細看了看，然後很快地將它放進了嘴裡。他像是在享受美味似地，任由冰淇淋在舌尖上融化；之後又動了動喉嚨，將它一口氣吞嚥下去。丹那他們也依樣畫葫蘆地，學著他吃起了冰淇淋。

「這家店所使用的香草是貨真價實的香草，上面像垃圾一樣的小東西，就是香草的粉末；聽說還曾經有叫了這道甜點的客人因此把服務員叫到面前斥責說：『裡面掉進了髒東西』呢！果然，人真的還是不要不懂裝懂比較好哪！」

就在他一邊這樣說著的時候，冰淇淋已經減少到了一半的量。這時，他將湯匙往盤子頂上一扔，開口向丹那問道：

「讓我們再回過頭來談談犯人的事情；聽說那傢伙吃完冰淇淋之後，還在那裡坐了三十分鐘等待成瀨過來，是這樣的嗎？」

「嗯。」

丹那有點粗魯地點了點頭。

不管再怎樣討厭對方也好，再怎麼說，她也是已經過世的人，至少稱呼她一聲「成瀨小姐」也好吧？

「可是，我是不可能像那樣待上三十分鐘還安然無恙的。最多也就三分鐘……普通的話，大概只要兩分鐘就會出現反應了。」

「反應？」

「嗯。就算是我的朋友也少有人知道，不過我事實上是對香草過敏的體質。不，更正確地說，我對香草精沒有反應，因爲那是用焦油精製過的玩意兒；然而，一旦攝取到天然的香草的話，我就像某些人對雞蛋或者青花魚過敏一樣，出現非常嚴重的過敏症狀。」

兩名刑警很快地理解到，化學老師所說的「人體實驗」究竟是什麼意思了。塚本的臉上迅速地出現了紅斑和浮腫，整張臉像是吹氣球似地脹大了一圈。

「不要緊嗎？你可別亂來啊！」

「臉上冒出一粒粒的疙瘩，身體無法控制地開始癢了起來；嚴重的時候，甚至連內臟裡面都感覺搔癢難耐。除此之外，氣管緊縮，呼吸也變得困難……」

「喂，喂！」

塚本的聲音已經有些嘶啞了；他彎曲著指節，試圖想要鬆一下領帶透透氣，而在此同時，他的手背上面也出現了密密麻麻的紅色疹子。他望著丹那的眼睛變得紅腫充血，失焦的瞳孔中盈滿了淚水。

「喂，振作點！」

兩名刑警同時站起來，繞到了桌子對面。只見塚本的身體從椅子上不斷往下滑落，脖子也無力地斜靠在牆壁上。他的嘴巴張得大大的，不停地喘著氣；每呼吸一次，喉間都會發出嘶嘶的聲音。餐廳裡一下子變得鴉雀無聲，不管是客人或是女服務生，全都一齊朝這邊望了過來。

「他服毒了，一定是氰化鉀！」

「是不是因為失戀的緣故呢？」

「在說什麼呀！他不是井之頭命案的嫌犯嗎？」

「那麼，這兩個人就是刑警了？」

「肯定的。這下可是重大的責任問題，他們兩人會被開除的吧！」

「所以，他們才那麼驚慌是嗎？」

不過，丹那和宮本正忙著應付眼前的狀況，對於周圍人群的竊竊私語，他們根本連一句都沒聽進去。

「喂，快醒醒啊！」

「救護車，趕快叫救護車！」

他們兩人的確慌成了一團，可以說已經慌張到了醜態畢露的程度。

大約過了五分鐘左右，這場發生在餐廳裡的騷亂才終於平靜了下來；客人們又安心地坐了下來，或吃東西，或喝飲料。

宮本刑警坐上救護車，跟塚本一起去了醫院。救護車上的急救員告訴他們，這是蕁麻疹發作，只要注射一針就可以恢復了；聽了這話，丹那才好不容易安心下來，並且留在餐廳裡面負責收拾殘局——他還得負責結帳，並且賠償摔碎的杯子才行。

丹那彎下腰，撿起掉落在地板上的陶瓷碎片。

「沒關係，讓我來就可以了。」

「是嗎？那就不好意思了呢！」

他直起身，用有些遺憾的眼神，朝著自己那份已經融化成乳白色液體的冰淇淋瞥了一眼。

「那個……您是警察吧？」

「嗯，是啊……」

「我忽然想起來，當時那位客人也曾經像您這樣，彎下腰去撿地上的火柴；結果，就在那時候，我注意到了一件有點奇妙的事情……」

女服務生將剛從地上拾起來的碎片拿在手裡，看她的樣子，似乎正在猶豫思索著，這件事是否有說出來的價值。

「什麼樣的事情？」

「剛才那位客人，他的手錶是戴在左手腕上的吧？」

（那當然，我也是戴在左手上的呀！）丹那在心裡這樣想著。

「可是，上次來的那位客人，他的手錶卻是戴在右手腕上的。」

「右手腕？」

「嗯。當他要撿起火柴，伸出右手的時候，我在無意間瞥見的。」

由於女服務生出乎意料之外的發言，某個男人的身影一下子浮出了水面。

11

警方很快就查出，那個男人是鈴木征比古。他是一名專業攝影師；當他與被害人成瀨千里在一年多以前協議離婚之後，就以東京的公害會讓自己患上哮喘爲由，搬到了長野的上田市。話雖如此，但從上田到上野之間，搭快車最多只需要三個小時就可以抵達，所以對於喜愛外出的他來說，大概也只是住在東京郊外的那種感覺吧！他前來東京的次數相當頻繁；爲雜誌封面提供裸體寫真，是他主要的工作內容。在攝影師的圈子中，他屬於被人戲稱爲「婦人科」的領域，可以算是其中最爲搶眼的存在。成瀨千里很不喜歡這一點，老是勸他換個跑道，但征比古卻寸步不讓地堅持說，裸體寫真也可以展現出真正的藝術，於是兩人之間的分歧越來越高漲，到最後終於走到了分道揚鑣的地步。這是成瀨千里的姪女所講述的情況。

征比古還沒有成爲獨當一面的專業攝影師之前，曾經和某些玩伴在半開玩笑的狀況下，一起去嘗試了紋身；隨著之後逐漸嶄露頭角，他開始極端後悔起自己孟浪的舉動，然而，事到如今，就算再怎樣後悔，身上刻下的紋路也沒辦法消失了。

於是，爲了隱藏這塊痕跡，他總是會在刺青的上面戴著手錶來加以遮掩。

搜查本部認爲這次絕對不會有錯了，於是便緊鑼密鼓地展開了調查工作；而隨著調查的進展，許多事情也漸漸變得明朗了起來。

在這些突破當中，其中相當重要的一點，就是對殺人動機的推測。征比古和千里兩人在還是夫婦的時候，曾經互相以對方爲受益人，保了好幾種壽險；在從事他們這類型職業的人當中，類似的事情可以說是屢見不鮮，而且因爲雙方性格都散漫的緣故，往往離了婚之後也沒有去進行受益人變更。換句話說，透過謀殺自己的前妻，將會有一千萬圓的保險金落入征比古的口袋當中。除此之外，他因爲賭麻將的關係，欠下了將近七百萬圓的債務，被債主逼得非要在年底之前還清不可，這點也已經得到了證實。對方都是些不好相與的人，如果還不出錢，惹毛了他們的話，搞不好征比古會從此人間蒸發也說不定。

征比古是個詭計多端的人，如果沒有成爲專業攝影師的話，他應該早就已經變成總是受到警察「關照」的小混混，像垃圾般地終其一生了吧！他的逃稅技巧相當高明，雖然稅務署的人員曾經對他感到懷疑並盯上了他，同時也展開了調查，但最後卻仍然找不到任何蛛絲馬跡，只好束手而歸。另一方面，征比古對於狩獵很有興趣，一到狩獵季節便會和獵友一起外出打獵。然而，他的目標不管是鹿也好、羚羊也好，還是從西伯利亞飛來，暫歇羽翼的優雅天鵝也好，全都集中在一些弱小而欠缺抵抗能力的生物上。或許，他是要透過挑戰狩獵法的禁令來尋求刺激感吧！

曾經有人投訴說他將天鵝拿來燒烤；當刑警去調查的時候，征比古把刑警請到客廳裡，然後一邊喝白蘭地一邊大談狩獵經，時間長達一個小時之久。最後，在他的連唬帶騙下，刑警只好摸摸鼻子走了；不過，當刑警離去之後，他卻如同字面形容的一般，在客廳裡面捧腹大笑。他一邊斷斷續續地恥笑著「那個馬臉的笨蛋刑警……」，一邊將剛剛刑警拿來當靠背的靠墊又踢又拋地丟向了空中——在那裡面，全都塞滿了天鵝的羽毛。

不過在搜查本部裡面也有慎重派的意見，認爲在這種情況下，也有可能是另一名犯人Ｘ爲了嫁禍給征比古，而故意將手錶戴到了右腕也說不定。然而，若真是這樣的話，這名罪犯Ｘ就應該會採取更積極的動作，好暴露出右腕上的手錶才對；比方說頻繁地看表，從而引起女服務生或領班的注意之類的。不只如此，Ｘ一方面戴著紅色貝雷帽，將犯罪嫌疑轉嫁到塚本身上，但同時卻又在另一方面試圖讓征比古成爲嫌疑人，這種行爲似乎有著明顯的矛盾和分裂。因此，手錶的暴露，很難被視爲是犯人有意爲之下的舉動；將它解釋成征比古在無心之下所犯的錯誤，這樣才比較說得過去。

征比古究竟是以什麼樣的藉口把前妻約出來的，這點不得而知；不過，狡猾的征比古一向擅長此道，從這點看來，他應該是說了許多能夠打動女人心的花言巧語吧！搞不好，他是選擇了一些能夠觸動千里感傷的藉口，比方說「『名門』餐廳是充滿了夫婦兩人回憶的地方」之類的理由，將千里給約出來的也說不定。除此之外，對於前妻和那位化學老師之間的爭執，征比古一定時有所聞，所以，他也一定知道塚本喜歡戴紅色貝雷帽這件事情才對。從照片上來看，他們兩人的臉龐雖然並不是很相像，不過那不胖不瘦的中等身材，倒是有幾分神似。因此，他如果戴上帽子的話，要僞裝成塚本其實是件滿容易的事。

基於以上的分析，搜查本部對於征比古涉案的確信程度，一天比一天變得愈發堅定了起來。雖然在情報的蒐集和整理方面費了不少工夫，不過因爲前面已經嘗到了兩次失敗的苦果，所以爲了萬無一失，本部決定再派丹那前往上田進行調查；那是新年過後第二天的事情。（千里迢迢來到長野縣的北部，萬一征比古不在家，那事情可就糟糕了……）丹那對此感到憂心忡忡。

直到坐上列車以前，丹那幾乎忘記了上田市有一個大型的菅平滑雪場。本以爲還在新年放假期間人會比較少，結果坐上車以後才發現每一節車廂都擠滿了去滑雪的人。丹那失望之餘，也對自己的迂腐很爲生氣。那些觀光客人們，對於站在車

直到坐上列車之前，丹那幾乎忘記了上田市附近有一座大型的菅平滑雪場。他原本以爲新年放假期間火車會比較空，想說自己可以悠悠閒閒地放鬆一下，結果沒料到，每一節車廂竟然都被前往滑雪的遊客給塞得滿滿的。丹那在失望之餘，也爲自己的粗心大意感到一肚子火。那些滑雪客對於像他這樣站在車廂裡的可憐乘客，根本連看都不看一眼；他們大吃、大喝，外加大聲喧嘩，有時候，長長的滑雪工具還會相當討厭地敲打到丹那的小腿肚。不管是在高崎或輕井澤車站，每當停車時，丹那總會暗中期盼著座位能夠空出來，然而，他的希望卻只是徒然地一再遭到現實的背叛。等到好不容易有了空座位，那已經是抵達上田車站時候的事了。丹那跟在那些滑雪的年輕人後面，下了火車走上了月台。

一踏上月台，撲面而來的空氣，和東京相比簡直是冷到不行；丹那感覺到，自己的身體似乎整個緊繃了起來。

走出剪票口後的滑雪者們，或者搭巴士、或者利用上田交通的小型電車，陸陸續續趕往菅平。車站前面的公車終點站裡，轉瞬間擠滿了等待搭車前往滑雪場的乘客。丹那沿著他們背後迂迴繞過大半個廣場之後，踏上了從車站正面向北延伸的大道。松尾町、原町這些平常總是購物人潮洶湧的主要街區，在正值新年假期的此際，幾乎看不到任何行人，只是靜悄悄地覆蓋在大雪之下。和公車終點站的嘈雜擁擠相比，這裡給人的感覺，簡直就像是身處在另一個世界似的。

走過商店街之後左轉，就可以看見征比古暫時寄居的連歌町。這名字總讓人感覺帶著風雅氣息，一定是過去曾經有某位偉大的文人隱居於此，所以才這樣命名吧！不過，抱持著如此想像的丹那，才剛邁出第一步，便驟然停下了腳步。在他眼前出現的，是沿著街道兩側並排展開，風格獨特的房屋。塗成濃烈色彩的門扉和柱子，和為求自己的隱私不被窺探而釘上格子的窗戶，在在表明了這裡是一片特種行業集中的街區。征比古就住在這街區的裡側，一間採光很糟的小房子當中。

當時他家裡似乎剛好有客人在，丹那才一踏進屋內，便立刻察覺到有人正慌慌張張地從後門離去。征比古收拾了一下雜亂無章散落著的橘子皮和威士忌酒杯，將坐墊翻過面後，遞給了刑警。當然，他是絕不可能歡迎刑警來訪的，不過卻也並沒有因此而表現出什麼感到煩擾的神色。對於丹那來說，比起待在寒冷的門口進行對答，能夠進到對方家裡，可說是件值得慶幸之事。他不客氣地在客廳裏坐下，並把下半身塞進了被爐裡。不管怎麼說，只不過是待在外頭這麼一點點時間，他整個人就已經從裡到外全都凍到不行了；這時候能夠躲到被爐裡面，比什麼佳餚美酒都還要更讓人覺得感動。

「我這整個新年假期都呆在家裏睡大頭覺；畢竟，從年末開始就沒有什麼工作可幹了嘛！」

像是要犒勞從東京遠道而來的刑警的辛苦，征比古往一個乾淨杯子裡注入了威士忌。當他低下頭的時候，一撮頭髮從他的額頭上垂了下來；他露出了厭煩的表情，一把將它給撥了上去。就在這時，丹那的視線立刻敏銳捕捉住了征比古套在右手腕上的那只大型手錶。

這位攝影師額頭寬闊，而且有點微微往前突出，位在額頭下方的，則是一雙杏仁色的混濁雙眼。不過他的鼻樑頗爲高挺，所以整個五官輪廓看起來很立體。如果硬是要挑點毛病的話，那便是他那厚實而鮮紅的嘴唇，讓人不禁會聯想到某種軟體動物，但總而言之，征比古還是可以稱得上是個美男子。雖然先前丹那在看照片的時候就已經有這樣的感覺，不過現在實際跟他面對面以後，他就更難以置信，眼前這個男人竟然是殺害了前妻，又連帶殺死了正好路過的電機工程師的兇惡罪犯。在這名攝影師心中的某處，真的潛藏著那種殺害天鵝而食的殘酷面相嗎？

「對於您前妻的遇害，我深表同情。」

雖然丹那覺得在新年伊始就向人表示哀悼之意，未免有些不太妥當，不過考量到他這次造訪的目的，如果不去觸及這一點，那接下來的話題就都無法展開了。

「的確，她真是太可憐了哪！我本來無論如何都要去參加她葬禮的，但是因爲許許多多不方便說出口的理由，所以也只能在這邊默默地爲她禱告了。」

「我正是爲了此事而來的。」

丹那一邊沉浸在被爐那連心都會暖和起來的溫熱當中，一邊對征比古這樣說著。

12

「有目擊證人說，在井之頭植物園曾經目擊到跟你極爲神似的人物。在植物園的池畔有一間很大的溫室，當時有一對年輕男女正在裡面幽會。那對戀人說，他們看見了一個跟你神似的人，跟被殺害的成瀨小姐兩人一起，從他們的前面經過。接著，過了大約三十分鐘後，卻只有跟你神似的哪個男人再次走過溫室前面。除此之外，如果成瀨小姐去世的話，你不是可以獲得一大筆保險金嗎？」

就像是不願放過對方所表現出的一絲一毫細微反應似的，丹那用毫不鬆懈的眼眸，仔細凝視著征比古臉上的表情動靜。

「那兩人的視力都相當良好，而且並不是那種會爲了譁眾取寵而刻意撒謊的人。既然如此，我想聽聽看您是否對此有什麼反論？」

「請等一下。你突然說這些，我完全摸不著頭腦。關於你說的保險金的事情，我早就已經全都拋到腦後了。刑警先生，您剛才所說的，是發生在千里被殺那天的事情嗎？」

征比古絲毫不爲所動，平靜地反問道。

「那是上個月二十號下午兩點鐘的事情。」

「這可就麻煩了哪！你突然冷不防的問我，我一下子也回答不上來；不過，我可以明確告訴你的是，在這兩個星期當中，我幾乎不曾去過東京，所以，那一對戀人所看到的男人並不是我，這是再明白不過的事情了。」

征比古頻繁地用手撩起垂落下來的頭髮，口中還不停輕聲唸著「二十號……二十號……」

「這下真是麻煩了。我又沒寫日記的習慣……」

「那天是星期日。」

「即便知道是星期日也沒用。我的工作跟一般上班族不同，週末和非週末對我來說，沒有什麼差異可言。一年中的每一天都是星期日、也是勤勞日……」

講到這裡，征比古將沒說出口的最後一句話給硬生生的嚥了回去，又頻頻側著頭，露出一副疑惑不解的樣子。（這傢伙在裝糊塗。）丹那在心裡暗自想著。

「好比說當天有下雨啦，或者是其他讓你留下深刻印象的事情，諸如此類的，你真的一點都記不得了嗎？」

他似乎沒有將刑警的話聽進耳朵裡，而是依然故我地撥弄著他那一撮不停掉下來的頭髮。看到他這個樣子，丹那不由得感到焦躁起來；如果嫌那撮頭髮老是垂落下來很煩人的話，那爲什麼不用個髮油將它給抹上去呢？或者說，乾脆就直接剃成光頭也不錯……

「等等，對，我想起來了！我當時一直呆在上田唷！當我出門到達目的地的時候，忽然覺得肚子很疼，於是就馬上回到家中，縮進了被爐裡。因爲星期天醫生休診的關係，所以只能這樣處理而已。」

「請你說得更具體一點好嗎？」

「當然可以。對我來說，這還是頭一次在上田過冬；因爲我正在考慮等健康恢復後，要搬到離東京更近一點的地方去，所以便想趁現在，將值得留下回憶的風景盡可能地記錄下來。另一方面，準備交件的書稿也剛好告了一個段落，於是吃過午飯後，我便抱著相機和三角架，出外蹓躂去了。說實話，我對於風景攝影其實不算專業，至少不像拍攝模特兒那麼有自信。」

問題在於，征比古是否能夠證明自己剛才所說的是事實，這才是重點所在。不過，話雖如此，丹那還是一言不語地默默傾聽著。倘若任意打斷對方的話，萬一對方是個自尊心很強的男人，很有可能會因而心生不滿，甚至就此閉口不談。

「因爲不管怎麼說，這裡都是一個僅有七萬多人口的小城鎮，所以只要稍微加快速度，花個半天時間就可以完整地繞上一圈。我抱著這樣的打算出了門，可是在蹓躂到一半的時候，我忽然覺得身體有點發冷，所以就像剛剛告訴過你的那樣，慌慌張張地回到了家裡。這是我的老毛病了；沒有經驗的人或許難以理解，不過當大腸收縮的時候，會導致短時間的腸痙攣，一旦發作，就必須要用注射嗎啡或者艾灸的方式來止痛。我想，人們常說的『腹部絞痛』，指的就是那種劇痛吧！」

征比古又繼續說：

「當這種病發作的時候，我的身體完全動彈不得，只能像是蝦子似地蜷縮著身體，等待著病痛逐漸遠去。如果嚴重的時候，病發的情況甚至會持續六個多小時。因此，雖然外表看起來有些臃腫難看，不過我還是會盡量穿著厚厚的褲子。」

「只要保暖就行了嗎？」

「因爲一受涼就會開始痛，所以必須注意保暖。不過，一旦痛起來的話，僅僅泡個熱水澡是沒辦法痊癒的。果然還是非得用嗎啡不可，因爲那樣可以瞬間奏效。如果使用灸法的話，在肚臍正下方的左右兩邊各有一個穴位，在這一帶用艾草灸個五、六記，大約二十分鐘左右疼痛就會減退。可是二十號當天，既沒有醫生可以看病，平常儲備好的艾草也用光了；因爲疼痛難忍的關係，想出去買藥也辦不到。在這種惡劣條件接踵而至的情況下，我只好忍著滿臉的油汗，跟痛苦不斷搏鬥。」

「等到疼痛消失後，一切又回歸到原本風平浪靜的樣子；不過與病魔鬥爭後的疲勞感卻突然襲捲而來，於是我便昏昏沉沉地睡過去了。」

「我還是第一次聽說這種病呢。它叫什麼病呢？」

「不知道。在沒有發病活潑亂跳的時候，就算是看醫生也看不出個名堂來。雖然自從小學的時候發病以來，我已經跟這種病打了很長一段時間的交道，但我卻還是不知道病名和根治的方法。」

「不痛的時候跑去找醫生，也是件麻煩事情吧？言歸正傳，你有證據能夠證明，那天下午兩點，你人就像剛剛說的一樣在上田嗎？就算時間不是剛好兩點整也沒關係，總之，我想要看看你在下午兩點不可能抵達井之頭案發現場的證據。」

「我接下來正打算講這件事情呢。當我大概用掉三分之二捲底片的時候，腹部就開始絞痛了；

而我最後一張拍攝的相片，是北信女子短大的校舍。今年夏天，我曾經以該校課外講座講師的身分，到該校進行了場一連五天、有關攝影的講座。因此，出於剛才所提到過的紀念意味，我以校舍爲背景，用自動裝置拍攝了相片。因爲我在設定的時候，將整棟建築物都納入了鏡頭當中，所以我想，那座塔肯定也被拍在裡面……」

「塔？」

「嗯，是學校裡面的鐘塔。因此，只要鐘塔被拍在裡面的話，那麼我三點前後人在學校的事實，便可以一目瞭然了。」

「原來如此哪！」

丹那露出有點悵然若失的神情，將坐墊拉到了自己身邊。這就是專業的攝影師；在照片上動點手腳，不正是他們的看家本領嗎？征比古打算用這種方式來蒙混過關嗎？

「我想看看您所說的照片。」

「很抱歉，照片現在還沒沖洗出來。因爲我原本打算，等過一陣子把底片的其他部分拍攝完後，再一起拿去沖印的。」

因爲穿著寬大的睡袍，再加上已經有些醉意，征比古吃力地從被爐裡鑽出來，走進了隔壁房間；接著，他似乎打開了某個壁櫥，然後又馬上走回了客廳。在他的手中，提著一台裝在盒子裡面的雙眼相機。

「哪，就是這個。」

丹那帶著多或少的好奇心，將這台專業攝影師使用的相機接到了手中。那是一台看起來被操得很厲害，表面滿布著陳舊傷痕的萊卡相機。轉動底片用的把手上面，纏著一圈圈的膠布；那些膠布因爲手垢的關係，顯得有點髒髒黑黑的。那種毫不注重外表、大剌剌的感覺，的確是跟職業攝影師的風格頗爲相稱。

「雖然會給您添麻煩，不過我還是想請您把它帶回去，將裡面的照片沖洗出來。儘管有點說大話的嫌疑，不過我還是要說：既然是身爲專業攝影師的我所拍攝的相片，那麼我所要拍的東西，應該會好好地出現在裡面才對。」

「那麼，我爲您寫一張保管收據吧。」

「哪裡的話，這又不是什麼非常重要的相機；況且，雙眼相機的時代已經過去了，接下來的時代，不管怎樣都會是單眼相機的天下。」

在他的口氣中，充滿了專業攝影師的自信。在和征比古所有的對話中，丹那唯一相信的就只有這一句。

13

回到警視廳後，他麻煩還在休年假的技師，鄭重其事地將底片沖洗了出來。二十四張底片當中，有十八張已經被使用過了，這點跟征比古的說法互相吻合；另一方面，就像征比古自己所說的一樣，拍攝風景照並不是他的專業，所以這些照片的取景效果並不是很理想。那一張張的照片所拍攝的，全是下雪天的風景。從上田公園的舊城址開始到圖書館，再到丹那也很熟悉的松尾町平日雜沓的景象，以及丸子電鐵那從城鎮的邊緣奔馳而過，看上去像是小小的玩具一般的電車，上田這個城鎮的諸多風景，在這捲底片裡雜然並陳著。這些照片跟過去擺放在公園茶店裡販賣的風景明信片差不多水準，全都是些沒什麼獨特性可言的平庸之作。

「這就是專業攝影師的作品嗎？」

「雖說是專業人員，不過他拿手的是婦人科；他本人也說，自己對於風景照片不太拿手。」

「雖然做出這麼嚴苛的批評可能會讓人覺得很不舒服，不過，這些照片確實有種信手亂拍的感覺；太粗糙了。」

胖胖的技師像是十分驚訝似地說著。身爲外行人的丹那，也從剛才開始就有相同的印象。或許是因爲帶著懷疑的眼光看待的緣故吧，他總感覺，這些照片純粹是爲了當做僞造不在證明的手段，在極其輕率的狀況下，邊走邊按快門拍出來的。

第十七張照片上面所拍攝的，就是以北信女子短大校舍爲背景的自拍照，也就是那張問題所在的照片。不過，他本人出現在畫面當中的照片，除了這張以外還有另外一張。那是在上田城前方拍攝的，照片中的征比古雙手叉腰，抬頭仰望著積雪素裝銀裹下的瞭望台。從佈局來看，他是將照相機架設在側面，從而捕捉下這幅畫面的。

最後的第十八張照片，是從小山丘上遠眺城鎮的景象。被白雪覆蓋著的田地緩緩地傾斜著，在遠遠的地方，林立著幾座毫無趣味可言，看起來像是工廠的建築物。剩下的六張則全是空白。

「我想再更仔細地觀察一下這第十七張照片。」

「與其這樣，不如全部就用六寸版再沖洗一遍吧！」

技師點了點頭，露出一副「一切就包在我身上吧」的表情，然後便拿著負片（譯註：一般攝影時使用的底片，底片上的明暗色和實際景物相反。）上樓去了。鑑識課位在警視廳的五樓。

當丹那才剛提前吃完午飯回到廳裡，胖胖的技師便前腳跟著後腳走了進來。

剛剛沖洗出來的照片還帶著點水氣，有些溼潤的感覺。照片放大之後，征比古的表情也變得更加清晰；他站在短大的門前，像是習慣似地雙手叉腰，擺出了一個有點裝模作樣的姿勢。鏡頭是從比較低的位置，以仰角的方式進行拍攝的；他的嘴唇扭曲，緊緊地咬著牙關，看樣子，這應該是為了表現出腹痛即將爆發而做的演出吧？征比古在照片裡的衣著並不厚重，上半身只套著一件全白的圓領毛衣。還真是個連演出的細節都相當到位的男人啊！丹那在心裡低聲笑著。

照片的背景是呈凸字形狀校舍的二樓和三樓，以及聳立在正中央的鐘塔。飄雪天空下的建築物陰霾而蒼茫，一看便給人寒冷的感覺。

因為征比古所站的位置是在畫面稍微偏左邊的地方，所以時鐘是位在的他頭部斜上方；在上面，可以清楚地辨別出指針正指著三點零三分。如果這張照片不是假造的，那麼征比古就不可能在井之頭犯案了——兩點鐘在井之頭作案後，僅用一個小時便趕回上田，那是絕對不可能的。

「我想聽聽看你們專業人員的意見。」

「你或許是想要我告訴你，這張照片其實是僞造的；然而，很遺憾的是，在上面看不出任何動過手腳的痕跡。」

技師把經過放大的十八張照片全部排列在桌子上，然後再重新一張張地仔細審視。

「你瞧，這十八張照片的調性幾乎都是一樣的。假如他想動什麼手腳的話，那張照片一定會跟原有的調性顯得格格不入。或許你們外行人看不出來，但想騙過我們這些內行人的眼睛，那是絕不可能的。」

「原來是這樣啊。」

「你看，底片的兩側有許多並排的小孔對吧？過片齒輪的齒部會和底片上的這些齒孔相互囓合，從而推進底片；可是，如果因爲什麼目的，使得底片被反覆倒回過兩三次的話，那在底片的齒孔上就會留下過片齒輪的痕跡，這樣的話，就可以看出其間的反常之處所在。然而，在這捲底片上並沒有看到這方面的跡象。」

「原來如此。」

「也就是說，我本來的想像是，犯人應該是將問題所在的第十七張照片先跳過去，然後在發生事件第二天的下午三點三分，才又回過頭將它重新拍攝完成。不過，因爲在上面找不到送片齒輪倒轉的痕跡，所以這個假設無法成立。」

「可是，與其那麼麻煩的話，倒不如乾脆全部都在案發的第二天拍攝，不是很好嗎？不，如果在案發之前就拍攝好的話會更方便，不是嗎？」

「總之，我想說的是，在這張照片上看不出任何技術操作過的痕跡就對了。」

技師像是有點怒意似地，用強烈的語氣說著。或許是因爲他是多血質性格的緣故，只要情感一受到傷害，馬上就會變得臉紅脖子粗起來。

「不過，丹那啊，」

他那堆積著肥肉的下巴對著丹那，從下垂的眼瞼間，用有點壞心眼的目光注視著刑警說道：

「這可是件很艱難的任務唷！爲了擊潰他的不在場證明，就非得證明這些照片拍攝的日期並不是二十號才行。可是，要如何才能證明這一點呢？」

不用他說，丹那自己也知道這一點。就像要去找隔壁家太太碴的三姑六婆一樣，他帶著一股異樣的熱情，將放大鏡湊到眼睛前面，仔細地審視著那張照片。就在這時，他發現了一件令人振奮的事情；校舍二樓和三樓的窗戶加起來總共將近五十扇，從其中一扇窗戶中，可以看見一個年輕女孩子正探出頭眺望著院子——不，更正確地說，因爲窗子本身只有一個六號字那樣的大小，所以對於那個向外張望的人影，也只能根據髮型和服裝依稀猜測是女性，但事實上或許是位男性也說不定。

「究竟是男性，還是女性呢？」

「好吧，讓我再把它沖洗成八開大小好了！」

攝影技師的情緒看起來已經緩和多了；他爽快地攬下了這份差事，帶著重重的腳步聲走了出去。

獨自一人留在房裡的丹那，用手掌托著下顎，擺出一副懶散的姿勢，開始沉思起剛才照片的事情。如果是十二月二十號的話，幾乎所有的大學都應該進入寒假了，再加上二十號又是星期日，不管從哪種角度考慮，校舍裡面應該都不會有人才對。可是，在那張照片裡面，窗戶邊卻出現了人影。從這一點出發，丹那推定這張問題所在的照片應該是在寒假開始之前拍攝的——不，如果考慮到肥胖技師所說的送片齒輪痕跡問題，那麼，這整套相片應該都是在寒假開始之前拍攝的。想到這裡，丹那不由得精神為之大振；他決定，等下照片一洗出來，就要馬上帶著它前往上田。

過沒多久，還帶著水氣的八開照片便送過來了。不愧是萊卡相機，鏡頭的解像力相當優異，甚至連在建築物上空為了覓食而急速盤旋上升的老鷹身影，都照得相當清晰。

那位從窗子裡向外眺望的人物，果然是位女性。從外表年齡來判斷，應該是一名學生沒錯。在她毛衣的胸前，掛著一條像是項鍊之類的東西。

「我另外洗了一張四吋相片，將她的臉部特別裁剪出來；保證可以看得清清楚楚，無可挑剔。」

「謝謝。」

女孩留著一頭修剪得短短的頭髮，從額頭中間向左右分開，然後在耳根下面一帶捲起。因為她的臉型比較瘦長，所以如果頭髮再留長些的話，或許會比較適合她也說不定。雖然有著嘴巴過大和眼瞼浮腫的缺點，不過她那熱情洋溢的大眼睛，卻讓人有種驚豔的美感。如果光是看到放大後的聚焦較差的照片，就能給人這樣的印象，那麼直接跟本人面對面的話，想必也會深深為她的美所折服吧！雖然丹那一向是個木頭人，不過對於美女見面，他倒是不會覺得厭煩就是了。

丹那在上田車站下車，是在當天接近下午五點的時候。在他心裡的盤算是，先把照片拿去給大學看，問出女孩的住址，然後再去拜訪，請她回憶一下自己從窗戶探出頭去究竟是在哪一天。要做的工作就只有這樣而已，可以說是再簡單不過了。如果趕得上末班車的話，當天晚上就可以回到東京。

話說回來，那個征比古恐怕連做夢也沒有想到，居然會有個女孩從窗前探出頭來吧！光是想到在征比古面前亮出這張照片時他臉上會露出的狼狽相，丹那就覺得心情暢快得不得了。今天的電車上也擠滿了人，因此他還是像上次一樣一直站著；不過，只要一想到這件事，所有的不愉快和疲憊就立刻消失得無影無蹤，而他那張蠟黃的臉上，也堆起了滿滿的微笑。一位表情有點尖刻的中年婦人，用可怕的眼光瞪了丹那微笑的臉一眼，然後自顧自地走下了火車。

要從這裡前往短大所在地的神川，只能從這裡坐火車往回開一站，要不然就是搭乘開往蘆田方向的巴士。他在車站查看了一下火車時刻表後，便搭乘各站停車的慢車回到了大屋車站。

在這一帶，雖然沿著國道十八號線林立著相當多的工廠，可是稍微往裡面走一點的話，景色就變成了一片又一片綿延不斷，銀白色的旱田與水田。沿著貫穿田野間的一條柏油道路向北走去，便會出現一片平緩的斜坡；走過坡道登上小山丘，在照片上曾經見過、覆滿白雪的北信女子短大校舍，就聳立在眼前。丹那之前一直認爲是灰色的牆壁，實際上是用灰棕色的裝璜煉瓦拼貼而成的。

在粗大的門柱間設置著兩扇鐵門，其中的一扇向內側開啓著。走過那扇鐵門，在覆滿了白雪的操場間，有一條上面的積雪已被踩平的道路，筆直地延伸到正面的入口處。征比古取景的時候是站在哪邊呢？丹那饒富興味地環顧了一下四周。不過，要將從照片上得到的印象，轉換成現實雪地間的視覺畫面，不用說也知道是件相當困難的事。於是丹那打消了這個念頭，加快腳步向前走去。他一邊走在那條積雪因爲踩踏而堅硬凝固的道上，一邊不時抬起頭，仰望著學校的建築物。以鐘塔爲中心，二樓和三樓的校舍一樣，都是左右各排列著十六個窗戶，也就是每層樓總計三十二個窗戶。至於一樓，則因爲正中央一大片空間被大玄關給佔據的緣故，所以設置窗戶的空間相對也就少了些。那個女孩子向外張望的地方，應該是在二樓的窗戶吧？不過，這也必須要跟照片對照過後才能準確判斷。話雖如此，但如果要在這裡一直站著不動比對的話，不只寒冷，而且也很麻煩。

因爲現在正值寒假期間，所以校舍裡面當然是一片靜悄悄的；不管是地面、牆壁還是周圍的空氣，都比外面還要寒冷許多。丹那連打了幾個噴嚏；在寂靜空蕩的門廊間，他這幾聲不太得體的聲音反覆迴響了好幾次，而後又漸漸地歸於沉寂。

管理員室面朝北邊，位在一個一看就很寒冷的角落裡。不過，當丹那一推開那個房間的門時，便看見地面上放著一個大型的暖爐，爐子的側面在熊熊火燄的燃燒下，已經變成了紅色；從爐子上面放著的銅水壺裏，傳出蒸氣沸騰的聲音。看到這副景象，丹那不由得深深地歎了一口氣。

「關於這個女孩……」

「哪個女孩？」

管理員打開電燈，用骨節稜稜的大手拿起相片。他的年紀超過五十歲，或許是因爲過去擔任過職業軍人的緣故吧，到現在仍然留著一個小平頭。雖然或許沒有什麼特別的惡意，不過他看著丹那的眼神卻有些刺刺的，讓人覺得很不舒服。

「啊，這是我們學校的學生嘛！我對她還算滿有印象的，因爲是個美人嘛！不過，她的名字我就不清楚了；畢竟，這裡不管再怎麼說，都是間有兩千多人的學校，而且又全都是年齡相仿的女孩嘛！」

在他的口氣中，似乎隱隱透露著對年輕女孩的厭煩。

「學校是從什麼時候開始放寒假的呢？」

「我們學校很早，從上個月十五號就放假了。」

「有人說這張照片是在二十號拍的，那麼，在放假期間也會有人來學校嗎？」

丹那逐漸切入了正題。

「一直到二十五號爲止，學校這裡都在舉辦課外講座。這次我們可是特地拜託了從東京來到此地滑雪的名人，在學校展開特別講座的唷！真不愧是東京的文化人哪，連一點不情願的表情都沒有，二話不說就接受了我們的邀請。」

（你恐怕把對方估得太高了吧？）丹那在心中這樣暗暗想著。如果學校裡面全都是男學生的話，就算備了再大的重禮去請，講座即使在星期日，對方恐怕也不會正眼看上一眼吧！

「不過二十號是星期日，講座即使在星期日也有召開嗎？」

「這就要看講師的狀況了。這次的講座基本上是中途無休的連續進行十天，畢竟，本校的學生實在太熱情參與了嘛！」

如果星期天也有學生會來學校的話，那麼縱使這張照片是在二十號拍攝的，也沒有什麼值得驚訝之處。沒想到居然會出師不利，丹那不禁一下子變得沉默了起來。

根據管理員的解釋，這次講座因為是校方單方面的邀請來滑雪的文化人擔任講師，所以演講的內容也是交由對方自行決定，結果就是變得像大雜燴一樣，漫畫家之後是哲學家講授，而營養學者的後面接著上場的是婦產科專家。

「說難聽一點，這簡直就像是百貨公司的福袋一樣嘛！學生在交納講座費的時候，根本無法估計究竟會有怎樣的內容嘛！」

管理員的臉上第一次露出了嘲諷的笑容。根據他接下來的解釋，丹那瞭解到，二樓一共有八間教室，照片中所拍攝的窗戶應該是從左邊數來第七個，也就是二〇二教室的窗戶。講座就在這間教室裡進行，當時校方還特意在教室裡安放了四台大型煤油爐取暖。

「雖然我們對這種天氣都很習慣了，不過從東京來的人大多數都比較怕冷呢！只是，如果使用暖氣空調的話，暖氣費可是會很嚇人的呢！」

「的確如此。那麼，請問要怎樣才能見到照片上的這個女孩呢？」

「這個嘛……目前的話，就先從見見當時跟她一起出席講座的其他學生開始吧！」

管理員一邊這樣說著，一邊分別給自己能夠想到的兩三名學生家裡打去了電話，最後終於找到了其中一名呆在家裡的學生。

「她住在綠之丘住宅區，距離有點遠喔！」

看上去表情十分嚴肅的管理員，實際上是一名本性非常親切的男人。他將市街地圖攤開來，告訴了丹那具體的地理位置。

14

西澤西枝居住的綠之丘住宅區，位在上田市的西北部邊緣地帶。當丹那坐上從上田車站前面直達綠之丘社區的巴士時，時間已經將近傍晚七點，不管是車站或是松尾町的商店街，都已是一副燈火通明的景象。面對比自己預計要慢上許多的進展速度，丹那已經沒有了來時的意氣風發，整個人板著一張臉，一語不發地坐在車上。剛才管理員說東京人都怕冷，現在想想的確是如此。從腳下悄悄襲來的陣陣寒氣，讓丹那幾乎毫無招架之力，只是不時微微地顫抖著身體。

綠之丘住宅區是幾年前剛開發出來的新社區，裡面除了在東京常見的那種成片的集合住宅外，也可以看到上班族們各自修建的獨棟住宅，小而整齊地四處林立著。丹那在那裡兜了四五分鐘後，最後終於發現了西澤西枝的家。那是一棟三個房間的小型住宅，在靠近西邊的窗戶前掛著粉紅色的窗簾，透過簾下隱約可以看見一名年輕女性的身影。丹那猜測，那位少女應該就是西枝，事實果然也是如此。雖然她那張圓圓的臉看起來有點平凡無奇，不過回答起問題卻十分乾淨俐落，可以感覺得出她的腦袋一定很好，因此丹那對她頗有好感。

「我想請妳告訴我一下，照片上這名學生的住址和姓名。」

丹那把四吋大的照片放到對方面前。酉枝爲他在地板上鋪上一個鬆軟的紅色坐墊，再用電爐讓玄關稍微變得溫暖一點。

「哦，這不是英文科的青柳嗎？她是跟我同樣二年級的青柳町子。不過，雖然您辛辛苦苦地從東京跑來，但很遺憾的是，她現在人並不在上田。」

「哎呀……」

聽她這麼一說，丹那不由得發出了失望的聲音。

「那麼，她人在哪裡呢？」

「在石打的滑雪場。你知道吧？就是上越鐵路線上的石打。」

「石打……」

丹那不禁歎息了一聲。要去石打的話，必須先回到高崎，然後從那裏換乘上越線列車。明明這附近就有很有名的菅平滑雪場，爲什麼偏偏要跑去那麼遠的地方呢？這不是擺明了要給我添麻煩嗎？

「她不是去那裡玩，而是在那邊的民宿打工啦！因爲學校的求人課有這樣一份工作可以申請，所以青柳就跑到那邊去了……那邊待遇很好，每天可賺七千多圓。她打算等存夠十萬圓後，今年夏天到九州去旅遊。」

「真讓人羨慕哪！等有了家庭後，就不太可能把丈夫和小孩扔在家裡，自己跑出去旅遊了吧！」

「是嗎？我想我們還是能夠做得到的唷！」

酉枝雖然像是在開玩笑似地微笑著，但說話的語氣卻十分堅決。

「我們可絕對不做家庭的奴隸。就算結了婚，也絕對不會爲了丈夫而拘束自己。我們想去哪裡，就去哪裡。」

「妳說得很對。今後的妻子們，如果沒有這樣的熱情是不行的哪……」

丹那不負責任地大表贊同。既然青柳町子不在，那就只能從面前的這位少女那裡，盡可能獲取有限的情報了。爲此，只要能討她歡心，不管是怎樣的觀點，丹那都打算毫不猶豫地表示贊成。

「我想順便問一下，這位青柳小姐爲什麼在參加講座的時候，要從窗子裡面往外張望呢？」

「啊，這件事情嗎？當時教室裡面不是放著四台煤油暖爐嗎？正因爲這樣，教室裡的空氣不好，所以她的身體一下子變得很不舒服；不過稍微呼吸點冷空氣之後，大概一分鐘左右就又恢復正常了。」

將四台煤油爐同時放在一間教室裡燃燒，很快就會氧氣不足，這可說是一般常識了。不過，問題在於這件事情發生的時間，是否真是在二十號的下午三點三分。

丹那望著對方清澄的眼眸，用緩慢的語氣向酉枝提出了這個問題。

「關於十二月二十號的事情，我還記得相當清楚。那天講座的主題是有關於婦女解放的問題，擔任主講的是東京某位報社的評論員；他說自己非常贊成婦女解放，我們聽了之後也感到非常高興，直到天色整個暗下來爲止，都還在繼續討論。青柳感到身體不舒服，也是那天的事情；那時候，台上的老師大吃一驚，連粉筆都掉到了地上呢！」

遇到女學生因爲暖爐的氣體輕微中毒便被嚇倒，這種人恐怕下了講台，也是個膽小如鼠的評論員吧！另一方面，大談什麼贊成女性解放來迎合女學生，這種拍馬屁的言行，丹那也很不以爲然。往往就是這種男人，在家裡才會表現出一副比尼祿（譯註：羅馬著名的暴君，曾經火燒羅馬城。）還要殘虐的暴君模樣呢！丹那像是有點遷怒似地，在心裡暗自將情緒發洩到這個評論者的身上。

「妳確定，那天真的是二十號嗎？這可是一個非常關鍵的細節……」

丹那執拗的再次詢問著，不過他的詢問馬上就被簡單地否定掉了。

「我很喜歡現代音樂。儘管很多人都認爲它太過艱澀，但是就像欣賞超自然主義的畫作那樣，我認爲應該要拋棄一切先入爲主的偏見，如此才能順利的讓自己浸淫於其中。」

像是與丹那剛才所詢問的問題完全無關似地，酉枝開始講了起來：

「每個星期日的下午三點，ＦＭ電台都會播放『海外的音樂』這個節目。電台先前曾經預告過，會在二十號當天介紹由國際現代音樂協會主辦的『世界音樂祭』當中的參賽作品，因此我從很早以前，便開始期待這個節目的播出了。」

「嗯。」

「在這一天，除了東歐、南歐以及北歐各國的作品以外，也會播放由日本人作曲的作品。我當時本想缺席不去聽講座的，但後來有拜託母親幫我錄音，所以還是去聽了講座。只是，當我傍晚高高興興回家的時候才發現，母親因爲不太習慣這類機器的操作，所以錄音失敗了，什麼聲音也沒錄進去，我爲此還不禁向母親大發了一頓脾氣呢……！就因爲這樣，所以我的印象非常深刻。那的確是在星期日，也就是在二十號所發生的事情，這一點千真萬確，絕對不會有錯。」

「原來如此哪！」

既然她記得如此清楚，那也就只能把它當做事實看待了。但是，謹慎再謹慎，這是丹那一貫的信條。就算是眼前的西澤酉枝，也有可能會因爲某種原因，而在無意之間產生記憶偏差。因此，丹那還想再跟兩三個學生見面，親自向她們詢問一下當天的情況。

「你可以去找三年級的阿秦唷！她當時也在那裡聽講。」

酉枝穿上紅色靴子後，便一路帶著丹那走到能夠看見對方公寓的地方。戶外的天色已經完全暗下去了，積雪的道路在路燈光線的映照下，浮現出淡淡的白色反光；稍不留神，腳便會被絆住而摔跤。雖然丹那平常幾乎沒有什麼機會和年輕女性並肩同行，不過酉枝在途中究竟說了些什麼，因爲他完全心不在焉，所以一點也沒有聽進去。

秦曉美是個兩頰有著細小的酒窩，樂天開朗的女孩子。也不知是爲了什麼事情好笑，她在說話的時候，經常會莫名地笑出聲來。她的證詞也與西澤酉枝所說的完全相同；至此，丹那也不得不承認，那名攝影師的不在場證明的確是事實。

「酉枝說的一點都沒錯唷！」

「可是，有時不是也會發生記憶偏差嗎？比如說本以爲是二十號，結果卻發現是十號或者二十一號之類的——」

「那麼，聽完我接下來的話，你應該就會相信了吧。」

她一邊發出清脆的笑聲，一邊將丹那給一腳踢進了絕望的深淵：

「在這張照片上，青柳的頭髮剪短了對吧？那是因爲要去滑雪不方便，所以她才跑去美容院剪掉的。那是十九號，也就是星期六晚上的事情。」

「這意思也就是說——」

「她換成這個髮型後，第一次來學校就是二十號星期日。所以這張照片，絕對不可能是在十九號以前拍的。」

「原來如此。」

「而且，她星期一早上就坐火車外出打工去了，直到現在還在那邊。她是在石打的民宿裡打工，你知道這件事情吧？」

「我從西澤小姐那裏聽說了。那麼，換句話說，青柳小姐被拍攝下來是在十二月二十號，絕不可能是這以外的任何日子嗎？」

丹那用無比空虛的聲音這樣說著。

自從征比古的不在場證明成立，到現在已經過了好幾個月。「名門」餐廳女服務生所目擊的、戴在罪犯右手腕上的手錶，最後被定調爲一場誤會；之後，警方雖然再次進行了相關的調查，但卻仍然沒有任何收穫。不久，設立在三鷹警署的搜查本部被縮編，而丹那也回到了警視廳本部。

之後的某一天，丹那來到了自己常去的那家牙科診所；他一邊在候診室裡等待著叫到自己的號碼，一邊爲了打發時間而隨手翻閱著舊雜誌。他家裡的人牙齒都不太好，兩個哥哥在還沒到他現在這樣的年紀之前，都已經裝上了全口假牙。他腦子裡總害怕著自己遲早也會走到那個地步，所以不斷想盡辦法，努力試著要延遲這一天的到來。他之所以會那麼頻繁地光顧牙科診所，正是出於這樣的理由。

幾乎所有的娛樂雜誌，都喜歡在卷首刊載彩色的裸體寫真特集，丹那手上的這本雜誌自也不例外。丹那雖然認爲裸體畫是藝術品，但對裸體寫真卻抱持著否定的態度。編輯爲了訴諸男性讀者的性欲而將其刊載出來，攝影師則是明知這一點，還故意讓模特兒擺出下流的姿勢，並將拍出來的東西提供給出版社。這樣的東西哪有什麼藝術性可言呢？

因爲丹那總是抱持著這種想法，所以過去他從來不曾發生過眼睛緊盯著裸體照不放的情況，但這次卻跟平常大不相同。無視於旁邊年輕女患者輕蔑的目光，丹那目不轉睛地，牢牢盯視著雜誌上的幾張照片。這是他第一次接觸到鈴木征比古的作品；愈是仔細觀看這些照片，他就愈覺得可憎與汙穢。不管拍攝的內容爲何，裡面全是些在鏡頭前毫無羞恥之心、擺出大膽姿勢的女人。雖然她們的臉全都用骨牌遮掩了起來，但是已經暴露到了這種程度，有沒有戴上面具根本沒有什麼差別。

抱持著這樣的感慨，他又繼續往征比古的下一張照片看去；沒想到就在這時候，他注意到了一個意外的事實，這讓他不由得坐正了身體——他記得，自己以前曾經見過照片中那名模特兒肉體的某個部分。丹那連忙將看診的時間往後推，借了雜誌後回到了廳內。

「怎麼啦？這可不太像你的作風呢！」

看見丹那將照片推到自己面前，上司不禁這樣問道。他也是個絲毫不遜於丹那的老頑固，看著照片的眼神，就像是看到了毛毛蟲一樣的嫌惡。

「這個嘛，請先聽我解釋一下。那是我上次在上田住了一宿後，前往石打時所發生的事。在所有我在當地所見所聞的事物當中，還有一件事情，我至今完全沒有向任何人提起過。之所以會這樣，是因爲當時我認爲那件事情實在很無聊，對搜查也沒有任何意義可言，所以才沒有說出來的。」

丹那拉過空椅子，在這位下顎寬闊的主任警部旁邊坐了下來。

原來，當時丹那在上田見過兩名短大女學生後，又去理髮店確認了青柳町子剪髮的時間，接著第二天，他便搭乘上越線列車去了石打。町子打工的民宿是位在苗場山的山麓上；因爲是由當地農民所共同出資興建，所以其規模絲毫不亞於國民宿舍，是間氣派的三層樓建築物。不過，在這裡，町子本人還是親口告訴他，那張照片是在上個月二十號拍攝的；於是丹那只好帶著失望的心情，回到了東京。

「我記得。你不是曾經說過，她本人比照片還要漂亮嗎？」

「是的。她的胴體有如蜜蜂一般玲瓏有致，腿部線條就像黑人女郎一樣漂亮，連我看了之後，都差點忘了呼吸呢！」

丹那去拜訪時，她正在清掃寬大的浴室。在她的黑色毛衣下方，穿著一條已經褪色的藍色牛仔褲，褲管一直捲到膝蓋上；她就以這副不是很體面的模樣，出現在丹那的面前。至於她那短短的頭髮，則是用一條手絹緊緊地包裹在頭上。

「我曾經跟你提過她在打掃澡堂的事吧？」

「啊，你說過。」

「她是溼著腳來到脫衣場的，所以沿途留下了一長串的腳印。我無意間隨便看了一眼，結果意外地發現她是扁平足。連選世界小姐都不會檢查腳掌，她是扁平足更不算什麼大不了的事；不過，我總覺得，自己似乎是在意外的情況下，窺探到了人家的秘密。」

「既然她是現代姑娘，那應該不會為扁平足而感到羞愧才對吧？」

「不過，望著她的腳印，我的心情不知為什麼，還是變得有點奇怪，簡直就像是遇到了喜馬拉雅雪人似的……啊，玩笑還是開到這裡為止吧！總之，你看一下這張裸體照片。」

這本雜誌是去年夏天發行的，那張照片所拍攝的，是一個仰躺在沙灘上的女孩，從頭到腳全身的樣子。她那濡溼的肌膚上附著沙礫，長長的秀髮披垂在一旁。

「怎樣，這個模特兒是扁平足對吧？」

「的確如此。」

主任慎重的觀看了一下那張裸體照片後，對丹那表示同意。照片裡面那斜躺在溫暖陽光下的裸體，不管是胸、腹部以及大腿處，都投射著明顯的陰影，然而，只有她的腳掌，卻好像洋娃娃一樣的平坦。

「那麼，怎麼回事？這個模特兒是青柳町子嗎？」

「不好斷定，但我認爲有這樣的可能性。畫面中模特兒那小腿修長的特點，也與青柳町子相同。雖然一般都說白種人的腿比較長，不過她們長的部分往往都是在膝蓋以上。與此相反，黑人則是小腿比較修長；也就是說，從身材來看的話，世界上最美的就是黑人女性了。如果用帶著惡意的話來形容，那麼青柳町子應該可以算作某種畸形，因爲她具有跟黑人女性同樣的美。所以，從小腿修長和扁平足兩個特徵來判斷，我認爲這名模特兒肯定就是她。」

主任警部鬼貫像是忽然間大感興趣似地，用比剛才更加熱切的目光注視著那張寫真相片。

「這上面寫著模特兒的名字叫做濱千鳥，這是藝名吧？」

「應該是。畢竟還是學生，我想不可能將本名印出來。

不管我所見過的那兩個女孩或是管理員，都沒有提到任何關於她擔任模特兒的事。也就是說，鈴木征比古和青柳町子，將兩人身爲攝影師與模特兒關係的這個秘密，嚴密地隱藏了起來。」

「擁有這麼得天獨厚的肉體條件的話，恐怕不會甘心就此平淡地結婚嫁作人婦吧！在她心裡，應該描繪著許許多多的夢想才對。」

「正是如此，我想她一定充滿著熊熊燃燒的野心。如果與征比古聯手的話，將來便有可能來到東京，成爲一流的模特兒。她恐怕是在心中打著這樣的算盤吧！這樣一來，我認爲，她做爲征比古的共犯，在他僞造的不在場證明當中扮演起重要的角色，理由便顯得相當充分了……」

「我也深有同感。僞稱頭痛而將頭伸出窗外，是町子事先與征比古商量好時間而做出的舉動吧！換句話說，那照片是攝影師和模特兒合作製造的冒牌貨。」

鬼貫和丹那壓抑住內心的興奮，用平靜的語氣交換著彼此的看法。不過，接下來的地方才是問題所在：

鈴木征比古的那張照片是在十二月二十號下午三點三分拍攝的，這一點已經透過青柳町子從窗子探出頭來這一事實而得到了證明。

現在雖然釐清了那張照片是兩名共犯合謀製造下出現的產物，但他的不在場證明卻並不會因此而受到衝擊。

「那裏有家女學生介紹給我的旅館，還挺不錯的唷！」

對於主任警部一定會前往上田這件事，丹那似乎早就已經了然於心了。

16

當鬼貫在上田下車時，已經是第二天的正午時分了。聽丹那說，這裡因爲滑雪者眾多的關係，相當地嘈雜而混亂；不過，當他現在來到這裡時，眼前所見的只有年輕的背包客和洗溫泉回來的老夫婦之類的旅行者，並沒有那種喧囂的感覺。

鬼貫繞過車站前面的廣場，穿越松尾町的商店街後，在到達原町之前的地方右轉。他所抵達的海野町也是上田市首屈一指的購物中心，裡面設有大型的百貨公司。丹那推薦的旅館，就位在百貨公司前的大街對面。他打算將行李寄放好之後，便開始展開調查。不過，話雖如此，對於究竟應該從何處著手，鬼貫也並沒有一個很明確的目標。因此，他打算先順著丹那先前小心走過的足跡再走訪一遍，看能否撿到一些他所遺漏的線索；如果順利的話，搞不好能夠就此擊潰征比古的不在場證明也說不定。不過，如果按照以往的經驗，若是找到被遺漏的重大證據，恐怕也只能說是剛好走了狗屎運而已。因此，鬼貫對於這趟出差，除了一絲僥倖的心理之外，其實並沒有抱持著太大的期盼。

多虧丹那事先打了電話預約，鬼貫被安排到了一間位在二樓，可以俯瞰大街的上等房間。對面是一家種子店，店頭擺放著爭相綻放的櫻花、三色堇以及雛菊的幼苗；一位路過的老人正佇立在店門口，猶豫著是否要買下它們。

「丹那先生前腳才剛走，一位姓秦的小姐就打來了電話……」送來茶點的女服務員，一邊往茶壺裡倒著開水，一邊對鬼貴這樣說道。

「秦小姐？」

鬼貫從窗邊回到榻榻米上，在茶桌前坐了下來。

「啊，是住在綠之丘住宅區的那位小姐呢！」

「是的。當櫃台告訴她丹那先生剛剛離開的時候，她不知爲什麼，聽起來似乎相當失望。」

到底那女孩子想告訴丹那什麼呢？鬼貫微微側著頭思索著。不過至少可以肯定的是，事情若是牽扯到丹那的話，那就絕對不可能是被女性傾慕之類的風流韻事。但是，話說回來，鬼貫也並沒有聽丹那說過，他曾經把東西忘在了秦小姐家裡之類的事情。

「她很失望嗎？」

「對。『本想再談一下昨晚的事情的……』她似乎是這樣說的。」

「昨晚的事」，那就意味著與征比古的不在場證明有所關連。而知道丹那已經動身出發後，她其實可以寫信告訴他的，但之後卻什麼聯繫也沒有；之所以會如此，是不是因爲她對自己要講的話其實也沒什麼自信呢？想到這裡，鬼貫便希望能夠立刻拜會一下秦曉美，聆聽一下她想要告訴丹那的內容。

「秦小姐和這家旅館很熟吧？」

「是的。她母親與我們老闆娘是從小一起長大的好朋友……」

「原來如此。那，我要怎樣才能見到她呢？我指的是那位秦小姐。」

「我想，她現在大概在學校裡吧！」

櫃台立刻跟位在綠之丘的秦家取得了聯繫；對方回答說，她人還在學校，要找她的話去那邊。

於是鬼貫便請旅館叫了計程車。通往大屋的國道十八號幾乎是筆直的一條線，兩旁林立的民居，就像是經過疏苗後的苗圃般，漸漸地變得稀稀落落了起來。在道路左邊一望無際的旱田裡，黑色的土壤中已經萌發出了綠色的麥芽。

「那裏就是信州大學纖維系。」

在司機的提醒下，鬼貫不禁伸出頭去看了看。大學的校舍就聳立在自己的眼前；儘管他對於現在的校名那麼熟悉，但它的前身，也就是過去的上田蠶系專科學校這個名字，鬼貫在升學的時代可是時常有所聽聞。對於在城市裡長大的鬼貫來說，蠶系學校到底在學習什麼，他完全想像不出來，所以每次在升學雜誌上看到這所學校的名稱時，他都會有種好奇的感覺。原來這就是那所學校的後繼嗎？

像是要將自己寬闊的下顎往前推到底似地，鬼貫伸著脖子，久久凝望著那在樹叢中若隱若現的校舍。

大約過了十分鐘左右，他來到了短大門前。

他到管理員室說明了來意，在那喝茶閒聊了大約二十分鐘。當下課鈴聲響過沒多久，秦曉美便走了進來。或許是因爲出生在北國的緣故，她的皮膚相當白皙；儘管她幾乎沒化妝，但是眼眸中卻充滿著生氣蓬勃的光輝，一看就讓人感覺到其中燃燒著熊熊的求知欲，給人一種十分鮮明的印象。至於她的臉頰，則顯得豐滿而圓潤。

一到休息時間，學生們便接連不斷地湧進這間管理員室。她們有的喝著熱茶，有的啃著福利社買來的豆沙麵包。管理員雖然嘴上說「自己對這幫年輕女孩感到有夠厭煩」，不過被她們「大叔、大叔」地叫著，他心裡其實感到相當地樂不可支。他把過去軍人的威嚴丟到一邊，笑瞇瞇地爲她們東奔西跑。

「我們去校園的操場吧！今天刮的是南風，挺暖和的！」

在曉美的帶路下，兩人走出了管理員室。雖然在照片上無法看出來，不過學校的操場四周其實栽滿了綠草；在黃色的枯葉間，翠綠而細長的嫩芽正勢不可當地竄出頭來。

「那時我打電話給刑警先生，是因爲他給我看的照片當中，有一件讓我有點在意的事情。」

曉美在枯萎的草地上坐了下來；她一邊拉住裙子遮擋她那柔嫩的大腿，一邊切入正題，

「最初我並沒有注意到這點，不過後來上床後，想著想著，終於漸漸明白了起來。不過，我因爲擔心自己弄錯，還是想再次確認一下照片，所以才打電話給刑警先生的。如果我太過輕率地隨便說話，一定會給你們造成困擾的吧！」

「沒關係，對於這點，妳大可不必在意。」

鬼貫一邊說著，一邊從口袋裡拿出那張六寸版照片給她。曉美拿到手中後，將畫面與二樓的窗子反覆對照了好幾遍。

「你瞧，青柳探出頭來的地方，是在從邊上數過來第七個窗子對吧？」

她用柔軟的手指，指了指照片和正面的建築物。

「每間教室有四個窗子，從左邊開始，按照二〇一、二〇二的順序依序排列下去。教室全部位於南側，北側則是走廊。二樓共有八間教室，三樓也一樣。」

至於樓梯和衛生間，則是位在中央鐘塔所在的那塊區域中。

「所以具體地說，青柳探出頭的窗子，應該是二〇二教室從左邊數過來的第三個窗子。」

「是啊。」

鬼貫對照相片後，點了點頭。這個女學生究竟要說些什麼呢？他完全摸不著頭緒。

「那天的講座，後來不是變成了婦女解放的討論會了嗎？當時因爲要討論，所以大家便搬動了桌子和椅子，面對著講臺圍成半月型，這樣在討論上會比較方便。」

「原來如此。」

「因此，拍在照片上的這第七扇窗戶，當時根本就沒有辦法打開。」

「……」

「那樣的話，青柳探出頭的窗戶應該是可以自由開關的第八扇窗才對。所以，這張照片有問題。」

她斬釘截鐵地說出這句話後，便緊緊地抿住了鮮紅的嘴唇。對方是地位很高、充滿威嚴的警部，因此她並沒有像在面對丹那的時候，不時發出輕笑聲。有那麼一會兒，鬼貫無法理解她說的話，只是愣愣地坐在原地；等到他終於回過神來，明白了是怎麼一回事以後，他又驚愕得張口結舌，半天說不出話來。此刻，他所受到的震撼程度，絲毫不亞於昨晚從丹那口中得知那模特兒的真實身份的時候。

如果曉美所講的是事實，那麼這張照片又應當作何解釋呢？當時應該是從第八扇窗探頭向外張望的女孩的頭，在照片上卻是從第七扇窗裡探出來，這究竟是怎麼一回事呢？

緊挨著兩人所坐的地方，有一群人在練習排球；他們頻繁地發出金屬般尖銳的高叫聲，但鬼貫卻完全充耳不聞。

十分鐘的休息時間很快就過去了，校園裏又響起了上課鈴聲。

「妳要上課了吧？」

「不用擔心我，這節停課。反正現在這個時候，二〇二教室也空著，要不，我們一起去看看？」

在曉美的邀約下，鬼貫跟在她的後面，一起上到二樓。鬼貫請她將桌椅恢復到當天的位置；確認過之後，他發現的確如曉美所言，第七扇窗完全處於一種無法打開的狀態。因爲有兩張桌子正好堵在窗前，所以除非坐在那裡的學生站起來離開座位，否則青柳根本不可能從那裡向外探出頭。

在回校園操場的途中，鬼貫一直在沉思。只可能從第八扇窗戶伸出的頭，在照片中卻是從第七扇窗口伸出，這根本是不可能的事情。

因此，或許只能這樣解釋——首先，町子在A時點從第七扇窗戶探出頭，然後征比古以此爲背景進行了自拍；接著，在另一個與此不同的B時點，町子再次向外探頭張望。在這個時點，她原本想依樣畫葫蘆地打開第七扇窗戶，但由於討論會這一未預料到的意外，第七扇窗戶變得沒辦法打開了，於是，町子只好從第八扇窗探出頭去。這時候的時間是下午三點三分。

那麼，A發生的時間到底是何時呢？因爲討論會結束時已經完全天黑了，所以並不是在那以後拍攝的，這一點相當明確。

「我想再向妳問一下十二月二十號的狀況，講座開始的時間是幾點呢？」

「它是下午一點開始的。不光是那天的講座，所有的課外講座全都是從下午一點開始的；如果是來得早的同學，十二點半左右就到學校了……」

那麼A發生的時間，應該是在教室裡面還沒有任何人影，也就是十二點半以前。按照鬼貫的想像，首先假設此事是發生在上午十點，那時，征比古進入鐘樓，將時鐘調到五個小時以後的時間，也就是設定爲下午三點，而町子則偷偷溜進空蕩蕩的二〇二教室，從窗子探出頭等待對方按下快門。

於是，征比古以她的臉和設定好的時鐘爲背景，利用自動裝置爲自己拍了照。

不過，他從鐘塔下來、穿過操場，再回到照相機的位置，多少需要耽擱點時間，所以結果是當攝影的時候，刻度盤上面的時針指的是過了三分鐘的地方。由於管理員室面朝著北邊，所以征比古的這一系列行動不用擔心被看到。

接下來，征比古在這之後，馬上將時鐘的指針恢復到正確的位置，站在校門前拍下一張城市的遠景後，便直接趕去了東京。因爲快車在大屋車站不停，必須要搭慢車倒回上田站才行，所以鬼貫推測，他打電話給成瀨千里的時候，人應該是在上田市內。上田和東京之間，只需撥號即可通話，因此不必擔心被接線生聽到談話。

鬼貫接下來要琢磨的是：征比古是如何調整鐘塔大鐘的指針的？他這樣問曉美，不過曉美也只是側著頭，對他說了聲「這個嘛……」。

「要不要問一下管理員室的大叔？」曉美提議道。

「對了，這陣子青柳的狀況怎樣？」

「這個嘛……倒是沒有什麼特別奇怪的言行舉止呢。」

謝過她提供的寶貴情報之後，兩人便各自分手了。之後，鬼貫再次敲開了管理員室的門；當鬼貫問到鐘塔的事情時，管理員捧腹大笑著說：

「你說的話未免太荒唐啦！鐘塔的大鐘是電子鐘，只要母鐘的指針不動，無論怎麼撥動子鐘的指針，它都不可能動彈的！」

「有可能悄悄地對母鐘動手腳嗎？」

「不可能。母鐘雖然放在隔壁的房間裡，不過鑰匙是由我負責保管的。換句話說，不從我這裡奪走鑰匙，是不可能進入時鐘室的。」

遭到管理員用強烈的語氣徹底否定，鬼貫不禁大失所望。既然操作時針不可能，那麼他所提出假設也就等於遭到否定了。站起身打算走出房間的他，透過窗際抬頭仰望著北邊的天空。今天，在天空中也有跟照片裡一樣的老鷹在飛翔。不過，當鬼貫定睛仔細瞧瞧之後，他才發現，那並不是真正的鳥類，而是老鷹風箏。

「這種風箏真少見呢！」他轉過頭對管理員說道，

「雖然武士風箏和蟬風箏都復活了，不過我小時候曾經玩過的老鷹風箏卻沒看見。我聽說，那是埼玉縣某位不知名的老爺爺所創作出來的風箏呢！」

「我過去也很喜歡放老鷹風箏。那位一直在那裡放風箏的人，是上田市政府的職員。」

留著小平頭管理員和鬼貫肩並肩，一同眺望著空中，

「那個人是個狂熱的風箏迷。不只是老鷹風箏，他還放過西洋飛機風箏，而且他的手很巧，所有的風箏全是他自己製作的。」

「甚至不惜上班請假也要放風箏，這還真是個熱情的人哪！」

「今天星期六，市公所只上半天班唷！」

管理員眼睛盯著風箏，順口應道。

如果撥動時針和接觸母鐘都不可能的話，那麼這張照片是如何拍攝出來的呢？鬼貫佇立在校門口，繼續思索著這個問題。然後，他猛地回過頭，再次望著短大的校舍。

這次他注意到，這裏的校舍是左右對稱的。就算站在這裡拍下短大的校舍，然後再將負片反過來看的話，也沒有人會察覺到這一點。校門右側的門柱上掛著「北信女子短期大學」的招牌，倘若將它拍進去，這個詭計馬上就會暴露；因此，必須從門口往裡走進去一段距離後再按快門才行——事實上，征比古的照片就是這樣拍下來的。

假如像鬼貫猜測的那樣，將負片反過來沖洗的話，因爲征比古作爲背景所拍下的時鐘上的文字

圓盤是反著的，所以下午三點三分的時間，其實應該是早上的八點五十七分。以上田與東京之間，坐快車可以三小時抵達的程度來看，上午八點五十七分人在上田市內的征比古，下午兩點在東京的現場犯下殺人案，就時間上來說有著相當充分的可能。

不過，僅僅讓校舍逆轉，這個詭計還不算完備。要達成這個詭計，站在那裡的征比古，以及從窗口探出頭來的町子的服裝，也都必須要是左右對稱的。想到這裡，他又拿出了照片。征比古身上穿的素色圓領毛衣是左右對稱的，在他背後的町子也是從中間往兩邊分開、左右均等的髮型。征比古的頭髮雖然是左分，不過他可以在拍攝時將頭髮弄成右分狀態。

鬼貫繼續牢牢地盯視著那張照片。如果有陽光照射的話，那麼透過陰影的位置，便可以查覺出照片是左右相反這一點。但是，冬天信州的上空，總是布滿了像是隨時都會降下雪花般的烏雲，因此征比古對這點完全毋須擔憂。因此，這個詭計可以說是天時地利人和，萬事俱備。

迄今爲止，鬼貫一直將征比古身穿一件薄毛衣拍照的行爲，解讀爲是爲了讓腹痛發作看上去顯得真實而作的表演；不過，他直到現在才終於意識到，原來自己的解讀還只停留在膚淺的層面而已。對於青柳町子，他的推斷也是同樣如此。她將頭髮剪短，並不僅僅是因爲滑雪的時候不方便；這件事背後真正的目的，是爲了要讓人察覺到那張不在場證明照片拍攝的時間，不可能是十九號或是之前的日子。同理，她之所以在第二天，也就是二十一號去石打的民宿打工，與其說是爲了九州旅行的金錢做準備，倒不如說是爲了強調不在場照片的拍攝時間，不可能是在二十一號或是之後的日子。不過，征比古他們精心策劃出的詭計，只要一旦察覺到負片是反向沖印這一點，便會在一瞬間土崩瓦解。想到這裡，鬼貫的臉上不禁露出了心滿意足的表情；他走過緩緩傾斜的柏油路，往城鎮的方向信步走去。

然而，就在快要抵達巴士站時，他突然意識到自己的假設還存在著一個大的漏洞，於是整張臉又很快地繃了起來。將負片反過來沖印的話，的確可以得到方位左右相反的正常影像，但是，把那一卷底片從相機裡拿出來並加以沖洗的人，是警視廳本廳鑑識科的技師。那名肥胖而易怒的技師，就算再怎樣出錯，也不至於做出把負片反過來沖洗的事情吧！不僅如此，鬼貫本人也曾經親自將負片和沖出來的相片拿在手上仔細觀看過。那時候，自己不是也已經親眼確認過，沒有任何異常嗎……？就這樣，鬼貫的推理又被輕易地否定了。

（我必須找個安靜的地方，充分地思考一下才行……）鬼貫穿過大屋車站的平交道，來到了千曲川河畔。他坐在一塊大石頭上拚命地反覆思索，想到最後連腦袋都想痛了，但總的來說，還是既沒有新發現，也沒有任何新進展。直到暮色降臨，四周景色陷入一片黑暗之中，鬼貫才帶著一臉不高興的表情回到了旅館。

雖然洗了澡、沖掉了身上的汗水，但因為心裡面仍然覺得憂煩，所以鬼貫在精神上並沒有任何爽快的感覺。他在手上拿著寫有旅館名字的毛巾，站在走廊上的洗臉台前開始梳起了頭髮。雖算不上講究，但他還是相當注重儀容。他一邊眼珠朝上望著鏡子，一邊在洗過的頭皮上抹上護髮液後，開始拚命地按摩。

在他身後，的牆上貼著一個刻有「非常出口」幾個字的合成樹脂標誌牌。他心想，在回房間前，得確認一下緊急出口在何處才行。鬼貫一向是個警戒心很強的人，出門旅行到達旅館時，如果不馬上去查清楚意外發生時的逃生之路，就會一直感到心裡不安。。同事當中也有人嘲笑他的這種慎重小心，但在他看來，如果在旅館被燒死，那可是一種恥辱。就在他打理完畢開始沖洗梳子時，他忽然發現，自己剛才把鏡子中的標誌牌一不留神當成了實像，不由得歪嘴苦笑了一下。「非常出口」四個字全都左右均等，所以它的虛像與實像之間並沒有什麼分別，難怪會讓人產生錯覺。

就在鬼貫甩掉梳子上的水，準備將它裝進袋子裡時，他臉上出現了像是理解了什麼似的神情，同時也停下了手上的動作。左右均等的事物，並不僅限於這幾個字，北信女子短大的校舍建築物也是一樣的。

就在這樣想的時候，鬼貫一下子恍然大悟了。

回到房間後，他坐在矮桌前，決定繼續沿著剛才的思緒再繼續推展下去。征比古所拍攝的，並不是大學的建築物；如果拍下鏡子中的虛像的話，也可以像剛才的「非常出口」標識一樣，讓校舍的左右產生倒錯，同時，鐘塔指針的位置也會跟著反轉。因此，下午三點三分虛像的真面目，其實是左右相反的早上八點五十七分。

鬼貫一開始的想像是，征比古準備了一面與畫家油布差不多大小的鏡子，但靜下來細細思考後，他發覺，其實只需要汽車後視鏡大小的鏡子就已經夠用了；征比古只需要稍微花點工夫，讓它直立在鏡頭前面就行了。

鬼貫又繼續往下推理。慎重的性格，讓他從不會武斷地直接跳到最後定論；他總是會用緩慢的節奏，一步一步地確認無誤之後再往前進。

另一方面，町子的行動又是如何呢？在征比古設置相機的時候，她偷偷溜進短大校園裡，然後從窗戶探出身子。不過，考慮到方位會左右翻轉的因素，我們在照片上看上去，認爲是從左邊數過來第七扇窗的地方，其實應該是實物建築物右邊數過來的第七扇窗；換句話說，從左邊數來的話，町子探出頭的地方其實不是第七扇，而是第二十六扇窗戶。

考慮到如果不畫出來的話很容易會混亂，於是鬼貫打開記事本，在以塔爲中心的建築物的左右兩翼，分別畫出了十六個窗子，然後按照每間教室四個窗子，分別再寫上教室門牌號，最後理出的結論是：町子伸出頭來的地方，並不是至今爲止所認爲的二〇二教室，而是二〇七教室。征比古之所以指定二〇七教室，當然是因爲只要一反向，它便會在照片上變成舉辦講座的二〇二教室。不過，究竟要從這四個窗子中的哪一個探出頭，或許他是交給町子自己去下判斷的吧。事實上，不管從哪個窗戶探出頭都沒有關係，因爲問題在於探出頭這一行爲本身。

當一切準備妥當後，征比古按下了快門。在那之後，兩人再回到了城鎮，征比古前往車站，直接往東京而去，至於町子則一直等到了午後，才再次去了學校。當然，她出席的目的並不是爲了聽講座，而是爲了等待八點五十七分反轉後會變成的下午三點三分這一時刻到來之際，能夠找一個適當的藉口從窗戶伸出頭來。

只是，跟上午時的二〇七教室不同，在下午的教室裡，能夠打開的窗子已經被限制住了。鬼貫不難想像發現那扇窗被堵住時，她的驚愕、困惑和狼狽。不過，二樓一共有三十二個窗子，稍微偏離一個也沒什麼大不了的吧！她輕易做出了這樣的判斷而選擇了旁邊的窗子，然而，這一舉動卻導致了決定性的失敗。不過，以町子的立場來說，在那種場合下並沒有選擇其他手段的餘地，這也是事實。

晚餐被送到了桌子上。當鬼貫在這個山區城鎮的街上閒晃的時候，因爲看見路邊的魚店門前擺著許多到貨的海魚，所以就猜想晚飯的菜餚或許是鮪魚生身片之類的。然而，漂亮的盤子與湯碗裡放著的，卻是鯉魚膾和鯉魚湯。

「佐久一帶的鯉魚很有名呢！」

聽到鬼貫像是很了解似地說著，女侍不禁笑了出來，搖了搖頭說：

「不，這是鹽田的鯉魚。從這一帶到別所溫泉的地區，被稱爲鹽田平，盛行養殖鯉魚……大家都說，這裡的鯉魚比佐久的還要好吃喔！」

她端來的托盤裏還有一壺酒。鬼貫雖然一向不喝酒，但是在入浴之前爲了趕走鬱悶的心情，所以他叫了這壺酒過來，不過沒想到現在居然變成了慶功酒。雖然有點辣，不過這裡所產的酒味道還算不錯。

就在鬼貫將一片沾了醋味噌，白晃晃的鯉魚片放進了嘴裡時，他突然感覺到，眼前又出現了新的障礙。透過剛才的推理，的確讓所有的謎都解開了，但要如何才能證明征比古使用了鏡子呢？如果季節是現在的話，或許可以從屋瓦的鋪設方式來輕易指證，但是照片中的建築物被雪覆蓋著，一切特徵都被掩沒了。

美酒的香醇和鹽田鯉魚的可口，對鬼貫來說全都不復存在。那個攝影師，將鬼貫原本以爲已經到手的勝利，又在千鈞一髮之際給奪了回去。鬼貫原本很有自信，認爲這次就能獲得最後的勝利了，但結果卻仍然只是自我陶醉而已。鬼貫不得不承認，征比古這男人是個有著深不可測能力的傢伙。因此他是個如此精明狡詐的傢伙，所以對於運用鏡子的詭計無法被證實這點，一定也早在他的計算之中了吧！

「咦？」

這時，女侍說了句什麼話，不過鬼貫卻沒弄清楚她的意思。

「我說，你是信州人嗎？」

「我嗎？不，我出生在東京。爲什麼這麼問？」

「因爲我聽說，信州人下顎寬闊的比較多。」

「我的有那麼寬嗎？」

聽女侍這麼說，他不禁下意識地撫摸了一下自己的下巴。不過，對話一停止，他馬上又開始思考照片的事情。

「不好意思。」

他站起身，從風衣口袋裡拿出照片後放到桌上。雖然將眼睛湊上去，詳盡而仔細地觀察了許久，但他還是沒有發現有什麼可供驗證的顯著特徵。校舍因爲是新建築物，所以一點斑痕也找不到；窗框也是當今流行的鋁製窗框，而且還是上下升降式的，左右根本不存在可區別的差異。鬼貫感到十分失望，正要他打算移開目光時，突然注意到了老鷹風箏的存在。征比古雖然讓建築物的左右反轉了，但他無法改變風的方向。照片中的老鷹風箏雖然是迎著東風在高空中飛揚，但如果鬼貫的推理正確的話，那麼當時的風應該是從西邊吹過來的才對。而且，關於風的方向，一定被記載在氣候觀測所的氣象觀測記錄當中。透過這一點，攝影師的不在場證明便被完全否定了。

「您在想什麼呢？再來一杯如何？」

女招待拋著媚眼，將酒壺遞了過來。也許是因爲已有了幾分醉意的緣故，鬼貫覺得她看起來簡直就是前所未見的美人。再更醉的話就會很難受了。不過，想要品嘗勝利美酒的滋味的話，眼前的機會一旦錯過，便不會再重來了。

「再來最後一杯就好。」

鬼貫笨拙地伸出了手中的杯子。

推理金字塔・松本清張作品選——

《歪曲的複寫》吳得智／譯　超值特價二五〇元
《影之地帶》王煦淳／譯　超值特價三五〇元
《D之複合》張恆如／譯　超值特價二九九元
《黑地之繪》李彧嘉／譯　超值特價二九九元
《天才女畫家》吳奕嫺／譯　超值特價二七〇元
《憎惡的請求》曾鴻燕／譯　特價二六〇元
《眼之氣流》王海／譯　特價二五〇元
《交錯的場景》梁容／譯　超值特價二八八元
《埋伏》賈英華／譯　超值特價三二〇元
《黑色畫集1遇難、坡道之家》蕭玉佩／譯　超值特價二八八元
《黑色畫集2繩、天城山奇案 謊言、寒流》燕熙／譯　超值特價二八八元
《黑色畫集3凶器、濁日、草》廖子雯／譯　超值特價二九九元
《影之車》張嘉芬／譯　超值特價二八〇元
《波之塔》梅應琪／譯　超值特價四五〇元

社會派推理大師・森村誠一作品選——

《純白的證明》陳香如／譯　超值特價二九九元
《搜查線上的詠嘆調》吳心妤／譯　超值特價二九九元
《棟居刑事之花的狩獵人》shizuko／譯　超值特價二九九元

《災難的「翼」１２１號》林達中／譯　超值特價一九九元
《愛與殺意之街》何里玉／譯　超值特價二二〇元
《東京灣海螢大橋十五・六里的圈套》林達中／譯　超值特價一九九元
《阿蘇山・殺意的車窗》王中成／譯　超值特價二三〇元
《瀨戶內海流之愛與絕望》蕭玉佩／譯　超值特價二八〇元
《古都・殺意・風吹起》李桂芳／譯　超值特價二六〇元
《在尾道失蹤的女人》林達中／譯　超值特價二三〇元
《櫻樹下殺人事件》林達中／譯　超值特價二三〇元
《外房線60秒的圈套》林達中／譯　超值特價一九九元
《十津川警部「生命」（上）》何里玉／譯　超值特價二三〇元
《十津川警部「生命」（下）》何里玉／譯　超值特價二五〇元
《快車奧只見殺人事件》林達中／譯　特價二五〇元
《終點站殺人事件》李方中／譯　超值特價三三〇元

旅情推理三大巔峰巨匠・內田康夫作品選——

《十三冥府》王煦淳／譯　超值特價二九九元
《幸福的手紙》蕭玉佩／譯　超值特價二五〇元
《追分殺人事件》梅應琪／譯　超值特價二七〇元
《靈媒所愛的偵探》蕭玉佩／譯　抗漲價二五〇元
《「紅藍之女」殺人事件》李彥樺／譯　超值特價二六〇元

《歌枕殺人事件》王倩樺／譯　超值特價二七〇元
《十三個墓碑》王倩／譯　超值特價二九九元
《鯨魚哭泣之海》梅應琪／譯　超值特價三五〇元
《消逝於虛無道中》蘇亞梅／譯　超值特價二九九元
《不歸路》曾鴻燕／譯　超值特價二九九元

旅情推理三大巔峰巨匠・山村美紗作品選——

《花之寺殺人事件》林達中／譯　超值特價一九九元
《這裡是命案現場》梅應琪／譯　定價二六〇元
《抱著貓的屍體》鄭美滿／譯　超值特價二五〇元
《扇形之不在場證據》王倩／譯　特價二九九元
《流橋殺人事件》李旭／譯　超值特價二八〇元
《花見小路殺人事件》曾鴻燕／譯　超值特價二五〇元
《京都西大路通殺人事件》曾鴻燕／譯　超值特價二九九元
《新娘嫌疑犯》陳秀枝／譯　超值特價二九九元
《黑色環狀線》吳心妤／譯　超值特價二九九元

推理暢銷天王・赤川次郎作品選——

《那個人的名字就叫殺意》王淑絹／譯　超值特價二八〇元
《夜警》王淑絹／譯　超值特價二九九

《殺意之書》楊惠茹／譯　超值特價二九九元

《國境之南》廖子雯／譯　超值特價二五〇元

《聖誕老人的悲歎》楊惠茹／譯　超值特價二八八元

銳氣新人暢銷作家・**貫井德郎作品選**——

《轉生》鄭美滿／譯　首發紀念特價二八八元

《不要說永別》王煦淳／譯　超值特價二九九元

犯罪心理小說翹楚・**橫山秀夫作品選**——

《真相》梅應琪／譯　首發紀念特價二八八元

小說界的魔術師・**久生十蘭作品選**——

《黑色記事本》蕭雲菁／譯　特價二六〇元

《地底獸國》蕭雲菁／譯　超值特價二九九元

《十字街》廖子雯／譯　超值特價二六〇元

本格推理最高導師・**鮎川哲也作品選**——

《碑文谷事件》鄭美滿／譯　超值特價三五〇元

《不完全犯罪》王海、梁容／譯　超值特價三七〇元

《夜之訪問者》王倩、陳曉琴、鄭天恩／譯　超值特價三七〇元

社會派推理女旗手．夏樹靜子作品選——

《午夜的賀電》鄭美滿／譯　超值特價二五〇元

《沒搭上車的女人》許韶芸、鄭天恩、陳香如／譯　超值特價二八八元

冒險派推理大師．逢坂剛作品選——

《遙遠的斜影之國》燕熙／譯　超值特價三九九元

屢獲大賞暗黑小說旗手．馳星周作品選——

《漂流街》沈曼雯／譯　超值特價三八〇元

國家圖書館出版品預行編目資料

夜之訪問者 / 鮎川哲也著；王倩、陳曉琴、鄭天恩
譯・--初版・-- 臺北縣三重市：
新雨，2010. 02
面；　公分.-- (鮎川哲也作品選；3)
ISBN 978-986-227-053-0(平裝)

861.57　　98024515

夜之訪問者

作　　者　鮎川哲也
譯　　者　王倩、陳曉琴、鄭天恩
編　　輯　鄭天恩
發 行 人　王永福
出 版 者　新雨出版社
地　　址　台北縣三重市重安街一〇二號八樓
電　　話　(02) 2978-9528・(02) 2978-9529
傳真電話　(02) 2978-9518
郵政劃撥　11954996 戶名：新雨出版社
電子信箱　a68689@ms22.hinet.net
出版登記　局版台業字第 4063 號
出版日期　二〇一〇年二月初版
超值特價　三八〇元

歡迎讀者郵政劃撥訂購本社圖書
本書如有缺頁、誤裝，請寄回更換

ONITSURA KEIBU ZEN JIKEN 3: YORU NO HOMONSHA
by AYUKAWA Tetsuya

Originally published in Japan by SHUPPAN GEIJUTSU SHA, Tokyo.
Chinese (in complex character only) translation rights arranged with
SHUPPAN GEIJUTSU SHA, Japan
through THE SAKAI AGENCY and KEIO CULTURAL ENTERPRISE CO., LTD.